C.Bertelsmann

RUTH
KORNBERGER

Die Spur der Bambusbären

ROMAN

C.Bertelsmann

MIX
Papier | Fördert gute Waldnutzung
FSC® C014496
FSC www.fsc.org

Penguin Random House Verlagsgruppe FSC® N001967

1. Auflage

Neumarkter Str. 28, 81673 München
produktsicherheit@penguinrandomhouse.de
(Vorstehende Angaben sind zugleich
Pflichtinformationen nach GPSR)

Dieses Werk wurde vermittelt durch die
Literarische Agentur Gaeb & Eggers.
Redaktion: Susann Harring
Umschlaggestaltung: Sabine Kwauka
Umschlagabbildungen: © Look and Learn / Bridgeman Images;
© Obbchao / shutterstock; © akram ahmed karam / shutterstock
Satz: Satzwerk Huber, Germering
Druck und Bindung: GGP Media GmbH
Printed in Germany
ISBN 978-3-570-10456-9

www.cbertelsmann.de

Prolog

New York, Juni 1934

Ruth stand am Schlafzimmerfenster ihres Appartements im fünften Stock und hielt mit ausgestrecktem Arm den Deckel eines Schuhkartons ins Freie. Aus dem Wohnungsflur hörte sie Bill rufen.

»Zieh einfach das Erstbeste an, Liebling! Für den Zoo musst du dich nicht herausputzen.«

Damit lag ihr Bill gleich doppelt falsch. Erstens war Ruth längst ausgehfein – etwas Schönes im Schrank zu finden, gelang ihr mühelos, manchmal träumte sie sogar von neuen Kombinationen. Zweitens musste sie sich *immer* herausputzen, denn welche New Yorkerin würde sonst Kleider von ihr entwerfen lassen?

Aber antworten konnte Ruth gerade nicht. Im Kartondeckel lagen Sonnenblumenkerne. Tief unter Ruth wuselten Menschen über die Gehwege der 18th Street, geschäftig, aber nicht ganz so eilig wie sonst. Es war Sonntag und der erste warme Tag des Jahres, zehn Uhr morgens. In der Saint Peter's Church begann gerade die Messe, und gleich musste die Taube kommen. Wie es dem Vogel gelang, Tag für Tag pünktlich zu sein, wusste Ruth nicht. Aber für eine Art, die über Hunderte Meilen nach Hause zurückfand, war das wohl eine Kleinigkeit. Schwierigkeiten bereitete der Taube nur das Landen. Die Ärmste hatte verstümmelte Krallen. Da kam sie schon! Sie steuerte Ruth an, stürzte flatternd auf den Deckel, kippte nach vorn, richtete sich mit dem Schnabel auf und balancierte mit gespreizten Beinen auf dem glatten Karton. Mit ihren versehrten Füßen fand sie schlecht Halt und konnte sich nicht an Äste klammern. Oft saß sie auf dem flachen Dach gegenüber. Die Federn an ihrem Hals leuchteten grün und violett.

»Guten Morgen, Schönheit«, sagte Ruth.

Die Taube schüttelte sich, ordnete ihre Flügel und begann, die Kerne aufzupicken. Zufrieden beobachtete Ruth sie dabei. Bis die erste Fütterung gelungen war, hatte es vieler Versuche bedurft, aber sowohl Ruth als auch das Tier waren unermüdlich gewesen. Bill hatte all das verpasst, weil er auf Komodo Warane gejagt hatte, gelbzüngige Monster, die sie heute besuchen wollten. Die Taube war satt. Mit schief gelegtem Kopf beäugte sie Ruth. Ob sie sich irgendwann berühren ließe? Schon als kleines Kind hatte Ruth Tiere geliebt und beim Abendessen heimlich Käsestückchen aufgespart, um damit die Mäusefamilie anzulocken, die hinter der Wandverkleidung ihres Zimmers gelebt hatte.

»Braves Täubchen«, sagte Ruth. »Nun flieg zurück und bau an deinem Nest. Ich muss zu den Drachen.«

Den Waranen ging es sichtlich gut. Als Ruth und Bill die Gehege im Bronx Zoo erreichten, wurde das Männchen gerade gefüttert. Wegen seines aggressiven Verhaltens lebte es allein. Gierig schnappte es sich einen Brocken von etwas Blutigem, das ein Pfleger mit einer Stange durch die Stäbe des Zauns schob, schleppte es in eine Ecke, schlug es mit kräftigen Kopfbewegungen auf den Boden und verschlang es in einem Stück.

»Holla!«, rief Bill.

Seine jungenhafte Begeisterung rührte Ruth, aber der Anblick des Tieres jagte ihr Schauer über den Rücken. Die spitzen Zähne, die scharfen Klauen und der lange, schuppige Körper mit dem peitschenden Schwanz waren Stoff für Albträume.

Der Pfleger verfolgte das Spektakel ebenfalls.

»Was gebt ihr ihnen?«, fragte Bill.

»Heute Hühnchen.« Der Mann wischte seine Hände an einem Tuch ab. »Aber bis jetzt haben sie alles gefressen, was ich ihnen angeboten habe. Hervorragende Verwerter sind das. Geflügel können die fast komplett umsetzen.«

»Woher wissen Sie das?«, fragte Ruth.

»Na ja, wir wiegen das Futter ab und dann, äh …«

Offenbar hielt er Ruth für zu fein, um unappetitliche Details verkraften zu können. Zu einem Kostüm trug sie weiße Handschuhe und einen Hut mit Spitzenschleier. Letzterer hielt die Fliegen auf Abstand, von denen es hier viele gab, denn neben ihrer Liebe für Mode besaß Ruth durchaus Sinn fürs Praktische.

»Dann wiegt ihr, was aus dem Tier wieder rauskommt«, beendete Ruth seinen Satz.

»Genau.« Der Pfleger lachte erleichtert. »Der Arzt hat ausgerechnet, das sind nur fünfzehn Prozent.« Er hob einen leeren Eimer auf. »Einen schönen Sonntag noch!«

»Das wünsche ich Ihnen auch.« Ruth hakte Bill unter. »Komm, wir setzen uns dort in den Schatten.«

»Ein guter Bursche«, sagte Bill, nachdem sie auf einer Bank Platz genommen hatten.

Meinte er den Pfleger oder den Drachen?

»Sie sollten den Waranen etwas reinwerfen, das sich bewegt, Kaninchen zum Beispiel. Damit sie ihren Jagdtrieb ausleben können, weißt du? Die Biester haben einen giftigen Biss. Damit können sie Beute erlegen, die größer ist als sie selbst. Sie schnappen einmal zu und warten, bis ihr Opfer stirbt. Den da haben wir mit einer Ziege geködert. Ich wette aber, er würde eine Kuh …«

»Bill!« Ruth war entsetzt. »Wie grausam! Hier kommen Leute mit kleinen Kindern her.«

»Hast ja recht, Liebling. Aber interessant wäre es doch, und die Leute könnten was dabei lernen.« Bill streckte die Beine aus. »He, dein Verlobter hat sich unter Einsatz seines Lebens unter rauchenden Vulkanen durch den Dschungel geschlagen, um das größte Schuppenkriechtier der Erde zu finden. All das, damit die New Yorker mehr über die wilde Natur erfahren, ist es nicht so?«

Neckend hob Ruth die Augenbrauen. »Von welchem Verlobten sprichst du? Ich war so lange allein, ich weiß gar nicht mehr, wer das sein könnte.«

»Dann werde ich dich erinnern.«

Bill legte einen Arm um Ruth, lüpfte den Hutschleier und küsste sie. Sein Schnurrbart kitzelte ihre Nase. Bill roch nach Acqua di Parma. Während er fort gewesen war, hatte Ruth seine Halstücher vom Schrank in eine Schublade geräumt, um den Duft darin länger zu konservieren. Trotzdem waren die Noten von Bergamotte und Zimt im Laufe der Monate verblasst.

Ruth nahm seine Hand. »Du bist ein Held, Bill Harkness.«

Das hatte sie schon bei ihrem ersten Treffen gedacht, er hätte es ihr gar nicht durch mutige Taten beweisen müssen. Einmütig saßen sie eine Weile nebeneinander und beobachteten den Drachen, der mit offenem Maul würgte. Eine Feder erschien zwischen seinen Zähnen, hing dort kurz und wurde erneut verschlungen. Ruth wandte den Blick ab.

»Die Tiere waren das Risiko wert«, sagte sie. »Sie sind nicht sofort gestorben, wie so viele andere Neuzugänge. Ich wünschte nur, sie wären irgendwie … ansprechender.«

Wahrscheinlich fand Bill das oberflächlich. Doch er nickte. »Ich verstehe, was du meinst. Über etwas Ähnliches wollte ich mit dir reden. Du weißt doch, dass Lawrence mir geschrieben hat?«

Und ob Ruth das wusste. Der Brief lag auf Bills Schreibtisch. Seit Tagen schlich Ruth um ihn herum und widerstand der Versuchung, ihn zu lesen. Bis jetzt hatte Bill ihn nicht erwähnt, sodass Ruth gehofft hatte, er sei nicht von Bedeutung.

Lawrence Griswold war Bills Expeditionspartner gewesen. Sie hatten gemeinsam in Harvard studiert. Jahre später war Lawrence plötzlich in der Stadt erschienen, in schlecht sitzenden Khaki-Hosen und mit einem Schreiben des Bronx Zoos in der Brusttasche seines Hemdes. Das Schreiben versprach eine stattliche Belohnung für lebende Komodo-Drachen. Schon beim ersten Treffen war deutlich geworden, dass Ruth und Lawrence keine Freunde werden würden. Ruth wollte mit Delfinen schwimmen, mit Schimpansen spielen und Papageien kraulen, Lawrence bewunderte Großwildjäger, die Elefanten erlegten, was Ruth einfach nur grausam fand. Töten war doch kein Sport! Außerdem nahm Lawrence ihr Bill weg, zumindest zeitweise.

Früher hatten Ruth und Bill gemeinsam von weiten Reisen geträumt. Viele Abende hatten sie über Atlanten gesessen und mögliche Routen mit den Fingern nachgefahren, magisch angezogen von den weißen Bereichen, die für Gegenden standen, in die noch kein Mensch aus der westlichen Hemisphäre vorgedrungen war. Welche Geheimnisse sich dort wohl verbargen? In den letzten Jahrzehnten waren viele Tierarten erstmals beschrieben worden, zum Beispiel das wundersame Okapi, das eine Kreuzung aus Pferd und Giraffe zu sein schien, oder der majestätische Berggorilla. Expeditionen waren *en vogue*, spätestens seit der ehemalige Präsident Theodore Roosevelt Spezies im tropischen Afrika gesammelt hatte. Seiner Gruppe hatte ein legendärer Jäger angehört, ein Scharfschütze, mehrere Naturforscher, ein Chirurg und Roosevelts Sohn Kermit. Dazu kamen örtliche Führer, Träger, Bedienstete und Pferdeknaben. Die unterschiedlichsten Talente wurden gebraucht, aber eins hatten alle Expeditionsteilnehmer gemeinsam, wie Lawrence schonungslos bemerkte: »So was ist nur für Jungs. Sorry, Ruth.«

Nur stimmte das gar nicht mehr. Während Bill in Asien gewesen war, hatte Ruth im Kino die Abenteuer von Martin und Osa Johnson verfolgt. Das Forscher-Ehepaar drehte Filme über seine Touren durch Afrika, und Martin betonte immer wieder, das alles nur mit seiner Gefährtin schaffen zu können. Dort draußen gab es durchaus Platz für Frauen. Allerdings hätte Ruth sich niemals mit Osa verglichen. Weder konnte sie jagen noch fischen oder ein Flugzeug steuern. Eine Modeschöpferin wie sie eignete sich allenfalls für das Ausbessern von Zeltnähten. In Ruths Reisefantasien spielten schöne Hotels eine wesentliche Rolle, und die weißen Bereiche auf den Landkarten würde sie gern in einem Geländewagen mit Chauffeur erkunden. Doch jetzt schilderte Bill ihr eine Gegend ohne Autostraßen. Mit Lawrence und zwei weiteren Gefährten wollte er nach Tibet. Während er davon sprach, hielt es ihn nicht mehr auf der Bank. Er lief vor ihr auf und ab. Der Drache verfolgte Bills Bewegungen mit minimalen Bewegungen seines Kopfes. Als kein weiteres Futter auftauchte, kletterte er auf einen flachen Stein und sonnte sich.

»Das Land überhaupt nur zu erreichen, ist extrem schwer«, sagte Bill. »Aber es lohnt sich, denn weißt du, was es in den Bergen geben soll?« Vor Ruth blieb er stehen. »Bambusbären!«

»Bambus…?«

Ruth verstand nicht, wovon Bill sprach. Meinte er dekorative Schnitzfiguren?

Bill kniete sich vor Ruth. Er wollte wohl sichergehen, dass er ihre ungeteilte Aufmerksamkeit hatte, und da er Khaki trug, sorgte er sich nicht um Schmutz. Von unten sah er Ruth an. Seine Augen funkelten.

»Auch Pandas genannt«, flüsterte er. »Na, wären das ansprechende Tiere?«

Und ob! Lange hatten Pandas in die Welt von Einhörnern und Schneemenschen gehört. Nur wenige Menschen berichteten von Sichtungen. Die chinesische Hutmacherin aus der Nachbarschaft etwa hielt die Tiere für göttliche Erscheinungen, die sich nur ausgewählten Menschen zeigen. Manche Sammler besaßen Felle, aber die konnten ebenso unecht sein wie die mumifizierten Meerjungfrauen, bei denen ein Fischschwanz mit unsauberen Heftstichen an ein Affenpräparat genäht war. Kermit Roosevelt hatte mit seinem Bruder Theodore junior Tausende Tiere von einer asiatischen Expedition mitgebracht, darunter auch zwei ausgestopfte Pandas, die nun im Chicagoer Museum ausgestellt wurden. Einen der Pandas hatten die Brüder angeblich mit gleichzeitigen Schüssen erlegt. Manche von Ruths Bekannten liebten die Geschichte, andere hielten sie für zu gut, um wahr zu sein, und glaubten auch nicht an die Echtheit der Pandas.

»Ein Betrug, wenn Sie mich fragen«, hatte die Hutmacherin aus der Nachbarschaft gesagt. »Das waren Braunbären, die man zum Änderungsschneider gebracht hat. Sie und ich wissen doch, mit Nähzeug und Farbe lässt sich Erstaunliches produzieren.«

Ruth wiegte den Kopf. Sie kannte ja auch nur ein körniges Zeitungsfoto von der Museumsvitrine. Darin standen die Pandas in der Kulisse eines Bambuswäldchens. Wenn das Fälschungen waren, dann jedenfalls sehr schöne. Mit ihren schwarzen Öhrchen und den Ringen um die Augen wirkten die Pandas niedlich wie Micky Mäuse. Man wollte ihr dichtes Fell zausen und wuscheln. Ob sie so verspielt und friedfertig waren, wie sie schienen?

Was für ein Jammer, solche Tiere zu töten und in einer Pose auf ewig einzufrieren! So erfuhr man kaum etwas über sie. Konnten sie auf zwei Beinen gehen wie die westlichen Artgenossen? Trugen sie ihre Jungen am Nackenfell herum wie Katzen? Warum lebten sie in Bambuswäldern? Fraßen sie die Blätter? Aber von denen wurden sie wohl kaum satt. Möglicherweise wuchsen dort schmackhafte Pilze und Beeren, und es gab Ameisen und Kleingetier, von denen sie sich ernährten.

Kein Zoo auf der ganzen Welt besaß einen Panda. Sollte es Bill gelingen, einen zu fangen, wäre das eine Sensation. In Scharen würden die Leute herbeiströmen, und Bill würde berühmt werden. Das hätte er verdient. Er repräsentierte eine neue Generation von Abenteurern. Warum noch Tiere abschießen, wenn sie sich lebend studieren ließen? Dagegen sahen Großwildjäger mit ihren Trophäen traurig aus.

»Ich wünsche dir so sehr, dass du es schaffst«, sagte Ruth. »Und wenn der Panda erst hier ist, soll es ihm an nichts fehlen. Dafür werde ich sorgen.«

»O ja. Mit Waldorfsalat wirst du ihn füttern, bis er kugelrund ist.«

Bill lachte, dann beschrieb er die Route, die er nehmen wollte. Offensichtlich war seine Planung bereits weit fortgeschritten. Erneut würde Ruth Abschied nehmen müssen und mit ihrer Sehnsucht und Sorge um ihn in New York zurückbleiben. Das würden wieder schwere Monate werden, und sie würde versuchen, sich abzulenken, indem sie in der Stadt die Stellung hielt, noch schönere Kleidung entwarf und weiterhin ihre legendären Partys ausrichtete. Was wäre das Nachtleben der Stadt schließlich ohne Ruth Elizabeth McCombs? Wenn Bill dann auf dem Rückweg wäre, könnte sie ihm entgegenreisen und ein paar Tage in Shanghai verbringen. Dort sollte es fantastische Jazzbars geben.

Wie lange brauchte ein Brief nach China? War auf dem Konto noch genug Geld für den Unterhalt der Wohnung? Viele Fragen schwirrten Ruth durch den Kopf, aber da Bill noch immer vor ihr kniete, besann sie sich auf das Wichtigste.

»Formidabel, Liebling«, sagte Ruth. Ihr Atem ging schneller und verriet ihre Aufregung. »Das klingt wirklich wunderbar. Aber du wirst lange fort sein, nicht? Wir könnten doch vorher heiraten.«

Schnee auf Federn

New York, 19. Februar 1936

Schnee fiel in dichten Flocken herab, und aus Richtung des Empire State Building zogen noch dunklere Wolken auf. Zitternd krümmte Ruth die kalten Zehen in den Pumps und wickelte sich die Stola ein zweites Mal um den Hals. Seit fünfzehn Minuten wartete sie vor dem Haus nun schon auf ein Taxi. Normalerweise war Manhattan voll von ihnen. Sollte sie hineingehen und den Concierge um Hilfe bitten? Aber möglicherweise würde just in diesen Sekunden eines vorbeifahren.

Ruth stellte sich dichter an den Bordstein, hob den linken Arm, um auch von den Fahrern gesehen zu werden, die die Straße kreuzten, und winkte mit der behandschuhten Rechten durch die großen Fenster der Lobby. Augenblicklich erschien der Concierge in der Tür.

»Wie kann ich helfen, Mrs. Harkness?«

»Oh, Frankie, was ist nur los? Kein Wagen weit und breit. Dabei brauche ich dringend Häppchen vom Brevoort für meine Cocktailparty. Könnten Sie bitte in der Zentrale anrufen?«

»Wird gemacht.«

»Sie sind ein Engel, Frankie.«

»Das trifft heute ja eher auf Sie zu.« Frankie lächelte unter seinem altmodischen grauen Schnurrbart. »Denn wenn Ihr Rock nicht himmlisch ist, dann weiß ich auch nicht.«

»Ach, der.«

Ruth machte eine Geste, als habe sie nach dem Aufstehen einfach zum Nächstbesten gegriffen. Natürlich stimmte das nicht. Der Rock war ihre neueste Kreation, ein Traum aus Samt, Satin und weißen Federn, die Frankie wohl an Engelsflügel erinnerten.

Immer noch kein Taxi! Ruth schüttelte Schnee von ihrer Stola. Ob es gerade auch auf Bills Schultern hinabschneite? Seine letzte Nachricht war schon Wochen alt, und das musste Gutes bedeuten. Eineinhalb Jahre war er nun fort, und vielleicht hatte er es endlich geschafft, den anstrengenden Weg ins tibetische Hochland anzutreten. In diesem Moment könnte er einen schmalen Pfad entlangstapfen, den Blick ins Unterholz gerichtet.

»Mrs. Harkness?« Frankie stand wieder in der Tür. »Man bedauert, aber die Strecke lohnt nicht, um extra jemanden aus Queens zu schicken. Sie sollen warten, bis ein Taxi auf dem Rückweg einer Tour vorbeikommt.«

»Ach! Bis dahin bin ich hingelaufen.«

Was Ruth noch nie getan hatte. Die Entfernung zum Café Brevoort betrug mindestens eine Meile.

»Ich kann die Häppchen abholen lassen«, sagte Frankie.

Ruth bürstete den Schnee von ihren Rockfedern.

»Nein, ich will selbst sehen, was heute da ist. Ich gehe zu Fuß. Sollte ich nicht zurückkehren, füttern Sie bitte die Taube für mich.«

»Na, ich weiß nicht, Mrs. Harkness.«

Als Ruth ein paar Meter gegangen war und Frankie sie außer Hörweite glaubte, hörte sie: »Drecksviech. Scheißt mir die ganze Fassade voll.«

Wie würde der Concierge erst fluchen, wenn er wüsste, dass es gar nicht mehr die ursprüngliche Taube war, die zu Ruths Fenstersims flog? Das Tier mit den Stummelkrallen hatte einen Partner gefunden und Nachwuchs bekommen. Von den drei Küken hatte eines bis zum Flugalter überlebt. Die Taubenmama hatte dem Kleinen noch die Futterquelle gezeigt, dann war erst sie und kurz darauf der Täuberich verschwunden. Vielleicht waren die Alten Giftködern zum Opfer gefallen. Das Juniorvögelchen aber beehrte Ruth weiterhin, landete auf ihrer Hand und ließ sich über den Rücken streicheln. Hoffentlich würde es auch einmal die nächste Generation anlernen.

Mit kleinen Schritten – große ließ der Rock nicht zu – spazierte Ruth Richtung Fifth Avenue, vorbei an zehnstöckigen Wohngebäuden und dem Siegel-Cooper-Kaufhaus. Unter einem Mülleimer kauerte eine Katze mit räudigem Fell. Als ein Polizist vorbeiritt, flüchtete sie vor dem Hufgetrappel in einen Hauseingang.

»Hey, Taz.« Ruth bückte sich und versuchte, das Tier zu locken. »Bist du hungrig? Ich bringe dir Hühnchen mit, versprochen.«

Die Katze maunzte kläglich. Wäre es möglich, würde Ruth alle leidenden Kreaturen retten. Aber ihre Wohnung besetzte seit letztem Herbst Buster, ein hinkender, ehemaliger Streuner, der dank Ruths Fürsorge kräftig geworden war und seinen Platz im Delikatessenparadies fauchend und kratzend gegen weitere tierische Gäste verteidigte. Kamen Freundinnen mit ihren Schoßhunden zu Besuch, sperrte Ruth Buster mit Cheddar-Häppchen ins Schlafzimmer.

Eine halbe Stunde brauchte Ruth, um das Lokal an der Ecke von Fifth Avenue und 11th Street zu erreichen. Der Schneefall ließ etwas nach, dafür kam Wind auf. Ruths Schienbeine in den Seidenstrümpfen schmerzten vor Kälte. Und es fuhren ja doch Taxis! Aus der entgegengesetzten Richtung, vom Washington Square Park her, steuerte eines das Café an, rumpelte auf den Gehweg und entließ seine Fahrgäste unter der gestreiften Markise.

Mit einer energischen Handbewegung hielt Ruth das Taxi auf. In ihrer Erschöpfung wäre sie auch bereit gewesen, sich auf die Motorhaube zu werfen. Doch das war nicht nötig. Der Fahrer stieg aus, um die Tür für sie zu öffnen. Ruth drückte ihm zwei Dollar in die Hand.

»Guter Mann, Sie sind meine Rettung. Ich besorge nur schnell ein paar Kleinigkeiten, und Ihre Wartezeit bezahle ich selbstverständlich.«

Wenig später befand sich Ruth wieder in der Behaglichkeit ihrer Wohnung. Taz hatte unterwegs Futter bekommen, und Buster schlief vor dem Kamin. Im Kühlschrank lagerten Lachskanapees, Wachteleier, Lebermousse in Himbeeraspik und Zitronentörtchen, dazu Wein, Champagner und Gin. Bis zur Ankunft der Gäste blieb noch Zeit. Ruth griff zur *New York Times.* In der Post waren heute nur Rechnungen gewesen, die würde sie nächste Woche begleichen. Vielleicht wusste sie dann schon Neues von Bill. Seine Briefe ließen Ruth nie an einem guten Ausgang der Reise zweifeln. Bill klang stets heiter und optimistisch, sogar aus Rückschlägen machte er das Beste. Für die Gegend, in die sie vorstoßen wollten, brauchte es eine Reihe von Genehmigungen, die schwer zu bekommen waren. Eine Zeit lang hatte es danach ausgesehen, als würde Bill von den Behörden ignoriert.

Dann kommst du eben jetzt schon nach Shanghai, und wir vertreiben uns gemeinsam die Wartezeit, schrieb er. *Die Stadt wird dir gefallen!*

Ruth besaß bereits ein Set eleganter Koffer. Nun wollte sie von Bill nur noch wissen, auf welchem Ozeandampfer sie buchen sollte. Es müsste nicht der schnellste sein, Hauptsache, das Essen und vor allem die Drinks waren gut. Bis jetzt hatte Bill noch nicht wieder geantwortet. Ruth versuchte, es leicht zu nehmen. Anscheinend waren die Genehmigungen doch noch ausgestellt worden, woraufhin Bill zum sofortigen Aufbruch geblasen hatte. Sicher würde er ihr bald berichten.

Um sich ihrem Mann nahe zu fühlen, las Ruth die Zeitung, wie er es tun würde.

STEILER ANSTIEG DER MASERNFÄLLE

Nein, Krankheiten interessierten Bill nicht.

FLORENCE EASTON SINGT DIE BRÜNNHILDE

Bill würde zwar weiterblättern, Ruth zur Premiere aber begleiten.

JOSE DES CAPRILES GEWINNT FECHTTITEL

Ja, den Sportteil würde er sich vollständig zu Gemüte führen, aber Ruth legte ihn trotzdem weg. Die Überschriften verrieten doch schon alles.

GEWALTIGER RIESENMANTA GEFANGEN

Na, das wäre nach Bills Geschmack! Halblaut würde er die Meldung durchgehen und die entscheidende Stelle wiederholen: »Fischer aus Miami harpuniert viertausend Pfund schweres Monster.«

Wieder ein Tier, das als Trophäe endete. Obwohl Bill so etwas auch nicht guthieß, würde er beeindruckt die Zeitung sinken lassen und aus dem Fenster sehen, ehrfürchtig angesichts dieser Leistung und im gleichen Moment abwägend: Könnte ich das auch?

Konkurrenz lag in der Natur der Männer. Ständig mussten sie sich messen und aus allem einen Wettkampf machen. Aus Bills Briefen wusste Ruth, wie viele Herren aus aller Welt inzwischen nach Pandas suchten. Jeder wollte der Erste sein, der ein lebendiges Exemplar fing. Derweil entdeckte auch die Presse das Thema. Für viele Amerikaner waren die letzten Jahre entbehrungsreich gewesen, und sie sehnten sich nach Ablenkung vom tristen Alltag. Sogar die Cousine von Ruths Freundin Margaret, eine Schweinezüchterin, die zu Besuch in New York war und sonst in einem öden Kaff lebte – »mitten im Nichts, kein Bahnhof, kein Kino, keine Bücherei« –, hatte dort schon vernommen, was Bill in Asien trieb. Sie betrat Ruths Wohnung am frühen Abend zusammen mit ihrer großstädtischen Verwandten, zog das Kopftuch von der frischen Dauerwelle, überreichte Ruth Dosenwurst, äußerte sich bewundernd über die Tiffany-Lampe im Flur und platzte übergangslos heraus: »Was machen die Pandas? Hat Ihr Mann schon welche?«

Ruth lächelte geheimnisvoll. An ihrer Stelle antwortete Margaret.

»Wenn es so wäre, dürfte Ruth es nicht verraten.« Sie überprüfte ihren Lippenstift im Spiegel. »Bill will nicht mal, dass man weiß, warum er in China ist. Wenn Ruhm und Geld im Spiel sind, kann man niemandem trauen. Außerdem wimmelt es in Shanghai von Gangstern.«

»Oh, wirklich?«

Die Cousine schien beeindruckt. Nach und nach trafen weitere Damen ein. Gelächter klang durch das Wohnzimmer, die Luft roch nach Parfüm und der schweren Süße eines Hyazinthen-Straußes. Die Damen saßen zu Tisch und prosteten einander mit Champagner zu. Erwartungsvolle Stille trat ein. Alle warteten auf Neuigkeiten von Bill. Ruth zuckte mit den Schultern.

»Ich kann auch nur spekulieren«, sagte sie. »Anscheinend ist Bewegung in die Sache gekommen. Die Männer, mit denen Bill losgezogen ist, haben längst aufgegeben, aber er nicht. Wenn er mir das nächste Mal schreibt, ist er bestimmt schon mit zwei oder drei Pandas zurück an der Küste.«

»Ein Jäger und eine Modedesignerin – was für eine glückliche Verbindung das ist.« Margarets Cousine blinzelte aufgeregt. »Wenn Bill genug Tiere erlegt, können Sie das teuerste Kleid der Welt machen, oder?«

»Wie?«

»Na, mit Pandafellkragen.« Die Cousine strahlte.

Heftig setzte Ruth ihren Champagnerkelch ab. »Bill wird sie ganz sicher nicht töten! Die Ära des Herumballerns ist vorüber. Mein Bill fängt die Tiere lebend ein. Kein Haar wird ihnen gekrümmt.«

»Und dann?«, fragte die Cousine. »Sind Pandas nicht so groß wie Grizzlys? Und mindestens so gefährlich? Wird es nicht spätestens im Trubel des Hafens ein Unglück geben?«

»Nein, weil sie nicht bösartig sind«, sagte Ruth trotzig. »Wild natürlich, das schon, und vielleicht auch schreckhaft. Aber mit meiner Hilfe werden sie Vertrauen fassen. Es braucht nur viel Liebe und Geduld.«

Sie tranken und aßen, mischten Cocktails an der Hausbar und rauchten Lucky Strikes in eleganten Zigarettenspitzen. In ihren weiteren Gesprächen mieden sie den abwesenden Ehemann, und als ihnen die Themen ausgingen, legten sie die Grammofonplatte auf, die Margaret mitgebracht hatte, und tanzten in Strümpfen. Das letzte Stück wechselte zwischen Dur und Moll und ging Ruth seltsam ans Herz. Es war einer dieser Abende, die endlos schienen, aber nach und nach verabschiedeten sich die anderen doch, glücklicherweise auch die Cousine. Nur Margaret blieb, zurückgehalten von Ruth, die quer in einem Sessel lag, die Beine über einer Armlehne, den Kopf auf der anderen, das schwarze Haar wie ein Fransenvorhang über dem Leder hängend.

»Trinken wir noch was, hören wir's noch mal!«

»Du bist unverwüstlich, Ruthie.«

»Und du meine Komplizin.«

Glas klirrte, Margaret rührte die frischen Drinks um und tänzelte zum verstummten Grammofon. Die Musik setzte wieder ein, aber diesmal spielte ein helles Instrument mit, ein Xylofon, nein, das Telefon im Nebenzimmer. Sein Klingeln passte gar nicht in den Rhythmus. Margaret stellte die Gläser auf dem Tisch ab und eilte hinüber. Kurz darauf kam sie mit schnellen Schritten zurück.

»Ruth?«

»Nicht mehr tanzen, Marge, meine Füße …«

»Ein Telegramm für dich.« Margaret berührte ihren Arm. Ihre Hand war kalt und zitterte. »Sie haben es mir vorgelesen.«

Ruth setzte sich auf. Schlagartig fühlte sie sich nüchtern.

Eine neue Kamera

Shanghai, 19. Februar 1936

Richard baute seine Großformatkamera in der Lobby des Astor House auf. Einst hatte das Hotel zu den berühmtesten der Welt gezählt, doch sein Prestige bröckelte, seit in der unmittelbaren Nachbarschaft das Cathay eröffnet hatte. Es lag ebenfalls am Bund, der Uferpromenade des Huangpu-Flusses, und lockte mit italienischem Marmor und einer Klimaanlage. Viele der Angestellten des Astor hatten sich abwerben lassen, und jene, die geblieben waren, schleppten sich durch ihre Schichten wie angezählte Boxer, die nur noch standen, weil sie zu erschöpft waren, um aufzugeben. Richard fühlte mit ihnen. Auch er wäre jetzt lieber im Cathay. Gestern hatte er dessen Eigentümer, Victor Sassoon, hoffnungsvoll seine neue Kamera präsentiert, dieses kompakte Schätzchen, das in eine Jackentasche passte.

»Eine Leica II, Mr. Sassoon, die ist erst seit vier Jahren auf dem Markt. So eine Kleinbildkamera bietet ganz neue Möglichkeiten. Lange Vorbereitungen sind passé, ich kann sie zücken, wann immer sich ein reizvolles Motiv bietet, in Sekunden scharfstellen und …«, er bediente sich der Jägersprache, »einen Schnappschuss machen.«

Um zu zeigen, was er meinte, reichte er Mr. Sassoon ein Foto, das er in der Jazzbar des Cathay aufgenommen hatte. Der Klarinettist spielte gerade ein Solo, und seine Bandkollegen lauschten mit geschlossenen Augen. Richard hatte in dem Moment geknipst, in dem der Saxofonist über einen musikalischen Witz schmunzelte. Wäre das Bild nicht hervorragend geeignet, um in der Zeitung für die Bar zu werben? Doch Mr. Sassoons Miene blieb abschätzig.

»Ich belästige mit meiner Arbeit niemanden«, sagte Richard. »Die Kamera verschließt extrem leise.«

»Ist mir bekannt, ich habe selbst eine.« Mr. Sassoon deutete auf das Foto. »Diese Spitzlichter von der Tischlampe irritieren ein wenig, finden Sie nicht?«

Damit hatte das Gespräch ein Ende gefunden.

Aus Mangel an Aufträgen kam Richard auf ein vages Angebot des Assistenten des Astor Managers zurück. Bei einem Drink hatte der einmal erwähnt, dass sie neue Broschüren drucken wollten, und wenn Richard gute Bilder liefere, werde er die seinem Boss auf den Schreibtisch legen. Über Geld war nicht gesprochen worden, trotzdem ging Richard nun in Vorleistung.

Um den höhlenartigen Empfangsbereich des Astor vernünftig abzulichten, brauchte es die Großbildkamera. Filmblätter für dieses Modell waren teuer, und Richard besaß nur noch vier davon. Kniend zog er den Faltenbalg der Kamera auseinander und betrachtete das über Kopf erscheinende Bild auf der Mattscheibe. In dieser Perspektive wirkten die kassettierten Deckenbögen wie Ruderboote, die unter einem Himmel aus leeren Schaukelstühlen lagen. Jemand müsste in ihnen sitzen, am besten diese berühmte Reisejournalistin mit ihrem Äffchen – stieg die nicht oft hier ab? Doch wie man hörte, war sie seit Kurzem mit Mr. Sassoon liiert. Vermutlich bevorzugte inzwischen auch sie den Komfort seines Hauses.

Jemand klopfte, und Richard sah hoch. Monsieur Houle? Richtig, der Kanadier kam die Treppe herunter, den Kopf seiner Tabakpfeife gegen das Geländer schlagend. Wie ein ruheloses Kind trommelte, pochte und schnalzte Monsieur Houle gegen Wände, Möbel oder seine blecherne Tabakdose, und das wahrscheinlich in jeder wachen Minute des Tages, wenn er nicht gerade wilden Tieren auflauerte. Kürzlich hatte Richard ihn mit einem erlegten Tiger fotografiert. Das Tier sollte in Shanghai präpariert werden, doch Monsieur wollte zusätzlich Fotos haben, »für den Fall, dass der Ausstopfer es versaut«. Mangels Kühlung hatte bereits die Verwesung eingesetzt, so hatten sie die Aufnahme draußen machen müssen.

»Der Herr Fotograf«, grüßte Monsieur Houle. »Wie gut, dass ich Sie treffe.«

»Guten Morgen.« Richard stand auf. »Wie geht es Ihrer Frau? Hat sie sich von der Grippe erholt?«

»Ja, so weit alles bestens.« Monsieur Houle klopfte gegen das Kamerastativ. »Hören Sie, das Foto vom Tiger gefällt ihr nicht. Wir möchten es zurückgeben.«

»Aber Sie haben es bezahlt und mir gedankt.«

»Schon, doch wenn meine Frau es zu Hause nicht aufhängen will … Sie sagt, der Tiger wirkt leblos.«

Fassungslos reckte Richard das Kinn. »Er war ja auch tot.«

»*C'est ça*, das war er.«

Mit dem Pfeifenkopf klopfte Monsieur Houle an Richards Schulter, verschwand wieder, kam mit dem gerahmten Bild zurück und drückte es Richard in die Hand.

»Ich hatte Ausgaben für das Material und habe einen Tag lang daran gearbeitet.« Richards Stimme hallte in der leeren Lobby. »Sie bekommen kein Geld zurück.«

»Den Rahmen können Sie ja wiederverwenden.« Der Kanadier klopfte an das Mahagoniholz. In die schmalen Seiten waren Verzierungen aus Kupfer eingesetzt.

»Monsieur Houle, ich muss auch leben.«

Richard lehnte das Bild gegen das Stativ. Den Tiger mochte er nicht mehr sehen. Schon beim Fotografieren hatte das Wesen ihn gedauert. In einen Hinterhof hatten sie es geschleppt, vor eine mit Stoff abgehängte Wand. Gegen ein kleines Trinkgeld hatte ein

Junge immer wieder die Fliegen verscheucht. Richard würde zu gern einmal einen lebenden Tiger beobachten. Er stellte sich vor, dass sie einen weichen Gang und einen stechenden Blick hatten. Porträtierte Richard Menschen, gelang es ihm mühelos, dass sie die Kamera und ihn irgendwann vergaßen und sich nicht mehr verstellten. Eine ehemalige Geliebte hatte Richard im Streit vorgeworfen, er sei so langweilig, dass man durch ihn hindurchsehe. Bei der Arbeit mit Tieren könnte ihm das nutzen.

»Erlassen Sie mir siebzig Prozent vom Preis, und ich behalte es wegen des Rahmens«, sagte Monsieur Houle.

Lächerlich. Außerdem hatte Richard den Verdienst längst ausgegeben.

»Gegenvorschlag«, sagte er. »Ich begleite Sie beim nächsten Mal und fotografiere die Jagd. Mit meiner Leica ist das möglich. Man will sie sogar bei den Olympischen Spielen einsetzen. Wenn ich mich auf einem Baum verstecke und warte, bis ein Tier kommt, und das dann in der Bewegung auf Zelluloid banne …« Richards Ärger verflog. Was für eine geniale Idee. »Dann müssen Sie ja gar nicht mehr schießen!«

Monsieur Houle schüttelte umgehend den Kopf. »Nee. Wo bleibt denn da der Spaß?«

Sportkameraden

New York, 15. März 1936

Alle Besucherinnen der vergangenen Wochen waren in einem engen Zeitfenster zwischen vierzehn und achtzehn Uhr erschienen und hatten Blumen oder Essen mitgebracht. Sie wollten Ruth wohl weder wecken noch sie davon abhalten, früh zu Bett zu gehen. Dabei schlief sie seit Bills Tod nur noch stundenweise.

Der Morgen war neblig. Ruth hatte das Fenster aufgerissen und lag auf dem Boden des Schlafzimmers, Arme und Beine ausgestreckt wie ein Seestern. In den ersten Trauertagen war der Schmerz überwältigend gewesen. Jetzt klang er ab und nahm alle anderen Gefühle mit. Das Einzige, was Ruth noch spürte, war die Kälte. Ihre Hände und Füße wurden klamm. Wenn sie lang genug so läge, würde das eisige Blut zum Herzen fließen, es anhalten, und dann wäre Ruth endlich auch tot. Sie wartete eine Weile. Das Telefon klingelte. Margaret, die vorübergehend im Gästezimmer wohnte, nahm ab und meldete sich im Ton einer fidelen Krankenschwester.

»Bei Harkness? Danke, Frankie, einen guten Morgen auch Ihnen … Mr. Russell, sagen Sie? Augenblick, ich frage nach …« Wenig später klopfte es an der Schlafzimmertür.

»Ruth, könntest du jemanden sehen? Unten ist ein Freund von Bill. Gerald Russell, sie kennen sich aus China.«

Von alten Gewohnheiten gesteuert, stand Ruth auf. Sie war New Yorks beste Gastgeberin und würde einen weit gereisten Besucher natürlich empfangen.

»Soll hochkommen«, rief Ruth.

Einigermaßen präsentabel war sie ja. Das Haar trug sie in der Mitte gescheitelt und zu einem straffen Zopf gebunden. Ihren schwarzen Kaschmirpullover hatte sie gestern gar nicht ausgezogen. Ruth ging ins Wohnzimmer, nahm auf dem Sofa Platz, zupfte ihre Kleidung zurecht und bemerkte erst in diesem Moment, dass sie noch Bills Tennishose trug. Lang und weiß war sie und vom Schlafen darin zerknittert. Margaret würde mitfühlend lächeln, doch von einem Fremden wollte Ruth nicht in diesem sentimentalen Aufzug gesehen werden. Zu spät, schon erklangen Schritte auf dem Flur. Mr. Russell musste statt des Aufzugs die Treppe genommen haben. Rasch drapierte Ruth eine Decke über ihrem Schoß. Damit wirkte sie nun allerdings wie ein greises Mütterchen. Sie hörte Margaret öffnen, winkelte in letzter Sekunde die Beine auf dem Polster an und bedeckte sie bis zu den Füßen. Margaret tauchte im Durchgang zum Wohnzimmer auf und machte dem Besucher Platz.

Mr. Russell war groß, sehnig und trug einen wuchernden Bart. An der Art, wie er hereinstürmte, erkannte Ruth: ein Sportkamerad. Viele von Bills Freunden fielen in diese Kategorie. Sie schleuderten einander Sprüche entgegen und begrüßten sich mit einem Ritual aus Schulterklopfen und Grimassen. Mr. Russell brachte eine Flasche Wein und ein bemaltes Kästchen mit.

»Mah-Jongg«, erklärte er. »Habe ich auf dem Schiff gelernt. Wir …«

Suchend sah er sich um. An den Kondolenzkarten auf dem Sekretär blieb sein Blick hängen.

Er weiß es noch nicht, dachte Ruth. Wahrscheinlich wollte er der Ehefrau vorgestellt werden und Bill für eine Runde um die Häuser entführen.

Margaret machte ein betretenes Gesicht. Sie hatte es versäumt, den Besucher zu warnen.

»Bill ist vor vier Wochen verstorben«, sagte sie. »In einem Krankenhaus in Shanghai.«

Das Kästchen rutschte Mr. Russell aus der Hand. Bunte Spielsteine prasselten auf den Boden. Der Reflex, zu helfen, ließ Ruth zucken, aber dann besann sie sich der Hose. Außerdem kniete Margaret schon neben Mr. Russell und sammelte mit ihm die Steine ein.

»Ich war eine Weile unterwegs.« Mr. Russell betrachtete die Spielsteine in seiner Hand, als stünde auf ihnen eine Chronologie der Ereignisse. »Von Bill konnte ich mich in China nicht verabschieden. Er war mal wieder verschwunden. Plötzlich unterzutauchen, war sein Markenzeichen, und nach unserem Misserfolg hat er es noch öfter gemacht, wissen Sie?«

»Eigentlich weiß ich wenig. Ich wollte hinfahren und ihn zurückbegleiten, und dann hätte er mir schon alles erzählt, dachte ich.« Unter der Decke wackelte Ruth mit den Zehen. Ihre Füße drohten einzuschlafen. »Was war das für ein Misserfolg?«

Alle Steine waren aufgehoben. Mr. Russell legte das Kästchen auf einen Beistelltisch und drückte Margaret die Flasche in die Hand. Sein Gastgeschenk war ihm nun offenbar peinlich.

»Bill hat einiges für sich behalten«, sagte er.

»Öffnen wir den Wein«, entschied Ruth. »Sie haben doch etwas Zeit, Mr. Russell?«

Der Mann nickte. »Bitte nennen Sie mich Gerry.«

Margaret ging Korkenzieher und Gläser holen, während Gerry in einem der Sessel Platz nahm und Ruth ihm ebenfalls das Du anbot. Innerhalb einer Viertelstunde brachten sie sich gegenseitig auf den neuesten Stand.

»Tumore«, erklärte Ruth knapp. »Im Hals und im Torso. Bill wurde mehrfach operiert, doch davon habe ich erst durch das Krankenhaus erfahren. Er war wohl vorher schon in Behandlung, und der Doktor hatte ihm Ruhe befohlen. Darauf hat Bill nicht gehört.«

Hätte sie ihm doch beistehen können! Warum hatte Bill seine Sorgen nicht mit ihr geteilt? Und wieso war er so leichtsinnig gewesen, entgegen der Warnungen loszuziehen?

Ruth schlug die Augen nieder. »Er ist ganz allein gestorben.«

Schweigend tranken sie. Buster schlich herbei, sprang auf das Sofa und stieg über Ruths Unterschenkel. Sie fühlte die Berührung seiner Pfoten wie durch Watte.

Schließlich räusperte Gerry sich und begann seine Version der Geschichte mit einer Vorstellung. Durch die väterliche Linie hatte er einen britischen Adelstitel und war Cambridge-Absolvent. Seine Großmutter hieß Aimée Crocker, ob Ruth von ihr gehört habe? Genau, die Mystikerin, die Tätowierungen und Schlangen sammelte und in fünfter Ehe mit einem jungen russischen Prinzen verheiratet war. An Gerry hatte sie einen Narren gefressen, denn sein Forschungsfeld traf genau ihren exzentrischen Geschmack. Gerry war Kryptozoologe. Als solcher reiste er durch Afrika und Asien und suchte nach Tieren, deren Existenz bezweifelt wurde.

»Seeungeheuer, Affenmenschen, Yetis.« Er stützte die Unterarme auf die Knie. »Aber ich bin keiner, der mit fantastischen Geschichten von angeblichen Sichtungen zurückkommt. Ich will sie fangen und den lebenden Beweis erbringen.«

Bei diesem Stichwort kamen Ruth die Pandas wieder in den Sinn. Sie beugte sich vor. Es klang, als wäre auch Gerry skeptisch, so wie sie, als sie zum ersten Mal von ausgestopften Pandas gehört hatte. Als der Besucher fortfuhr, schien er ihre Gedanken auszusprechen.

»Felle oder Skelette können lügen, und präparierte Fälschungen gibt es zuhauf, was aber niemals gegen die Existenz von Pandas gesprochen hat. Es gibt sie, da bin ich mir sicher, und dein Mann, der hätte das Zeug dazu gehabt, einen zu fangen.« Versonnen nickte er. »Ich habe große Stücke auf Bill gehalten. Ihm wäre es nie eingefallen, einheimische Jäger für die harte Arbeit anzuheuern und sich hinterher in den Salons als Held aufzuspielen. Bill wollte selbst da raus.«

»Du hast erwähnt, er war untergetaucht.«

»So habe ich zuerst von ihm gehört. Die Zeitungen schrieben,

Bill sei aus einem Zug verschwunden. In der Gegend gibt es oft Entführungen. Darum suchte die Polizei nach ihm.«

Ein Lächeln huschte über Ruths Gesicht. »Der Zug wird ihm einfach zu langsam gewesen sein. Also ist Bill rausgesprungen und gelaufen. Das hat er auch hier getan, wenn unser Taxi im Stau stand. Im Smoking ist er durch Manhattan gerannt wie ein übermütiger Junge. Wenn ich dann zu Hause ankam, hatte er schon Drinks gemischt.«

Gerry grinste. »Ja, das klingt nach ihm. Er wurde Tage später an der Bar des Palace entdeckt, einen Gin Fizz in der Hand. Mittlerweile waren auch die US-Marshals wegen ihm unterwegs. Bill fand es lustig, mit ihnen Versteck zu spielen. Wochen später hat er heimlich gepackt und in einem anderen Hotel unter falschem Namen eingecheckt. Als er aufflog, bekam er Ärger und sollte sich regelmäßig bei den Behörden melden. Das ging ihm natürlich gegen den Strich.«

»Dumme Streiche«, sagte Ruth. »Aber mit den Offiziellen hätte er sich gut stellen müssen. Wegen der Reisegenehmigungen.«

»Die wollte Smith ja beschaffen.«

»Floyd Smith?«

»Von dem hast du wohl schon gehört.«

»Oh, nicht nur einmal.«

Seine Briefe hatte Ruth in die unterste Schublade des Sekretärs gestopft. Smith listete Kosten für Ausrüstung, Unterbringung und Löhne auf, die Ruth tragen sollte. Der erste Brief war unverschämt früh in der Trauerzeit eingetroffen, und jeder weitere hatte Ruth mehr Kopfschmerzen bereitet. Was sollte sie antworten? Glücklicherweise war jetzt Gerry da. An den konnte sie das abgeben.

»Erzähl weiter!«, ermunterte sie ihn.

»Bill hatte sich mit Smith zusammengetan, weil der im Hochland Expeditionscamps unterhält. Ich finde den Alten etwas umständlich, aber er ist erfahren und steht angeblich auf gutem Fuß mit wichtigen Leuten. Smith versprach Bill, ihm alle nötigen

Papiere zu beschaffen. Das dauerte. Gut für mich, denn ich hätte sie sonst verpasst. Als ich in die Stadt kam, konnte es gerade losgehen. Smith sagte, er habe alles geregelt, und Bill heuerte Männer an, unter anderem mich. Wir flogen nach Chengdu ins Sichuan-Becken. Westlich davon beginnt hinter einer Bergkette das tibetische Plateau. Doch wir kamen nur bis zum Fuß des Emei. Die letzte, entscheidende Genehmigung war nur vor Ort zu bekommen und wurde uns verwehrt. Fluchend kehrten wir um. Smith tat, als wäre das nur ein kleines Missgeschick, aber Bill wollte mir keine falschen Hoffnungen machen. Darum bin ich weitergezogen.« Entschuldigend fügte er hinzu: »Ich wusste ja nicht …«

»Nein, das wusste niemand von uns.«

Doch Bill hatte sich möglicherweise schon krank gefühlt und geahnt, dass es seine letzte Reise war. Die Zurückweisung an der Grenze musste sich für ihn endgültig angefühlt haben. Sein großer Traum war geplatzt. Ruth kämpfte gegen die Tränen an und spürte die Enttäuschung ihres Mannes. Wie hatte das passieren können? Wann war Bill je gescheitert? Sein Charme hatte ihm doch immer alle Türen geöffnet.

Um sich abzulenken, streichelte Ruth den Kater. Als sie sich wieder gesammelt hatte, setzte sie das Tier behutsam auf den Boden und schlug die Decke zurück. Tennishose hin oder her, sie würde Gerry die Briefe von Smith geben, dann könnten die Männer Bills Mission fortführen. Einer ihrer Füße knickte unter Ruth weg, und sie strauchelte.

»Hoppla!« Gerry war sofort da und bot ihr Halt.

»Nur ein eingeschlafenes Bein, das geht gleich wieder.« Ruth krümmte die Zehen. Sie konnte sie bewegen, aber nicht spüren, und war das nicht eine perfekte Beschreibung ihres Gesamtzustands? Während sie zum Sekretär humpelte, begann es in ihren Füßen zu kribbeln.

»Hier.« Sie zog die gestapelte Korrespondenz aus der Schublade. »Als seine Ehefrau erbe ich Bills Beteiligung an der Expedition. Smith will weitermachen, aber natürlich nicht mit mir.«

Sie wollte Gerry die Briefe geben, doch der steckte die Hände in die Taschen.

»Nimm meinen Anteil«, sagte Ruth. »Hol einen Panda nach New York.«

Sie tippte mit dem Stapel gegen Gerrys Hemd. Der weiße Leinenstoff war ungebügelt, genau wie die Tennishose.

»Du solltest mitkommen«, sagte Gerry.

Ungläubig lachte Ruth und zupfte an ihrer Hose. »Ich trage zwar den Dress, aber eine Sportkameradin bin ich nicht.«

»Dafür bist du Mrs. Harkness.« Gerry wirkte bestimmt. »Pandas zu finden und hierherzubringen, war Bills Lebenstraum. Mach für ihn weiter.«

»Nein. Wirklich nicht.«

Das erwachende Bein kribbelte lästig. Ruth wurde ärgerlich. Wenn Bill jetzt hier wäre, dem würde sie etwas erzählen! In seinen Briefen war immer alles gut gewesen, alles eitel Sonnenschein. Dabei hätte ihr Mann sie in China gebraucht. Wegen seiner angeblichen Kontakte hatte er diesen Smith ins Boot geholt? Ruth knüpfte Beziehungen wie keine andere. *Sie* hätte die richtigen Leute überzeugen können. Aber dafür war es jetzt zu spät. An Bills Seite wäre Ruth für ein Abenteuer bereit gewesen, doch allein? Wie stellte Gerry sich das vor? Er sollte sie damit in Ruhe lassen. Alle sollten sie in Ruhe lassen! Diese Wut, war das die nächste Phase der Trauer?

»Dann soll Smith meinen Anteil haben«, sagte Ruth. »Ich schreibe ihm noch heute.«

»Tu das nicht! Smith knallt ab, was ihm vor die Flinte kommt. Aber die Welt braucht nicht noch mehr ausgestopfte Pandas, nicht noch mehr Trophäen!«

Schon wieder schien Gerry ihre Gedanken auszusprechen. Das war unheimlich. Ob er unlautere Absichten verfolgte? War er am

Ende ein Witwentröster? Aber sein Erschrecken über Bills Tod war nicht gespielt gewesen, und hinter Ruths Ersparnissen war er wohl auch nicht her. Seine Familie war reich.

»Bill wollte ein lebendes Tier«, sagte Gerry. »Und du willst reisen, Ruth. Das hat er mir erzählt.«

Ruth ließ die Briefe sinken. »Bill hat von mir gesprochen?«

Kaum zu glauben, dass in dieser Männerrunde Platz für Sentimentalitäten gewesen war.

»Jeden Abend«, sagte Gerry.

»Hat er gesagt, ich kann reiten und ein Lasso werfen?«

»Nein.«

»Na also.«

»Aber seltene Tiere fängt man nicht mit Lassos. Wir Kryptozoologen …« Gerry stockte. »Eigentlich kenne ich keine anderen Kryptozoologen. Jedenfalls setze ich auf Gespür. Man braucht Instinkte.« Er fuhr sich durch den Bart. »Zur Hölle, wer weiß schon, was man braucht? Klar ist nur, was *nicht* funktioniert.«

»Ich besitze nicht einmal Wanderschuhe, Gerry.«

»Okay, aber …« Offenbar suchte Gerry nach einem Argument. Plötzlich hellte sich seine Miene auf, und er deutete auf Buster. »Sieh dir diesen Miesepeter an, der ist bei dir handzahm. Mich dagegen funkelt er an, als wolle er mich töten.«

Wie um das zu bestätigen, drehte Buster den Kopf und fauchte in Richtung des ausgestreckten Fingers. Gerry zuckte zurück. Dann lachte er. Buster sprang auf den Boden und machte einen Buckel.

»Benimm dich«, sagte Ruth warnend.

Daraufhin verzog sich der Kater in eine Ecke.

»Du …«, begann Gerry.

Mit einem Knurren fiel der Kater ihm ins Wort.

»Buster!«, rief Ruth.

Das Knurren verstummte. Gerry senkte seine Stimme.

»Du kannst …«

Wieder knurrte der Kater. Gerry schlug die Hand vor den Mund und machte ein übertrieben angstvolles Gesicht. Nun lachte auch Ruth.

»Du kannst gut mit Tieren, und das ist die Hauptsache«, sagte Gerry schnell.

Da war vielleicht etwas dran. Zum ersten Mal seit Bills Tod wurden die unsichtbaren Gewichte auf Ruths Brust etwas leichter. In den letzten Tagen hatte sie sich ausgemalt, wie ihr Leben als Witwe aussehen würde: Ruth war nicht mehr ganz jung, sechsunddreißig schon. Andere hätten sich zu Verwandten zurückgezogen, aber das war nicht ihr Stil, hatte sie doch in den letzten Jahren mehr als genug bewiesen, wie gut sie allein zurechtkam. Nach einer Trauerphase würde sie wieder Verehrer in ihr Leben lassen – auf die könnte sie genauso wenig verzichten wie auf Drinks und schöne Kleider. Doch heiraten würde sie nicht mehr. Einen zweiten Bill konnte es nicht geben. Auf ihn hatte sie gewartet, und sie würde noch zehnmal länger warten, wenn ihn das zurückbrächte. Was ihr blieb, waren die gemeinsamen Träume: etwas von der Welt sehen, Wind um die Nase spüren, ein geheimnisvolles Tier finden. Indem Ruth Bills Abenteuer fortführte, würde sie sich ihm noch einmal nahe fühlen.

Über China wusste Ruth nicht viel, und über Tibet noch weniger. Doch wenn sie erst einmal dort wäre, täten sich vielleicht Wege in die Berge auf, die den Männern versperrt gewesen waren. Viele Herren hatten schon nach Pandas gesucht, aber noch keine Dame. Ruth würde Menschen kennenlernen, die sie unterstützten. Das war ihre Gabe: Sie konnte begeistern, und begeisterte Leute halfen gern. Außerdem traute Gerry ihr offenbar eine Expedition zu. Eigentlich hatte Ruth nichts zu verlieren. Wenn sie scheiterte, hätte sie wenigstens Shanghai gesehen.

»Warum denn nicht«, rief sie. »Ich fahre nach China.«

Action

Richard kauerte auf einem flachen Dach im chinesischen Viertel der Stadt. Eine halbe Stunde zuvor war er aus dem Dachfenster eines Teehauses geklettert, um mit seiner neuen Kamera eine Beerdigungsprozession aus der Vogelperspektive aufzunehmen. Nun ging der Tag in die Nacht über, und Richard nutzte die Dämmerung, um mit längeren Belichtungszeiten zu experimentieren. Hier, zwei Meter über dem Boden, fühlte er sich der Stadt enthoben. Aus mobilen Nudelküchen stieg aromatischer Dampf auf und vermischte sich mit Opiumrauch und dem gelegentlich vorbeiziehenden »Duft-Express«, einem Handkarren, der Kot abtransportierte.

Durch den Sucher seiner Kamera betrachtete Richard die gegenüberliegende Fassade. Das dunkle Holz eines Türrahmens kontrastierte reizvoll mit einem Stapel heller Stoffballen. Vorsichtig wechselte Richard in die Bauchlage, stützte die Ellenbogen auf und stellte scharf. Ihm blieben noch drei Bilder. Die Stoffballen gefielen ihm doch nicht. Zu massiv. Auf der anderen Seite der Tür baumelten Strohsandalen von einem Haken. Aber die wurden von darüberhängender Wäsche beschattet. Richard fokussierte auf die trocknenden Hemden und Laken. Bei der nächsten Windbö würden sie sich bauschen, dann konnte Richard ihre Bewegung einfangen. Er legte den Finger auf den Auslöser. Am unteren Rand des Bildausschnitts regte sich etwas. Ein Hut schob sich ins Bild, als der Mann, der neben der Tür stand, den Kopf hob und in Richards Richtung blickte. Als Nächstes hob er seine Hand, darin etwas Dunkles. Eine Pistole wurde auf Richard gerichtet.

Reflexhaft drückte Richard den Auslöser der Kamera und duckte sich. Sein Kinn und die Leica schlugen auf die Schindeln. Der Geschmack von Blut breitete sich in seinem Mund aus. Richard wich zurück und riss sich an einem Nagel die Haut am Daumen auf. Von der Straße her ertönte ein Pfiff. Mit weichen Knien robbte Richard bis zum First. Auf der anderen Dachseite rutschte er hinunter, sprang in einen Hinterhof, überwand einen niedrigen Lattenzaun und rannte an Hühnern und spielenden Kindern vorbei durch das Gewirr der Gassen. Von seinen Fototouren der vergangenen Tage kannte er die Gegend und fand den Weg Richtung Internationales Viertel ohne Probleme. Erst in der Sicherheit seiner Lieblingsbar, mit dem russischen Türsteher zwischen sich und der Straße, wagte er zu verschnaufen. Es war Dinnerzeit, die Bar hatte gerade erst geöffnet, und bis auf Richard waren noch keine Gäste da. An einem Tisch nahe der Küche saß ein Musiker der Hausband und polierte seine Trompete. Richard setzte sich an den Tresen.

»Ein Stengah ohne Eis bitte, Feng.«

Beidhändig mischte der Barkeeper Whisky und Soda und stellte das Getränk vor Richard ab. Die Tür eines Hinterraums ging auf, und eine Gruppe Eintänzerinnen in identischen bodenlangen Kleidern schwebte heraus. Ihre Seidenröcke schwangen lautlos wie Eulenflügel. Sie verließen die Bar und verschwanden im Nachtclub gegenüber. Immer noch schwitzend, inspizierte Richard die Kamera. Sie war unbeschädigt. Den Kratzer an der Hand spürte er nicht mehr. Das Adrenalin und der Sprint hatten ihn euphorisiert. Er grinste.

»Guten Tag gehabt?«, fragte der Barkeeper.

»Schenk mir ein Lächeln, und ich bring dich in die Zeitung.« Richard nahm einen großen Schluck aus seinem Glas. »Bald werden sich alle um meine Bilder reißen.«

Rinao

Ruth begann ihre große Reise mit einer Abschiedsparty. Von Freunden begleitet, bezog sie eine Kabine auf einem Linienschiff, das sie zunächst nach London bringen sollte, wo Gerry sie schon erwartete. Sie tranken, lachten, stimmten Seemannslieder an und übertönten damit das Läuten der Glocke. Erst als der Chefsteward auf seinem Kontrollgang vorbeikam und warnte, wer jetzt nicht das Schiff verlasse, müsse mitfahren, sprangen Ruths Gäste auf, umarmten sie und stürmten davon wie Kinder, die bei einem Streich erwischt wurden. Nur Margaret blieb noch für einen Moment zurück.

»Beim heiligen Christophorus, Ruthi.« Sie hob ein Kristallglas auf, das jemand achtlos auf dem Boden hatte stehen lassen. »Du machst es wirklich!«

Zwar hatte sie zugestimmt, Buster und die Wohnung zu hüten, doch an der Ernsthaftigkeit von Ruths Plänen hatte sie anscheinend bis zuletzt gezweifelt.

»Und ob.« Mit spitzen Fingern entfernte Ruth den glimmenden Stummel aus ihrer Zigarettenspitze und warf ihn in eine leere Champagnerflasche. »Sorg dich nicht, Liebes. Ich bin vorbereitet. Letzte Woche habe ich mir in Chinatown ein Horoskop erstellen lassen. Wir schreiben das Jahr der Ratte. Da werden Ziele in Angriff genommen. Die Wohnung ist abbezahlt, meine Ersparnisse reichen für Monate, und ich habe die Adressen einiger Amerikaner, die in Shanghai leben. Der Rest ergibt sich schon.«

Margaret schüttelte nachsichtig den Kopf. »Komm mir heil wieder, ja?«

»Ich schreibe dir, versprochen!«

Ruth klopfte auf ein Köfferchen. Es enthielt ihre neue Schreibmaschine, ein nachtschwarz lackiertes, tragbares Modell, gerade einmal so breit wie zwei Hände. An der Seite befand sich ein Schwengel. Wurde er betätigt, erhoben sich die Typenhebel aus der Versenkung und stellten sich in einen Halbkreis vor das Papier wie grazile Ballerinas, bereit, mit den Buchstaben zu tanzen.

Margaret drückte Ruth an sich, murmelte noch etwas Unverständliches und eilte davon. Das Kristallglas ließ sie zurück.

»Nun, dafür werde ich Verwendung finden«, sagte Ruth zu sich selbst.

Außer der Schreibmaschine führte sie ein Set aus vier handlichen Koffern mit. Die meisten der rund sechzig Passagiere hatten schrankgroße Kisten in den Schiffsbauch bringen lassen, doch Ruth hatte dem Steward erklärt, sie brauche alles in ihrer Kabine. Die Koffer enthielten Kleider, Schuhe, Schmuck und Hüte. Eine Reise war schließlich keine Entschuldigung für optische Langeweile. Zu jeder Mahlzeit wollte Ruth etwas anderes tragen.

Während der fünf Tage dauernden Überfahrt nach England erwarb sich Ruth einen Ruf als elegante, nimmermüde Cocktailtrinkerin, die mehr Mischungen kannte als sämtliche Barkeeper. In London ging sie stilecht in einem Tweet-Ensemble von Bord. Gerry holte sie vom Hafen ab, ohne ihr Outfit zu kommentieren, sehr zu Ruths Enttäuschung. Bevor sie nach China weiterreisten, unternahmen sie erst noch einen Abstecher zu seinen Eltern nach Frankreich. Die Russells lebten dort auf einem Anwesen im Rhonetal.

Zwischen malerischen Weinbergen und alten Mauern beschlichen Ruth erste Zweifel an ihrem Begleiter. Trotz des offensichtlichen Reichtums seiner Familie – Madame Russell trug auch wochentags Juwelen zum Dinner – war Gerry nicht liquide, und seine Eltern, das wurde sofort klar, hielten die Panda-Expedition für einen Spleen, den sie nicht unterstützen würden. Menschen, die ihr Vermögen geerbt hatten, dachten offenbar nur daran, es zusammenzuhalten. Ruth war ganz anders. Aus einfachen Verhältnissen hatte sie sich in Manhattan emporgearbeitet, mit Geschmack und Unternehmergeist. In ihrer Welt erreichte man Ziele, indem man riskant investierte. Dagegen war Gerry von seinen Eltern abhängig und würde ein Vermögen erben, zu dem er nichts beigetragen hatte. In Ruth sah er offenbar eine mütterliche Figur, die ihn auf der Reise durchfüttern würde. So hatte sie sich das nicht vorgestellt, doch um in China zurechtzukommen, brauchte sie ihn. Schließlich hatte sie keine Ahnung, wie sie diese Expedition – oder besser gesagt: jedwede Expedition – angehen sollte, und war bis jetzt nur für Abende in Bars ausgerüstet. Zähneknirschend gab sie daher die spendable Amerikanerin und bezahlte Gerrys Schiffsfahrkarte. Er kommentierte auch das mit keiner Silbe.

In Marseille gingen sie an Bord. Das Schiff steuerte Port Said in Ägypten an, fuhr durch den Suezkanal ins Rote Meer und von dort durch den Golf von Aden. Als sie den Indischen Ozean erreichten, zog es Ruth nachts hinaus an Deck. Oft blieb sie bis in die frühen Morgenstunden im warmen Wind sitzen und betrachtete die Sterne, die hier andere waren. Einmal gesellte sich der Kapitän für eine halbe Stunde zu ihr. Ruth ermunterte ihn, Geschichten vom Leben auf See zu erzählen, was er gern tat. Er schloss seufzend: »Doch einsam ist es.«

Steuerbord huschte etwas durch in den Wellen. Ruth kniff die Augen zusammen. Waren das Delfine? Das Kinn in die Hand gestützt, stellte sie fest: »Das Meer duldet uns nur. Jedes Mal, wenn wir in einem Hafen ankern, bin ich erleichtert. Wie schön es doch ist, auf festem Boden zu stehen.« Sie bot dem Kapitän eine Zigarette an und kam sich plötzlich schrecklich unoriginell vor. »Na, das haben Sie bestimmt schon oft gehört.«

Der Kapitän schwieg höflich.

»Etwas ist seltsam«, fuhr Ruth fort. »Je mehr ich mich von zu Hause entferne, desto heimischer fühle ich mich. Als würde ich den Orient bereits kennen.«

»Sicherlich können Sie trotzdem noch viel entdecken«, entgegnete der Kapitän. »Vielleicht darf ich Ihnen Hongkong zeigen?«

In der britischen Kronkolonie legten sie einen Zwischenstopp von zwei Tagen ein. Erstaunt beobachtete Ruth, wie Menschen sich in Sänften die steilen Straßen emportragen ließen. Zwar hatte sie schon von Sänften gehört, aber diese hier hatten mit den schönen Transportmitteln aus orientalischen Märchen nichts gemein. Es waren lediglich Rattanstühle über zwei Stangen, die die Träger sich auf die Schultern legten.

»Da käme ich mir ja vor wie auf einer Bahre«, konstatierte Ruth.

Der Kapitän bot ihr seinen Arm. »Wir können die Seilbahn nehmen.«

Vorher steuerten sie aber noch einen der Strände an und erfrischten sich mit einem Bad im Meer. Dann schlenderten sie durch kleine Läden und aßen Schlangensuppe, die vor Krankheiten schützen sollte. Gegen Nachmittag flüchteten sie vor der erdrückenden Hitze auf einen der grünen Hügel der Stadt und besuchten einen Reeder, mit dem der Kapitän bekannt war. Bei Drinks und Kanapees genossen sie den Anblick der Bucht, über der die Sonne unterging.

»Einfach himmlisch ist es hier«, sagte Ruth. »Wie wird wohl erst Shanghai sein?«

»Komplementär.« Der Kapitän lachte. »Die Stadt hat das berüchtigte *Rinao*.«

»Bitte was?«

»Eine Überforderung der Sinne. Zu viel zu sehen, zu hören und zu riechen. Manche macht das *Rinao* schwindelig, andere belebt es.«

»Wunderbar.« Ruth leerte ihren Whisky Soda und tupfte das kühle Glas an ihren Hals wie einen Parfümflakon. »Ich werde zur zweiten Gruppe gehören.«

Die letzten Meilen der Reise bestanden aus einer Fahrt ins Delta des Jangtse und den Huangpu-Fluss hinauf, vorbei an Öldepots, Schiffsdocks und Fabriken, aus deren Schloten es qualmte. In einem Seidenkleid aus Hongkong, das sich anfühlte wie eine zweite, makellose Haut, stand Ruth an der Reling und hielt Ausschau nach den herausstechenden Bauten der Stadt. In Shanghai gab es Hochhäuser wie in New York. Ruth stand noch unter dem Eindruck des weiten Ozeans, der ihr an den meisten Tagen nur das Blau und Grau von Wasser und Himmel geboten hatte. Beim Anblick der hohen Bauten erkannte sie zwischen Shanghai und ihrer Heimatstadt mehr Gemeinsamkeiten als Unterschiede. Wie Verwandte schienen die beiden zu sein, mit unverkennbaren Ähnlichkeiten, aber eigenem Charakter.

An den Ufern des Flusses drängten sich in mehreren Reihen Dschunken, die traditionellen flachen Segelboote. Manche schienen bewohnt zu sein, von einem krähte gar ein Hahn. Links und rechts des Flusses standen Pagoden, Tempel und bunt bemalte Drachenstatuen. Immer wieder gab es auch Gebäude mit westlicher Architektur. Das Hauptpostamt mit seinem barocken Uhrenturm hätte auch nach London gepasst.

Am Kai wartete schon eine Menschenmenge. Als das Schiff festmachte, kam Bewegung in sie. Kinder wurden auf Schultern gehoben, Begrüßungen in vielen Sprachen gerufen und Namen gebrüllt. Ausgezehrte Kulis und Taxifahrer in weißen Uniformen suchten günstige Plätze, um ihre Dienste anzubieten. Ruth wandte sich suchend nach Gerry um. Endlich kam er an Deck. Sein Hemd war am Kragen ausgefranst. Er besaß ein besseres, aber die Ankunft war ihm wohl kein Umziehen wert gewesen.

»Da ist Smith.« Gerry deutete auf einen hageren Mann, der in den Fünfzigern sein mochte, und winkte.

Smith hielt die Arme verschränkt und hob nur die obere Hand. Neben ihm stand eine zierliche Dame. Sie trug einen Dutt und eine hochgeschlossene Bluse. Das musste Elizabeth sein, seine schottisch-japanische Gattin. Ruth winkte ebenfalls. Zurück kam ein dünnes Lächeln.

Die Gangway wurde hinabgelassen, und die Passagiere drängten an Land. Ruth und Gerry kämpften sich zu den Smiths vor, die ihnen förmlich die Hände schüttelten. Gerry leitete die Vorstellungsrunde und schloss mit einem Klopfen auf Smiths Schulter: »Seine Freunde rufen ihn Ajax.«

Dunkel erinnerte Ruth sich an einen Helden des Trojanischen Krieges. Warum wurde Smith so genannt? Kannte er Belagerungstricks? Wer waren die Freunde, und gehörte Gerry dazu? Sollte auch Ruth Smith mit seinem Spitznamen ansprechen? Nichts davon wurde geklärt. Ruth wartete darauf, dass die beiden Männer Neuigkeiten austauschten. Immerhin war ihr gemeinsames Unterfangen durch Bills Tod jäh unterbrochen worden, und während Gerrys Abwesenheit war doch sicher einiges geschehen. Andere Expeditionen mussten im Feld sein, und Nachrichten von Erfolgen oder Misserfolgen sollten Shanghai erreicht haben.

Aber Smith fragte nur: »Gute Reise gehabt?«

Mit Nichtigkeiten ging es weiter, bis sie ihr Gepäck in Empfang nehmen konnten. Die Smiths würden Ruth und Gerry ins Palace bringen, das Hotel, in dem auch Bill abgestiegen war. Für den Weg wählten sie Rikschas. Smith organisierte eine pro Person und vier weitere für die Koffer. Ruth kletterte in einen Sitz über zwei Wagenrädern. Über ihr befand sich ein herunterklappbares Sonnenverdeck wie bei einem Kinderwagen. Betreten bemerkte Ruth, wie klein und alt der Mann war, der ihre Rikscha ziehen sollte. Hoffentlich brach er nicht unter ihrem Gewicht zusammen. Doch dann demonstrierte diese Person erstaunliche Kraft, manövrierte das Gefährt an einem Stau von Autos und Lastkraftwagen vorbei und hatte sogar noch Luft, um Kollegen, die eine Sänfte trugen, etwas zuzurufen.

Vor dem Hotel sammelten sich alle wieder. Gerry machte keine Anstalten, die Rikschas zu bezahlen, und als Ruth bemerkte, sie müsse erst Geld tauschen, sagte Smith: »Die nehmen auch Dollars.«

Er nannte den Betrag, und Ruth zückte ihre Börse. Anscheinend sahen die Männer sie nun als Chefin an.

Nun, wenn sie alles bezahlte, durfte sie auch Anordnungen geben.

»Gerry und ich checken ein«, sagte sie. »Und in einer halben Stunde Lagebesprechung.«

»Darauf bin ich nicht eingestellt«, sagte Smith.

»Und morgen ist auch noch ein Tag.« Gerry gähnte. »Erst mal ankommen.«

»Sie möchten gewiss ausruhen, Ruth«, warf Elizabeth ein.

»Danke«, sagte Ruth. »Das konnte ich auf dem Schiff lange genug.« Zwar mochte die feuchte Hitze lethargisch machen, aber in Ruth kribbelte Ungeduld. Sie überging die Einwände und wandte sich an Smith. »Wir haben elf Uhr. Sie kommen um fünf wieder her, und dann reden wir, ja?«

Um ihm keine Gelegenheit für Widerspruch zu geben, ließ sie sich vom Portier die Tür öffnen und marschierte in die Lobby. An der Rezeption begrüßte sie ein junger Chinese. Er sprach Englisch wie ein Bostoner und trug eine Brille mit Kunststoffrahmen in zwei verschiedenen Grüntönen. Ungewöhnlich! Später würde Ruth sich erkundigen, wo man solche bekam – in ihrem Fall natürlich mit Fensterglas, denn ihre Augen funktionierten tadellos. Zunächst interessierte sie aber etwas anderes. Am Hafen hatte Smith sich mit einem Rikschafahrer in einer Sprache verständigt, die eine Mischung aus Chinesisch, Englisch und noch anderen zu sein schien.

»Wantchee eight piece rikscha, chop-chop.«

Dann war ein Ausdruck gefolgt, der französisch klang, und den Rest hatte Ruth nicht mehr verstanden. Auf dem Schiff hatte sie versucht, von einem Geschichtsprofessor etwas Mandarin zu lernen, doch ihr war schnell klar geworden, dass es Monate dauern würde, bis sie einfache Dinge ausdrücken konnte, und selbst dann äußerte sie mit falscher Betonung möglicherweise Beleidigungen. Aber wenn sie weiterhin Smith für sich reden ließe, könnte der das zu seinem Vorteil nutzen. Ruth erklärte dem Rezeptionisten, sie wolle die Sprache lernen, in der sich Chinesen und Ausländer verständigten.

»Pidgin?« Hinter der schönen Brille hob der Rezeptionist die Augenbrauen. »Aber wir helfen Ihnen hier mit Vergnügen auf Englisch, Madam.«

Ruth dankte und versicherte ihm, seine Aussprache sei hervorragend, sie wolle nur gern auf eigene Faust die Stadt erkunden, vor allem den chinesischen Teil. Entsetzt wurde die Brille zurechtgerückt. Der Rezeptionist sagte etwas von Gebieten, die »No-Go« seien. Das klang nun sehr wie Pidgin, doch sofort wechselte er wieder in seinen Neuengland-Akzent: »Ich spreche auch Spanisch, Portugiesisch und Hindi, Madam.«

Ruth gab auf, erledigte die Formalitäten und buchte ein zweites Zimmer für Gerry. Der Rezeptionist rief auf Chinesisch einen Pagen herbei, und Ruth folgte dem Jungen durch die Gänge. In ihrem Zimmer angekommen, gab sie ihm Trinkgeld und sagte: »Warte bitte! *Wantchee Pidgin … learnee.*«

Der Page lächelte und legte die Hände vor der Brust zusammen. Ruth erwiderte die Geste und fügte hoffnungsvoll an: *»Chop-chop?«*

Da ließ der Junge die Hände sinken, drehte sich auf dem Absatz um und rannte davon. Ruth seufzte. Das war wohl falsch gewesen.

Nachdem sie ausgepackt hatte, begann Ruth, einen Brief an Margaret zu tippen, fand dann aber keine Muße für eine Zusammenfassung der langen Reise. Sie schob die Schreibmaschine beiseite und legte ihren Kopf auf die Tischplatte, gab sich ihren Tagträumen hin. Noch im Winter war Bill in diesem Haus gewesen. Vielleicht hatte er sogar an diesem Tisch gesessen und ebenfalls einen Brief begonnen, um Ruth seiner Liebe zu versichern. Doch beim Durchlesen hatte er seine Worte schwülstig gefunden und das Papier zerknüllt.

»Bald sehe ich sie ja wieder«, hatte er zu sich selbst gesagt. »Nur noch diese Erkältung auskurieren und einen Panda fangen.«

Hustend hatte er nach seinen Zigaretten gegriffen und sich in die Bar des Hotels geschleppt, sein Spielfeld. Dort würde Ruth sich nun für ihn einwechseln. Sie durchsuchte ihre Garderobe nach etwas, das sportlich wirkte, schlüpfte in einen kurzärmligen Pullover, eine schmale Hose und flache Schuhe und ging hinunter. An einem Ecktisch las Smith in »Tod am Nachmittag«, einem Essay von Hemingway über den Stierkampf. Ein Exemplar davon hatte es auch in der Schiffsbibliothek gegeben. Smith deutete auf die Lektüre.

»Kennen Sie das?«

»Die armen Stiere«, sagte Ruth. »Wer Gewalt mag, soll boxen. Da tritt der Gegner freiwillig an.«

»Oh, natürlich.« Smith schien von Ruths Direktheit überrascht zu sein.

Nun stieß auch Gerry zu ihnen. Sie bestellten Gin als Aperitif und wechselten dann in das Restaurant. Zwei Stunden später, nach Fischsuppe und Steaks, kehrten sie zurück in die Bar, und Ruth war noch immer nicht im Bilde. Sie hielt jetzt Bills Anteil an der Expedition, aber wo genau standen sie? Welche Vereinbarungen waren getroffen worden? Gab es Schriftliches? Wo waren die ursprünglichen Teilnehmer der Expedition? Smith antwortete einsilbig. Griswold habe davon gesprochen, nach Südamerika zu gehen, um verlorene Städte zu suchen. Vermutlich sei er längst nicht mehr im Lande. Über den Verbleib der anderen Männer wisse Smith nichts.

Beim dritten Cocktail löste sich seine Zunge, aber leider zum falschen Thema. Plötzlich jammerte er über das feuchtkalte tibetische Klima, das seine Gesundheit ruiniert habe. Rheuma, Arthritis und Migräne plagten ihn, außerdem ein Hautausschlag an den Fußsohlen – ob Ruth den mal sehen wolle? Das wollte Ruth auf keinen Fall.

»Mr. Smith, nun bin ich den weiten Weg aus New York hergekommen – was ist denn zu tun?«

»Für Sie gar nichts, Kindchen.« Smith besaß tatsächlich die Frechheit, Ruth auch noch den Arm zu tätscheln. »Überlassen Sie einfach alles mir. Ich kenne die Leute, auf die es ankommt.« Er zog seine Hand wieder zurück und hing schief auf dem Barhocker.

»Ajax ist der Beste«, sagte Gerry, der bisher kaum gesprochen hatte. »Du kannst ihm vertrauen.«

Ruth schob ihr Glas von sich. Sie hatte Karten entrollen, Fotos ansehen und Pläne schmieden wollen. Stattdessen schien Smith nur den nächsten Arztbesuch im Sinn zu haben, und Gerry sah trotzdem zu ihm auf wie zu einem Mentor. Besonders trinkfest waren die beiden auch nicht. Ruth fragte sich, warum Bill mit solchen Männern zusammengearbeitet hatte.

»Reden wir morgen weiter«, sagte sie.

Leider brachte auch das nächste Treffen keinen Fortschritt. Immerhin wurde Ruth klar, dass Smith gar nicht mehr selbst reisen wollte. Angeblich hatte er überall Helfer, die den Panda für ihn fangen würden. Dafür brauchten sie nur neue Anweisungen und Geld. Anweisungen von ihm, Geld von Ruth. Sie sollte also zahlen und den Mund halten? Verärgert lenkte sie das Gespräch auf die Reisegenehmigungen, die Smith nicht hatte beschaffen können. Daraufhin wurde er wütend und fragte, was Ruth denn zum

Erfolg der Expedition beitragen würde. Im Streit gingen sie auseinander. Nach drei Tagen der Funkstille meldete die Rezeption Ruth eine Besucherin: Elizabeth. Sie kam, um zu vermitteln.

»Aber nicht in der Hotelbar«, sagte Ruth bestimmt. »Zeigen Sie mir das alte Shanghai.«

Eine Tirade über die Gefahren war die Antwort.

»Hören Sie mir auf mit No-Go«, sagte Ruth. »In New York gibt es auch Mafiosi. Die waschen ihr Geld mit mondänen Tanzlokalen. So eins möchte ich sehen.«

»Dahin müssen Sie allein gehen.«

Sie einigten sich schließlich auf Delmonico's, ein amerikanisches Lokal im chinesischen Viertel. In den Morgenstunden sei das die letzte Station der Nachtschwärmer und halbseidenen Gestalten, aber bei Tage könne man dort bedenkenlos Limonade trinken.

Wenig später kühlte Ruth wieder einmal ihre Hände an einem Glas. Wann würde ihr Abenteuer endlich beginnen?

»Mein Mann kennt China wie niemand sonst«, sagte Elizabeth. »An ihm führt kein Weg vorbei.«

Das klang wie eine Drohung. Auf dieser Basis würde Ruth nicht reden. Sie sah an Elizabeth vorbei, ließ den Blick durch den Raum schweifen.

Ein junges chinesisches Paar kam herein. Er nahm den Hut ab. Darunter war sein Haar mit Brillantine an den Kopf gelegt. Sie trug die kinnlange Frisur in Wellen, zeigte Bein in einem hochgeschlitzten Kleid mit Brokatverzierungen und hatte eine Zeitung dabei. Ob sie eine der modernen Frauen war, die für die Presse arbeiteten? Oder stand gar etwas über sie in dem Blatt? In New York hätte Ruth die Dame in ein Gespräch verwickelt. Irgendeine Gemeinsamkeit fand sich immer. Doch hier gab es keine Theateraufführung, die sie beide gesehen haben mochten, und auch keine verbindenden Bekannten. Außerdem hatte Ruth ein Verständigungsproblem. Die chinesischen Schriftzeichen der Zeitung mit ihren quadratischen Kombinationen von Linien standen wie Barrikaden vor ihr. Nicht einmal buchstabieren konnte Ruth die fremde Sprache.

Die Dame nickte einem Mann am Fenster zu, einem mittelalten Weißen mit abgelaufenen Schuhen und herausgewachsenem Haarschnitt, Typ Erlebnissucher, dem das Geld ausgegangen ist. Vor ihm auf dem Tisch lag ein Fotoapparat, einer dieser neuen, kompakten.

Elizabeth sah auf die Uhr. Ihr Lederarmband war abgewetzt. Möglicherweise befand sich das Ehepaar Smith in Geldnöten. Der Unterhalt der Expeditionscamps kostete sicherlich einiges. Smith brauchte einen Panda, lebend oder tot.

»Ich habe begriffen«, sagte Ruth. »Wenn wir weiter zusammenarbeiten, machen wir alles, wie Ajax es für richtig hält.«

»Danke für Ihre Vernunft.« Elizabeth stand auf. »Dann bis bald.«

Ruth sah ihr nach, als sie das Lokal verließ. Ihren Tee hatte Elizabeth nicht angerührt. »Nein«, flüsterte Ruth. »Ich sagte: *wenn* wir weiter zusammenarbeiten.«

Ohne Mitspracherecht würde sie gar nichts finanzieren, und somit war Smith keine Option mehr.

Der Mann mit der Kamera fotografierte das chinesische Paar beim Essen von Törtchen. Die beiden schienen so etwas gewohnt zu sein und beachteten ihn gar nicht. Ruth sah an ihrem schlichten Pullover herunter. Verflixter Sportdress! Normalerweise war sie es, die Aufmerksamkeit erregte.

Am Tisch hinter ihr lachte schon seit Minuten eine Gruppe Franzosen. Wann immer die Heiterkeit abebbte, äußerte einer etwas, und das Gejohle ging wieder los. Ruth bekam Kopfschmerzen. Aus den Taschen, die die Franzosen auf dem Boden abgestellt hatten, roch es durchdringend nach Ingwer, Fisch und Räucherstäbchen. Übelkeit stieg in Ruth auf. Sie senkte die Nase in ihr Glas, aber ihre Cola war ausgetrunken.

»Dürfte ich ein Bild von Ihnen machen?«, fragte jemand auf Englisch.

Der Akzent war englisch, aber etwas verwaschener als Smiths gestochene Königssprache. Ruth hob ihr Gesicht. Vor ihr stand der Fotograf.

»Sicher«, sagte sie.

»Darf ich mich dafür setzen?«, fragte er.

Mit einem Wink bot sie ihm den Platz gegenüber an. Er rückte den Stuhl zurecht, stützte die Ellenbogen auf und stellte die Kamera ein. Ruth sah in die Linse, hörte aber kein Klicken.

»Lächeln kann ich gerade nicht«, sagte Ruth.

»Nein, schon in Ordnung. Ich versuche, etwas Echtes einzufangen.«

Der Mann glitt halb um den Tisch herum. Er wollte Ruth wohl im Profil ablichten oder sie nur anschneiden und die Fensterfront mit dem Namenszug des Lokals in den Mittelpunkt rücken. Angestrengt vermied Ruth das Blinzeln. Ihr Blick verschwamm. Es war so stickig und so laut! New York war auch voller Trubel, aber vertraute Geräusche und Muttersprache ließen sich ausblenden, und den alltäglichen Mief roch man irgendwann auch nicht mehr. Die Räucherstäbchen gaben Ruth den Rest. Auf dem Schiff war sie von Seekrankheit verschont geblieben, aber jetzt schienen Boden und Wände zu wanken. Ihr Magen hob sich. Wurde sie gerade ein Opfer des *Rinao*? Wenn sie sich neben den Tisch übergeben würde, hätte der Fotograf etwas Echtes. Unter dem Pullover lief Schweiß ihren Rücken herunter.

Ich bin ganz allein, dachte Ruth. Smith ist eine Enttäuschung, Gerry muss ich Taschengeld zustecken, und den Pandas bin ich noch keinen Schritt näher gekommen.

Sie wandte dem Fotografen den Rücken zu und kniff in ihre Ohrläppchen. Der Schmerz brachte etwas Ablenkung.

»Mir ist übel«, erklärte sie über die Schulter hinweg.

In diesem Moment verließen die Franzosen das Lokal, und es

wurde schlagartig leise. Ruth hörte einen Druckknopf schnappen. Offenbar verstaute der Fotograf die Kamera wieder. Eine kleine Flasche mit einem Strohhalm darin wurde Ruth über die Schulter gereicht.

»Ginger Ale«, sagte der Fotograf. »Hab noch nicht davon getrunken.«

Vorsichtig probierte Ruth. Die bittere Süße half. Ruth atmete auf und drehte sich wieder um. Der besorgte Ausdruck des Fotografen stimmte sie unerwartet heiter. Ein Gentleman, der ihr einen Drink brachte – wenn das nicht ihre Welt war.

»Vielen Dank.« Sie lächelte nun doch. »Jetzt sollte ich mich vorstellen, oder? Ich bin Ruth Harkness.«

»Richard Barker.«

»Freut mich. Soll ich noch einmal posieren?«

»Nein, keine Pose, bitte.«

Ach ja, er wollte etwas Echtes. Ruth nahm noch einen Schluck, unsicher, was sie mit diesem Künstler anfangen sollte.

»Sprichst du Pidgin?«, fragte sie. »Und kennst du einen guten chinesischen Schneider?«

Sehr gut, ganz schnell

Richard bot Ruth an, sie zu Mr. Tiang zu bringen. Von dessen Handwerkskunst hatte er bisher nur Gutes gehört. Auf dem Weg zu dem Schneider machte er Schnappschüsse von Straßenfriseuren, Wanderärzten und Akrobaten, die vor einer Gruppe Kinder turnten. Beim Stand eines Wahrsagers blieb Ruth stehen. Der Mann hatte auf einem Tisch eine Reihe Karten verdeckt ausgelegt. Ein gelber Sittich trippelte vor ihnen herum.

»Wie putzig, der Vogel zieht die Karten«, rief Ruth. »Das muss ich ausprobieren.«

»Du glaubst an so etwas?«

Ruth erschien ihm nicht wie eine, die das Schicksal befragen musste, bevor sie etwas wagte. Aber vielleicht waren Vorhersagen eine Form von Unterhaltung für sie, und sie nahm sie nur ernst, wenn sie positiv ausfielen.

»Natürlich. Und sieh doch, was für ein schönes Tier das ist!«

Ruth trat näher und streckte einen Finger aus. Der Wahrsager sagte irgendetwas in ermutigendem Tonfall, und Ruth kraulte den Sittich am Halsansatz.

»How muchee?«, fragte Richard.

Der Wahrsager zeigte auf einen Zettel, und Ruth zahlte die geforderte Summe. Auf ein Kommando pickte der Vogel zielstrebig eine Karte: die Sonne. Der Wahrsager hob die Augenbrauen und begann seine Ausführung.

»Du sollst keine Angst haben«, übersetzte Richard für Ruth. »Es wird alles gut. Sehr gut. Ganz schnell.«

»Keine Warnungen?« Ruth klang skeptisch.

Der Wahrsager redete viel mehr, als Richard übersetzte, aber vor allem auf Chinesisch.

»Ich verstehe leider nur, was er in Pidgin gesagt hat«, gab Richard zu. »Und diese Sprache hat keine tausend Vokabeln. Man kann in ihr handeln, aber für Komplizierteres taugt sie nicht.«

»Egal«, sagte Ruth. »Ich höre heraus, ich kann zuversichtlich sein.«

Sie verbeugte sich leicht und dankte dem Wahrsager auf Englisch.

»Savvy«, stellte der Mann fest.

Ruth runzelte die Stirn, durchforstete vielleicht ihren französischen Wortschatz und nickte dann enthusiastisch.

»Ich weiß? *Savvy!*«

Im Weitergehen sagt sie zu Richard: »Das ist ja gar nicht so schwer. In ein paar Wochen kann ich das fließend.«

Sie machten der Sänfte einer alten Dame Platz und gleich darauf einer Frau, die an einer Querstange über ihrer Schulter zwei Körbe balancierte, in denen Gänse saßen. Irgendetwas schien Ruth zu amüsieren, und als sie Richard darauf hinwies, erkannte auch er die Ähnlichkeit, mit der die Köpfe der Dame und der Gänse im Takt der Schritte wippten. Er zückte seine Kamera, aber der Witz funktionierte nur in Bewegung, und als er stattdessen Ruths Lachen festhalten wollte, verlor die Amerikanerin sofort ihre Natürlichkeit und neigte den Kopf in einem bestimmten Winkel, den sie möglicherweise vor dem Spiegel für vorteilhaft befunden hatte. *Eine Pose.* Um Ruth aus ihrer Starre zu lösen, tat Richard, als fotografiere er.

»Aber jetzt auf zum Schneider«, sagte Ruth. »Ich habe gehört, man nennt Shanghai das Paris des Ostens. Wegen der Mode, hoffe ich.«

»Keine Ahnung«, sagte Richard. »Aber eine chinesische Freundin schwärmt von Tiang. Er kann alles. Westliche und östliche Kleidung, Herren und Damen … Hier sind wir schon.«

Er lüpfte einen bestickten Vorhang und führte Ruth in einen Innenhof. Geschützt vor dem Staub und Lärm der Straße, saß ein Mann mit weißem Zopf auf einem Teppich und nähte Knöpfe an einen Ärmel. Durch eine geöffnete Tür sah man in einen winzigen Raum, in dem Stoffballen und Schränke Platz für nicht mehr als eine einzige Person ließen. Richard begrüßte Mr. Tiang, stellte Ruth vor und sagte, sie wolle – ja, was eigentlich?

Eins von diesen knöchellangen chinesischen Kleidern, bitte, mit Beinschlitz, hohem Kragen und asymmetrischem Verschluss.

Einen *Qipao*?

Ja, genau!

Sehr gut, kein Problem, konnte Mr. Tiang machen, heute abgemessen, übermorgen fertig.

Er zeigte Ruth Stoffmuster, brachte einen Spiegel und legte Bahnen bunter Seide über ihre Schultern. Richard zückte wieder die Kamera.

Gelb war es nicht, Türkis – mhm, Grün, oder? Dieses? Ruth gefiel es, aber Mr. Tiang zögerte. Ja, ganz schön, aber, Moment … Er brachte eine Bahn in kräftigerer Farbe, die Ruths Augen zum Leuchten brachte. Richard setzte sich auf eine Holzkiste und legte die Kamera in den Schoß. Ein Schwarz-Weiß-Bild würde dem nicht gerecht werden. Er würde auf einen besseren Moment warten. Nun kamen der Schneider und seine Kundin in Fahrt. Mit Gesten und Brocken von Pidgin diskutierten sie Details. Die Ärmel wie lang? Der Schlitz wie hoch? Schlaufen oder Knöpfe?

»You decidee«, sagte Ruth. *»You master expert.«*

Das schmeichelte Mr. Tiang sichtlich.

»Can do.«

Mit Maßband und Schneiderkreide wirbelte er um Ruth herum, drapierte Stoff, ließ sie festhalten, trat zurück, drapierte erneut und schnitt auf einer Matte zu.

Ruth wurde in den winzigen Raum gebeten, die Tür so weit wie möglich geschlossen, und als Ruth wieder heraus vor den Spiegel trat, war sie verwandelt. Statt des lockeren Pullovers und der Hose schmiegte sich schimmernde Seide um Kurven, die Richard vorher nur erahnt hatte. Der Stoff wurde von Klammern gehalten, aber die waren so geschickt angebracht, dass die Zuschnitte schon ein Kleid ergaben. Von einer burschikosen Touristin war Ruth zu einer eleganten Schönheit geworden. Sie stand jetzt auch anders und wirkte, als sei sie vertraut mit dieser Art Kleidung, als habe sie sie schon oft getragen. Auch mit Mr. Tiang ging sie um wie mit einem Freund. Ein Blickwechsel im Spiegel, und die beiden kamen überein, dass alles stimmte.

»Likee?«, fragte Mr. Tiang an Richard gewandt.

Hielt er ihn etwa für Ruths Liebhaber?

»Äh«, sagte Richard. *»Perfect.«*

Verlegen inspizierte er das Objektiv der Kamera auf Staub.

Wenn sie später zurückliefen, würde er Ruth nicht mehr so einfach am Arm von einer Pfütze wegziehen. Sie war zu etwas geworden, das nur mit Bedacht berührt werden durfte, wie diese Porzellanfigurinen, die …

Oh, sie sprach mit ihm.

»… und das könnte ich dann dort tragen, oder?«

»Entschuldigung«, sagte Richard. »Ich war kurz abwesend.«

»Wenn ich zu den Behörden gehe, um eine Reiseerlaubnis für Tibet zu bekommen, wäre so ein Kleid da angemessen?«

»Absolut.«

Richard hob den Daumen zum Okay-Zeichen und kam sich linkisch vor. Aber hatte er richtig gehört? Tibet? Er hatte Ruth für eine Städtereisende gehalten, eine Lady, die Boutiquen und Bars beehrte. So konnte man sich täuschen. »Und in Tibet willst du ein paar Gipfel erklimmen?«

Sie lachte. »Nicht, wenn es sich vermeiden lässt. Nein, ich fange da einen Panda.«

»Ah, ja.«

Wollte Ruth ihn auf den Arm nehmen? Andererseits hatte Richard schon ein paar verrückte Touristen kennengelernt, und Amerikaner waren die verrücktesten. Was man über diese Präsidentensöhne hörte …

Ruth löste den Zopf und kämmte sich mit den Fingern durch ihr langes Haar. In der Sonne glänzte es blauschwarz. Mr. Tiang hielt Ruth eine Reihe bezogener Knöpfe ans Schlüsselbein. Sie äußerte Zustimmung, dennoch wirkte er unschlüssig. Während er mehr Knöpfe herbeiholte und ausprobierte, sprach er leise auf Chinesisch vor sich hin. Zwischendurch sog er nachdenklich die Lippen ein. Ruth imitierte das. Richard glaubte nicht, dass sie es merkte. Mr. Tiang verschwand im Atelier.

»Er will Knöpfe von einem alten Kleid seiner Großmutter verwenden«, sagte Ruth.

»Das hast du verstanden?«

»Eigentlich nur Großmutter. *Zumu.* Das klingt danach, finde ich.« Sie deutete auf die Kamera. »Ist dein Film leer?«

»Ja, genau.« Richard schwindelte.

Noch immer hatte er kein Bild von Ruth, doch je länger er sie betrachtete, desto schwieriger erschien es ihm, ihre Energie in einem Foto einzufangen. Alles, was er über Komposition und Lichteinfall wusste, schien plötzlich nutzlos zu sein. Um von sich selbst abzulenken, fragte er Ruth über ihr Panda-Vorhaben aus. Sie erzählte von ihrem verstorbenen Mann und den Problemen mit einem gewissen Smith. Den kannte Richard flüchtig.

»Von Großwildjägern halte ich gar nichts«, sagte Richard.

»Ich doch auch nicht. Wie schon gesagt, den Panda will ich anlocken und fangen, nicht erlegen, verstehst du?«

»Natürlich.«

Das war gelogen, Richard begriff kein bisschen, warum und vor allem wie man ein wildes Tier aus einem gefährlichen, entlegenen Gebiet holen wollte. Doch Ruth war faszinierend. Es wäre sehr schade, wenn ihr Leichtsinn sie umbringen würde. Jemand musste auf sie aufpassen.

»Ich würde dir raten, dich direkt an Jack Young zu wenden«, sagte Richard.

»Wen?«

»Den hat Smith wohl nicht erwähnt. Sieht ihm ähnlich. Young ist ein besserer Jäger und Fährtenleser, als Smith es je war. Wenn du möchtest, erkundige ich mich, ob er verfügbar ist.«

»O ja, bitte tu das.«

Mr. Tiang kam wieder und zeigte Ruth etwas in einer Schachtel.

Ruth stieß einen Laut des Entzückens aus. »Die sind schöner als Edelsteine!«

Sie strahlte Mr. Tiang an, und er strahlte zurück, als sei sie seine neue Lieblingskundin. Vom Fotografieren war Richard an die Rolle des Beobachters gewöhnt, doch in diesem Moment wünschte er sich, auch so mühelos Teil eines Bildes werden zu können, wie Ruth es gelang. Morgen schon, daran zweifelte er nicht, könnte sie neben Lastenträgern einen Hang hinaufsteigen und sich abends auf hartem Zeltboden ausstrecken. Szenen aus Abenteuerromanen zogen vor ihm auf, mit der Amerikanerin als Heldin.

»Also dann!« Ruth berührte seine Schulter. Minuten mussten vergangen sein. Sie hatte sich umgezogen. »Warst du wieder abwesend?«

»Ich meditiere«, entgegnete Richard geistesgegenwärtig.

Vielleicht gefiel ihr das.

»Davon habe ich schon gehört. Wie geht das?«

»Atmen. Eine Leere herstellen. Der Daoismus sagt: Durch Nichtstun wird alles getan.«

Hoffentlich begnügte Ruth sich damit, denn mehr wusste er auch nicht.

»Danke, Richard.« Sie ließ es klingen, als sei er ein weiser Mann. »Das probiere ich mal.«

Flugreisen

Zum ersten Mal in ihrem Leben saß Ruth in einem Flugzeug. Da sie auf Smith nicht länger zählte, würde sie sich selbst um Reisegenehmigungen kümmern und hoffte dabei auf die Hilfe des amerikanischen Botschafters. Um ihn zu sprechen, reiste sie nach Beijing, das von der Nationalen Volkspartei in »Beiping« umgetauft worden war – »Nördlicher Friede«. Zwei Mitreisende unterhielten sich über deutsche Berater, die China dabei halfen, aufzurüsten und Industrieanlagen zu errichten. Wegen der Deutschen gab es hierzulande auch Flugzeuge wie die Junkers. Die einmotorige Maschine hatte das Volumen eines Lastkraftwagens und hätte noch drei weitere Passagiere transportieren können. Das Beste waren die Fenster.

»Das Vorgängermodell hatte keine«, war Ruth bei der Buchung erklärt worden. »Doch nun können Sie den Ausblick genießen.«

Der war ohne Frage spektakulär. Unter Wolken glitten sie über ein endloses Patchwork aus grünen Feldern, die mit Flüssen durchwoben waren. Der Motor lärmte, und gelegentlich sackten sie in ein Luftloch, dennoch kam Ruth diese Form der Fortbewegung mühelos vor. Nur fünf Stunden würden sie benötigen. Damit schlugen sie jeden Zug um Längen, und zeitraubende Zwischenhalte gab es auch nicht. Wurde jetzt schon alles ganz schnell ganz gut? Ruth putzte ihre Nase. Hier oben war es kühl. Über ihrem neuen grünen Qipao trug sie ein Wolltuch um Hals und Schultern, doch an ihren nackten Knöcheln zog die Kälte hoch.

In Beiping angekommen, wählte sie einen Rikschafahrer, der ihr vertrauenswürdig erschien, erfragte seinen Namen, Gao, und den Preis für mehrere Tage. Mit den paar Brocken Pidgin, die sie schon beherrschte, erklärte sie, die Stadt sehen zu wollen. Zuerst ließ sie sich von Gao zur Botschaft fahren und bekam dort einen Termin für den nächsten Morgen. Den Nachmittag nutzte sie für einen Besuch der verbotenen Stadt. Gao führte sie herum, und Ruth bestaunte die roten und goldenen Fassaden und die vielen Darstellungen von Drachen. Was Gerry als Kryptozoologe wohl zu denen sagen würde? Er wartete in Shanghai. Flugtickets waren teuer, und Ruth hatte nicht schon wieder Reisekosten für ihn übernehmen wollen.

Auf dem Weg zum Hotel trafen sie eine Tante von Gao und wurden zum Essen eingeladen. Begeistert probierte Ruth sich durch Töpfchen und Teller voll unbekannter Speisen. Nichts schmeckte, wie es aussah, aber die Zusammenstellung der Aromen war immer stimmig. Am liebsten mochte Ruth den Mondkuchen, der eine süße Füllung mit einer Überraschung aus salzigem Eidotter enthielt. Wenn sie Gao richtig verstand, stand das Gebäck für Yin und Yang, zwei entgegengesetzte, einander aber ergänzende Kräfte.

Am Abend nahm Ruth sich ein Zimmer in einem Hotel und ging entgegen ihrer Gewohnheit sofort zu Bett. Ihre Müdigkeit erklärte sie sich mit den Erlebnissen des Tages, doch am nächsten Morgen fühlte sie sich immer noch schlapp, und ihr Hals kratzte. Den Botschafter suchte sie trotzdem auf. Sein Büro stand voller Kartons. Möbel gab es bis auf einen schweren Schreibtisch keine. Ruth stellte sich als Bills Witwe vor. Der Name Harkness schien beim Botschafter Erinnerungen wachzurufen. Er entschuldigte sich für das Chaos und ließ Tee bringen, den Ruth und er im Stehen tranken.

»Wir ziehen um, nach Nanking«, erklärte er. »Politik wird jetzt dort gemacht.«

Sie betrieben ein wenig Small Talk, sprachen über Ruths Anreise und die Sommerhitze. Dann leitete Ruth zu ihrem Anliegen über.

»Jetzt, da es in Shanghai so drückend ist, möchte ich reisen«, sagte sie. »Auf Bills Spuren, verstehen Sie?«

»Ich fürchte, ja.« Mit der Schuhspitze stieß der Botschafter gegen einen Karton. »Der hier ist zur Hälfte voll mit Akten über Ihren Gatten. Die andere Hälfte besteht aus Beschwerden über Smith.«

»Wie unerfreulich.« Ruth nippte am bitteren Tee. »Ich werde mir größte Mühe geben, keine diplomatischen Schwierigkeiten zu verursachen. Darum bin ich ja hier.«

»Wenden Sie sich an die Academia Sinica«, sagte der Botschafter. »Das ist die chinesische Akademie der Wissenschaften. Eventuell kann man Ihnen dort eine Reiseerlaubnis ausstellen.«

»Ach, als Wissenschaftlerin sehe ich mich gar nicht«, sagte Ruth. »Ich liebe einfach fremde Länder und Leute. Tibet soll wunderschön sein.«

»Davon hörte ich.« Der Botschafter öffnete einen Karton, nahm ein Kärtchen heraus und überreichte es Ruth in einer langsamen Bewegung mit beiden Händen. Vielleicht sollte sie studieren, wie man so etwas in China machte. »Das ist die Adresse der Akademie. Sie sitzt ebenfalls in Nanking. Bestellen Sie meine respektvollsten Grüße, Mrs. Harkness.«

Ruth dankte und versprach es.

Am nächsten Tag flog Ruth wieder Richtung Süden. Nanking lag am Ufer des Jangtse, doch weil die Wolken tief hingen, sah Ruth bis zum Beginn der Landung nichts von der Landschaft. Sie versuchte zu schlafen. Inzwischen hatte sie Husten, Schnupfen und spürte einen diffusen Druck im Kopf. Als das Flugzeug sank, stach es in ihren Ohren, und ihre Gehörgänge verschlossen sich. Obwohl sich der Propeller noch drehte, verstummte das Motorengeräusch, und der junge Herr, der Ruth nach dem Aufsetzen und Ausrollen mit der Tasche helfen wollte, bewegte lautlos den Mund. Als Ruth das Flugzeug verließ, war da kein Großstadtlärm. Mit ihrem Gepäck stand sie nahezu allein vor dem Flughafengebäude. Ein Rikschafahrer sprach sie an. Ruth versuchte, sich an den Namen ihres Ziels zu erinnern: Academia … Aber sie sprach kein Latein, schließlich war sie keine Forscherin, sondern nur eine Amerikanerin, die alles ausprobieren wollte. Das ging gut, oder es ging schief. Das Qipao stand ihr, aber das Fliegen bekam ihr offenbar nicht. Hätte sie es lieber lassen sollen? Richard würde sagen, das sei die falsche Frage. Beim Meditieren ließ man Dinge geschehen. Um tief zu atmen, wie er es ihr gezeigt hatte, war ihre Nase zu verstopft, aber Nichtstun war immer möglich. Irgendwann sollte sich dann Weisheit einstellen. Einen Hinweis des Universums glaubte Ruth schon verstanden zu haben: Nanking war nicht der richtige Ort für sie. Sie war keine Forscherin, somit brauchte sie auch keine Erlaubnis der Wissenschaftsakademie. Statt sich groß und wichtig zu geben, wie Smith, wollte sie klein und harmlos erscheinen. Damit könnte es ihr gelingen, unter dem Radar der Offiziellen zu bleiben und unbemerkt nach Tibet zu gelangen.

Ruth drehte sich um, ging wieder in den Flughafen und kaufte ein Ticket zurück nach Shanghai.

Im Palace hütete Ruth das Bett und bat das Zimmermädchen pantomimisch um einen Arzt. Daraufhin erschien der Cousin des Rezeptionisten. Auf einem Notizblock schilderte Ruth ihre Beschwerden. Der Arzt war medizinisch breit aufgestellt, mit einem Lederkoffer für westliche und einem für östliche Medizin. Ruth ließ sich Aspirin geben, ölgetränkte Pfropfen in die Ohren stecken und Kampfer-Menthol-Balsam an die Schläfen reiben. Sie verdämmerte einen Tag. Am nächsten Morgen tat das linke Ohr wieder teilweise seinen Dienst, was schon deswegen praktisch war, weil Ruths Telefon klingelte.

»Ich würde gern über unsere Zusammenarbeit reden.« Smiths näselnde Stimme hatte eine Frequenz, die Ruths verstopften Gehörgang kaum durchdrang. Ruth presste die Hörermuschel gegen ihr Ohr, um den alten Mann zu verstehen.

»Gerade bin ich etwas malad, Mr. Smith«, sagte sie. »Außerdem glaube ich nicht, dass wir übereinkommen.«

»Verstehe, das Klima setzt Ihnen zu. Schonen Sie sich, Mrs. Harkness, das tue ich auch. Wir können die Expedition aus der Ferne leiten.«

Oh, nun sprach er von einem *Wir*.

»Wollte ich das, wäre ich in New York geblieben«, sagte Ruth.

»Sie stellen sich das zu einfach vor.« Smith hüstelte. »Ich möchte an Ihre Vernunft appellieren.«

Bitte nicht! Ruth musste deutlicher werden.

»Wir würden keine guten Partner abgeben, Mr. Smith. Ich suche nach jemandem, der jüng… äh …« Ruth stockte. Auf seine Gebrechen anzuspielen, wäre gemein. Nach kurzem Überlegen schloss sie mit: »der chinesischer ist.«

»Verstehe.« Smith machte eine lange Pause. »Ich weiß genau, wer mir hier die Butter vom Brot nimmt. Mich so zu hintergehen! Dabei habe ich ihm alles beigebracht.«

»Bedauerlicherweise höre ich Sie ganz schlecht«, sagte Ruth. »Tut mir wirklich leid, ich muss aufhören.«

Ruth legte auf, ging wieder zu Bett und schlief bis zum Mittag. Beim Zimmerservice orderte sie Suppe und aß sie am Fenster, mit Blick auf das geschäftige Treiben der Stadt. Es klopfte.

»Ein Brief für Sie, Mrs Harkness.«

Ruth sprang auf. Das Schreiben war von Jack Young. Wie versprochen, hatte Richard ihn kontaktiert. Noch in der Tür las Ruth die Zeilen. Plötzlich tauchte eine Gestalt vor ihr auf und ließ Ruth zusammenzucken. Gerry war gekommen.

»Du bist krank, habe ich gehört. Wenn ich irgendwie helfen kann?«

Innerlich rollte Ruth mit den Augen. Helfen, das wäre etwas Neues für Gerry.

»Ich höre nicht gut«, schrie sie. »Aber tritt ruhig ein.«

In ihren Pantoffeln schlurfte sie zurück zum Bett und setzte sich auf die Kante. Gerry blieb stehen, und schnell wurde klar, warum er eigentlich gekommen war. Er hatte vernommen, dass Ruth nicht mehr mit Smith arbeiten wollte, worüber er so aufgebracht war, wie es ein blaublütiger Engländer unter Wahrung der Contenance nur sein konnte.

»Diese Entscheidung beunruhigt mich in der Tat zutiefst. Auf die Erfahrung von Ajax können wir nicht verzichten. Außerdem meint Ajax, du möchtest mit Young kooperieren.«

»Korrekt.« Ruth gähnte. Etwas in ihrem Ohr verschob sich, und alles wurde wieder dumpf und leise. Eigentlich war das ganz angenehm. Gerry sprach weiter, und seine Augenbrauen wanderten immer höher. Mit seinem Palaver verschwendete er ihrer beider Zeit.

Ruth unterbrach ihn. »Jack Young hat mir schon geschrieben. Leider hat er momentan andere Pläne. Aber die Youngs sind zu zweit. Jack hat einen Bruder. Quentin. Und der ist verfügbar.«

Gerry kommentierte auch das mit aufgerissenen Augen. Entschuldigend zuckte Ruth mit den Schultern, und da ploppte etwas. Der Ton war wieder zurück. Was Ruth hörte, gefiel ihr nicht. Gerry behauptete, Smith habe Jack als Jäger angeheuert und sei von ihm bestohlen worden. Einige der geschossenen Tiere habe Jack auf eigene Rechnung an Museen weiterverkauft. Darüber müsse man sich nicht wundern, denn die Chinesen …

»Genug!«, sagte Ruth. »Ist das deine Meinung? Oder plapperst du Smith nach? In New York klangst du ganz anders. Offenbar bist du leicht beeinflussbar. Sei es drum. Nicht Smith ist der Trainer, sondern ich.« Mit Sportmetaphern brachte sie das Folgende hoffentlich schonend zum Ausdruck. »Meine Spieler müssen sich verstehen. Darum bist du leider auch nicht mehr in der Mannschaft, Gerry.«

»Oh?« Gerrys Augenbrauen zogen sich zusammen. »Nun gut.«

So enttäuscht, wie er nun wirkte, fühlte sich auch Ruth. Bei ihrer ersten Begegnung hatte Gerry den großen Unterstützer gegeben, mit seinem Gerede von Bills Lebenstraum, den Ruth fortführen sollte. Aber vielleicht war der Mann von Anfang an nur an ihrem Geld interessiert gewesen. Er hatte sich wohl gedacht, dass Ruth vom heimischen Sofa aus weniger freigiebig sein würde als in Asien, und sie darum hierhergelockt.

Nun, da sie schon so weit gekommen war, würde sie alles für den Erfolg dieser Expedition tun – *ihrer* Expedition. Bis hierhin war Gerrys Plan aufgegangen. Doch warum sollte Ruth einen Adelsspross, der von seiner Familie kurzgehalten wurde, außer Ambitionen nichts vorweisen konnte und auf einen Angeber wie Smith hereinfiel, weiter mitschleppen?

»Ich will fair sein«, sagte Ruth zu Gerry. »Für die Kosten deiner Heimfahrt komme ich auf.«

»Wie du wünschst. Meinen ergebensten Dank für deine Großzügigkeit.«

Das klang nicht einmal sarkastisch. Auf Zurückweisung reagierte Gerry mit noch mehr Höflichkeit. Dabei musste er sich fühlen wie der Favorit, der unerwartet ein Tennismatch verlor. Seine kryptozoologische Expertise wurde nicht länger gebraucht. Aufrecht und mit schmalem Mund verließ er das Zimmer.

»Sorry, Bill«, sagte Ruth halblaut. »Ich mache alles anders als du.«

Tage später, nachdem Ruth ihre Erkältung auskuriert hatte, besuchte sie die Young-Brüder. Mit einer Rikscha ließ sie sich zum Haus von Jack und seiner Frau Su Lin fahren. Unterwegs überlegte sie, wie viel sie von sich preisgeben durfte. Wahrscheinlich hatten die Youngs gehört, dass sie sich in China nicht auskannte und mit Gerry gerade ihren einzigen Helfer gefeuert hatte. Jemand wie Ruth war ein leichtes Opfer für Betrüger.

Su Lin öffnete. Ihr einladendes Lächeln zerstreute Ruths Misstrauen. Su Lin war in New York geboren worden, wo ihr eingewanderter Vater einen Nachtclub besessen hatte, und sie überraschte Ruth damit, dass sie bereits in Tibet gewesen war.

»Natürlich, das muss man gesehen haben. Ist ja nicht so, als ob Frauen keine Füße zum Wandern hätten. Aber komm, sag erst mal den Jungs Hallo.«

Erfreut über diesen unkomplizierten Empfang und darüber, nicht mehr die einzige Frau unter Abenteurern zu sein, federte Ruth ein wenig beim Gehen und begrüßte Jack und Quentin mit einem kameradschaftlichen Handschlag. Die Brüder hatten ihr schwarzes Haar in Tollen zurückfrisiert, trugen dunkle Anzüge mit weißen Hemden und hatten etwas von Filmstars an sich. Bei ihrem Anblick ging Ruth das Herz auf. Endlich begegnete sie wieder Menschen, die Sinn für Mode besaßen und auf ihr Äußeres achteten.

Jack war 26 Jahre alt, Quentin erst 22, aber ein Stück größer als sein Bruder und breiter in den Schultern. Ihre chinesischen Namen hatten sie aus Bewunderung für die Roosevelt-Familie zu Jack Theodore und Quentin anglisiert. Beide waren wie Su Lin in den Staaten aufgewachsen, doch sprachen auch fließend Chinesisch und gefielen sich darin, in keine Schublade zu passen. New York und Shanghai kannten sie ebenso gut wie das alte, ländliche China, und im Westen, wo an der Grenze zu Tibet Banden lauerten, wurden sie in Ruhe gelassen, weil sie in keine der beiden Opferkategorien passten: leichtsinnige Touristen oder unbewaffnete Flußabwärts-Chinesen. Den Youngs war es sogar gelungen, mit den Einheimischen zu kooperieren und Hilfe beim Sammeln von Spezies zu bekommen. Von ihrer letzten Expedition hatten sie für Museen und private Sammler Affen, seltene Fasane und tibetische Pflanzen mitgebracht.

»Wir waren für die Fauna zuständig, Su Lin für die Flora«, erklärte Jack. »Aber gehen wir doch zu Tisch.«

Dort warteten schon Landkarten und eine Flasche Weißwein in einem Kühler. Quentin schenkte ein, und sie prosteten einander zu. Der Wein schmeckte fantastisch, und Ruth musste sich bremsen, um das Glas nicht gleich zu leeren. In diesem Land guten Wein zu bekommen, war äußerst schwierig.

Ruth strahlte in die Runde. »Warum nur sind wir uns in New York nie über den Weg gelaufen?«

Die drei hätten sich gut mit Bill verstanden. Sie waren genau die Art Gäste, die eine gute Party brauchte. Jeder würde mit ihnen sprechen wollen, und sie würden durchhalten bis zum Morgengrauen und vor ihrem Aufbruch noch in der Küche pochierte Eier auf Toast verspeisen.

Nach dem Streit mit Smith und Gerry hatte Ruth zwar beschlossen, nicht aufzugeben, doch die ständige Sorge, wie es weitergehen sollte, hatte sie nicht abstellen können. Nun kehrte endlich die Vorfreude zurück, die sie auf dem Schiff verspürt hatte. Das hier konnte richtig toll werden! Vor ihrem inneren Auge sah sie ein Kinoplakat der Johnsons, und nun standen sie und Quentin neben den Forschern, mit einer Hand die Augen beschattend, mit der anderen auf ferne Gipfel zeigend.

Ruth leerte ihr Glas nun doch mit Schwung und schob es von sich.

»Fangen wir an! Wo genau wart ihr unterwegs?«

Jack strich die Karten glatt. Auf ihnen war eine Route markiert. Sie führte durch ansonsten unbeschriebene Gebiete.

»Und du warst die ganze Zeit dabei?«, fragte Ruth Su Lin.

»Die ganze Zeit.« Su Lin lächelte, als sei das nicht der Rede wert.

»Hast du vorher irgendwie … trainiert?«

Bisher hatte Ruth den Gedanken an körperliche Anstrengung erfolgreich verdrängt.

»Ich war mal ein Wochenende zelten.« Su Lin schenkte Ruth nach. »Aber was daran Spaß machen soll, verstehe ich nicht. Hotels sind doch eine gute Erfindung. Im Hochland gibt es nur keine.«

»Was benötige ich denn an Ausrüstung?«, fragte Ruth. »Bill hat Material eingelagert. Ich müsste prüfen, was davon noch zu gebrauchen ist.«

»Dabei kann ich dir helfen«, sagte Quentin. Bis jetzt hatte er hauptsächlich seinen Bruder sprechen lassen, aber offenbar war er in seinem Kopf schon die nächsten Schritte durchgegangen. »Neben Zelten brauchen wir Material zum Konservieren. Kleinere Tiere können wir in Spiritus legen, größere präpariere ich direkt, das habe ich von Jack gelernt.«

»Oh, nein, ich will keine Tiere töten«, beeilte sich Ruth zu versichern. »Ich möchte einen lebenden Panda.«

Quentin und Jack wechselten einen Blick.

»Es sollte doch möglich sein, sie anzulocken«, fuhr Ruth fort. »Ich habe gehört, sie sind friedfertig, und wenn sie den Appetit von amerikanischen Bären haben, brauchen wir nur ein Schälchen mit Katzenfutter und Geduld.«

»Versuchen können wir es.« Quentin rieb sein Kinn. Was wohl in seinem Kopf vor sich ging? Ruth hatte gehört, Asiaten drückten Ablehnung diplomatisch aus. Suchte Quentin nach einer höflichen Formulierung für »dieses Vorhaben ist vollkommen aussichtslos, du verrückte Frau«? Immerhin hatte er nicht gleich abgelehnt. Er nahm einen Schluck Wein und sprach weiter. »Allerdings mussten wir Pandas bis jetzt immer suchen. Noch nie ist einer in unser Camp gekommen, um Vorräte zu plündern. Vielleicht fressen sie nur Pflanzen. Wir haben angekaute Bambusstangen gefunden.«

»Ich würde Fallen bauen«, sprang Jack ihm bei.

»Aber ohne Schnappeisen!«, sagte Ruth. »Kein Tier darf verletzt werden.«

»Heben wir Gruben aus«, schlug Quentin vor.

»Gute Idee. Aber wir polstern sie, damit sich die Pandas nicht wehtun«, sagte Ruth. »Große Tiere würde ich wieder freilassen, die kann ich nicht transportieren. Wir müssen ein halbwüchsiges fangen, etwa bis zur Größe eines Bernhardiners. So eines sollte ich in meiner Schiffskabine unterbringen können.«

Erneut wechselten die Brüder einen Blick. Su Lin lachte laut.

»Du hast vor, dir deine Kabine mit einem Bären zu teilen?«

»Ist doch nichts dabei«, sagte Ruth. »Ihr würdet euch wundern, wie viele Tiere ich zu Hause aufgepäppelt habe.«

Sie zählte sie den Youngs auf, begonnen mit dem verletzten Reh, das sie als Kind in der Scheune eines Nachbarn gepflegt hatte, über Frettchen, Vögel und Scharen von verstoßenen Katzenbabys. Die Youngs schwiegen. Jack und Su Lin schienen auf Quentins Reaktion zu warten.

»Was sagt ihr?«, fragte Ruth bange.

Quentin hob sein Glas. »Gefällt mir.«

War damit Ruths Plan oder sie selbst gemeint? Sie wurde rot und fragte schnell nach geeignetem Schuhwerk.

»Wir kaufen unsere Wanderschuhe in einer kleinen Werkstatt nah am Hafen. Soll ich dir meine zeigen?« Su-Lin winkte Ruth, ihr in den Hof zu folgen. Dort stand ein Paar Schuhe aus dickem Leder, frisch besohlt und eingefettet. Während Ruth die stabilen Rahmen bewunderte, sagte Su-Lin: »Bestimmt möchtest du noch mehr wissen. Frag mich ruhig.«

Erwartungsvoll stand sie da, eine kleine, drahtige Person, die Ängste überwunden und Strapazen überstanden hatte.

»Ist Wollwäsche gut?«, fragte Ruth. »Oder scheuert die zu sehr?«

»Ach, Wäsche.« Su-Lin winkte ab. »Also dann, ganz direkt: Die Reise wird eine extreme Erfahrung. Es wird anstrengend und nachts sehr dunkel. Wenn man viel zusammen erlebt und sich vorher schon anziehend fand, ist eine Affäre unvermeidlich.«

Überrumpelt von dieser Direktheit, wusste Ruth nichts zu erwidern. Quentin und sie? Jeden Morgen wachte Ruth mit dem Gedanken an Bill auf. Niemand konnte ihn ersetzen. Aber Quentin sah blendend aus, und Schönheit machte Ruth nun mal schwach.

»Quentin hat eine Freundin«, fuhr Su Lin fort. »Jetzt weißt du, was du wissen musst.«

Sie hängte die Schuhe an den Schnürsenkeln zum Auslüften an einen Haken. Während sie Ruth voran zurück zu den Männern ging, sagte sie im Plauderton: »Ja, ich rate dir zu Wollwäsche. Aber die beste Kleidung bekommst du vor Ort. In Tibet machen sie alles aus Yak. Die Zelte sind aus Yak-Haar gewebt, der getrocknete Dung wird verfeuert, und in den Tee geben sie Yak-Butter. Natürlich wird auch das Fleisch gegessen. Manchmal gibt es kaum etwas anderes. Ich hoffe, du magst Yak. Wie gesagt, manches ist unvermeidlich.«

Der Dokumentator

Die Ausrüstung von Bills letzter Expedition lagerte in einer Garage im französischen Viertel, und den Schlüssel besaß immer noch Smith. Missmutig führte der alte Jäger Ruth, Quentin und Richard durch die Straßen. Offenbar fühlte er sich durch seinen Ausschluss von der Expedition tödlich gekränkt und wollte nun alles, was ihm in der Garage gehörte, so schnell wie möglich herausholen. Da wären ein Gewehr und »verschiedene Kleinigkeiten«.

»So etwas lässt sich leicht behaupten«, hatte Ruth zu Richard gesagt, als sie sich am Tag zuvor im Delmonico's besprochen hatten. »Bill hat weder Rechnungen noch Listen aufgehoben, aus denen hervorgeht, was er bezahlt hat.«

»Ich könnte ja den Bestand fotografieren«, sagte Richard. »Dann kann Smith sich nicht unbemerkt bedienen, während ihr weg seid. Wahrscheinlich braucht ihr nur einen Bruchteil der Sachen. Deine Expedition ist kleiner als Bills.«

Während Ruth darüber nachdachte, fügte Richard hinzu: »Zwar kannst du Smith den Schlüssel abnehmen, aber er hat vielleicht einen zweiten.«

»Zuzutrauen wäre ihm das.« Ruth hatte genickt.

Sie könnte ein neues Lager mieten und dorthin bringen, was sie jetzt nicht benötigte, doch möglicherweise lohnte diese Mühe gar nicht.

Das Schloss der Garage war eingerostet. Erst nach minutenlangem Rütteln konnte Smith den Schlüssel drehen. Die Doppeltüren öffneten sich zu einem Raum mit einem einzelnen, schmutzigen Oberlicht. Es roch modrig. An einer Wand blühte Schimmel. Richard nahm die Kamera aus der Tasche, wählte eine mittlere Belichtungszeit, stützte die Ellenbogen auf Kisten ab und begann zu fotografieren.

Berge von Kleidung waren achtlos auf den Boden geworfen worden. Kochgeschirr, Hängematten und stockfleckige Sättel lagen wild durcheinander, und in einem Korb befand sich etwas, das im Halbdunkel nach einem Haufen toter Mäuse aussah.

»Gestrickte Socken!«, rief Ruth. »Das sind bestimmt dreihundert Paar!«

In einer metallenen Box fand Richard Operationsbesteck, eine Knochensäge, medizinischen Alkohol und Fläschchen, deren tintenbeschriftete Etiketten unleserlich geworden waren. Wurden diese Dinge zum Präparieren benötigt, für die Versorgung Verletzter oder für beides?

Richard fotografierte, wie Ruth in ein Tweedjackett schlüpfte und sich Jodhpurs, indische Reithosen, anhielt. Beide Kleidungsstücke waren ihr viel zu groß. Sie wirkte wie ein Mädchen, das Verkleiden spielte. Wenn Richard sie doch begleiten könnte! Die Stadt wimmelte von Abenteurern, aber jemanden wie Ruth hatte Richard auch in Shanghai noch nie getroffen. Die Entschlossenheit, mit der sie Smith und Russell losgeworden war, imponierte ihm. Außerdem besaß Ruth Überzeugungskraft. Richard glaubte ja selbst schon, dass sie einen Panda fangen konnte. Selbst wenn es ihr nicht gelänge, würde diese Lady gute Bilder liefern. Irgendwann würde Richard eine Ausstellung mit Fotos von Menschen organisieren, die ihn beeindruckt hatten, und er wusste jetzt schon: Ruth wäre dabei. Er richtete die Kamera auf sie.

»Ich möchte mit nach Tibet«, sagte er.

Ruth wirkte nur leicht überrascht.

»In welcher Funktion denn?«, fragte sie. »Kannst du kochen?«

»Leidlich.«

»Schießen?«

»Nein.«

Wenn er eine Waffe nur in die Hand nehmen musste, wurde ihm übel. Nervenärzte behandelten so etwas heutzutage mit Gesprächen. Aber das Reden hatte schon seinem Vater nicht geholfen.

»Ich möchte Tiere mit der Kamera einfangen«, sagte Richard. »Möchte sie in ihrem ursprünglichen Umfeld zeigen, in freier Natur, ihr natürliches Verhalten ablichten. Anders als die Trophäensammler.«

Seit dieses Vorhaben bei Monsieur Houle auf Unverständnis gestoßen war, hatte Richard niemandem mehr davon erzählt. Aber nun hatte er mit Ruth jemanden gefunden, der die Großwildjagd genauso ablehnte wie er selbst. Vielleicht war sein Platz in den nächsten Wochen an ihrer Seite?

Im hinteren Teil der Garage entbrannte ein Streit zwischen Quentin und Smith. Zwischen ihnen lag ein gutes Dutzend Gewehre auf einer Decke ausgebreitet. In einem geöffneten Koffer zeichneten sich unter einem Tuch die Umrisse von kleineren Gegenständen ab, Pistolen vielleicht.

»Überall Korrosionsspuren«, rief Quentin. »Wie kann man nur so nachlässig sein?«

»In Tibet ist es eben feucht«, verteidigte sich Smith. »Aber die schießen noch einwandfrei, das kann ich dir zeigen.«

Er nahm ein Gewehr und suchte etwas in einer Schachtel. Unsanft schob Quentin ihn zur Seite und griff eine Handvoll Patronen.

»Über tibetisches Wetter weiß ich besser Bescheid als du. Da, sieh nur, auch feucht!«

Verächtlich schleuderte er die Patronen auf den Boden. Einige fielen dem älteren Mann auf die Schuhe.

»Pass mal auf, Jüngelchen!«, rief Smith.

Wie gereizte Stiere standen die Männer einander gegenüber. Spannend! Richard fotografierte.

»Schluss jetzt!« Ruth klatschte in die Hände wie eine Lehrerin, die eine Bande Lausbuben zur Ruhe bringt. »Duelle bitte nur draußen.«

Zu Richard sagte sie: »War das wenigstens ein gutes Motiv für dich?«

»Bestimmt.« Richard würde den Film am Abend entwickeln. »Merkst du, wer in deinem Team noch fehlt? Der Dokumentator.«

Darüber schien Ruth nachzudenken.

»Und überleg mal«, fuhr Richard fort. »Du wirst dich vielleicht noch freuen, wenn nicht alle schießen können.«

Auf dem Jangtse

Mit einem Passagierschiff fuhren sie den Jangtse hinauf Richtung Westen, Shanghai lag längst hinter ihnen. Sie passierten tiefe Felsschluchten, in denen der Fluss mal enger und mal breiter wurde. Hinter jeder Biegung bot sich ein neuer, spektakulärer Ausblick. Ruth saß mit gekreuzten Beinen auf dem Deck. Sie war in poetischer Stimmung.

»Aus Ebenholz ist meine Barke«, rezitierte sie für Richard, der gerade einen neuen Film in seine Kamera legte. »Und meine Flöte ist aus Jade. Und ihre Löcher sind beschlagen mit Ringen aus dem reinsten Gold.«

»Löcher im Boot?«, fragte Richard.

»In der Flöte.«

Ruth steckte die Hände in die weiten Ärmel ihrer Jacke. Für die Reise hatte sie sich Jacken und Hosen aus robustem blauem Stoff anfertigen lassen, wie sie von einheimischen Arbeitern getragen wurden. Das einfache Schnittmuster hatte wahrscheinlich schon der Ur-Ur-Großvater von Mr. Tiang benutzt. Mit dieser Kleidung und ohne den Anblick von Hochhäusern oder Automobilen konnte Ruth sich vorstellen, in einer anderen Zeit zu leben. Als sie sich umsah, entdeckte sie ein grünes Steilufer. Viele der Felsvorsprünge wurden bewirtschaftet. Bauern mit Körben auf den Rücken ernteten Gemüse. Eine Frau hatte ein Kleinkind mit einer Leine an sich festgebunden.

»Das Gedicht ist von Li Bai«, sagte Ruth. »Er lebte im achten Jahrhundert in dieser Gegend. Die zweite Strophe hat Quentin mir auf Chinesisch beigebracht. Darin geht es um Wein, der das Herz heilt. Aber dem Dichter half das nicht. Er war melancholisch und ertrank im Fluss, als er versuchte, das Spiegelbild des Mondes zu umarmen.«

»Ich hörte, er hat sich zu Tode gesoffen«, sagte Richard.

»Ein Missverständnis. In der Übersetzung geht so viel verloren.«

Ruth nahm bei Quentin Sprachunterricht. Auf dem Schiff galt er als Chinese und musste unter Deck reisen. Statt einer Kabine hatte er nur eine Koje ohne Matratze in einem großen Raum mit anderen Passagieren. Zu Ruth nach oben durfte er nicht, darum ging sie zu ihm. Unter Deck roch es nach alten Socken, gekochten Eiern, eingelegtem Kohl und Dieselöl aus dem nahen Maschinenraum. Hier strich die Schiffskatze besonders gern umher. Quentin schien Tiere magisch anzuziehen, das hatte Ruth schon am Hafen beobachtet, wo ein Straßenhund ihm bis zur Gangway nicht von der Seite gewichen war. Die Koje unter Quentin gehörte einem alten Mann. Er verbrachte seine Zeit mit dem, was Richard als Meditation beschrieben hatte. Reglos lag er da. Die Augen halb geschlossen, die Hände nach oben geöffnet, schien er in einer Blase von Gleichmut zu schweben, unberührt vom Lärm um ihn herum. Ruth hätte gern ein Foto von ihm gehabt, aber Richard kam nie mit unter Deck. Lieber langweilte er sich mit einer drei Tage alten Zeitung, von der er nur wieder und wieder den Politikteil las. Der Konflikt zwischen Japan und China bereitete ihm Sorge. Vor vier Jahren hatte er die Schlacht um Shanghai miterlebt, und obwohl die Stadt seitdem eine entmilitarisierte Zone war, fürchtete er neue Gewalt. Da an Bord wenig passierte, kreisten seine Gedanken unaufhörlich um die Kriegsgefahr.

»Die Japaner weiten ihren Einfluss im Norden aus«, sagte Richard. »In der inneren Mongolei haben sie schon weite Gebiete besetzt. Dabei herrscht offiziell ein Waffenstillstand. Und was macht der oberste chinesische General? Nichts.«

»Das ist nicht wahr«, widersprach Ruth. »Chiang Kai-shek kümmert sich um innere Probleme, meint Quentin. Den Kampf gegen die Kommunisten hält er für dringender. Was übrigens gut für uns ist, denn im Westen, wohin wir ja wollen, treiben die Roten ihr Unwesen.«

»Unwesen?« Mit einem Klacken schloss Richard die Kamera. »Der politische Feind wird verunglimpft, so erhält der General seine Macht.«

Das Schiff umrundete eine Felsnase und glitt aus dem Schatten der Schlucht heraus. Licht floss wie eine warme Welle über das Deck. Ruth zog die Schuhe aus und badete ihre Füße in der Sonne.

»Wie auch immer …«

Sie wollte weder für die Nationalen noch für die Kommunisten Partei ergreifen. Richard hingegen hatte zu allem eine Meinung. Er war ein Grübler und Planer, hatte die Landkarten im Kopf, konnte den Verlauf des Jangtse aus dem Gedächtnis zeichnen und kannte die voraussichtliche Reisedauer zwischen den einzelnen Stationen. Ruth bewunderte das, fand es aber auch ein wenig übertrieben. Meist gab es ja doch Hindernisse und Verzögerungen, und schon lief nichts mehr wie geplant.

»Apropos Quentin«, begann Richard. »Bist du über seine Verlobte im Bilde?«

Dass er jetzt von der anfangen musste! Vor dem Ablegen in Shanghai hatte Quentin lange mit dieser Frau gesprochen, darum war es am Ende hektisch geworden, und er und Ruth hatten sich nicht mehr vor dem Schiff fotografieren lassen können, weil Richard schon an Bord gegangen war. Ruth hätte gern ein Foto vom Start ihrer Expedition gehabt, von sich und Quentin, zwei Abenteurern, die die Jagdwelt aufmischen würden – *nimm das, Smith!* Aber es würde hoffentlich noch viele Gelegenheiten geben, um vor eindrucksvollen Kulissen für die Kamera zu posieren.

Um die Frau herum hatten noch andere junge Leute gestanden, und Ruth hatte nur so viel erkennen können: roter Pullover, kein Abschiedskuss. Vielleicht gehörte sich so etwas hierzulande vor der Heirat nicht. Die beiden waren also mittlerweile verlobt. Das machte die Dame zu einer wichtigen Person für Quentin, und Quentin wiederum war entscheidend für den Erfolg der Expedition.

Su Lins Bemerkung über die Unvermeidbarkeit einer Affäre ging Ruth nicht aus dem Kopf. Manchmal war sie in Quentins Gegenwart auf eine Weise befangen, die sie von sich nicht kannte. In der Enge unter Deck musste man nah beieinandersitzen, und wenn Ruth von Quentin chinesische Silben lernte, sah sie dabei auf seinen Mund. Aber eine neue Liebe war wirklich das Letzte, was sie gebrauchen konnte. Im Gepäck hatte sie die Urne mit Bills Asche. In den Bergen wollte sie einen Ort für sie finden und Bill damit wenigstens nachträglich an sein Ziel bringen. Was er wohl von Quentin gehalten hätte?

»Quentins Verlobte heißt Diana Chen und ist hierzulande eine bekannte Sportlerin«, sagte Richard ungefragt. »Neulich habe ich sie fotografiert. Sie trainiert für die Olympischen Spiele.«

Ausgerechnet. Noch eine Sportkameradin!

»Wo diese Fitnessverrückten nur alle herkommen«, sagte Ruth. »Wann sind Zigaretten und Faulenzen aus der Mode gekommen?«

»Auch Quentin wollte ursprünglich Sportlehrer werden«, sagte Richard.

»Das hätte Bill gefallen«, erwiderte Ruth gedankenverloren.

»Wie bitte?«

Aber Ruth erklärte es nicht. Richard könnte ein Muster entdecken, wo keines war.

»So eine schöne Landschaft«, sagte sie stattdessen. »Wie die Sonne auf dem Wasser glitzert, das ist malerisch, oder?«

Pflichtschuldig hob Richard die Kamera.

»Hab es im Kasten. Also, jetzt kommt's: Dianas Eltern sind reich und wichtig. Quentin wäre kein Schwiegersohn nach ihrem Geschmack. Darum ist die Verlobung heimlich erfolgt.«

»Aha.« Ruth legte sich auf den Rücken und verschränkte die Hände unter dem Kopf. »Dann lass uns das respektieren und nicht mehr darüber sprechen.«

Die Hitze machte sie träge. Doch Richard gab nicht auf.

»Den beiden ist es aber ernst«, sagte er. »Diana hat Quentins Studium finanziert. Davon wissen ihre Eltern nichts.«

»Woher weißt du es denn?«, fragte Ruth.

»Tut nichts zur Sache. Ich erzähle es dir, weil Quentin die Sache wurmt.«

»Ein witziger Ausdruck.«

Zum Schutz vor dem Licht legte Ruth den Unterarm über die Augen. Sie hatte keine Lust mehr, sich mit Richard zu unterhalten. Anscheinend hatte er ein Problem identifiziert. Na, Gratulation! Konnte er nicht einfach mal den Tag genießen? Sie hatte ihn mitgenommen, weil seine Fotos gut waren, aber offenbar musste für ihn die gesamte Welt wie eines seiner Bilder sein, mit ausgewogenen Anteilen von Schwarz und Weiß. War es zu hell, suchte Richard Dunkles.

Ruth atmete tief und versuchte, seine nervöse Energie an sich vorbeiziehen zu lassen. Wenn der alte Mann im stinkenden Unterdeck Gleichmut fand, sollte sie diesen Zustand in der frischen Luft erst recht herbeimeditieren können.

»Von einer Frau abhängig zu sein, ist schwer für Quentin, glaube ich«, fuhr Richard fort. »Darum will er etwas aus eigener Kraft schaffen und Geld verdienen. Was du ihm zahlst, ist nicht genug. Um Diana etwas bieten zu können und in ihre Familie aufgenommen zu werden, muss er sich einen Namen machen und Artefakte an Museen verkaufen. In Nanking bauen sie eine Sammlung auf. Dort will man einen Panda, wie in Chicago.«

»Ein Panda ist ein Tier und kein Artefakt!« Ruth hieb mit der Faust auf die Planken. »Außerdem erzählst du mir nichts Neues.«

Jetzt hatte Richard sie doch wieder zum Reden gebracht.

»Du kennst die Chens?«, fragte er erstaunt.

»Die Familie dieser Diana ist mir völlig egal. Ich schnüffele nicht herum. Das hab ich nicht nötig, weil ich mich mit Quentin bespreche. Darum weiß ich auch, dass er einen Panda schießen will.«

Sollte die Erwähnung des Schnüffelns Richard beleidigt haben, ließ er sich nichts anmerken.

»Du bist doch gegen das Töten.« Er sah von schräg oben auf Ruth herunter, eine konzentrierte Falte zwischen den Brauen, als versuche er, ein technisches Detail seiner Kamera zu verstehen. »Wie wollt ihr zusammenarbeiten?«

»Meine Bedingung ist, wir fangen meinen Panda zuerst. Danach tut Quentin, was immer er tun muss.«

»Ich will nur helfen.« Richard klang jetzt beschwichtigend. »Wenn Quentin Tiere aufspürt, könnte ich sie fotografieren, und dann müssen sie nicht geschossen werden.«

»Mach das mit ihm aus. Nur glaubst du, dass das Museum für ein Foto zahlt?« Ruth setzte sich auf. Ihr Sonnenbad war beendet. Mit den Schuhen in der Hand machte sie sich zum Eingang des Oberdecks auf.

»Fotografie ist eine junge Kunst«, sagte Richard hinter ihr. »Ich glaube jedoch, sie wird bald weite Anerkennung finden.«

Ruth blieb stehen. In diesem Gespräch, das ihr aufgezwungen worden war, wollte sie das letzte Wort haben. »Ich möchte die Tiere schützen. Quentin möchte eins schießen. Das tut er zum Ruhm seines Volkes. Meinetwegen auch für seine eigene Zukunft. So hat jeder seine Motive. Wer sind wir, darüber zu urteilen? Und was Politik betrifft, ist es mir gleich, ob Kommunisten, Nationale oder Japaner gewinnen. Ich hoffe, sie beschäftigen sich gegenseitig und lassen uns über die Grenze schlüpfen, damit …«

Sie brach ab. Der Abstand zwischen ihr und Richard war schon zu groß, um den Panda zu erwähnen. Jemand könnte mithören. An Bord dachten alle, sie wären hinter seltenen Truthähnen her.

»Du weißt schon«, sagte Ruth nur. »Wenn dir langweilig ist, lern doch auch mal ein Gedicht. Manchmal verraten einem Verse mehr als die Nachrichten.«

In Yichang wechselten sie von dem behäbigen Flussdampfer in ein kleineres, schnittiges Schiff. Der Jangtse wurde schmaler und wild. Sie pflügten durch Stromschnellen und an schroffen Felsen vorbei. Gegen Nachmittag zogen von Osten her Gewitterwolken auf und verdeckten die Sonne, doch es sah aus, als könne das Schiff dem Unwetter davonfahren. Richard stand auf dem Heck, hielt sich mit einer Hand an der Reling fest und fotografierte die Regenwand hinter sich. Donner grollte. Richard erhöhte die Belichtungszeit der Kamera, um den Blitz einfangen zu können. Im Zwielicht wirkten die Wände der Schlucht links und rechts vom Fluss dunkler, stellenweise bestanden sie aus blankem Stein. An einer ehemals bewachsenen Stelle musste es kürzlich einen Erdrutsch gegeben haben. Plötzlich schien die Szenerie bedrohlich.

»Gräben.« Da war die Stimme seines Vaters. »Gerade breit genug, um darin zu stehen. Wir müssen uns ducken, sie sind nicht hoch genug. Warum nicht? Wurde etwas zugeschüttet? Der Leutnant schweigt. Aber ich weiß, die Gräben haben andere ausgehoben. Wir waren die Reserve. Dann sollten wir vorrücken. Wo sind die anderen jetzt? Unter mir ist ein Hügel, so groß wie ein Fußball. Wie ein Kopf.«

Richards Fingerkuppen wurden weiß, so fest hielt er die Kamera. Er nahm sie in die andere Hand und schüttelte den Arm aus. Über dem aufgekrempelten Ärmel hatte die Sonne seine Haut gerötet. Der Große Krieg war lange her und hatte weit weg stattgefunden, nicht hier, nicht in China. Vorsichtig wischte Richard mit einem Hemdzipfel Gischt vom Objektiv. Bald wären sie in Chungking, der berühmten Felsenstadt mit ihrer siebenhundert Jahre alten Festung. Auf den Bildern, die er gesehen hatte, thronte sie wie ein Adlernest am Berg. Richard freute sich schon darauf, mit der Leica durch verfallende Gemäuer zu streifen. Bevor sie den Weg weiter landeinwärts in Richtung Chengdu fortsetzen würden, bliebe ihm etwas Zeit dafür.

In der Dämmerung erreichten sie den Hafen. Quentin beaufsichtigte die Entladung des Gepäcks. Derweil strich ein dicker Kater maunzend um seine Beine. Auch das Maskottchen dieses Schiffs wollte sich gar nicht von Quentin trennen. Kein Wunder, er steckte dem Tier ständig etwas zu. Ruth tat das auch, aber sie verteilte Leckerbissen mit großer Geste, für jedermann sichtbar, während Quentin im Vorbeigehen etwas aus der Hosentasche holte und den Kater noch einige Meter neben sich laufen ließ, bevor er es hergab. Gefälligkeiten gewährte er diskret. Auch wenn er als ihr Reiseführer verhandelte, bat er nie direkt um etwas. Eigentlich hatte es auf dem zweiten Schiff keine Plätze mehr gegeben, doch Quentin hatte nach dem Kapitän verlangt und ihn in ein Gespräch verwickelt, irgendetwas über Sport – Bogenschießen, wenn Richard richtig verstanden hatte. Jedenfalls hatte sich eine leidenschaftliche Diskussion entwickelt, an deren Ende sie alle an Bord gebeten worden waren. Die Bezahlung hätte Quentin wahrscheinlich am liebsten wortlos abgewickelt, aber da Ruth das Geld verwaltete und den Betrag zunächst nicht verstanden hatte, hatte es ein Hin und Her gegeben, das Quentin sichtlich unangenehm gewesen war.

Das Gepäck war beisammen. Eine Gruppe von ausgemergelten Trägern wartete schon. Von der Straße näherten sich weitere mit Sänften.

»Ich laufe«, sagte Ruth.

Davon riet Quentin ihr ab: Sie würden bei Missionaren unterkommen, die weit oben in der Stadt wohnten. Die Gassen seien steil, die Treppen uneben und im Abendlicht schwer zu begehen.

»Aber ich bin ja keine alte Frau«, sagte Ruth. »Su Lin ist auch zu Fuß gegangen.«

»Nur wenn sie musste«, sagte Quentin. »Außerdem transportieren die Männer sowieso unser Gepäck.«

Zwei Träger zogen unter Geschrei zwei andere von der vordersten Kiste weg. Offenbar waren sie der Meinung, schon länger zu warten und Anrecht auf die nächste Tour zu haben. Auf Chinesisch versuchte Quentin, den Streit zu schlichten.

»Sieh es mal so«, sagte Richard zu Ruth. »Diese Leute leben von Reisenden wie uns. Sie sind froh, wenn sie heute noch etwas verdienen können.«

»Froh würde ich sie nicht nennen.«

Auch Ruth musste den Zustand der Männer bemerkt haben. Viele Träger gaben einen Großteil ihres Lohnes für Opium aus, um die Strapazen der Arbeit wenigstens für einige Stunden zu vergessen, und sparten dafür an Nahrung. Zwar war das auch in Shanghai so, aber vielleicht gab es in Chungking weniger Kundschaft und mehr Konkurrenz. Jedenfalls wirkten diese Menschen so elend, als hätten sie seit Tagen nur noch süßen Rauch zu sich genommen. Und es kamen immer mehr. Der Kampf um die Kiste wurde nun von zwei verfeindeten Lagern geführt. Richard drehte sich um. Hinter ihm standen noch mehr Männer mit Sänften. Dabei wurden höchstens drei gebraucht. Die Sänftenträger waren kräftiger und aggressiver. Einer schrie etwas. Als Antwort flog von der anderen Seite ein Stein. Beinahe wäre Richard getroffen worden. Verspätet duckte er sich. Deckung gab es auf dem Kai kaum. Höchstens zwischen das Gepäck könnte Richard sich werfen.

Wir sind umzingelt, dachte er. Es gibt keinen Ausweg. Sie kriegen uns.

Neben Richard stand die Kiste mit den Gewehren. Die Munition war extra verpackt, aber in Reichweite. Für das Laden würde Richard 15 Sekunden brauchen. Das beherrschte er blind.

Peng, Nachladen in zwei Sekunden, Peng, und dann bleiben immer noch dreizehn Schuss, denn die Henry hat fünfzehn, sie ist ein Unterhebelrepetierer und die Wahl von Buffalo Bill. Der Vater kennt die schnellsten Handgriffe und zeigt sie geduldig. Richard schießt auf Dosen, eine nach der anderen fällt, aber er ist zu langsam, der Vater treibt ihn an. *Noch mal, zögere nicht, sonst bist du tot. Üben musst du, hörst du, üben, bis deine Hände es ohne den Kopf können.* Als Richard das schließlich schafft, ist es ein herrlicher Spaß, und noch toller ist es, den Vater stolz zu machen. *Jetzt bist du ein Cowboy, mein Sohn.*

Dann kommt der Große Krieg. Danach verschwinden die Henry und alles, was zur Waffe werden könnte, die Messer in der Küche und sogar die Stoffschere der Mutter. Vater sitzt auf der Eckbank, die Hände unter die Beine geklemmt und sagt: In der Enge wirst du zum Tier, und Tiere wollen nicht sterben, auch nicht fürs Vaterland, das ist doch ganz normal, oder? Sag mir, dass es normal ist.

Konnten die denn nicht endlich aufhören zu schreien? Richard begann zu zittern. Jemand zog an seiner Jacke.

»Mister!« Ein Mann mit entzündeten Augen schob sich zwischen Richard und das Gepäck. »Mister, mehr billig.«

Andere drängten ihn weg. Sie waren klein und dünn, aber sie waren viele. Vor Quentin schwang einer einen Stock, und es war nicht klar, ob er Quentin oder die konkurrierenden Träger attackieren wollte. Vielleicht auch alle, denn hier ging es ums Überleben. Richard ballte die Fäuste und vergrub sie in den Taschen. Wie der Vater, so der Sohn, so hieß es doch.

Quentin rief etwas auf Chinesisch. Sofort herrschte Ruhe. Quentin wiederholte es und fügte noch etwas hinzu, ein paar Silben, die er dann noch einmal anders betonte. Gelächter brach aus, und die Stimmung löste sich schlagartig.

»Was hast du gesagt?«, fragte Richard verblüfft.

Doch Quentin ging schon umher, wählte Träger aus und sprach

kurz mit denen, die er stehen ließ. Vielleicht engagierte er sie für die nächste Tour.

»Lässt sich nicht übersetzen«, sagte Ruth stattdessen.

Als ob sie den Wortwitz verstanden hätte! Ohne Anzeichen von Widerwillen kletterte sie in eine der Sänften und winkte Richard fröhlich zu. Erst hatte sie nicht getragen werden wollen, doch nun entschied sie offenbar einfach, es zu genießen. Das nannte man wohl flexibel sein. Richard winkte verkrampft zurück und nahm in einer anderen Sänfte Platz.

In der weitläufigen Missionsstation lagen die Zimmer für weibliche und männliche Gäste in verschiedenen Trakten. Richard wurde ein Bett in einem Dreierzimmer zugewiesen, Quentin sollte in einem Schlafsaal unter dem Dach nächtigen.

»Ich sehe mir noch etwas die Stadt an«, sagte Richard zu ihm.

Als er wieder auf die Gasse trat, war es schon zu dunkel für Fotos. Zur Festung zu gehen, hätte keinen Zweck mehr. Also streifte er ziellos umher und trank einen Whisky-Soda in einer Garküche. Am Tisch neben ihm sammelte sich eine achtköpfige Familie um einen Topf mit heißer Brühe. Mit Stäbchen hielten sie Gemüse und Fleischstücke hinein. Es roch köstlich, aber für sich allein mochte Richard so etwas nicht bestellen. Er zahlte, wanderte weiter und fand eine Bar, in der eine Frau zu Mandolinenbegleitung traurige Lieder sang. Richard trank noch einen Whisky-Soda. An einem Fenstertisch saßen drei ältere Männer mit einem Mah-Jongg-Spiel. Immer wieder sahen sie zur Tür. Die verdeckten Spielsteine lagen schon zum Mischen bereit, anscheinend ließ der vierte Spieler aber auf sich warten.

Richard fragte die Männer, ob er sie fotografieren dürfe. Einer von ihnen sprach Pidgin und übersetzte für die anderen. Mit dem Foto waren sie einverstanden. Kinnbärte wurden in Form gestrichen, und das Grüppchen posierte. Als Richard sein Bild hatte, wollte der Sprecher ihn überreden mitzuspielen. Sein Cousin käme anscheinend nicht mehr. Richard lehnte höflich ab und stieß auf Unverständnis.

Warum nicht? Der Einsatz sei niedrig. »Nur kleini Dollar.«

Danke, aber Richard wollte wirklich nicht. Wenn er zu spät zurückkam, erklärte er, würden die Missionare ihn nicht mehr einlassen.

Ach, die Missionare. Der Chinese schien sie zu kennen. Dann morgen? Oder habe Richard Angst, zu verlieren wie sein Freund?

»Welcher Freund?«, fragte Richard.

Dem Chinesen war der Name entfallen. Er wandte sich an die anderen.

»Cherry«, sagte einer.

»Gerry?« Richard war alarmiert.

Jaja! Von den Pandasuchern. Zu denen gehöre Richard doch auch?

Atemlos kehrte Richard in die Missionsstation zurück. Der Damentrakt war schon abgeschlossen. Richard hämmerte an die Flurtür. Jemand keifte, er solle verschwinden.

»Nachtruhe ab neun!«

»Ich muss zu Mrs. Harkness!«, rief Richard. »Sie hat meine Medikamente.«

Daraufhin wurde ihm von einer Nonne im Morgenrock geöffnet.

»Wo ist ihr Zimmer?« Richard keuchte.

Böse funkelte die Nonne ihn an. »Als ob ich Sie allein da hinlassen würde. Kommen Sie.«

Fast erwartete Richard, sie würde einen Schlüsselbund zücken, wie eine Gefängnisaufseherin, aber Ruths Quartier war dann doch unverschlossen. Allerdings schob sich die Nonne mit Richard ins Zimmer. Ruth fläzte bäuchlings auf dem Bett, eine Zigarette im Mundwinkel und tippte auf ihrer Reiseschreibmaschine.

»He.« Sie zwinkerte belustigt und hob prostend eine Teetasse, die vermutlich keinen Tee enthielt. »Ist dir auch langweilig, Richie?«

»Gerry war hier«, sagte Richard. »Vor drei Wochen schon. Er nimmt an einer Expedition teil oder leitet sie sogar. Mit dem Geld, das du ihm für die Heimfahrt gegeben hast, sucht er jetzt selbst nach Pandas.«

Er stützte die Hände auf die Knie. Am liebsten hätte er auf einem Stuhl vor dem Bett verschnauft, doch als er ihn ansteuerte, machte die Nonne ein missbilligendes Geräusch.

»Wie unfair«, sagte Ruth.

Energisch hieb sie auf die Leertaste, zog das Blatt aus der Maschine und legte ein neues ein. Sie würde doch nicht noch einen Brief schreiben? Was auch immer sie plante, es musste jetzt schnell gehen. Ein Telegramm, ein Flugzeug! Gerry besaß einen Vorsprung. Vermutlich hatte er einen Teil der Strecke in der Luft zurückgelegt. Auch er war jetzt hinter einem lebenden Panda her, und wenn er den zuerst bekam, würde ihm der ganze Ruhm zufallen. Selbst wenn Ruth es später ebenfalls schaffte, würde das niemanden mehr interessieren. Die Zweite war die erste Verliererin.

Ruth starrte auf das leere Blatt. »Er hat doch Pepp, der Junge«, sagte sie schließlich. »Sei's drum. Das macht es spannender.«

Sie tippte etwas, schien zu überlegen, riss das Papier heraus und zerknüllte es. Über der Walze prangte in Goldlettern die Marke der Schreibmaschine: Remington.

Caruso und Piloten

Am nächsten Tag rumpelten sie über unbefestigte Straßen Richtung Chengdu. Die Sicht war gut, und schon bald erkannte Ruth am Horizont die Berge. Das Auto entstammte dem Fuhrpark von Standard Oil und war Ruth mitsamt des Fahrers von einem Amerikaner zur Verfügung gestellt worden, der die Routen der Öltanker auf dem Jangtse koordinierte. Noch in Shanghai hatte Ruth sich als Vorbereitung auf die Expedition ein Netzwerk von nützlichen Bekannten aufgebaut. In Chengdu würden sie bei Signore Cavaliere wohnen, einem Italiener, der eine leitende Stellung bei der Post innehatte. Weiter westwärts reichten Ruths Kontakte nicht. Jenseits von Chengdu hörte China auf. Die Stadt war ein Außenposten der Zivilisation vor dem Niemandsland der Berge, und als Ruth die mächtigen Stadtmauern sah – zwölf Meter hoch und ebenso dick –, ahnte sie, dass das Leben hier nicht immer friedlich gewesen war. Sie fuhren durch das Stadttor, mitten hinein in ein Gewusel von Rikschas und Handkarren, und wurden auf Schrittgeschwindigkeit heruntergebremst. Vom Beifahrersitz aus fotografierte Richard das Straßenleben. Ruth und Quentin saßen hinten, aber Quentin hatte während der Fahrt durch die dünn besiedelte Landschaft die ganze Zeit die Umgebung im Blick behalten. Er trug jetzt eine Pistole in einem Halfter über dem Hosenbund. Als sie vor Cavalieres Haus hielten, nahm er sie heraus und verstaute sie in der Tasche, die seine persönlichen Dinge enthielt.

»Wäre unhöflich, bewaffnet zu kommen.«

»Da hast du recht«, sagte Ruth.

Auch sie nestelte unter ihrer Jacke und holte eine Brieftasche hervor. Während der Fahrt hatte sie nachgedacht. Gestern, heiter vom Cognac, war ihr Gerrys Vorstoß noch wie ein dreister Streich erschienen, doch inzwischen hatte sie nachgerechnet und glaubte einen perfiden Plan zu erkennen. Um sie in Sicherheit zu wiegen, hatte Gerry gewartet, bis sie weg war, und sie dann in der Luft überholt, während sie die günstige, aber langsame Route über den Fluss genommen hatte. Gerry musste über weit mehr Mittel verfügen als die Abfindung, die er von Ruth bekommen hatte. Dieser hinterhältige kleine Lord! Auf Herkunft konnte man eben nichts geben.

Ruth sah ihre Begleiter an. Richard hatte sie in einer Bar aufgelesen, und über Quentin wusste sie nur, was er selbst erzählt hatte. Sie wendete die Brieftasche in ihren Händen. Quentin mit seiner Filmstarfrisur erinnerte sie an Paul Muni in *Scarface*. Der hatte auch so etwas Ernstes und Entschlossenes an sich.

»Soll ich darauf aufpassen?« Quentin deutete auf die Brieftasche.

Ruth zögerte einen Lidschlag lang. Vertraute sie Quentin zu hundert Prozent? Nein, das wäre naiv. Aber wenn sie Quentin kleinhielte und kontrollierte, konnte er sein Potenzial nicht ausschöpfen.

»Verwalte du das Geld ab jetzt für uns«, sagte Ruth.

»Wirklich?« Quentin wirkte überrascht und erfreut.

»Ja.« Ruth reichte ihm die Tasche. »Wir müssen Träger engagieren und einen Koch. Das machst du. Und du bezahlst auch alle. Weil du ihr Kommandant sein wirst.«

Würden sie merken, dass Ruth der eigentliche Boss war, respektierten sie Quentin womöglich nicht. Jedenfalls, wenn Ruth die Natur der Männer richtig verstand. Vielleicht sollte sie doch mal Hemingway lesen. Oder Richard fragen, den Denker.

Quentin legte die Hände zusammen und dankte.

»Ich werde mich würdig erweisen.«

Er verstaute das Geld in seiner Tasche. Jetzt saß er noch aufrechter.

»Kommandant.« Er grinste verschmitzt und sah aus den Augenwinkeln zu Ruth herüber. »Wirst du mich auch so nennen?«

Ruth lachte. »Vergiss es.«

Cavaliere bewohnte die frühere Villa des Provinzgouverneurs und konnte in seiner Residenz Dutzende Gäste unterbringen, was er häufig auch tat. Seit sechsunddreißig Jahren lebte er schon in diesem Land und beherrschte acht Sprachen. In Chengdu war er der bekannteste Ausländer, und auch Gerry hatte bei ihm angeklopft. Doch ihm hatte Cavaliere kein Bett angeboten.

»Er erschien mir windig, also habe ich ihn getestet und gefragt, was seine Lieblingsarie von Caruso ist.«

»Und?«

»›La donna è mobile‹. Aber er hat zu lange überlegt.«

Cavaliere rümpfte die Nase und bat zu Tisch. Seine besten Freunde waren die Crewmitglieder der chinesischen Fluggesellschaft. Auf ihren Touren kamen sie bei ihm unter, und während sie ausruhten, wartete er deren Flugzeuge, »aus reinem Spaß am Schrauben«. Im Gegenzug wurden ihm Wein und Delikatessen mitgebracht.

Just an diesem Nachmittag war wieder ein Flieger aus Shanghai gekommen, und Cavaliere bewirtete Ruth, Quentin, Richard, zwei Piloten und einen Abgesandten des Völkerbundes mit einem aromatischen Auflauf aus Fenchel und Seefisch, der am Morgen gefangen worden war. Aus der Victrola schallte »O sole mio«. Zum Nachtisch genossen sie Plätzchen und Mandellikör. Das Gespräch kam auf Tibet, doch Ruth hielt sich zurück, sie erwähnte nur vage seltene Tiere, die sie beobachten wollte, während die anderen Gäste sich gegenseitig mit Geschichten über die Gegend überboten.

»Eine Französin hat Mönche gesehen, die im Gebet geflogen sind«, sagte einer der Piloten. »Der Schnee schmolz, weil ihre Körper so heiß wurden.«

»Da hat sie aber Glück gehabt, dass sie keinem der kriegerischen Stämme in die Hände gefallen ist«, sagte ein anderer. »Ich habe neulich Joseph Rock geflogen, und der hat mir schauerliche Dinge berichtet.«

»Rock«, mischte Ruth sich ein. »Ist der nicht Botaniker?«

»Kann sein. Aber ich glaube, er war in Klöstern und hat Schriften gesammelt.«

»Wozu?«, fragte Ruth.

»Keine Ahnung.«

»Vielleicht wollte er Geheimnisse lüften. Zum Beispiel über das Versteck der Pandas.« Ruth konnte es nun doch nicht lassen, die Tiere zu erwähnen. Vielleicht wussten diese Männer ja etwas.

»Pandas verstecken sich nicht«, sagte der Pilot. »Ihr Fell ist so auffällig, das würde man von weit her sehen. Dass sie niemand zu Gesicht bekommt, liegt daran, dass sie in abgelegenen Gebieten leben, noch viel tiefer in den Bergen als die entferntesten Klöster. Sonst würden die Mönche welche als Haustiere halten. Sanfte Riesen sind das.«

»Ich habe gehört, sie fressen Eisen«, sagte sein Kollege. »Eine Expedition fand bei der Rückkehr ins Basislager weiße Haare und Bissspuren in den Pfannen.«

»Vielleicht sind sie neugierig«, warf Richard ein. »Aber ich glaube nicht, dass sie Metall oder auch nur Abfälle verdauen können. Sonst würden sie die Nähe der Menschen suchen.«

Neben ihm räusperte Quentin sich. Er wollte Richard wohl warnen, zu viel Interesse an dem Thema zu zeigen.

»Korrekt«, sagte der erste Pilot. »Pandas ernähren sich ausschließlich von Bambus.«

»Das kann nicht sein«, sagte Ruth heftig. »Sie brauchen doch Fett.«

»Allerdings würde es erklären, warum sie nicht in anderen Wäldern vorkommen«, sagte Richard. »Und warum noch niemand einen lebenden Panda nach Shanghai gebracht hat. Man bräuchte bei der Größe dieser Tiere ja Unmengen an frischem Bambus. Den mitzuführen, wäre ein logistisches Problem.«

Darauf antwortete niemand. Vielleicht überlegten die Piloten, wie viel Bambus in einen Frachtraum passte. Der Abgesandte suchte nach seinen Zigaretten. Cavaliere stand auf, um die Platte zu wenden.

»Caruso ist doch der Beste«, sagte Ruth. Nur eine gute Freundin wie Margaret hätte gehört, dass ihre Fröhlichkeit aufgesetzt war. »Wer tanzt mit mir?«

Richard trank zu viel. Eigentlich kam das selten vor, aber nach dem Tischwein, dem Likör und einer weiteren halben Stunde schwelgerischer Musik, zu der Ruth mit den Piloten und Cavaliere getanzt und ihm die kalte Schulter gezeigt hatte, erschien ihm Grappa wie eine gute Idee. Hätte er das logistische Problem nicht erwähnen sollen? Aber es stimmte doch.

Am anderen Tischende beriet Quentin mit einem Angestellten Cavalieres darüber, wo er Helfer für die Expedition finden könnte. Richard fotografierte, wie Ruth zu den beiden hinübersah. Nach einem weiteren Glas gestand er sich ein, dass er eifersüchtig war. Mit dem Abgesandten leerte er ein letztes Glas und verabschiedete sich ins Bett. Schlafen konnte er die ganze Nacht lang nicht. Quentin würde Ruth nur unglücklich machen. Erkannte sie denn nicht, wie viel besser sie es mit ihm, Richard, hätte? Vielleicht würde sie ihn endlich auch einmal versonnen ansehen, wenn er eine Heldentat vollführte. Er müsste ihr einen genialen Einfall präsentieren, zum Beispiel, wie sie den Panda verpflegen könnten. Doch daran waren möglicherweise schon andere gescheitert. Richard grübelte erfolglos. Im Morgengrauen stand er auf, ging in die Stadt und fragte sich zu einer Apotheke durch, die eine Dunkelkammer betrieb. Die Arbeit entspannte ihn. Mit den entwickelten Fotos kehrte er Stunden später in Cavalieres Villa zurück, legte sich noch einmal aufs Ohr und nickte sofort ein. Von einem Klopfen wachte er wieder auf.

»Ja?«

Es war Ruth. Richard zog sich an und bat sie herein.

»Ich wollte mal nach dir sehen.« Sie trug einen Beutel in der Hand. »Beim Frühstück haben wir dich vermisst.«

Richard erklärte, wo er gewesen war. Ruth fragte nach den Fotos, und er gab ihr den Umschlag. Vorsichtig setzte sie den Beutel ab und betrachtete eins ums andere. Auf dem letzten stand sie neben Quentin am Hafen von Yichang und zeigte auf etwas außerhalb des Bildes. Ihre Haare wehten im Wind, und Quentin hatte die Augen gegen die Sonne zusammengekniffen. Das Bild sprach von Abenteuer und Romantik. Wie gern hätte Richard Quentins Platz eingenommen! Als Fotograf musste er jedoch anerkennen: Quentin war ebenso charismatisch wie Ruth. Ob ihm das bewusst war? Ruth wusste jedenfalls, wie sie wirkte, sie hatte Richard sogar leise gebeten, beim Fotografieren ein Kinoplakat im Kopf zu haben.

»Wir müssen dramatisch rüberkommen!«

Diesen Auftrag hatte Richard perfekt ausgeführt, so ehrlich durfte er sein.

»Die Johnsons können einpacken«, sagte er.

Irgendwie war Ruth das nun aber auch nicht recht. »Ich glaube, du hältst mich für oberflächlich. Aber ich mache mir Gedanken, und manchmal plane ich sogar. Was das Futterproblem betrifft …«

»Das beschäftigt mich auch die ganze Zeit!«, warf Richard schnell ein. »Tut mir leid, wenn ich dir gestern die Laune verdorben habe, als ich dem Piloten zugestimmt habe. Aber ich möchte Schwierigkeiten rechtzeitig erkennen, um etwas tun zu können.«

»Manchmal gehst du mir mit deinen Bedenken auf die Nerven.

Andererseits brauchen wir jemanden wie dich. Deine Kamera ist empfindlich. Auf die passt du gut auf, oder?«

»Natürlich«, sagte Richard mit fragendem Unterton.

»Gut.« Ruth legte die Fotos aufs Bett und hob den Beutel wieder auf. »Meinen Katzenfuttervorrat werde ich bei Cavaliere lassen. Aber ich habe noch etwas anderes dabei, und du sollst es für mich transportieren.«

Sie hielt ihm den Beutel hin, ließ aber nicht los, als Richard ihn fasste. Ihre Finger berührten sich. Etwas Feierliches lag in der Luft.

»Also, Richie …«

Ruth wusste, wie sehr er den Spitznamen hasste, und versuchte wohl, die Situation mit einer Neckerei und einem leichteren Tonfall zu entschärfen.

Richard zog eine Grimasse. »Ja, Ruthi?«

»Hier drin befinden sich die vielleicht wichtigsten Stücke unserer gesamten Ausrüstung.«

Sie wartete, bis er den Beutel mit beiden Händen am oberen Rand nahm. Erst dann ließ sie die Hände sinken, und Richard konnte hineinsehen. Neben einem Paket Milchpulver für Babys lag auf Mullstoff eine Flasche mit einem Gummisauger.

»Vor unserer Abreise habe ich ein paar andere Amerikanerinnen zum Lunch getroffen«, sagte Ruth. »Eine von ihnen war hochschwanger, und das Gespräch drehte sich ums Stillen. Es hat mich gelangweilt. Doch dann ist mir eingefallen, dass auch Pandas Säugetiere sind. Wenn ein Weibchen einen großen Wurf hat, wird sie nicht alle Jungen annehmen, weil ihre Milch nicht reicht. Sollten wir ein schwaches Tier finden, bin ich vorbereitet. Auch einem halbwüchsigen Panda können wir unterwegs Milch zufüttern, und irgendwie treiben wir dann schon Bambus auf. Die Sprossen sind hier schließlich eine Delikatesse. Bin ich nicht klug?«

O ja. Aber mit einer Antwort ließ Richard sich Zeit. Erst als Ruth ihm in die Augen sah, nickte er.

»Also, Richie! Das Pulver muss trocken und die Flasche heil bleiben. Schaffst du das?«

»Verlass dich auf mich.«

»Danke.« Ruth war schon wieder halb aus dem Zimmer. »Eins noch: Quentin würde nicht verstehen, warum ich ein wildes Tier mit Menschennahrung füttern möchte, und einen kränkelnden Bären würde er wahrscheinlich erlösen wollen. Wenn es so weit ist, werde ich mich durchsetzen. Bis dahin soll er ruhig glauben, dass ich mich am Ende doch mit einer Trophäe zufriedengebe. In manchen Punkten sind wir unterschiedlicher Ansicht, so ist das eben. Bitte versteck vorerst Pulver und Fläschchen vor Quentin, ja?«

Richard versprach es.

»Wir haben ein Geheimnis«, sagte er zufrieden.

Opium

Quentin engagierte einen Koch und sechzehn Träger. An einem wolkenverhangenen Morgen luden die Männer das Gepäck auf Gestelle aus Bambusstangen, an denen Schlaufen befestigt waren, die die Männer sich über die Schultern hängten. Je zwei von ihnen transportierten auf diese Weise ein Gepäckstück. Schweigend marschierten sie in einem Tross, die Kisten und Säcke schaukelnd zwischen ihnen. Es ging nach Nordwesten, in das halb autonome Wassu-Land, das von Nachkommen tibetischer Prinzen beherrscht wurde.

Quentin und Richard liefen vorn, Ruth bildete mit dem Koch das Schlusslicht. Der Mann hieß Wang Whai Hsin und brachte sein eigenes Messer und einen Ranzen voller Gewürze und »essenzieller Zutaten« mit. Einige Jahre lang hatte er für das französische Konsulat gearbeitet und spickte sein Pidgin gern mit Ausdrücken wie *mon dieu* und *alors*. Von Ruth wollte er wissen, was ihre Leibspeise sei.

»Ganz klar die Räucherlachs-Bagel aus dem Brevoort«, antwortete sie.

Räucherlachs kannte Wang, aber das Gebäck musste Ruth ihm erklären. Seine Verwunderung war groß. Warum sollte man etwas mit einem Loch in der Mitte backen? Da fiel doch der Belag hindurch. Er würde stattdessen Scones machen.

»Mit Clotted Cream, *bien sûr*.«

»Gibt es die hier zu kaufen?«, fragte Ruth erstaunt.

»Ah, nein, nein.« Wang lachte glucksend. »Abends Sahne von Ziege neben Feuer, morgens Cream.«

Gut gelaunt zählte Wang seine Lieblingsrezepte auf und sprach von den Meisterköchen, von denen er sie gelernt hatte. Dabei benutzte er Pidgin-Worte, die Ruth noch nicht kannte oder die es möglicherweise nur für ihn gab, aber weil er so viel redete, genügte es, die Hälfte zu verstehen, um trotzdem eine Menge über ihn zu erfahren. Wang war voll ausgestattete Küchen gewohnt. Notfalls würde er aber auch auf heißen Steinen backen und ein Erdloch zur Kühlung ausheben. Aha. Ruth beschränkte ihre Beiträge zur Unterhaltung auf einsilbige Kommentare. Zwei Stunden liefen sie jetzt schon und damit länger, als sie je spazieren gegangen war. Ihre Beine wurden schwer, und der Hosenbund scheuerte an den Hüften. An diesem Tag wollten sie 30 Meilen schaffen. Anfangs hielt Ruth nach dem Fluss Ausschau, der sie in die Berge führen würde, doch nach einer Weile starrte sie nur noch auf die Rücken der Männer vor ihr. Quentin war längst weit voraus. Wie sehr Ruth sich mühte, sah er gar nicht. Sie könnte jederzeit aufgeben und sich tragen lassen, aber sie wollte trainieren. Wenigstens waren sie hier auf befestigten Wegen unterwegs. Alles, was es brauchte, war, einen Fuß vor den anderen zu setzen. Ruth hätte sich wohl doch vorbereiten sollen. Ihr wurde ja schon das eigene Gewicht zu schwer. Ihre Schultern sackten ein, und hinter ihren Rippen stach es. Sie versuchte, langsamer zu atmen, in die Nase ein, aus dem Mund aus. Dabei bemerkte sie, wie trocken ihre Kehle war. Wang hatte sicher Wasser dabei, doch wenn sie zum Trinken stehen blieben, könnte sie den Anschluss verlieren, und hätte sie erst einmal gestoppt, wäre sie versucht, sich am Wegesrand in den Staub fallen zu lassen und die Glieder von sich zu strecken. Was Wang erzählte, rauschte mittlerweile an Ruth vorbei. Immer wieder schloss sie die Augen. Sämtliche Energie brauchte sie für die Füße: links, rechts, links, rechts. Sie dämmerte im Gehen vor sich hin und verlor jedes Zeitgefühl. Ein Aufprall weckte sie. Ruth war gegen einen der Träger gelaufen. Warum stand er?

»Mittagspause«, rief Wang.

Im Schatten von Bäumen packte er seinen Ranzen aus. Aus einem Tuch wickelte er ein Weckglas mit eingelegtem Gemüse, und er hatte sogar …

»Rotwein, Mrs. Ruth?«

Nein, solchen wollte Ruth wirklich nicht. Sie sehnte sich nach etwas Eisgekühltem mit Zitrone oder einfach nur – sie flüsterte es mit letzter Kraft – »Was-ser!«

Ihr wurde eine Feldflasche gereicht, und sie trank den köstlichen Inhalt in einem Zug. Aus einem der Ranzen zauberte Wang einen Bambuskorb voll gekochtem Reis und gedünstetem Gemüse hervor und gab Portionen aus, während Quentin jedem Träger aus einer Dose eine Portion Opium zuteilte. Die Männer schlangen das Essen stehend herunter, legten sich ins Gras und zündeten ihre Pfeifen an. Richard fotografierte die Szene. Als der Wind drehte, zogen die süßen Wolken zu Ruth herüber.

»Du solltest dich aus dem Dunst wegsetzen«, sagte Richard.

»Ja, gleich.«

Ruth wartete, bis Richard sich wieder entfernte. Dann rückte sie näher an die Rauchenden heran und füllte ihre Lungen gierig.

Auf der Nachmittagsetappe war alles leichter. Die Füße wussten jetzt, was sie tun mussten, die aufgescheuerten Fersen schmerzten nicht mehr, und die blutigen Kratzer an der Hand, wo Ruth an Dornen hängen geblieben war, fühlten sich weit weg an. Ruth glaubte, die Berge noch am selben Tag erreichen zu können. Sie würde einfach immer weitergehen, in der wunderbaren Gesellschaft der anderen, und sollte sie nicht mehr können, würde ein warmer Wind sie erfassen und zu ihrem Ziel wehen.

Gegen Abend ließ die Wirkung der Droge nach, und Ruth bekam schreckliche Kopfschmerzen. Die Gruppe lief der sinkenden

Sonne entgegen, sodass das Licht in ihren Augen stach. Und als sie ihr erstes Zwischenziel, ein Dorf, erreichten, war Ruth übel. In einer Herberge fanden sie Unterkunft. Quentin handelte den Preis für Übernachtung und Essen aus. Ein Opiumhändler tauchte auf, und es wurde noch einmal gefeilscht. Quentin gab dem Mann Geld, nahm die Ware entgegen und murmelte etwas Abfälliges auf Englisch. Vor dem Aufbruch hatte er für Ruth die Kosten für die Träger überschlagen. Teuer waren sie nicht, aber dreimal am Tag brauchten sie sowohl Essen als auch eine Dosis der Droge, für die ihnen ein Großteil ihres Lohns gleich wieder abgezogen wurde. Träger zu finden, die nicht rauchten, sei unmöglich. Das verstand Ruth nur zu gut. Die Strapazen des Tages würden sich morgen und übermorgen wiederholen. Für diese Männer war dies das alltägliche Leben, ohne Hoffnung auf Besserung, es gab nur Trost in Form von gelben, gummiartigen Kügelchen. Ruth griff als Erste in die wiederaufgefüllte Dose. Sie durfte das, sie war der Boss.

»Guck nicht so«, sagte sie zu Quentin. »Und gute Nacht.«

Der Tagesmarsch hatte auch Richard erschöpft, aber von seinen langen Streifzügen durch Shanghai wusste er, was half: Körperpflege, Essen und ausgiebiger Schlaf. Im Hof der Herberge wusch er seine Füße in einem Eimer, stach eine Blase an seinem großen Zeh auf und desinfizierte sie mit Whisky. Vorausschauend hatte er Pflaster eingepackt. Während er sich verarztete, beobachtete er die Träger, die an der Mauer des Ziegenstalls lehnten. Manche waren nach der dritten Pfeife des Tages weggedämmert und würden wohl auf die Abendmahlzeit verzichten, andere unterhielten sich. Der Opiumhändler war bei ihnen. Am liebsten hätte Richard wieder fotografiert, aber seine Intuition sagte ihm, dass der Fremde darüber nicht begeistert wäre. Er sah immer wieder herüber, obwohl Richard tat, als sei er mit sich selbst beschäftigt. Was suchte der Mann noch bei den Trägern? Er hatte sein Geschäft doch gemacht.

Aus dem Inneren des Hauses drang der Duft von gebratenen Zwiebeln. Richard spürte, wie sich sein Magen schmerzhaft zusammenzog. Bevor er selbst aß, wollte er aber sicherstellen, dass Ruth etwas zu sich nahm. In der Küche bat Richard um eine Schale Suppe. Etwas, das geschlürft werden konnte, würde Ruth trotz ihrer Erschöpfung hoffentlich herunterbekommen.

In der Herberge gab es statt Türen Vorhänge. Ruth hatte den zu ihrer Kammer nicht zugezogen. Richard fand sie auf einer Pritsche liegend, die Füße auf dem Fenstersims, ein Arm baumelte herunter. Eine Pfeife – woher hatte sie die? – war auf den Holzboden gefallen und glücklicherweise ausgegangen, ohne einen Brand zu verursachen. Ruth hatte die Augen geschlossen und wirkte selig. Richard sprach sie an, aber sie reagierte nicht. Sanft rüttelte er ihre Schulter. Ihr Körper gab nach, als wären die Muskeln aus Gummi. Richard stellte die Suppenschale neben das Kopfende. Wenn die Wirkung des Opiums nachließe, wäre Ruth dankbar für Nahrung. Richard wollte schon hinausgehen, da hörte er: »Naaa?«

Er drehte sich um. Ruth öffnete die Augen einen Spaltbreit. Schlaff klopfte sie auf die Matratze.

»Komm, na komm.«

Überrumpelt folgte Richard und setzte sich neben Ruth. Ganz langsam hob sie die Hand und berührte seinen Ellenbogen mit einer Fingerkuppe. Mit zwei Fingern tastete sie über die Haare auf seinem Unterarm, so vorsichtig, dass sie seine Haut nicht berührte. Richard zog den Arm nicht weg. Konnte es sein, dass Ruth auf ihn gewartet hatte? Wartete sie womöglich schon mehrere Nächte lang? Ruth spitzte die Lippen und schnalzte leise.

»Feiiin«, sagte sie und lächelte.

Wie von einer Wespe gestochen, sprang Richard auf. Ruth meinte gar nicht ihn. Im Rausgehen hörte er ein leises Kichern.

»Braaav«, sagte Ruth.

Am nächsten Tag ging es Ruth elend. Beim Frühstück saß sie über ihren Tee gebeugt und starrte in die grünen Blätter, die sich im heißen Wasser entfalteten. In ihrem blassen Gesicht wirkten die Augenringe noch dunkler. Quentin war schon draußen bei den Männern und ordnete das Gepäck.

»Naaa?«, machte Richard.

»Aua.« Ruth hielt sich den Kopf. »Ich fühle mich hundert Jahre alt.«

»Du hättest wenigstens die Suppe essen sollen«, sagte Richard. »Stattdessen hast du mich für einen Hund gehalten.«

»Was? Ach.« Anscheinend erwischte Ruth den Zipfel einer Erinnerung. »Nein, ich hab von Pandas geträumt. Da waren ganz viele, auf einer Lichtung. Sie tollten herum. Ich konnte mich zwischen sie setzen.« Sie sah hoch und hob einen Finger. »Sag nichts. Du kannst das ruhig albern finden, aber es war ein Zeichen. Ich habe die Pandas schon gesehen.«

Albern fand Richard das in der Tat. Sorgen machte er sich jedoch um Praktisches. Wie wollte Ruth in diesem Zustand weitermarschieren?

»Ich laufe, so weit es geht«, sagte sie. »Dann lasse ich mich tragen, ruhe aus und laufe wieder ein Stück, in Intervallen, so machen Sportlerinnen das. Und kein Pfeifchen mehr. Jedenfalls nicht heute.« In kleinen Schlucken trank sie ihren Tee. Der immerhin schien sie zu beleben. »Unterschätz mich mal nicht, Richie. Ich habe viele Nächte durchgetanzt. Das zählt wohl auch als Training.«

Ihr nächster Satz wurde von einem Schrei übertönt.

»Verdammt!« Quentins Stimme schallte über den Hof.

Er brüllte etwas auf Chinesisch und schickte englische Flüche hinterher. Alarmiert standen Ruth und Richard auf. Mit großen Schritten kam Quentin herein.

»Drei Träger sind fort«, rief er. »Einfach abgehauen!«

»Wohin sollen sie denn sein?« Ruth ging zu ihm. »Hier ist doch nichts.«

Die Männer lebten von Tageslohn zu Tageslohn, und da keine anderen Reisenden in der Nähe waren, die sie hätten abwerben können, würden sie heute unbezahlt bleiben. Es sei denn …

»Der Opiumhändler hat gestern bei ihnen herumgelungert«, sagte Richard. »Was, wenn er sie bestochen hat, damit sie uns sitzen lassen?«

Quentin kniff die Augen zusammen. »Sabotage? Aber wir haben mit dem Händler Geschäfte gemacht.«

»Und jemand anderes vielleicht auch.« Ruth verzog den Mund. Kurz dachte Richard, sie würde ausspucken. Aber dann wischte sie sich nur ein Stück Teeblatt von der Zunge.

»Der Händler war bestimmt ein Handlanger von Smith«, sagte Ruth. »Dieser miese Alte! Nachdem er Gerry auf seine Seite gezogen hat, schickt er jetzt Spione und lässt uns Steine in den Weg werfen.«

»Die meisten Träger sind ja geblieben.« Warum Richard Ruth zu beschwichtigen versuchte, wusste er selbst nicht so richtig. Sein eigenes Herz pochte heftig vor Zorn.

»Noch.« Quentin schnaubte. »Und ich werde dafür sorgen, dass das auch so bleibt.«

Er ging wieder hinaus und rief die Männer zusammen. Von der Standpauke, die er ihnen hielt, verstand Richard nur das Wort für Null. Drohte Quentin, den Trägern die Bezahlung und den Zugang zu Opium zu streichen? Aber damit trieb er sie doch nur in die offenen Arme des Gegners.

Wang betrat die Herberge von der Straße her mit einem Korb voller Yamswurzeln. Schnell war er ins Bild gesetzt. Er schlug vor, Schubkarren zu besorgen, um das Gepäck auf weniger Männer aufteilen zu können.

»Mit Karren kommen wir auf den Wegen nur langsam voran.« Ruth seufzte genervt, was Richard nur am Rande mitbekam, weil er parallel dazu dem Geschehen draußen folgte. »Richard, meinst du …«

In diesem Moment zog Quentin draußen seine Pistole. In Richards Brust wurde es eng. Quentin sprach leise und drohend. Vor ihm standen die Männer in einer Reihe, nicht ordentlich, sondern wie die Überlebenden einer Schlacht. Sie schindeten ihre Körper, und was war der Dank? Jemand musste Quentin stoppen, oder sie würden sich gegen ihn wenden. Aber es war zu spät. Die Pistole war schon gezogen. Beim nächsten Mal musste Quentin sie einsetzen, oder er verlöre Glaubwürdigkeit und Macht. Das war das Teuflische an Waffen. Früher oder später wurden sie abgefeuert, das wussten auch die Männer da draußen. Sie waren in der Überzahl, und wenn der Entzug sie quälte, würde ihre Angst in Verzweiflung umschlagen. Dann könnte alles passieren.

Ruth sagte etwas von Eseln. Wang widersprach. So ging es hin und her. Den Argumenten konnte Richard über sein Gedankenknäuel hinweg nicht folgen, aber irgendeine Form von Einigung wurde erzielt. Daraufhin ging Ruth hinaus, stellte sich vor Quentin, als sei in der Zwischenzeit nichts geschehen, redete mit ihrem schnellen New Yorker Englisch auf ihn ein und deutete Richtung Dorf.

Auf einmal gingen alle wieder ihrer Wege. Wang besorgte Schubkarren, Quentin konsultierte die Karten, und die Träger kauten an Teigfladen und rauchten ihre Morgenration.

Wenig später waren sie wieder unterwegs, mit drei Karren, die jeweils die doppelte Last eines Trägers beförderten. Die Männer, die sie schoben, würden regelmäßig wechseln, und bald verfielen alle wieder in ihren Trott. Pro Stunde machten sie höchstens zwei Meilen. Die Landschaft bestand aus abgeernteten Feldern. Niemand wollte reden, und im allgemeinen Schweigen wurde Richard erneut von seinen Dämonen eingeholt. Szenen von Revolten zogen an ihm vorbei, Gewalt und Grausamkeit, tonlos und beschleunigt, wie ein Stummfilm. Die Abläufe unterschieden sich nur minimal von vorangegangenen Fantasien, und das Ende war immer gleich: alle tot.

Richard suchte Ablenkung am Wegesrand, aber da gab es wenig, Acker folgte auf Acker. Aufregung entstand erst, als eine Gruppe Soldaten sie einholte. Es waren etwa zwei Dutzend Männer. Quentin zog das Hemd aus dem Hosenbund, versteckte die Pistole darunter und prüfte seine Brusttasche, in der ein Empfehlungsschreiben von Cavaliere steckte, das Ruths Verbindungen zur chinesischen Post erwähnte. Ob das im Ernstfall helfen würde?

Die Soldaten marschierten vorbei und hatten nur flüchtige Blicke für die Gruppe übrig. Sie führten zwei Gefangene mit, von denen einer an seinen Handfesseln riss und schimpfte. Da sie ein höheres Tempo vorlegten, war eine Viertelstunde später nichts mehr von ihnen zu sehen. Richard drehte sich zu Ruth um. Sie lief mit gesenktem Kopf ganz hinten und bewegte das Handgelenk, als würde sie schnipsen. Richard summte ein paar Takte und blieb am Refrain von »Auld Lang Syne« hängen. Immer wieder kamen sie an Siedlungen vorbei und sahen spielende Kinder und Bäuerinnen, die Yaks melkten. Richard fotografierte die Rinder. Sie waren kleiner als europäische Kühe, und ihre Körper wurden von dichtem, dunklem Fell bedeckt. Bei manchen hing die Bauchwolle bis auf den Boden.

Gegen Mittag erreichten sie ein menschenleeres Dorf. Nur gackernde Hühner und im Wind wehende Wäsche zeugten davon, dass es Bewohner geben musste. Wo waren sie? Das Rätsel löste sich jenseits der letzten Häuser. Eine Menge blockierte die Straße und scharte sich um etwas auf dem Boden. Ein älteres Mädchen zerrte zwei kleine Kinder weg, so entstand in der Wand der Schaulustigen eine Lücke und gab den Blick auf einen im Staub liegenden Mann frei. Einen Arm hatte er von sich gestreckt, die Füße übereinandergeschlagen. Kopf und Oberkörper umgab eine Blutlache. Richard erkannte den Gefangenen vom Vormittag wieder, der sich gegen seine Fesseln gewehrt hatte. Hitzig redeten die Menschen durcheinander. Quentin ließ die Träger anhalten. Schlurfend schloss Ruth zu ihnen auf. Sie hob die Füße kaum noch an. Als sie endlich da war, hatte Quentin schon die Ereignisse in Erfahrung gebracht.

»Es gab einen Kampf, die Soldaten haben den Mann erschossen und sind dann mit dem anderen in Panik geflohen«, sagte er.

»In Panik?«, wiederholte Richard ungläubig.

»Der Gefangene gehörte der größten Gang der Gegend an. Die Leute hier meinen, sie hat mehrere Hundert Mitglieder. Die werden Rache üben.« Quentin hielt Richards Arm fest. »Was machst du denn da?«

»Fotografieren.« Richard probierte, wie das Motiv im Querformat wirkte.

Der Tote war in der linken Gesichtshälfte und am Hals getroffen worden – kein schöner Anblick. Doch betrachtete man ihn von der Hüfte abwärts, war kein Blut zu sehen. Die übereinandergeschlagenen Füße gaben ihm sogar etwas von einem Schlafenden. Ob er so gefallen war? Oder hatten ihn die Umstehenden so hingelegt? War das die Art, wie man hier Tote bettete? Richard nahm die Leiche aus verschiedenen Perspektiven auf. Man ließ ihn gewähren. Offenbar hatten die Einheimischen Angst und steckten Quentin und Ruth damit an. Richard verstand die Gefahr. Aber warum sorgten sich die anderen erst jetzt? Er selbst fühlte sich schon die ganze Zeit alarmiert. Nun wusste er wenigstens, dass er nicht verrückt war. Schlimme Dinge passierten nicht nur in seinem Kopf. Seine Kindheit hatte ihn auf Situationen wie diese vorbereitet, in seinem Kopfkino des Horrors war das hier sogar noch ein harmloser Film, kein Gemetzel und keine abgetrennten Körperteile, nur ein einzelnes Opfer, das schnell gestorben war.

Quentin drängte zum Aufbruch, doch Richard war noch nicht fertig. Er ging ein paar Schritte zurück und nahm den Toten aus der Entfernung auf, von rechts, von wo die Wunden nicht zu sehen waren. Während er die gewohnten Handgriffe ausführte, überkam ihn Ruhe.

»Was willst du mit solchen Fotos?«, rief Ruth.

Das wusste Richard auch nicht. Fühlte er Bedauern für den Mann? Womöglich hatte er getötet. Er hatte Menschen auf dem Gewissen und war nun selbst zum Opfer geworden. Andere sollten beurteilen, wessen Schuld schwerer wog. Richard dokumentierte nur, was er sah. Zwischen ihm und der Welt stand schützend die Kameralinse.

Aufstieg

Der Vorfall mit dem toten Gefangenen veränderte etwas in Ruth. Bis jetzt hatte sie jeden Gedanken an die Gefahren der Reise verdrängt, doch das gelang ihr nun nicht mehr. Die Banditen, vor denen auch Cavaliere gewarnt hatte, gab es tatsächlich, und Ruth und ihre Gruppe gäben perfekte Opfer ab. Die Menge ihrer Ausrüstung verriet ihr Vorhaben, monatelang in der Wildnis zu bleiben, folglich hatten sie Jagdwaffen und reichlich Munition, eine lohnende Beute. Bei einem Überfall würden die Träger sich kampflos ergeben. Mit Quentin war nur ein einziger schießkundiger Mann bei ihnen. Wang könnte allenfalls sein Kochmesser ziehen. Erst weiter oben, im Wenchuan-Bezirk, wollte Quentin nach Jägern suchen, die sie begleiten sollten.

»Noch drei Tage bis dorthin«, sagte er zu Ruth, als sie ihren Weg fortsetzten. »Zwei, wenn wir schnell gehen.«

Sie blieben jetzt zusammen und führten die Gruppe gemeinsam an. Das Schlusslicht bildete Richard. Ruth drehte sich zu ihm um. Seltsam, wie kalt ihn die Gewalttat ließ. Man könnte meinen, er sei den Anblick von Getöteten gewohnt. Ob er in Shanghai in Mafiakreisen verkehrt hatte? Ruth dachte über Kriminelle nach, dabei schälte sich ein beunruhigender Gedanke heraus. Sie wälzte ihn fünf Meilen lang in ihrem Kopf, bis sie das Dorf erreichten, in dem sie die Nacht verbringen würden. Bei Bauern fanden sie Unterkunft. Statt mit den anderen zu essen, wollte Quentin Ruth in ein kleines Lokal ausführen.

»Dort sind wir allein«, sagte er, »und können uns unterhalten.«

Er schloss die beiden obersten Knöpfe seines Hemdes und strich sein Haar in Form. Bis auf seine staubigen Schuhe und Strümpfe wirkte er sofort wie aus dem Ei gepellt. Ruth wünschte sich, das Pensum des Tages ähnlich gut wegstecken zu können. Notdürftig wusch sie sich in ihrer Kammer über einem Eimer und schlüpfte in einen Kimono, das festlichste Kleidungsstück, das sie mitführte. Schöne Kleidung war wie eine Rüstung für sie.

In dem Lokal waren sie die einzigen Gäste. Ein Junge brachte ihnen zwei Schalen mit dunkler Brühe, in der kleine Teigtaschen schwammen. Quentin nahm seine Essstäbchen auf und wünschte Ruth einen guten Appetit.

»Bevor ich esse, muss ich etwas loswerden«, sagte sie. »Ich habe heute über Schurken nachgedacht. Wie weit würde Smith wohl gehen?«

Fragend hob Quentin eine Augenbraue.

»Damit will ich sagen …«, fuhr Ruth fort und zögerte einen Moment. »Wäre ihm zuzutrauen, dass er eine Bande auf uns ansetzt?«

»Um uns umzubringen?« Quentin schob sich eine Teigtasche in den Mund. »Das wäre aber unsportlich.«

»Mir ist nicht nach Scherzen, Quentin!«

»Na gut.« Er kaute, schluckte und pickte einen Pilz aus der Brühe. »Dann will ich dich beruhigen. Erstens hätte Smith das einfacher haben können. In Shanghai gibt es jede Menge Killer. Warum hätte er uns so weit kommen lassen sollen? Zweitens müsste er fürs Morden zahlen, aber Geld ist ein Problem für ihn. Und drittens hätte er dann nicht erst den Opiumhändler geschickt, damit er uns Träger stiehlt.« Schlürfend trank er die Brühe aus. »Smith hält sich für einen großen Mann, aber hauptsächlich produziert er heiße Luft. Ich würde sogar wetten, die Idee mit dem Händler stammt von Gerry. Aber mehr Störfeuer erwarte ich auch von dem nicht. Er ist uns ja voraus und sieht sich wahrscheinlich schon als Sieger.« Unvermittelt nahm er Ruths Hand. »Du glaubst, ich kann dich nicht beschützen.«

»Doch, natürlich.« Ruths Stimme zitterte. Die Berührung durchbrach eine Barriere in ihr. Tränen stiegen ihr in die Augen. Sämtliche Beherrschung hatte sie für die anstrengende Tagesetappe verbraucht. Schon beim Anblick der Hofkatze vorhin hätte sie beinahe losgeheult, weil sie plötzlich Buster schrecklich vermisste. In ihrem alten Leben war alles so viel leichter gewesen. An Bills Seite war sie über Schwierigkeiten hinweggetanzt. Quentin beschützte sie, ja, aber nur, weil Ruth ihn dafür bezahlte. Auf Richards Fotos mochten sie beide wie ein verwegenes Abenteurerpärchen wirken, doch Quentin hatte eine Verlobte und eigene Pläne.

Ruth zog ihre Hand weg, verbarg das Gesicht in der Ellenbeuge und schluchzte: »Meine Füße tun so weh.«

Quentin tätschelte ihren Arm. »Iss etwas.«

»Okay.«

Ruth trocknete ihr Gesicht an den weiten Ärmeln des Kimonos und widmete sich den Teigtaschen. Als sie mit der Suppe fertig war, versuchte sie, von sich abzulenken.

»Worüber wolltest du dich denn unterhalten?«, fragte sie.

»Ach …« Quentin rutschte zurück. »Ist vielleicht doch nicht so passend heute.«

»Raus damit!«

»Ich wollte dir das hier geben.« Er legte ein Briefchen auf den Tisch. »Es enthält eine Locke von mir. Könntest du sie meiner Verlobten Diana schicken, falls ich …« Mehr sagte er nicht.

Ruth blickte ihn auffordernd an. »Falls du stirbst?«

»Na ja.« Quentin lächelte schief. »In dem sehr, sehr unwahrscheinlichen Fall.«

Ruth schüttelte den Kopf. Von dort, wo das Schluchzen hergekommen war, stieg befreiendes Lachen in ihr hoch. Sie warf ein Stäbchen nach Quentin.

»Nein, Mr. Young«, rief sie. »Das ist überhaupt nicht passend heute.«

Sie liefen einen weiteren Tag lang. Allmählich machten die Laubbäume Koniferen Platz. Eine Gruppe Männer mit pelzbesetzten Mützen kam ihnen entgegen. An Leinen führten sie mit Säcken beladene Ponys. Am Nachmittag dann kreuzten Teepflückerinnen ihren Weg. Der würzige Duft der Blätter hing Ruth noch lange in der Nase. Als es Zeit wurde, ein Quartier für die Nacht zu suchen, konsultierte Quentin seine Karten, auf deren Rückseiten er sich Notizen gemacht hatte.

»Bis zum nächsten Dorf ist es zu weit«, entschied er. »Aber mein Bruder hat mir von einem verlassenen Tempel berichtet.«

Sie fanden das Gebäude nahe eines kleinen Sees. Den Eingang versperrte dorniges Gestrüpp, sodass sie durch eine Fensteröffnung hineinklettern mussten. Drinnen war es dunkel und moderig. Gebetsfahnen hingen von den Wänden und lagen auf dem Boden, doch ansonsten war der Tempel leer. Offenbar hatten Plünderer alles mitgenommen, das verkauft oder verwertet werden konnte. Sogar die Holztüren fehlten. Quentin verteilte die Schlafplätze. Einen großen Raum sollten die Träger belegen, ein kleinerer fiel an Wang und Richard, der nächste gehörte Ruth.

»Ich bleibe bei dir«, sagte Quentin.

»Weshalb?«, fragte Ruth.

»Um aufzupassen.« Er zog seine Jacke aus und fegte mit einem Koniferenzweig Steinchen und Staub zusammen. »Du kannst mit Zeltstangen und Planen einen Wandschirm aufbauen, für Privatsphäre.«

Aber das kam Ruth albern vor. Nach dem Abendessen, das Wang aus Reis und getrockneten Bohnen über einem Feuer zubereitet hatte, hängte sie lieber das Fenster ab, um die Nachtkälte abzuhalten. Es war Vollmond, und durch die Ritzen des Stoffes fiel immer noch genug Licht, um im Raum Schemen erkennen zu können. Eine der Wände war farbenprächtig bemalt, und das Weiße in den Augen eines sitzenden Buddhas schien aus sich heraus zu leuchten. Vergeblich versuchte Ruth zu schlafen. Quentin lag mit dem Kopf Richtung Fenster, und so oft, wie er die Position wechselte, war auch er noch wach.

Irgendwann musste Ruth doch weggedämmert sein, denn als die Schüsse fielen, holte sie der Schreck aus einer Tiefe empor. Ruth setzte sich auf. Ihr Herz raste. Quentins Lager war leer, der improvisierte Vorhang lag auf dem Boden. Vor dem Fenster ragten Nadelbäume auf. Ob sich jemand im Schatten zwischen den Stämmen bewegte, konnte Ruth nicht erkennen. Sollte sie nach Richard oder Wang rufen? Besser verriet sie sich nicht. Dicht am Boden kroch sie Richtung Fenster. Dort stand ihre Reiseschreibmaschine. Ruth schloss die Finger um den Griff des Koffers, kam auf die Füße und verharrte gebückt. Wenn ein Eindringling durchs Fenster kletterte, würde sie den Koffer schwingen wie eine Kugelhantel. Im Durchgang zum Nebenzimmer erschienen die Schemen von Wang und Richard. Ruth bedeutete ihnen, sich nicht zu bewegen. Minuten verstrichen. Dann knickten Äste, und Schritte näherten sich. Quentins hochgewachsene Gestalt schälte sich aus dem Dunkel. Mit der Pistole in der Hand kletterte er durch das Fenster herein. Ruth ließ den Koffergriff los.

»Wo warst du?«, flüsterte sie.

»Da ist jemand herumgeschlichen.« Haarsträhnen fielen Quentin ins Gesicht und verdeckten seine Augen. »Ich habe ihn verjagt.«

»Mit einem Schuss? Hast du ihn getroffen?«

»Ich glaube nicht. Aber in die Flucht geschlagen. Legen wir uns wieder hin.«

An Schlaf war jetzt allerdings nicht mehr zu denken. Trotzdem taten sie eine Weile so, als ruhten sie. Quentin drehte sich zur

Wand und legte seinen Kopf auf den angewinkelten Arm. Ruth starrte auf sein Haar.

»Warum hast du mich nicht geweckt?«, flüsterte sie.

»Ich wollte zuerst nachsehen und dich nicht beunruhigen.«

»Aber ich war plötzlich allein. Als Waffe habe ich nur meine Schreibmaschine.«

Was sie damit vorgehabt hatte, verstand Quentin vermutlich nicht.

»Morgen bekommst du eine Pistole«, sagte er.

Den Rest der Nacht verbrachte Ruth mit Herumwälzen. In der Dämmerung standen sie auf. Wang kochte Tee, und Ruth übte unter Quentins Anleitung schießen. Beim ersten Versuch warf sie der Rückstoß fast um. Nach mehreren Fehlschüssen traf Ruth die Mitte eines schlanken Baumstamms.

»Gut«, lobte Quentin.

Ruth sagte nichts. Sie hatte auf einen anderen Stamm gezielt. Zur Abschreckung könnte sie die Waffe aber tragen. Sorgsam befestigte sie das Halfter an ihrem Gürtel. Quentins Blick glitt an ihr herunter. Ruth gefiel das. Bis jetzt hatte sie eine solche Reaktion nur mit spektakulären Kleidern erzielt.

»Du hast es schon weit gebracht«, sagte Quentin.

Sie hielten auf die nächste Siedlung zu. Dort sollten die Träger entlassen werden, damit sie in ihre Heimat zurückkehren konnten, und Quentin wollte sich nach Leuten umsehen, die an gebirgiges Gelände gewöhnt waren. Im Dorf wurden sie schon erwartet. Am Brunnen lehnte ein Mann in Ledermantel, Stiefeln und weißem Turban. Unter dem gewundenen Stoff lugten graue Haarsträhnen hervor. Sein Kinn zierte ein Ziegenbart. Zu den Füßen des Fremden saßen zwei zottelige Hunde. Mit heiserer Stimme stellte der Mann sich vor.

»Lao Tsang.«

Auf Pidgin fragte er, ob es stimme, dass sie nach Pandas suchten. Davon habe er gehört. Ruth sah keinen Sinn darin, es zu leugnen.

»Gut.« Lao Tsang nickte. »Denn ich finde Pandas.«

Quentin und Ruth zogen sich zur Beratung zurück.

»Können wir ihm trauen?«, fragte Ruth. »Oder hat den am Ende auch Smith oder Gerry geschickt?«

»Sein Name ist mir bekannt.« Quentin stellte seinen Ranzen ab und rieb sich die Schultern. »Wenn es stimmt, was man erzählt, ist er ein berühmter Jäger und kennt die Gegend wie kein anderer. Lass uns fragen, wie viel er verlangt.«

Nur ein paar Dollar, stellte sich heraus. Zudem könne Lao Tsang seinen Schwiegersohn Yang mitbringen. Der habe ihn schon öfter begleitet. Das klang gut. Ruth vergaß, dass eigentlich Quentin das Wort führen sollte.

»Deal«, sagte sie.

Den Trägern zahlten sie einen letzten Tageslohn, verabschiedeten sie und besprachen bei Tee und Erdnüssen das weitere Vorgehen. Lao Tsang schlug vor, Wang mit dem Großteil des Gepäcks im Dorf zu lassen und zunächst in einer kleinen Gruppe das Hochland zu erkunden. Pandas seien träge und hätten einen kleinen Bewegungsradius. Sobald Spuren der Bären auftauchten, könnten sie Wang und die Ausrüstung nachholen und mit dem Bau von Fallen beginnen.

»So machen wir es«, sagte Quentin.

Er, Lao Tsang, Ruth und Richard setzten den Weg fort. Im Dorf des Jägers bekamen sie mit Yang, dem Schwiegersohn, und zweien seiner Freunde Verstärkung. Nun konnten die Männer Zeltplanen und Decken auf drei weitere Schultern verteilen. Ruth tauschte ihre bequemen Schnürschuhe gegen beschlagene Wanderstiefel, was sich trotz des zusätzlichen Gewichts an den Beinen als gute Entscheidung erwies. Es ging jetzt steiler nach oben, dazu wurde es kälter und nass. Vom nächtlichen Regen war die Vegetation unter ihren Füßen glitschig. Oft musste Ruth mit beiden Händen an

Grasbüscheln Halt suchen. Immer wieder fiel sie hin und rutschte mehrere Körperlängen weit zurück. Lao Tsang versprach, statt der direkten Route einen leichteren Umweg zu nehmen, aber Ruth fand auch dieses Gelände sehr anspruchsvoll. Einmal tasteten sie sich über eine halbe Meile an der Kante einer Schlucht entlang. Danach bat Ruth mit zitternden Beinen um eine Rast.

Aber immerhin gab es hier oben endlich Bambus. Stellenweise wuchs er so dicht, dass er grüne Mauern bildete und die Abenteurer sich ihren Weg wie durch ein Labyrinth suchen mussten. An einem rauschenden Bergbach machten sie erneut halt. Ruth fragte, ob sie sich verlaufen hätten.

Mit einem fröhlichen Lächeln deutete Lao Tsang auf einen Stamm, der über den Bach gelegt war. »Unsere Brücke.«

»Auf keinen Fall!«, rief Ruth entsetzt.

»Mit einem Stab – kein Problem.«

Lao Tsang säbelte einen jungen Bambustrieb ab, entfernte die Blätter und spazierte mit dieser Balancierstange leichtfüßig ans andere Ufer. Dort lud er sein Gepäck vom Rücken und pfiff nach den Hunden. Staunend beobachtete Ruth, wie die Vierbeiner ihrem Herrchen über die »Brücke« folgten. Dann kam Lao Tsang zurück und holte Ruths Ranzen.

»Lass uns auf dem Hosenboden rüberrutschen«, sagte Richard. »Das ist keine Schande.«

Er stellte den Riemen seiner Kameratasche kürzer, sodass sie dicht unter seinem Kinn hing. Vermutlich würden bei einem Sturz aber sowohl der Apparat als auch Richard selbst zu Schaden kommen. Das hüfttiefe Wasser schoss an Felsen vorbei. Rutschte man ab, würde man entweder auf Stein fallen oder umgehend von den Stromschnellen mitgerissen werden.

Richard setzte sich auf den Stamm. Mit beiden Händen griff er vor sich, zog den Körper nach, fand seinen Schwerpunkt und wiederholte das Ganze. Nach zwei Metern schien er Sicherheit zu gewinnen, und seine Bewegungen wurden flüssiger. Schließlich erreichte er die andere Seite. Dort stand er auf, reckte den Daumen hoch und winkte Ruth, ihm zu folgen. Vorsichtig setzte sie sich rittlings auf den Stamm, stützte sich auf und versuchte einen kleinen Hopser, landete mit ihrem Hintern aber hart auf dem Holz. Es war viel schwerer, als es ausgesehen hatte. Bereits nach einem Drittel der Strecke verlor sie die Kraft in den Armen. Die schweren Stiefel zogen an ihren Beinen wie Mühlsteine, und von unten spritzte ihr Gischt in die Augen. Mit zusammengebissenen Zähnen machte Ruth weiter, zog sich Splitter in die Handflächen und fiel am anderen Ende des Stamms erschöpft auf den rettenden Boden. Sie war so dreckig, dass sie sich um weiteren Schmutz nicht sorgte, und wäre zu gern einfach liegen geblieben.

»Keine Fotos von mir«, sagte sie zu Richard.

Eine längere Pause war zu Ruths Leidwesen nicht vorgesehen, die Männer wollten Strecke machen. So wurde die nächste Stunde zu einer Qual aus laufen, Halt suchen, wegrutschen, wieder aufstehen.

»Da«, sagte Lao Tsang plötzlich. »Spuren. Vom Panda.«

Er blieb vor abgeknickten Bambuspflanzen stehen. Verstreute Stücke von Stielen lagen herum. Manche waren zerfasert, andere abgebissen worden. Eilig schloss Ruth auf. Plötzlich hatte sie wieder Energie. Sie glaubte zu hören, wie Bill sie anfeuerte. *Vorwärts! Jetzt nicht nachlassen! Du bist fast am Ziel!*

Ja, vielleicht war Ruth das. Sie nahm einen der Stiele in die Hand. Das Innere war herausgelöst.

»Der Bär isst nur die zarten Teile«, überlegte Ruth laut. »Die schmecken wahrscheinlich am besten. Wie Spargelspitzen.«

Sie winkte Richard. »Fotos, mach Fotos!«

»Bin schon dabei.«

Richard untersuchte einen Strauch, der zur Hälfte platt gedrückt worden war. »Hier muss er gelegen haben.«

Wie toll das wäre! Ruth stellte sich einen dicken Bären vor, der sich auf seinem grünen Polster räkelte. Weit konnte er nicht sein, oder?

Lao Tsang stocherte in etwas am Boden. »Alt«, sagte er.

Ruth hockte sich neben ihn. Der Jäger schnupperte an einem Häufchen aus Fasern. Sie waren locker verklumpt und wirkten, als habe jemand Gemüse geschält und die Abfälle liegen lassen. Allein hätte Ruth es niemals als das ausmachen können, worum es sich offenbar handelte: Pandadung.

»Mehrere Wochen alt«, sagte Lao Tsang. »Riecht nicht mehr. Wir müssen höher.«

»Dann los!« Ruth stürmte voran. »Gleich sind wir bei ihm.«

Quentin dämpfte ihre Erwartung. »Vielleicht noch nicht heute. Wir sollten ein Nachtquartier ansteuern. Lao Tsang sagt, in der Nähe gibt es eine verlassene Burg.«

»Mitten im Wald?«

Ruth konnte es nicht glauben. Doch zwei Stunden später wurde der Baumbestand dünner, und über den Klippen ragte ein Bauwerk auf. Es hatte Türme, Zinnen, Schießscharten und wirkte wie ein Postkartenmotiv aus den Alpen. Nach einer letzten Klettertortur erreichten sie das Tor. Dahinter fanden sie einen überwucherten Innenhof, eingefallene Mauern und Treppen, aber auch einen Gebäudeteil, der noch intakt war und ihnen ein Dach für die Nacht bieten würde. Asche oder Abfall war nicht zu sehen. In letzter Zeit hatte offenbar keine andere Expedition hier haltgemacht.

»Wir haben die Burg erobert«, rief Ruth übermütig.

Mit trockenem Holz entzündeten sie ein Feuer und hängten die nassen Hosen zum Trocknen auf. Ruths einzige Wechselkleidung war ein zweites Paar Wollunterwäsche. Das zog sie an, schlang ein Tuch um ihre Haare und war herausgeputzt fürs Dinner. Es gab mitgebrachte Maiskuchen und Rindfleisch aus der Dose. Lao Tsang reichte ein Fläschchen Kräuterschnaps herum.

»Medizin«, sagte er.

Richard machte im schwindenden Licht noch ein paar Fotos. Ruth gähnte. Schon lange hatte sie sich nicht mehr so aufs Schlafen gefreut. Jeder von ihnen besaß nur eine Decke und ein dünnes Wachstuch als Schutz gegen die feuchte Bodenkälte. Ruth befürchtete, auf dem harten Boden kein Auge zutun zu können, doch schnell versank sie zum Gemurmel der Männer in Schlummer, tief und traumlos.

Als sie wieder aufwachte, war sie von ihrer Unterlage gerutscht und lag mit der Wange auf dem Steinboden. Durch die Türöffnung drang kein Flackern mehr. Das Feuer war ausgegangen. Neben sich hörte sie Quentins ruhigen Atem. Ruth schlug die Decke zurück, stand leise auf und trat auf Socken in den Innenhof. Ein voller Mond bestrich die Ruinen mit bläulicher Farbe. Er stand hoch am Himmel, also musste es annähernd Mitternacht sein. Irgendwo sang ein Vogel, sein Lied klang gedämpft. Ruth stieg die Treppe hoch, die zu dem Wehrgang entlang der Burgmauer führte. Vom Wald war Nebel emporgestiegen und hatte die Bäume verschluckt, und Ruth fühlte sich wie über den Wolken.

Hinter ihr kam jemand mit weichen, langsamen Schritten die Stufen herauf. In Ruths Nacken kribbelte es. Sie hatte versucht, kein Geräusch zu machen, dennoch hatte Quentin sie gehört. Sie drehte sich nicht zu ihm um.

»Ich weiß, dass du es bist«, sagte sie. »Warum schleichst du dich an?«

»Weil ich dachte, du schlafwandelst.« Schon war er neben ihr und sah ihr prüfend ins Gesicht. »Was machst du hier?«

Das konnte sie nicht erklären. Irgendetwas hatte sie nach draußen gezogen, ein Instinkt vielleicht. Der Tag war anstrengend gewesen und hatte ihr keine Zeit zum Nachdenken gelassen. Jetzt, in der Stille, drängte es sie danach, innezuhalten. Die Berge verwandelten einen, hieß es hier. Menschen kamen her, um Weisheit zu finden. Das verstand Ruth nun. Die Aufregung der Städte, die vielen Menschen und ihre Versprechungen, Angebote, Geschichten, an denen Ruth rege Anteil genommen hatte, das waren nur Ablenkungen, dazu gemacht, den Geist zu verwirren. Ruth vermisste nichts davon. Ihr Leben war auf das Wesentliche reduziert, und das fühlte sich wunderbar an.

»Der Tag war hart«, sagte sie zu Quentin. »Bei der Brücke habe ich ernsthaft erwogen, umzukehren. Aber wenn man weitergeht, wird man belohnt.«

»Die Pandas sind nah«, sagte Quentin. »Bald werden wir welche finden.«

Er roch nach dem Rauch des Feuers. In seinem Haar hing eine Klette – ein Anblick, der Ruth rührte. Er erinnerte sie daran, dass der große, sportliche Quentin ein kleiner Bruder war, der bisher im Schatten von Jack gelebt hatte. Wie Ruth hatte er auf der Ersatzbank geschmort und auf seine Chance gewartet. Die war nun gekommen. Hier standen sie, auf dem Dach der Welt, zwei Wanderer in Wollunterwäsche, kurz davor, das Spiel zu gewinnen. Eine warme Welle von Glück durchströmte Ruth. Etwas Entscheidendes würde passieren, ganz bald schon. Wenn sie könnte, würde sie die Zeit anhalten und diese köstliche Spannung noch länger genießen.

»Gerade scheint mir alles möglich«, sagte Ruth.

»So geht es mir auch jedes Mal, wenn ich hier bin.« Quentin lehnte sich an eine der Zinnen und sah auf Ruth herab. Seine Augen waren dunkel. »Die Berge sind eine andere Welt.«

»In der man schlafwandelt«, sagte Ruth.

Ein Zucken in Quentins Mundwinkel verriet, dass er das nie geglaubt hatte. Er war ihr aus einem anderen Grund nachgegangen. Shanghai lag weit hinter ihnen, und ihre Verbindungen dorthin waren von den Erlebnissen der Reise dünn gescheuert. Der Vogel sang jetzt näher bei ihnen. Ein zweiter antwortete ihm. Ruth legte die Hände auf Quentins Schultern, zog ihn zu sich herab und küsste ihn.

Camps

Richard legte die Kamera in den Schoß und hauchte auf seine eiskalten Fingerspitzen. Seit Stunden harrte er unter einem Felsüberhang vor einer Klippe aus, um Vögel zu fotografieren. Kurz nachdem er den Beobachtungsposten bezogen hatte, hatten Geier im Aufwind gekreist, aber für ein Foto waren sie zu weit entfernt gewesen.

Ein Schauer setzte ein. Der Regen roch nun schon nach Schnee. Die feuchte Kälte kroch Richard unter die Kleider und ließ ihn zittern. Vielleicht würde er den ganzen Tag vergeblich auf eine Gelegenheit für ein Bild warten. Aber das war trotzdem besser, als in der Burg zu sein. Ruth und Quentin hatten etwas miteinander, da war Richard sich sicher. Gestern war ihm noch nichts aufgefallen, aber seit heute Morgen benahm Quentin sich seltsam. Mit Ruth ging er befangen um, sprach im Beisein anderer nur das Nötigste mit ihr und mied Blickkontakt. Falls er damit verhindern wollte, dass jemand etwas merkte, bewirkte er genau das Gegenteil. Richard sah alles, das war ja sein Job hier, und der machte gerade keinen Spaß. Richard wollte der sein, den Ruth um Rat fragte und den sie bat, vorsichtig zu sein, wenn er seinen Ranzen schulterte.

Nach dem Frühstück hatten Quentin und Lao Tsang sich an den Abstieg gemacht, um Wang zu holen und Verstärkung für die Expedition zu suchen. Yang wollte etwas fürs Abendessen jagen, und Ruth saß mit gekreuzten Beinen und halb geschlossenen Augen auf einem der Burgtürme. Entweder meditierte sie, oder sie träumte von ihrem Helden und sehnte die nächste Nacht herbei. Richard schnippte gegen eine Klette, die sich an seinem Wollsocken verfangen hatte. Seine Eifersucht verdross ihn. Dabei würden Ruth und er doch ohnehin nicht zusammenpassen, sie waren zu gegensätzlich. Aber Richards trotziges Herz wollte das nicht verstehen.

Oberhalb von ihm raschelte etwas. Langsam schob Richard sich unter dem Überhang hervor. In einem Bereich niedriger Büsche zupfte eine Antilope Blätter von den obersten Zweigen. Es war ein männliches Tier mit langen, geschwungenen Hörnern. Richard hob die Kamera. Beim Auslösen würde der Verschluss klicken und das Tier aufschrecken. Richard blieb also nur ein Versuch. Er stellte scharf, und gerade als das Bild im Sucher perfekt schien, drehte das Tier den Kopf. Richard lichtete es im Profil ab. Es regte sich nicht. Das Klicken schien nicht bis zu ihm vorgedrungen zu sein. Rasch transportierte Richard den Film für ein zweites Bild, doch da drehte die Antilope die Ohren, spannte sich und setzte mit hohen Sprüngen davon. Den Boden schien sie kaum zu berühren.

Richard zitterte noch mehr. Er zog sich die Ärmel über die Hände, aber das nützte nichts. Wenn er sich nicht bald bewegte, würde er auskühlen. Mit der Kamera in der Tasche trat er den Rückweg an.

Als er die Burg erreichte, brannte dort bereits ein Lagerfeuer. Yang hatte Hasen geschossen und schnitzte an einem Spieß.

»Ah, Richard«, rief Ruth. »Pünktlich zur Cocktailstunde.« Sie überbrühte Teeblätter in den Blechtassen. Neben ihr lagen ein Flachmann und ein Tuch voller Kräuter parat.

»Ich entwickele ein neues Rezept.«

Sie mischte die Zutaten und ließ Richard probieren. Wie war sein Tag gewesen?

Richard erzählte von der Antilope und seinem Warten am Felsen. Ruths Gebräu schmeckte bitter, aber es wärmte, und der Alkohol löste seine Zunge. Endlich hatte er Ruth mal wieder für sich. Er vermisste die langen Gespräche, die sie auf dem Schiff geführt hatten.

»Ich werde fantastische Bilder haben«, sagte Richard. »Nur frage ich mich trotzdem, ob sie all dem hier gerecht werden. Es sind ja nur kleine Ausschnitte, und sie können nicht die Gerüche einfangen, genauso wenig wie das Rauschen der Bambusblätter im Wind.«

Während des Wartens auf Tiere hatte er den Blick über die Täler und Gipfel schweifen lassen. War die Leica die richtige Kamera? Oder bräuchte er doch ein größeres Format, um den Zauber der Berge festzuhalten? Aber er wollte Ruth nicht mit handwerklichen Überlegungen langweilen.

»Meine Bilder werden denen gefallen, die noch nicht hier waren. Aber ich fürchte, wenn man das Echte gesehen hat, wirken sie wie ein Tierfell oder eine getrocknete Blume – ein toter Rest von etwas Schönem, verstehst du?«

Beim Anblick der Antilope hatte Richard sich vorgestellt, wie dieses Tier in einem Gehege stand und aus einem Napf fraß. Für große Sprünge hätte es dort keinen Platz und würde nur noch halb so prächtig wirken. Der Versuch, etwas aus den Bergen mitzunehmen, musste scheitern.

Ruth hob die Augenbrauen und nahm einen Schluck von ihrem Teepunsch. Wahrscheinlich fand sie, Richard sei schon wieder entsetzlich negativ. Besser, er sprach nicht weiter, sondern behielt seine Zweifel für sich, genau wie seine Eifersucht und seine Gefühle für Ruth. Richard war der Dokumentator und damit der Mann, der alles bezeugte, ohne Einfluss zu nehmen.

»Cheers«, sagte Richard. »Kann ich noch etwas haben? Dann schlafe ich später besser.«

Nach einer weiteren Nacht im zugigen Gemäuer verbrachten sie einen Tag mit Warten. Gegen Abend erreichten die anderen, angeführt von Quentin und Lao Tsang, die Burg. Wang war bei ihnen sowie dreiundzwanzig Männer. Quentin brachte Post von Cavaliere mit. Der Freund wusste über ihre ungefähre Route Bescheid, schickte ermutigende Worte und Neuigkeiten aus der Welt. In den USA war Roosevelt wiedergewählt worden, der englische König wollte nicht von seiner Geliebten lassen, und man spekulierte darüber, ob Joe Louis seine Revanche gegen Max Schmeling bekommen würde.

»Nichts davon ist für uns wichtig«, befand Ruth.

Sie wollte das weitere Vorgehen besprechen. Mit Quentin beugte sie sich über die Karten. Sie kamen überein, drei Camps aufzubauen. In einem Basiscamp, eine Tagesetappe von der Burg entfernt, sollten sie, Richard und Wang bleiben. Eine Tagesetappe weiter würde Quentin sein Zelt aufschlagen, und noch einmal ein Stück höher am Berg könnte ein Mann namens Ho die Gegend auskundschaften. Zwischen Camp zwei und drei sollten Fallen aufgestellt werden. Boten würden Versorgungsgänge ins Tal erledigen und Nachrichten zwischen den Camps transportieren. Sobald auch weiter oben die Wege gesichert waren, sollten Ruth und Richard nachkommen. Wang würde mit der Kochausrüstung im Basiscamp bleiben, die Verpflegung sichern und Essen zu den höher Stationierten bringen lassen.

Richard ging früh zu Bett und schnürte am nächsten Morgen ausgeruht seine Wanderstiefel. Beim Laufen blieb er an Ruths Seite, dort gefiel es ihm besser als vorn bei Quentin, mit dem er bis jetzt noch keine hundert Wörter gewechselt hatte. Es ging weiter hinauf in Richtung der schneebedeckten Gipfel. Stellenweise mussten sie jetzt klettern. Lao Tsang befestigte Seile, an denen sie sich entlanghangelten.

Auf einem Felsplateau errichteten sie das Basiscamp. Wang baute sein Küchenzelt auf, heizte seinen mobilen Ofen an und verschwand, um Eintopf zu kochen und Scones zu backen. Einige Stunden lang sahen sie nichts von ihm. Nur eine Stoffbahn wurde hin und wieder zurückgeschlagen, sodass Dampfwolken ins Freie quellen konnten. Quentin hisste die amerikanische Flagge, was Ruth »ganz reizend« fand.

Als Quentin, Lao Tsang und ein Großteil der Männer am Tag darauf weiterzogen, packte Ruth ihre Schreibmaschine aus, um den Freundinnen in New York Bericht zu erstatten und Cavaliere zu antworten. Die Boten, die neue Lebensmittel aus dem Tal holten, würden die Post mitnehmen. Sie sollten sich auch unauffällig erkundigen, ob Mitglieder einer anderen Expedition gesehen worden waren. Wenn sich Gerry ebenfalls in den Bergen herumtrieb, wie sie vermuteten, musste auch er von Zeit zu Zeit für Nachschub sorgen. Doch die Männer kehrten ohne Neuigkeiten zurück. Nur einen Brief für Quentin von seiner Verlobten hatten sie dabei. Er wurde anderen Boten mitgegeben, die Lebensmittel in die beiden oberen Camps brachten. Als sie wiederkamen, berichteten sie von Schnee. Kurz darauf stieg Quentin selbst herab. Er und Lao Tsang hatten eine Bambusbrücke über einen Fluss gespannt, damit konnten nun auch Ruth und Richard weiter aufsteigen.

Am nächsten Morgen ging es los. Bald trafen sie auf Schnee, was das Vorankommen noch beschwerlicher machte. Die weiß überpuderten Bambuspflanzen sahen hübsch aus, doch die dünne Schneedecke auf dem Gras verwandelte den Untergrund in eine Rutschbahn. Abgekämpft erreichten sie den Fluss, von dem Quentin gesprochen hatte. Die sogenannte Brücke bestand aus zwei Seilen, zwischen denen Querstangen aus Bambus hingen. Nicht mehr als eine horizontale Strickleiter war das. Verglichen mit dem Baumstamm letztens bot sie zwar etwas mehr Halt, würde dafür jedoch beim Betreten schwingen. Richard ging zuerst. Am liebsten hätte er den Blick auf das rettende Ufer gerichtet, aber er musste darauf achten, wohin er trat. Schon nach wenigen Schritten begann das Wackeln. Jedes Mal, wenn er einen Fuß nach vorn setzte, sank er ein, während sich hinter ihm die Konstruktion straffte. Es war, als sei er in einer Welle gefangen. Seine Finger verkrampften sich um die Seile. Als er endlich wieder festen Boden betrat und die Hände öffnete, entfuhr ihm ein Stöhnen.

Ruth war die Nächste. Mit hastigen kleinen Schritten lief sie los, doch als sie die Mitte überwunden hatte, blieb sie plötzlich stehen und schien nicht weiterzukönnen. Quentin rief ihr aufmunternde Worte zu. Schließlich setzte sie sich wieder in Bewegung. Jedoch hielt auch sie die Seile zu fest, schleifte mit den Handflächen an ihnen entlang, offenbar zu ängstlich, um loszulassen und nach vorn zu greifen. Beim Verlassen der Brücke bluteten ihre Handballen. Schweigend warteten sie auf die anderen, dann ging es weiter. Zweimal verlor Richard den Halt und stolperte. Auf den letzten Metern brach Ruth in eine überfrorene Pfütze ein und stürzte. So steif wie sie danach ging, musste sie sich das Knie verdreht haben. Sie versicherte, alles sei in Ordnung, doch ihre Stimme klang gepresst. Im zweiten Camp standen die Zelte in einem Kreis um eine Feuerstelle. An einem toten Baum flatterte die chinesische Flagge. Richard verkniff sich die Frage, ob Ruth auch das ganz reizend fand.

Ein paar der Männer, die Quentin im Camp zurückgelassen hatte, putzten ihre Gewehre. Quentin wollte gleich nach den Fallen sehen. Trotz ihrer offensichtlichen Schmerzen bestand Ruth darauf, mitzugehen. Richards Beine waren kraftlos, aber zurückbleiben würde er auf keinen Fall. Vermutlich waren sie den Pandas näher denn je. Richard verstaute seinen Ranzen in einem der Zelte und zog einen zweiten Pullover an. Die Sonne stand schon hinter dem Gipfel und wärmte nicht mehr. Laut Quentin war es nicht weit, aber sie würden wieder klettern müssen, darum ließ Richard die Kamera lieber im Camp. Nach einer halben Stunde erreichten sie die erste Falle. Wegen des gefrorenen Bodens hatten die Männer keine Gruben ausheben können. Die Falle bestand aus einem Stück Rübe an einer Schnur und einem Netz, das sich um den Bären zusammenziehen sollte. Richard glaubte nicht, dass das funktionieren würde. Auch bei der zweiten Falle hatten sie kein Glück. Quentin überprüfte das Netz, zuckte mit den Schultern und schlug den Rückweg ein. Er ging jetzt so schnell, dass Richard und Ruth Mühe hatten, zu folgen. In einem Wäldchen, das hauptsächlich aus Bambus und niedrigen Büschen bestand, verloren sie ihn aus den Augen. Gerade wollte Richard rufen, da hörte er vor sich ein lautes Knacken. Quentin rief etwas, dann fiel ein Schuss. Etwas Großes rannte davon. Laub raschelte, und Bambusstämme brachen. Richard zog Ruth hinter einen Felsen, um dem Tier aus dem Weg zu gehen, doch die Geräusche entfernten sich. Was immer da war, es lief vor ihnen weg.

»Quentin?«, rief Ruth. Ihre Stimme überschlug sich.

Su Lin

Ruth und Richard fanden Quentin vor einem abgestorbenen Baum stehend, das Gewehr in der Hand.

»Der Bär hat das Maul aufgerissen und mir gedroht«, sagte Quentin. »Darum habe ich in die Luft geschossen und ihn in die Flucht geschlagen.« Unsicher sah er zu Ruth. »Du wolltest ja keinen toten, oder?«

»Auf keinen Fall«, japste Ruth. Sie war gerannt und musste erst wieder zu Atem kommen. Hier oben war die Luft dünn, und der Sprint hatte Ruth schwindelig werden lassen. »Und das war wirklich ein Panda?«

»Ein ausgewachsenes Exemplar.« Quentin sicherte das Gewehr wieder. »Bestimmt zweihundert Pfund schwer.«

Ruth ging zu dem Baum. An der Rinde hingen weiße Haare.

»Sind die von ihm?«

Sie bündelte sie in der Hand. Struppig fühlten sie sich an und ein wenig fettig. Ob der Panda sich an dem Stamm gescheuert hatte? Auf dem Boden lagen die Faserhaufen, die Ruth schon kannte. Mit einem Stöckchen stocherte sie darin herum. Manche wirkten trockener als andere, also war der Kot unterschiedlich alt. Das Tier musste oft an diesen Ort kommen. Um den Baum herum war das Gras zertreten. Zwischen zwei Wurzeln befand sich eine Kuhle.

»Sieht aus, als wäre das sein Schlafplatz gewesen«, sagte Ruth.

»Dann wird der Bär zurückkehren«, sagte Richard. »Ich hole meine Kamera und …«

»Pst!« Ruth legte einen Finger an die Lippen. »Hört ihr das?«

Etwas wimmerte. Das Geräusch schien aus dem Baum zu kommen. Ruth umrundete ihn, fand aber nichts. Nach einer Pause setzte das Geräusch wieder ein. Ruth bückte sich. Im Stamm war ein Hohlraum. Dort unten bewegte sich etwas.

»Quentin, Richard!«, rief Ruth. »Seht mal.«

Die beiden waren sofort an ihrer Seite und spähten mit ihr ins Dunkel. Ruth erkannte ein schwarzes Ohr und helles Fell. Erneut wimmerte das Tier.

»Hab keine Angst«, flüsterte Ruth.

»Was ist das?«, fragte Richard. »Ein Kaninchen?«

»Nein, ich glaube …« Ruth konnte nicht weitersprechen. Plötzlich spürte sie einen Kloß im Hals.

Bill! Es gibt sie wirklich!

Zaghaft berührte Ruth das Tier mit zwei Fingern.

»Pass auf«, warnte Quentin. »Vielleicht beißt es.«

Sein Fell war so weich! Ruth konnte nicht an sich halten, nahm das Tier an den Nackenfalten und hob es heraus. Es wog kaum mehr als eine Flasche Champagner und war nur halb so groß wie ein Kaninchen. Ruth legte es auf ihren Unterarm, und es quiekte leise. Um die Augen hatte es schwarze Flecken. Auch Vorder- und Hinterbeine waren schwarz, und die dunkle Färbung lief in einem Streifen um den Schultergürtel wie eine Bolero-Jacke. Der kleine Panda schnüffelte an Ruths Arm.

»Mach ein Foto«, sagte Ruth leise zu Richard.

»Aber ich habe die Kamera doch nicht dabei.«

»Zu dumm.« Ruth streichelte über das Rückenfell des Pandas. »Denn das hier wird mir niemand glauben.«

Sie drehte sich wieder zu dem Hohlraum im Stamm um und streckte die Arme aus.

»Was machst du da?«, fragte Richard.

»Ich lege das Kleine zurück. Es ist noch viel zu jung und braucht seine Mutter.«

Ein Tier, das schon laufen konnte, sollten die Fallen fangen. Ein tapsiges Wesen stellte Ruth sich vor, verspielt wie ein Kätzchen und voller Energie. Doch für dieses Würmchen schien selbst der eigene Kopf zu schwer zu sein.

»Wenn du es zurücklegst, stirbt es«, sagte Quentin. »Die Mutter kommt nicht wieder, die habe ich verjagt.«

»Meinst du?« Unsicher blickte Ruth sich um. Der Bambus schränkte ihre Sicht ein. Allerdings hörte sie auch kaum etwas. Nach dem Schuss waren die Vögel verstummt. Nur die Bambusblätter sangen noch im Chor. So ein ausgewachsener Panda würde sich wohl kaum anschleichen, oder? Ein Zittern durchlief den Körper des Kleinen. Richard bemerkte es.

»Gleich ist es dunkel, und dann wird es noch kälter«, sagte er. »Selbst wenn die Mutter zurückkommt, tut sie es bestimmt nicht vor morgen früh. Bis dahin ist das Junge erfroren.«

»Die Mutter ist weg«, beharrte Quentin. »Und da kommt auch keine andere, um es zu adoptieren. Die leben nicht in Rudeln.«

Erneut schnüffelte der kleine Panda an Ruths Arm. Die Berührung seiner Nase verursachte ihr eine Gänsehaut.

»Und sieh mal, die haben feine Sinne«, sagte Quentin. »An dem Kleinen klebt jetzt dein Geruch. Die Mutter würde ihn nicht mehr annehmen.«

Der Panda legte den Kopf auf Ruths Handrücken, leckte sich mit der Spitze seiner rosafarbenen Zunge über das Maul und schmatzte.

»Er hat Hunger«, flüsterte Ruth.

Sanft wiegte sie ihn hin und her. Aus schwarzen Knopfaugen blickte er sie an. Die Form seines Mauls wirkte, als würde er lächeln.

»Wir können einen Boten nach Yakmilch schicken«, überlegte Quentin. »Aber erst morgen früh.«

»Nicht nötig. Richard hat ein Babyfläschchen und Milchpulver.«

Spöttisch grinsend wandte sich Quentin dem Fotografen zu. »Das überrascht mich dann doch. Whisky ist dir wohl zu stark?« Er legte sich das Gewehr um. »Brechen wir auf, sonst sehen wir nichts mehr und stürzen beim Abstieg. Ich nehme den Panda, Ruth, du brauchst beide Hände, um wieder runterzukommen.«

Er hob das Tier aus Ruths Armen. Ringsherum waren die Bäume nur noch Schemen. Die anbrechende Nacht schluckte alle Farben. Bloß das weiße Fell des Pandas stach noch deutlich hervor. Quentin hatte recht, die Zeit drängte. Mit langen Schritten ging er voraus. Ruth und Richard hasteten hinterher. Bald kamen sie an eine steile Stelle. Hier würde auch Quentin beide Hände brauchen.

»Wir können dir den Panda auf den Rücken binden«, schlug Ruth vor.

Aus Quentins Pullover und dem Tuch, das Ruth um ihre Haare geschlungen hatte, knoteten sie eine Trage und banden in ihr den kleinen Panda an Quentin fest. Still ließ das Tier es über sich ergehen. Ruth überprüfte mehrmals, ob es noch atmete. Der Panda hatte sich zusammengerollt und schlief, bis sie im Camp anlangten. Dort verursachte er großen Aufruhr bei den anwesenden Männern. Alle wollten ihn sehen und sein Fell befühlen. Quentin zeigte ihn herum, gab ihn aber nicht her. Über dem Feuer kochte Ruth Wasser ab, ließ sich von Richard die Babyflasche geben, füllte sie und löffelte Milchpulver dazu. Dann rührte sie um. Das Getränk kam ihr dünn vor. Hatten sich Klümpchen gebildet? Sie hielt den Sauger zu und schüttelte die Flasche, bis die Flüssigkeit schäumte.

»Nicht«, sagte Richard. »Von den Luftbläschen bekommt er Bauchweh.«

»Oh, da hast du wohl recht.« Ruth schraubte den Deckel ab und rührte, bis die Milch wieder glatt war. »Und jetzt abkühlen lassen, ja?«

Eigentlich verstand sich das von selbst, aber Ruth wollte sich jedes Schrittes versichern und keinen Fehler machen. Mit Säuglingen hatte sie kaum Erfahrung, und ihre geretteten Kätzchen hatten aus Schälchen getrunken. Ruth rieb etwas Schnee an das Glas und hielt das Fläschchen an ihre Wange, um die Temperatur zu prüfen. So machten das die Nannys bei Familienpicknicken im Central Park.

»Gut«, befand sie.

In Quentins Zelt legte Ruth den Panda auf eine Decke und hielt ihm den Sauger an die Lippen. Sofort nahm ihn das Tier ins Maul und nuckelte gierig. Milch lief ihm das Kinn herunter. Mit einem Ruck wandte es den Kopf ab und hustete. Durch die Zeltöffnung sahen Quentin und Richard zu.

»Nicht so viel auf einmal«, warnte Quentin.

»Setz ihn aufrechter«, riet Richard.

Ruth faltete ihre Beine ineinander, legte den Panda zwischen Schenkel und Kniekehle und probierte es noch einmal. Jetzt trank der Kleine besser. Mit einer Pfote ruderte er in der Luft herum und fand Ruths Hand an der Flasche. Seine Krallen, kürzer als ein kleiner Fingernagel, kratzen sie, aber das spürte sie kaum, so gerührt war sie von dieser vertraulichen Geste. Sie legte dem Tier eine Hand auf den Bauch und fühlte, wie sein Magen prall wurde. Der Panda schaffte zwei Drittel der Milch. Während der letzten Schlucke fielen ihm schon die Augen zu. Seine Pfote sank herab, und er blieb mit geöffnetem Maul liegen. Aus seinen Kiefern brachen schon die Zahnspitzen hervor. Noch waren sie aber nur kleine weiße Stummel.

»Ui«, machte Ruth. »Er ist wirklich das süßeste Ding, das ich je gesehen habe.« Verunsichert fragte sie: »Und jetzt?«

»Musst du so sitzen bleiben«, sagte Richard.

»Wir bauen ihm ein Bettchen.« Quentin drapierte seine Decke zu einem Nest. Da hinein legten sie den Panda und deckten ihn zu.

»Wird ihm so nicht zu warm?«, fragte Richard. »Decken gibt es in der Natur ja nicht.«

»Aber die Körperwärme der Mutter«, antwortete Quentin. »Außerdem war die Baumhöhle wettergeschützt.«

Während sie diskutierten, begann das Tier sich zu winden. Es wimmerte wieder. Etwas schien ihm wehzutun. Ruth nahm es hoch. Was hätten die Nannys getan?

»Wir haben das Bäuerchen vergessen!«

Ruth legte das Tier an ihre Schulter und klopfte sanft auf den kleinen Rücken. Nach einer Weile rülpste der Panda. Ein Schwall Milch ergoss sich auf Ruths Pullover.

»Na also«, sagte sie stolz.

Sie bettete den Panda wieder in seine Schlafstätte und rollte sich neben ihm auf einem Wachstuch zusammen. Quentin bot an, ihr eine weitere Decke zu bringen, aber sie lehnte ab.

»Ich werde sowieso nicht schlafen können.«

Die Männer kochten, und Ruth löffelte eine Schale aus, ohne zu schmecken, was sie aß. Später harrte sie neben dem Panda aus, stand von Zeit zu Zeit auf und legte Holz auf das Feuer. Quentin baute Ruths Zelt für sich auf. Gegen Mitternacht wurde der Panda wach, und Ruth gab ihm noch einmal Milch. War das genug? Hatte die Milch die richtige Konsistenz? Brauchte der Panda zusätzlich Wasser? Wieder stieß er an ihrer Schulter auf, aber danach war er immer noch unruhig. Sie trug ihn herum, drehte viele Runden um das Feuer, doch er wehrte sich strampelnd. Musste er sich erleichtern? Ruth hatte einmal einen kleinen Igel gerettet, der in der ersten Zeit tägliche Bauchmassagen benötigt hatte. Sie drehte den Panda in ihrem Arm auf den Rücken und strich an ihm herunter. Nichts tat sich.

»Bei aller Liebe«, sagte sie zu ihm. »Ablecken werde ich dich nicht.«

Neben dem Kochgeschirr lag ein Tuch. Ruth feuchtete es an und rieb damit über seinen Bauch. Ja, das funktionierte. Der

Panda sonderte breiigen Babykot ab, Ruth machte ihn sauber und trug ihn zurück ins Zelt, wo er sofort wieder einschlief. Ein Zittern durchlief seinen Körper, und er zuckte mit einer Pfote. Ob er träumte?

Körperlich erschöpft, aber hellwach betrachtete Ruth ihn. Er war so hilflos! Hatte sie das Richtige getan, als sie ihn mitnahm? Dieses Bärchen war nicht wie eine der Straßenkatzen, die miauend auf sie zuliefen und um Futter und Streicheleinheiten bettelten. Vielleicht würde seine Mutter doch nach ihm suchen, und diese Vorstellung war schlimm. Aber wenn Ruth nun sentimental wurde, wären alle Opfer umsonst gewesen. Dieser kleine Panda konnte viele andere Tiere retten. Wenn die Leute ihn sahen, würden sie umdenken. Das Schießen würde ein für alle Mal aufhören. Ruth versuchte, das beklommene, schuldbehaftete Gefühl in ihrem Magen beiseitezuschieben, deckte den Panda zu, rollte sich neben ihm zusammen und legte einen Finger unter seine Nase. So spürte sie seinen schnellen, warmen Atem, und der Kleine roch sie. Ruth würde sich kümmern, so gut sie nur konnte.

Den nächsten Tag durchlebte sie im Nebel von Übermüdung. Nur Fetzen der Wirklichkeit drangen zu ihr durch. Da waren der Abstieg ins Basiscamp, Wangs Begeisterung über das Tier, ein Freudentanz, den er aufführte, und Gemüse, das er pürieren wollte. Da war die Wiege, die Quentin aus einem Koffer baute, mit einem dicken Ast darunter, auf dem sie geschaukelt werden konnte, und Ruths Schaffellmantel, in dessen Futter das Tier gern zu kuscheln schien. Und da waren kurze Schlafpausen, in denen Ruth einfach wegnickte, im Sitzen, über dem Essen, beim Betrachten der Landkarte mit den Männern. Quentin musste sie ins Zelt getragen haben, denn dort wachte sie mitten in der Nacht auf. Im ersten Moment konnte Ruth sich nicht orientieren. Wo lag der Panda, wann musste er wieder gefüttert werden? Sie hatte das Zeitgefühl verloren und fragte Quentin.

»Bald«, beruhigte er sie. »Ich koche gleich Wasser.«

In eine Decke gehüllt, beobachtete Ruth ihn dabei, von einer nervösen Ängstlichkeit erfüllt, als könne bei dieser simplen Tätigkeit etwas Fatales passieren. Erst als der Panda satt war, wieder schlummerte und dabei leise schnarchte, entspannte Ruth sich etwas.

»Sie braucht einen Namen.«

»Es ist ein Weibchen?«, fragte Quentin.

Ruth nickte. »Sieht für mich so aus.« Sie legte ein Stück Mantel über die Hinterpfoten des Tieres und verknotete die Ärmel, damit es sich nicht aufdeckte. »Diesen Mantel hat Jacks Frau mir geschenkt. Benennen wir den Panda nach ihr. Su Lin, das klingt hübsch. Hat es eigentlich eine Bedeutung?«

Quentin tippte die Pfote des Pandas an. Neben den fünf Zehenballen befand sich weiter unten ein sechster ohne Kralle.

»Es kann Verschiedenes heißen«, sagte Quentin. »Aber die passendste Übersetzung in diesem Fall ist: ein bisschen von etwas sehr Niedlichem.«

Zurück in die Stadt

Seit drei Tagen war der Panda nun bei ihnen, und Ruth hatte seitdem höchstens vier Stunden pro Nacht geschlafen, wie sie Richard gegenüber klagte, und auch das nur mit Unterbrechungen. Stand sie für eine Fütterung auf, fand sie danach lange nicht mehr zur Ruhe. Immerhin konnte Richard nun ungestört Fotos von Su Lin machen. Für Posen fehlte Ruth die Kraft, sie wandte nicht mal mehr das Gesicht zur Linse. Die Spannung zwischen ihr und Quentin hatte sich in Luft aufgelöst. Ruths Welt drehte sich nun ausschließlich um den kleinen Panda. Wang musste sie daran erinnern, zu essen. Richard hätte gern geholfen, doch Ruth ließ ihn nicht.

»Du könntest mit Su Lin auf dem Arm wegnicken und sie fallen lassen! Neulich hast du dich während der Mittagsrast auf blankem Felsen zusammengerollt und warst innerhalb von Sekunden eingeschlafen.«

»So erhole ich mich eben. Wenn ich wach bleiben muss, kann ich es aber.«

Nein, das glaubte Ruth nicht.

»Was, wenn du kurz unaufmerksam bist und Su Lin aus dem Zelt ausbricht?«

»Aber Ruth, sie kann bis jetzt nur langsam krabbeln.«

»Oder sich ein Raubtier anpirscht?«

»Die scheuen das Feuer.«

»Oder sie die Milch erbricht und daran erstickt? Beherrschst du erste Hilfe bei Tieren, Richard?«

Richard schüttelte den Kopf. Mit Argumenten kam er nicht weiter. In einem letzten Versuch, sich nützlich zu machen, schlug er vor, einen Ort für Bills Urne zu suchen.

Die hatte Ruth ganz vergessen. Diesen letzten Dienst für ihren Mann musste sie selbst tun, und mitnehmen konnte sie Su Lin dabei nicht. Begleitet von Ermahnungen band sie Richard das Pandababy vor den Bauch. Doch bevor sie ging, musste Richard aufsagen, wie das Milchpulver zu dosieren sei, und erst, als er Ruths Rezept wortgetreu wiederholte, war sie beruhigt und packte die Urne in einen Ranzen. Mit Quentin als Begleitung wollte sie ein Stück den Berg hinaufklettern. Als Bestattungsort hatte sie eine Stelle mit spektakulärem Ausblick über das Tal im Sinn. Zum ersten Mal hatte Richard die Verantwortung für den Panda. Er lief mit Su Lin herum, summte ihr Lieder vor und bereitete mit Wang gemeinsam eine Flasche zu. Su Lin hatte sich an das Trinken mit dem Sauger gewöhnt und leerte ihre Portion, bevor Wang die Kamera holen und Richard beim Füttern fotografieren konnte. Erst als Richard die Kleine wieder in den Schlaf schaukelte, lichtete Wang die Szene ab.

»Stolzer Vater«, sagte er auf Pidgin.

Ein wenig fühlte Richard sich tatsächlich so. Su Lin seufzte, gähnte und bekam Schluckauf. Wie niedlich das aussah! Ohne viel zu tun, eroberte sie Herzen.

Abends kehrten Ho und seine Männer aus dem höchstgelegenen Camp zurück, bald darauf auch Ruth und Quentin. Am nächsten Tag bauten sie dieses Camp ebenfalls ab und machten sich auf den Rückweg. Wieder wollten sie in Cavalieres Haus in Chengdu haltmachen, aber um möglichen Spionen Smiths zu entgehen, wählten sie eine andere Route als auf dem Hinweg. Ruth schickte einen Boten mit einem Brief an Cavaliere vor. Wenn möglich, solle der Italiener sie bitte mit einem Auto in einem kleinen Ort in der Nähe abholen lassen. Als sie das Dorf erreichten, war noch keine Antwort von Cavaliere eingetroffen. Stattdessen begegnete Ruth auf dem Markt einer englischen Aristokratin. Die Dame fragte, ob sie zu Gerry gehörten. Mit dessen Familie sei sie bekannt. Wie spannend, dass Gerry die Welt bereise, nicht wahr? Ruth fragte ihrerseits nach. Leider wusste die Dame nicht, wo Gerry sich aufhielt. Gerade als Ruth sich verabschieden wollte, bemerkte die Dame Su Lin. Der Panda schlief in einem Korb, den Quentin über dem Arm trug.

»Ist das ein Waschbär?« Die Dame beugte sich über das Tier.

Aufgeschreckt von ihrer Stimme hob es den Kopf.

»Ein Panda?« Sie japste. »Das ist ja unglaublich! Ich dachte, die wären ausgestorben.«

Sie bat darum, den Panda halten zu dürfen. Das konnte Quentin ihr ausreden, indem er ihr die Kratzer zeigte, die er von Su Lins Krallen bekommen hatte. Mittlerweile war auch eine Marktfrau auf sie aufmerksam geworden und wollte einen Blick riskieren, und als Quentin ihr das erlaubte, kamen Kinder hinzu. Bald hatte sich das halbe Dorf versammelt und wollte Su Lin streicheln. Die Abenteurer flüchteten zurück in die Herberge, wo sie bis zum Abend von Neugierigen belagert wurden. Glücklicherweise kam am nächsten Tag der von Cavaliere geschickte Wagen. Flankiert von rufenden und winkenden Dorfbewohnern stiegen Ruth, Richard und Quentin mit Su Lin ein. Wang war ausbezahlt worden. Die anderen Männer würden das Gepäck nach Chengdu bringen, von wo Ruth es irgendwann abholen lassen würde. Ein Teil von ihnen sollte danach Quentin auf dessen eigener Expedition begleiten.

Im Jeep zu sitzen und in einer Stunde eine Strecke zurückzulegen, für die sie zu Fuß den ganzen Tag gebraucht hätten, kam Richard wie ein kleines Wunder vor. Das Motorengeräusch wirkte einschläfernd, Su Lin schien es ähnlich zu gehen. Sie döste auf

Ruths Schoß, eine Pfote über die Augen gelegt. Nur Ruth machte sich schon wieder Sorgen.

»In Chengdu müssen wir Su Lin verstecken! Nicht nur wegen Gerry. Für ein so seltenes Tier würden reiche Leute eine Menge Geld bezahlen. Man könnte uns Su Lin stehlen, wir dürfen niemandem trauen.«

Schon Meilen vor der Stadt deckte Ruth den Korb ab. Bei Cavaliere verkroch sie sich mit Su Lin gleich in dem Zimmer, das für sie hergerichtet worden war. Quentin brachte ihr ein Milchfläschchen und verabschiedete sich. Gleich morgen würde er zurück in die Berge reisen. Dort würde er seine eigene Jagd beginnen, wie Richard vermutete. Gesprochen wurde darüber nicht. Unwillkürlich stiegen vor Richards innerem Auge Bilder von dem toten Tiger auf. Wie konnte Ruth gegen Großwildjäger wettern und gleichzeitig die Hilfe eines Mannes in Anspruch nehmen, der ebenfalls töten würde, möglicherweise sogar die Mutter des Pandababys, das Ruth pflegte wie einen menschlichen Säugling?

Quentin klopfte Richard auf die Schulter. »Tja, mein Freund, jetzt musst du …«

Er beendete den Satz nicht.

Auf Ruth aufpassen? Auf Ruth und den Panda aufpassen? Der Reiseführer sein? Was immer Quentin meinte, er hielt Richard wohl nicht für fähig dazu und beließ es bei einem freundlichen: »Auf bald.«

Hinter seinem Rücken kreuzte Richard die Finger. »Viel Erfolg.«

Nachdem Quentin gegangen war, schneite ein Pilot herein. Cavaliere besprach mit ihm, wie man Ruth, Richard und ihr »Spezialgepäck« zurück nach Shanghai bringen konnte. Tiere waren an Bord verboten. Richard warf ein, das Reisebudget gäbe auch gar keine Flugtickets mehr her, aber Cavaliere schnitt seine Bedenken ab.

»Wir machen das möglich, irgendwie!«

Das wäre wunderbar. Denn auf einem Schiff würden sie den Panda unmöglich verstecken können, aber während eines Fluges sollte das funktionieren. Diese gute Nachricht wollte Richard gleich Ruth überbringen.

Auf sein Klopfen hin bat sie ihn herein. Sie saß neben dem Bett auf dem Boden und betrachtete den schlafenden Panda. Weder hatte sie sich umgezogen noch ihr Haar gekämmt. Die alte Ruth wäre jetzt schon zur Cocktailstunde herausgeputzt und würde Cavalieres Grammofon in Gang bringen, eine Zigarette im Mundwinkel, singend und trinkend. Doch ihren Übermut hatte sie anscheinend am Berg zurückgelassen. Sogar was den Flug betraf, war sie skeptisch.

»Hat der Pilot Erfahrung? Wie alt ist das Flugzeug? Es stürzen ja ständig welche ab.«

»Ungefährlich ist auch eine Schiffsfahrt nicht.«

»Ich weiß.« Ruth knetete ihre Finger. »Ach, Richie, ich habe solche Angst, dass Su Lin etwas passiert. Dabei war ich nie ein ängstlicher Mensch. Wie geht man so durchs Leben?«

»Als ängstlicher Mensch?«

Richard fühlte sich gekränkt. Ruth sprach ja mit ihm, als hätte er die Expedition nicht mitgemacht! Und hatte sie die Szene auf der Bambusbrücke vergessen? Wer war denn da vor Furcht wie gelähmt gewesen?

»Na ja«, sagte Ruth versöhnlich. »Du hast eben gewisse Probleme, nicht?« Ihr Blick glitt zum Nachttisch, auf dem ihre Pistole lag, und zurück zu Richard. Er lehnte an der gegenüberliegenden Wand, so weit weg wie möglich von der Waffe. Das hatte er gar nicht bemerkt, doch Ruth offensichtlich schon.

»Eine Abneigung habe ich«, sagte Richard. »Trotzdem kann ich sehr wohl schießen, gut sogar. Ich treffe eine Blechbüchse auf hundert Meter Entfernung, wenn es sein muss.«

Für sich ergänzte er: Aber es muss ja nicht sein.

»Verstehe«, sagte Ruth.

Das tat sie bestimmt nicht, doch Richard wollte das Thema beenden.

»Wie wäre es mit einem Foto?«, fragte er. »Su Lin wächst jeden Tag, und du solltest so viele Babybilder wie möglich von ihr haben. Im Innenhof ist gerade schönes Licht.«

Als wolle sie seinen Vorschlag unterstützen, räkelte Su Lin sich in ihrem Korb und öffnete die Augen. Sofort nahm Ruth sie hoch.

Richard hatte keine Filme mehr, aber Cavaliere besaß inzwischen auch eine Kamera, die er ihm gern lieh. Im Innenhof dirigierte Richard Ruth zu einer Stelle an der Mauer. Nach den vegetationsreichen Fotos aus den Bergen wollte er einen visuellen Schnitt machen und keine Pflanzen mehr im Bild haben. Ruth hielt den Panda vor ihren Bauch. Su Lin gähnte und hob die Pfoten. Sie war wirklich unwiderstehlich goldig. Selbst der abgeklärte Cavaliere war bei ihrem Anblick ganz aus dem Häuschen gewesen. Richard fotografierte. Erst als schon drei Fotos im Kasten waren und Richard Ruth dankte, bemerkte er, dass er gar nicht auf sie geachtet hatte. Hatte sie gelächelt? Er glaubte nicht. Das Haar hing ihr strähnig auf die Schultern. Ihre Expeditionskleidung war an den Knien verschlissen und an den Säumen schmutzig. Auf diesen Fotos würde sie sich nicht mögen.

Ruth setzte Su Lin ab, und die Kleine erkundete ihre Umgebung. Mittlerweile krabbelte sie schon schneller. Neugierig tauchte sie eine Pfote in den wassergefüllten Untersetzer eines Blumentopfs.

»Eigentlich will ich gar nicht zurück nach Shanghai«, sagte Ruth. »In den Bergen war alles einfach. Nicht leicht, aber unkompliziert. Raufklettern, runterklettern, abends am Feuer sitzen …«

Mit Quentin, ergänzte Richard in Gedanken. Gib doch zu, dass er dir fehlt.

»Du wirst ja nur kurz in der Stadt sein«, sagte Richard. »Nur so lange, bis du eine Überfahrt organisiert hast, und dann fahrt Su Lin und du nach New York. Alle werden sie lieben, und niemand wird mehr daran denken, sich ein Pandafell vor den Kamin zu legen. Das ist dann dein Verdienst.«

»Ja.«

Ruth bog den Zweig eines Bäumchens herunter, nach dessen Blättern Su Lin gegriffen hatte. Der Panda streckte sich, pflückte ein Blatt ab, fiel um, machte einen Purzelbaum und brachte damit Richard und Ruth zum Lachen. Ruth nahm Su Lin das Blatt ab.

»Vielleicht ist das giftig.« Sie warf es in den Topf, lehnte sich an die Wand und sah in das blaue Himmelsquadrat zwischen den Mauern empor. »Glaubst du an Vorahnungen, Richard?«

»Überhaupt nicht.«

»Ich schon. Wenn ich meditiere, habe ich manchmal welche. Ich war mir sicher, dass uns auf der Expedition nichts passiert. Aber jetzt habe ich Angst vor der Stadt. Obwohl uns dort doch keine Gefahr drohen sollte.«

Su Lin zog sich an einem kleinen Blumentopf hoch. Mit einem schnellen Griff verhinderte Ruth, dass der Topf kippte.

»Das sind nur Gefühle«, sagte Richard und dachte dabei an Quentin. »Die gehen vorbei. Folge einfach deinem Weg.«

Zweifelnd sah Ruth ihn an. Für Richard war es wirklich so klar. Selbsterforschung half nicht. Das war, wie in einen reißenden Strom zu starren, statt über die Brücke zu gehen. Wenn es Ruth tröstete, würde er von seinen Schwierigkeiten erzählen und sie damit ablenken.

»Möchtest du wissen, was das ist, mit mir und den Waffen?«, fragte Richard.

»Ja, natürlich, lange schon.«

Ruth nahm Su Lin auf den Schoß und kraulte sie hinter den Ohren.

»Als Junge war ich ein Cowboy.« Richard hielt kurz inne, ließ Bilder und Erinnerungen aufziehen, dann erzählte er von den Schießübungen mit seinem Vater. »Sonst hat er nicht mit mir gespielt, aber das war unsere Zeit. Dann kamen der Krieg und Stellungsgefechte in Frankreich, Tausende Männer in Gräben, auch mein Vater. Es ging nicht voran, und sie verloren die Hoffnung auf einen Sieg. Jeder Tag lief gleich ab: Sie stießen vor, der Feind feuerte, Männer fielen. Der ganze Zug von ehemals 26 Soldaten bestand bald nur noch aus zwei halben Gruppen, insgesamt zwölf Männern. Aber der Leutnant schickte sie weiter nach vorn. Mein Vater hatte Glück und kam immer davon – sofern das Glück ist. Manchmal wünschte er sich, tot zu sein. Er hätte sich erschießen können, aber das wäre ihm wie Sabotage vorgekommen, und er wollte ein guter Soldat sein. Bis zu diesem Tag, an dem es in Strömen regnete. Der Leutnant beorderte die Männer wieder in die Gräben. Mein Vater weigerte sich. Er fürchtete, im Schlamm verschüttet zu werden.« Richard schlang die Arme um die Knie. Ihn fröstelte. »In meinem Beisein hat er die Geschichte immer nur bis zu diesem Moment erzählt.«

»Trotzdem weißt du, wie sie weiterging?«, fragte Ruth behutsam.

»Ja, von meiner Mutter. Sie hatte meinem Vater geschworen, nichts zu verraten. Erst als sie selbst im Sterben lag – da war er schon lange tot –, habe ich es erfahren.«

»Und?«

»Mein Vater wurde vom Leutnant angeschrien. Die anderen Soldaten befolgten den Befehl, bis auf zwei, die hinter meinem Vater stehen blieben. Vielleicht wollten sie ihn beruhigen. Er erinnerte sich nur an das Schmatzen von Stiefeln in weicher Erde. Als Junge hatte er eine Moorleiche gesehen. So wollte er nicht enden. In dem Moment wurde es in ihm dunkel. Meiner Mutter erzählte er, etwas anderes habe die Kontrolle übernommen. Die Waffe hatte er schon am Mann, und der Leutnant stand direkt vor ihm. Mein Vater erschoss ihn, bevor die anderen eingreifen konnten, und nach dem ersten Schuss griffen sie nicht mehr ein. In der britischen Armee benutzten sie Lee-Enfields, das sind Repetierbüchsen. Mit denen können gute Schützen zwanzig Schuss pro Minute abgeben. Mein Vater war ein guter Schütze. Er schoss das Magazin leer, obwohl der Leutnant schon beim ersten Treffer fiel, und dann benutzte er das Bajonett.«

»Mein Gott.«

Ruth wirkte schockiert. Auf weitere Details verzichtete Richard lieber.

»Alles ging sehr schnell«, sagte er. »Die Männer in den Gräben glaubten vermutlich, feindliches Feuer zu hören. Den zweien, die oben geblieben waren, gelang es, meinen Vater zu Boden zu werfen und ihn so zu stoppen. In diesem Moment flogen Granaten und töteten die Kameraden in den Gräben. Mein Vater und die beiden Zeugen wurden durch Splitter verletzt. Er verlor die Besinnung und wachte erst im Lazarett wieder auf. Seine überlebenden Kameraden verschwiegen den Vorfall. Dafür hatten sie wohl ihre eigenen Gründe. Was mit der Leiche des Leutnants geschehen war, erfuhr mein Vater nie. Meine Mutter meinte, mein Vater habe noch Jahre später gefürchtet, von der Militärpolizei abgeführt zu werden. Diese Furcht verging irgendwann. Aber seine Angst, erneut die Kontrolle zu verlieren, wenn er eine Waffe in die Hand bekäme, verfolgte ihn bis ins Grab. Etwas davon blieb an mir hängen. Ich verstand als Kind ja nicht, warum er so war.«

Richard brach einen trockenen Ast von einem Bäumchen ab und gab ihn Su Lin. Sie schnüffelte daran. Sofort nahm Ruth ihr das Spielzeug weg und wedelte vorwurfsvoll mit dem gesplitterten Astende.

»Aber jetzt verstehst du es«, sagte sie zu Richard. »Also arbeite an dir. Ich hatte früher Höhenangst. Doch dann fanden wir dieses herrliche Appartement, unser erstes in New York, im neunten Stock.«

Ruth nahm den Panda wieder auf den Schoß und ließ ihn an ihrem Ärmel kauen.

»Das ist etwas vollkommen anderes«, sagte Richard. »Ein Ausblick ist ungefährlich, im Gegensatz zu Waffen. Die Welt braucht nicht noch einen herumballernden Kerl. Ich werde nie verstehen, warum ihr Amerikaner verrückt nach Schießeisen seid. All diese Legenden von heldenhaften Cowboys! Die Typen haben doch nur Vieh gehütet und Zigaretten geraucht.«

»Ich meine bloß, weil du dein Talent verschwendest«, warf Ruth ein. »Jemand, der so gut schießen kann wie du!«

»Und wofür könnte ich mein *Talent*« – Richard betonte das Wort spöttisch – »deiner Meinung nach einsetzen? Soll ich erschöpften Trägern drohen? Oder mich mit Banditen duellieren?« Er stand auf. »Nichts Gutes kommt durch Waffen.«

Er dachte, darüber wären sie sich einig gewesen. Darum war er hier und nicht bei einem wie Monsieur Houle. Nur warum stritten sie dann schon wieder?

»Deine Angst ist also richtig, und meine ist falsch«, sagte Ruth.

So hatte Richard das nicht gemeint. Schnell noch ein Friedensangebot machen und verschwinden!

»Ich koche Tee.« Mit der Kamera zog Richard sich in die Küche zurück.

»Findest du mich hysterisch?«, rief Ruth ihm hinterher.

Richard biss sich auf die Lippe und setzte Wasser auf. Immerhin schien Ruth seine Meinung wichtig zu sein. Vielleicht lag ihr doch etwas an ihm?

Presse

Ein neuer Morgen brach an. Überraschenderweise hatte Su Lin sieben Stunden lang geschlafen, und somit war auch Ruth einigermaßen ausgeruht. Sie und Richard saßen in der letzten Reihe eines Flugzeugs, das sie als erste Passagiere hatten betreten dürfen, persönlich begrüßt vom Piloten, einem Kaugummi kauenden ehemaligen Footballspieler aus dem Mittleren Westen, so amerikanisch wie ein Werbegesicht für Coca-Cola. Su Lin sollte die Reise in einem abgedeckten Korb auf dem Sitz zwischen Ruth und Richard verbringen. Hoffentlich verhielt sie sich still. In Chengdu hatte Ruth einen von Cavalieres Angestellten Mulltücher und saugfähigen Stoff besorgen lassen, um dem Panda für den Flug eine Windel anzuziehen. Nur, wie machte man das? Su Lin hatte duldsam auf dem Rücken gelegen, doch Ruth war es einfach nicht gelungen, die Mulltücher richtig zu schlingen und zu knoten. Am Ende hatte sie stattdessen den Korb mit ihnen ausgelegt.

Das Flugzeug war voll besetzt. Mit ihnen reisten chinesische Geschäftsleute und eine Familie nach Shanghai.

»Gutes Flugwetter heute«, sagte Richard. »Jedenfalls hier in der Gegend.«

»Ja.«

Als ob Ruth den wolkenlosen Himmel nicht sehen würde! Das gestrige Gespräch mit Richard regte sie immer noch auf. Zu den Grenzen des Pazifismus hätte Ruth eine Menge zu sagen gehabt.

Ob Richard sich wohl ohne Quentins und Lao Tsangs Schutz in die Berge getraut hätte? Bevor sie das hatte fragen können, hatte sich der feine Herr lieber zurückgezogen. Er wagte es nicht, einen Streit auszutragen, deutete aber an, *Ruth* wäre Opfer ihrer Gefühle. Dabei konnte sie bei allem, was das Pandababy betraf, nur nach Instinkt handeln. Nahm Su Lin genügend Gewicht zu? War die Farbe ihres Stuhls normal? Brauchte sie einen Kratzbaum? Für die Säuglingspflege gab es Bücher, für die Pandaaufzucht nicht. Su Lin hing von Ruth ab. Sie spielte jetzt ihre Mutter – was sollte sie auch anderes tun, nachdem sie die Kleine so unbedacht an sich genommen hatte –, und als solche konnte sie wohl nach Belieben von jedem Ahnungslosen verurteilt werden? Aber Richard sollte das nur noch mal probieren! Oder irgendjemand anderes! Dem würde sie eine gepfefferte Antwort an den Kopf werfen!

Täglich gewann Ruth mehr Sicherheit im Umgang mit ihrem Schützling. Allmählich verstand sie Su Lins Laute wie Wörter einer Sprache. Dieses Schnaufen jetzt, gefolgt von einem Quieken, bedeutete, sie suchte Nähe. Ruth schob eine Hand in den Korb und kraulte den Panda. Über der Sitzreihe vor ihr erschien ein Gesicht. Der Herr hatte wohl etwas gehört.

»Katze«, sagte Ruth und versuchte ein charmantes Lächeln. Es geriet zu einem Zähnefletschen, und der Herr duckte sich schnell wieder.

Vor Hangkou zog Nebel auf, weswegen sie zwischenlanden mussten. Großzügigerweise verzichtete Ruth darauf, Richard gegenüber eine spitze Bemerkung über das Flugwetter zu machen. Zwei Stunden später ging es weiter, und sie erreichten ohne weitere Zwischenfälle Shanghai. Am Rande des Rollfelds wartete eine Gruppe Menschen. Für Ruth sollte eigentlich nur ein Mann da sein: Dan Reib, ihr Bekannter von Standard Oil, der schon auf der Hinreise mit einem Auto geholfen hatte, wollte sie abholen. Als das Flugzeug ausrollte, erkannte Ruth seine markante Nase unter einem hellen Hut. Sie ließ allen anderen den Vortritt, dankte dem Piloten für seine Hilfe und Diskretion und stieg, den Korb mit Su Lin über dem Arm, die Gangway hinunter. Die meisten der Wartenden gingen mit den Passagieren fort, aber zwei Männer blieben mit Reib zurück.

»Der da hat eine Kamera«, zischte Ruth Richard zu.

»Hab ich auch gesehen. Bleib hinter mir.«

Ruth verbarg den Korb hinter Richards Rücken. Doch ihre Füße hatten noch nicht einmal den Beton berührt, da waren die fremden Männer schon da.

»Mrs. Harkness, willkommen zurück«, sagte einer auf Englisch. »Ist es wahr? Haben Sie einen Panda?«

Sein Kollege rief etwas auf Chinesisch. Es klang wie eine Frage. Vielleicht wollte er aber gar keine Antwort, sondern nur Ruths Gesicht. Sie sah in eine Linse. Mit seinen breiten Schultern drängte Dan Reib den Fotografen weg. Richard stellte sich schützend vor Ruth, aber der Englisch sprechende Chinese war groß und blickte über seine Schulter.

»Mrs. Harkness! AP hat schon berichtet.«

Die Associated Press? Ruth wurde ein gelber Zettel gezeigt, der unsauber an einer vorgestanzten Linie abgetrennt worden war – Telegrammpapier.

»Chengdu, Sichuan-Provinz«, las der Reporter vor. »Amerikanische Entdeckerin Mrs. William H. Harkness Jr. aus New York von tibetischer Grenze mit einem lebenden Panda zurück – seltenes, bärengleiches Tier. Erster lebend gefangener Panda in diesem Teil Asiens. Chinesischer Entdecker begleitete.«

»Verzeihung, der Herr.« Dan Reib zog Ruth mit sich. »Wir haben dringende Termine.«

»Nur ein kurzer Kommentar, bitte«, rief der Reporter. »Wer war der andere Entdecker?«

Im Korb regte sich etwas. Ruth schob ihn halb unter ihren Mantel.

»Quentin Young«, sagte sie und wiederholte den Namen gleich noch einmal lauter.

In Schlagzeilen war oft nur Platz für eine Person. Das würde die New Yorker Lady sein, denn die war exotisch, weiblich und damit spektakulärer als ein junger chinesischer Mann. Wenn Ruth schon gefragt wurde, wollte sie Quentins Rolle betonen, damit ihr Expeditionspartner es wenigstens in den Artikel schaffte. Wann würde der erscheinen? Ruth war nicht abgeneigt, mit Reportern zu reden, doch sollten die Behörden nicht durch die Zeitung von Su Lin erfahren. Wenn sie sich übergangen sahen, würden sie Ruth Zollbeamte vorbeischicken. Diese Leute waren sicher auch hier harte Hunde. Ruth wollte unter dem Radar bleiben, eine Schiffspassage buchen und in einem schönen Hotel bis zur Abfahrt warten.

»Ich spreche mit Ihnen«, sagte Ruth zu dem Reporter. »Exklusiv. Vorausgesetzt, Sie schweigen noch ein paar Tage. Kurz vor meiner Abreise erzähle ich Ihnen dann die ganze Geschichte.«

Das zog. Schon hatte Ruth ein Kärtchen mit einer Telefonnummer in der Hand, und der Reporter verbeugte sich respektvoll. Ruth atmete auf. Beim Weitergehen bemerkte sie in einiger Entfernung noch einen anderen Mann, der zu ihr herübersah. Er trug einen dunklen Anzug, stand vor dem Hangar, einen Aktenkoffer zwischen den Füßen, und rauchte. Anstalten, sich Ruth zu nähern und sie anzusprechen, machte er nicht. Wahrscheinlich war er nur ein Mitarbeiter des Flughafens, der sich fragte, was die Presse hier wollte.

Auf dem Weg ins Palace hielt Dan Reib bei Richards Wohnung.

»Nun dann«, begann Richard in förmlichem Ton.

»Wir sehen uns bestimmt noch«, sagte Ruth. »Ich fahre ja nicht gleich morgen.«

»Natürlich.« Richard nickte geschäftsmäßig.

Was würde er jetzt tun? Plante er schon ein neues Projekt? Ruth war davon ausgegangen, dass er ihr am Kai zum Abschied winken würde, aber dazu war er natürlich nicht verpflichtet. Ihre Zusammenarbeit endete hier. Vielleicht war Richard froh darüber. Schließlich hatten sie ihre Differenzen gehabt. Ruth mochte ihm trotzdem noch nicht Lebwohl sagen.

»Ich bin auf deine Fotos gespannt, Richard. Vielleicht gebe ich eine Abschiedsparty. Komm doch auch.«

Ein Friedensangebot.

»Wenn ich Zeit habe, werde ich das tun«, sagte Richard. »Und wenn du …«

Der Rest wurde von Hupen und Rufen verschluckt. Hinter ihnen staute sich der Verkehr. Richard schulterte seinen Ranzen, winkte Dan Reib und verschwand im Haus.

Im Palace gab man Ruth dasselbe Zimmer wie bei ihrem ersten Aufenthalt. Endlich durfte Su Lin ihr Versteck verlassen. Ruth ließ ein Bad für sie ein und bestellte einen Krug mit abgekochtem Wasser. Ihr Milchpulver reichte nur noch für ein Fläschchen. Über das Hotel Neues zu ordern, würde beim Concierge Fragen aufwerfen. Lieber bat sie die schwangere Frau um Hilfe, von der sie das Pulver bekommen hatte. Ruth wählte ihre Nummer.

»Peggy!«, sagte sie. »Wie geht es dir? Hast du … Ein Mädchen, wie schön … Schon zwei Monate alt? Stimmt, ich war lange weg. Hör zu, ich habe Neuigkeiten.«

Wenig später klopfte es an Ruths Tür. Peggy trat ein, ihr Baby auf dem Arm und eine Tasche über der Schulter.

»Die Nanny habe ich zu Hause gelassen«, sagte sie. »Damit sie nichts verraten kann. Wo ist denn …?« Sie reckte den Hals. »Och nee! Wie süüüß!«

Sie hatte Su Lin entdeckt, die mit den Quasten eines Sofakissens spielte. Peggy setzte sich zu ihr auf den Boden, rollte Bälle aus Socken über den Teppich und berührte immer wieder verwundert das weiche Fell. Währenddessen schaukelte Ruth den menschlichen Säugling.

»Du versorgst sie tatsächlich ganz allein?«, fragte Peggy. »Also, ich wüsste ja nicht wohin, ohne die Nanny und das Hausmädchen.«

Su Lin gähnte.

»Gleich wird sie wieder schlafen«, sagte Ruth. »Ein halbes Fläschchen vielleicht noch.«

»Ach genau, das Milchpulver. Ich habe drei Packungen dabei. Darf ich sie füttern?«

Peggy hatte eine andere Marke mitgebracht, als Su Lin gewohnt war, aber das Pandababy nuckelte die Mahlzeit gierig weg. Dabei fielen ihr die Augen zu. Auch Peggys Tochter schlummerte. Der perfekte Moment, um ein Feuer im Kamin zu entzünden, Drinks zu mixen und sich in einem Sessel zurückzulehnen. Von innen und außen gewärmt, wurde auch Ruth angenehm schläfrig. Peggy erzählte von einer Freundin, die in England für einen Fernsehkanal arbeitete.

»Die produzieren Musikshows wie im Radio, nur mit Bild.«

Su Lin quiekte.

»Sch, sch …«, machte Ruth.

Lauteres Quieken. Etwas war mit der Kleinen. Ruth ging zu ihrem Körbchen. Su Lin lag auf der Seite und krümmte sich. Ihr Bauch war hart. Ruth wollte sie hochnehmen, aber Su Lin zuckte zurück und jaulte vor Schmerz auf.

»Das hört sich schlimm an«, sagte Peggy.

»So etwas hatte sie noch nie.« Ruth untersuchte die Mulltücher. Sie waren trocken. »Manchmal muss sie sich erleichtern und schafft es nicht allein. Dann massiere ich sie. Aber jetzt will sie sich nicht mal anfassen lassen.«

»Eine Wärmflasche?«, schlug Peggy vor.

Ruth rieb ihre Hände aneinander und legte versuchsweise eine warme Handfläche auf den Bauch des Pandas. Su Lin schrie wie eine verletzte Katze.

»Ich rufe unseren Kinderarzt an«, sagte Peggy. »Der ist ein Landsmann und diskret.«

Ruth nickte, einen Daumennagel zwischen den Zähnen. Bis der Arzt da war, hatte sie ihn bis auf das Fleisch abgekaut.

Doktor Bruce war ein rotgesichtiger Herr mit Haaren auf den Fingern, dicker Brille und sonorer Stimme.

»Na, was fehlt dem kleinen Liebling?« Zielstrebig ging er auf das Bett zu, in dem Peggys Tochter den Aufruhr verschlief.

»Lilly ist nicht die Patientin.« Peggy führte den Arzt um das Bett herum, wo der Korb mit Su Lin stand. »Sondern dieses Tier.«

»Blimey!« Doktor Bruce rückte seine Brille zurecht. »Ist das ein Bambusbär?«

»Sozusagen«, antwortete Ruth.

»Gute Frau, ich bin Humanmediziner.«

»Einen Tierarzt kennen wir aber nicht.« Ruth rang die Hände. »Und der würde uns ja auch wenig nützen – welcher weiß denn schon über Pandas Bescheid?«

Doktor Bruce kniete sich neben Su Lin.

»Achgottachgottachgott«, murmelte er. »Wenn man glaubt, man hat alles gesehen …« Lange hielt er sich mit dem Wundern zum Glück nicht auf. »Halten Sie den Kopf fest, damit es mich nicht beißt. Ich taste ab.«

Ruth gehorchte. Behutsam befühlte Doktor Bruce den Bauch von Su Lin.

»Kolik.« Er öffnete seinen Koffer. »Wir machen einen Einlauf. Wo ist das Badezimmer?«

»Hier die Tür rechts.« Ruth sah ihn an. »Äh … ›Wir‹, sagten Sie?«

»Ganz recht, Sie dürfen assistieren.«

So schlimm war es dann gar nicht. Su Lin wurde schon während der Prozedur ruhiger, und als der Doktor sie wusch und Ruth zum Abtrocknen übergab, angelte sie nach seiner Krawatte und schüttelte sie neugierig.

»So.« Der Doktor reinigte glucksend das Klistier. »Das scheint geholfen zu haben. Verabreichen Sie zu den Mahlzeiten Wasser mit etwas Pfefferminzöl. Das reguliert die Verdauung.«

Er packte ein und nahm den Koffer. Su Lin war schon wieder munter. Sie zeigte ihr neuestes Kunststück und hing an Ruths Unterarm wie ein Äffchen.

»Ach, wissen Sie, ich komme morgen wieder.« Doktor Bruce wuschelte durch das Rückenfell des Pandas. »Zur Nachkontrolle.«

Licht

Fünf Uhr am Nachmittag war es, die Sonne ging unter, und Richard lag noch immer im Bett in seiner dunklen Einzimmerwohnung. Nach Wochen in der Stille der Berge überforderten ihn die Menschenmassen, der Verkehr und die Laternen und Leuchtreklamen Shanghais. Nicht einmal nachts wurde den Augen eine Pause gegönnt. Das verdammte Licht! Ohne gäbe es keine Fotos, aber jetzt war es ihm zum Verhängnis geworden. Als Dokumentator hatte Richard versagt, das würde er Ruth heute beichten müssen. Sie hatte für morgen eine Passage nach Hause auf der »Empress of Russia« gebucht und gab ihre Abschiedsparty.

Richard stand auf und schlurfte zum Schrank. Sein einziger Anzug hatte Mottenlöcher am Oberarm, genau dort, wohin eine Dame ihre Hand beim Tanzen legen würde. Wahrscheinlich würde das aber niemand bemerken. Richard würde nur dieses eine unangenehme Gespräch führen, noch ein paar brauchbare Fotos von Su Lin mit der Großbildkamera machen und zurück nach Hause flüchten. Dort wäre er wieder für sich, eine einsame Niete. Nach der Entdeckung in der Dunkelkammer hatte Richard ein zweites Paar Vorhänge besorgt, um das Licht auszusperren. Jede sonnenhelle Fläche erinnerte ihn an das Desaster.

Ruth ging es offenbar fabelhaft. Ihr Kleid flatterte und glitzerte, und sie hielt ein Schnapsglas in der Hand, als sie Richard begrüßte. In den Bergen hatte sie eine Vorliebe für harte Drinks ohne Schnickschnack entwickelt. Ihr Hotelzimmer war mit elegant gekleideten Menschen gefüllt.

»Richie, endlich, ich hab schon gedacht, du kommst nicht mehr.« Sie deutete auf den Koffer in seiner Hand. »Eine neue Kamera?«

»Meine alte.« Er holte tief Luft. »Bei der Leica ist mir nämlich …«

»Warte kurz.« Ruth hielt einen Herrn mit Halbglatze auf. »Mein Lieber, bleiben Sie noch zehn Minuten! Richard, das ist Mr. Sowerby vom Shanghai Museum. Er stellt Präparate in Habitat-Dioramen aus. Das sind Schaufenster, in denen die Besucher die natürliche Umgebung der Tiere sehen, Futterpflanzen, Höhlen und so weiter. Du weißt, ich finde, wir sollten Tiere nicht ausstopfen, aber das Museum besitzt schon viele Präparate, und wenn die Besucher sich vorstellen können, sie sind in den Bergen, müssen sie nicht mehr dorthin und erst recht keine Tiere schießen, und das findest du doch auch gut, oder, Richard?« Sie machte eine Pause, um an ihrem Drink zu nippen. »Puh, heute rede ich viel, oder? Nun, ich wollte euch beide jedenfalls zusammenbringen. Mr. Sowerby, Richard Barker hat Hunderte von Aufnahmen gemacht. Seine Fotos können Ihnen helfen.«

Mr. Sowerby sagte, er sei überaus interessiert an Bildern, jedoch müsse er sich für heute leider entschuldigen. Seine Gattin habe die Grippe, und er wolle sie nicht zu lang allein lassen. Doch bitte, Richard solle sich gleich morgen im Museum melden.

Als Mr. Sowerby gegangen war, drückte Ruth Richard ihr Glas in die Hand.

»Du siehst aus, als bräuchtest du was Starkes. *Ganbei!*«

Richard kam der Aufforderung nach, klemmte das Glas zwischen seine Zähne, legte den Kopf in den Nacken und schluckte.

»Wegen der Fotos …«, begann er.

»Wer hat schon wieder das Fenster geschlossen?« Ruth wirbelte durch den Raum und riss es auf. »Freunde, wenn ihr friert, zieht euch was über. Su Lin ist Heizungswärme nicht gewohnt!«

Der Panda lag, alle viere von sich gestreckt, auf dem Bettvorleger, und ließ sich von einer jungen Dame mit roten Fingernägeln den Bauch kraulen, was andere Gäste verzückt kommentierten. Richard wunderte sich über Ruths plötzliche Sorglosigkeit. Warum versteckte sie den Panda nicht mehr?

»Egal, wohin wir gehen, Su Lin ist der Star«, sagte Ruth. »Und wir waren viel unterwegs in den letzten Tagen.«

Sie warf sich eine smaragdgrüne Stola um. Ihre Wangen glühten. Von der Erschöpfung der ersten Tage mit Su Lin war nichts mehr zu erkennen. Ruth versprühte wieder die energetische Zuversicht, die Richard vor der Expedition so beeindruckt hatte. Hätte er sich doch nur würdig erwiesen.

»Du erwartest also keine Probleme bei der Ausreise mehr?«, fragte Richard.

»Nein, Sowerby hat Kontakte spielen lassen. Ich gebe nachher noch ein Interview für die Presse, und um Mitternacht beziehen wir unsere Kabine auf dem Schiff. Dann können wir uns ohne Hektik einrichten, bevor es am Morgen ablegt.«

Richard nickte. Somit blieb ihm nur noch eine halbe Stunde für Fotos von Ruth und Su Lin. Er baute seine Kamera auf und arrangierte Steh- und Tischleuchten. Heute würde er nichts Echtes mehr einfangen, die Gelegenheiten dazu hatte er gehabt und gründlich in den Sand gesetzt. Jetzt sollte Ruth posieren dürfen und dabei auf konventionelle Weise gut aussehen. Schön war sie sowieso. Richard dirigierte sie: den Panda auf den Arm nehmen, den Panda an der Schulter halten, den Panda auf den Schoß setzen. Er schnalzte und rief Su Lins Namen, damit sie zu ihm sah. Die Gespräche waren laut, und Musik lief, aber Su Lin schien trotzdem auf Richards Stimme zu hören. Nach dem letzten Foto krabbelte sie zu ihm und umschlang sein Bein. Ruth lächelte gerührt, und Richard schluckte schwer. Es hätte ein schöner Moment sein können, sie drei zusammen, wohlauf nach der gefährlichen Reise. Vor Wut auf sich selbst hätte Richard heulen mögen. Er hatte den Auftrag seines Lebens versaut.

»Ruth, ich muss dir was sagen.« Am besten, er brachte es jetzt einfach hinter sich. »Ein Großteil der Fotos ist überbelichtet und unbrauchbar. Schmutz hat den Verschluss blockiert. Jetzt, nachdem ich die Ergebnisse gesehen habe, klingt die Mechanik für mich auch anders. Aber auf der Expedition habe ich nicht achtgegeben, und Vorahnungen wie du habe ich auch keine. Tja. So sieht es aus.« Er traute sich nicht, Ruth anzusehen. »Außerdem wollte ich noch sagen, dass deine Angst nicht töricht ist. Du sorgst dich wie eine junge Mutter, das hat die Natur wohl so vorgesehen.«

Er fand, Ruth machte das alles ganz hervorragend.

Warum sagte sie nichts? Richard hob den Blick. Schimpf doch, dachte er. Nur zu!

»Wie blöd«, sagte Ruth. »Aber wir werden noch viel mehr Bilder von Su Lin machen.«

Wen meinte sie mit *wir*? Richard wohl nicht. Nach diesem Abend würden sie sich vermutlich nie wieder begegnen. Ruth lächelte warm und sah Richard auf diese Art an, mit denen sie Menschen für sich gewann. Sie gab einem das Gefühl, man sei unterhaltsam, interessant und so etwas wie ein Freund.

»Und wir brauchen auch ein Foto von uns beiden«, sagte sie. »Peggy soll eins machen. Kannst du ihr erklären, wie das geht?« Sie zog Richard neben sich vor die Kamera.

Richard ließ die Arme hängen. »Ich habe keine Filmblätter mehr.«

Bestimmt besaß aber einer der Gäste eine Kompaktkamera. Ruth müsste nur in die Runde rufen und fragen. Doch jetzt legte jemand eine Swingplatte auf und drehte die Lautstärke hoch. Ein Schlagzeug spielte einen federnden Takt. Ruth sah sich nach etwas um, vielleicht nach dem nächsten Drink oder einem Tanzpartner. Beides bekam sie sofort. Eine Dame in einer goldfarbenen Bluse reichte ihr ein Glas mit etwas Klarem darin, und Dan Reib streckte seine Hände aus. Richards Zeit mit Ruth war um.

»Gute Reise, Ruth«, sagte er.

»Danke.«

»Und …« Richard suchte nach Worten. Wenigstens sollte Ruth noch wissen, dass Richard sie nicht hysterisch fand, was er im Übrigen auch nie gesagt hatte. Doch Dan Reib zog sie mit sich.

»Ist noch was, Richie?«, fragte Ruth über die Schulter.

»Du bist ganz hervorragend«, sagte Richard.

Ruth warf ihm einen Luftkuss zu und tänzelte davon. Dumpf klangen seine Worte in Richard nach. Was war er für ein Trottel.

Zu kalt, zu heiß

Nach einem wilden Tanz mit Dan Reib fächelte Ruth sich Luft zu. Richard war heute ja süß gewesen. Schade natürlich, die Sache mit den Fotos, aber bald würde es neue von Su Lin geben, tausendfach abgedruckt in der China Press. In einer Stunde sollte der Reporter kommen, dem Ruth das Exklusivinterview versprochen hatte. Sie öffnete eine neue Flasche, wandte sich ab und nieste. Ihre Glieder waren schwer wie nach einem Zwanzig-Meilen-Marsch. Hatte sie es mit den Drinks übertrieben? War sie das Tanzen nicht mehr gewohnt? Oder hatte sie sich vor dem offenen Fenster verkühlt?

»Henry«, sagte sie zu einem amerikanischen Geschäftsmann, der sein Zimmer auf demselben Flur hatte und den sie spontan zu ihrer Party eingeladen hatte. »Dürfte ich mich wohl kurz bei dir ausruhen?«

Sie zeigte ihm, wo er das Milchpulver für Su Lin fand – er hatte den Panda schon einmal gefüttert –, bekam seinen Schlüssel und schlich sich von der Partygesellschaft fort.

Ich lege mich ein Viertelstündchen hin, dachte sie. Dann ein starker Kaffee und ich bin wiederhergestellt.

In Henrys Zimmer zog sie mit fahrigen Bewegungen die Schuhe aus, schlüpfte unter die Bettdecke, breitete noch eine zusätzliche aus und zitterte sich in den Schlaf. Im Traum war sie wieder in den Bergen, aber nicht in einem Camp, sondern im Wald, und nicht mit den anderen, sondern allein, und dieses Alleinsein war grauenhaft, ein körperlicher Schmerz wie eine klaffende Wunde. Ruth hatte Su Lin verloren. Sie hatte sich nur kurz entfernt, um am Fluss zu trinken, und das war bestraft worden. Bei der Rückkehr war das Versteck verlassen. Jemand hatte Su Lin gestohlen. Ruth rannte. Zweige peitschten ihr ins Gesicht, scharfkantige Steine schnitten in ihre nackten Sohlen. Hinter Laub öffnete sich eine Lichtung. Das Gras war platt getreten, und in einem Baum hatte sich eine zerrissene Zeltplane verfangen, die im Wind flatterte. Eine Feuerstelle glomm. Vor Kurzem mussten die Diebe noch hier gewesen sein, doch nun waren sie fort – und mit ihnen Su Lin. Ruth kam zu spät.

Jemand redete mit ihr. Ihr wurde diese Frage gestellt, die doch immer nur eine Floskel war.

»Nichts ist in Ordnung«, sagte Ruth. »Su Lin ist weg.«

Nein, antwortete die Stimme, Su Lin spiele nebenan mit dem Reporter. Der sei soeben eingetroffen.

Durch verklebte Lider sah Ruth Henry am Bett stehen.

Ach, genau, sie hatte sich in seinem Zimmer hingelegt. Ihr war heiß. Sie stand unsicher auf, wankte zum Fenster und riss es auf. Kühle Luft strömte herein, und der Traum verflüchtigte sich wie schlechter Geruch. Nur etwas Feuerglut setzte sich hinter Ruths Pupillen fest. Anscheinend hatte sie Fieber. Damit konnte sie umgehen, lieber war sie selbst krank als das Kleine. Sie nahm eine Aspirin, richtete Kleid und Haare und ging an Henrys Arm zurück zu den Gästen. Der Reporter hatte den Fotografen und weitere Herren mitgebracht. Ob sie Kollegen waren oder Konkurrenten, die er gegen Bezahlung mitgenommen hatte, wurde nicht klar, aber alle bestaunten Su Lin und kommentierten begeistert jede ihrer Bewegungen. Einer hatte vor Rührung Tränen in den Augen.

Ruth nahm den Panda auf den Arm, begrüßte die Pressevertreter auf Englisch und bat sie, rasch ihre Fragen zu stellen. Eine halbe Stunde könne sie erübrigen, dann wolle sie auf das Schiff. Su Lin solle der Lärm und das Gedränge am Morgen erspart werden.

Der Reporter, den sie schon kannte, fragte nach der Route, die die Expedition genommen hatte. Ruth gab bereitwillig Auskunft. Was den Fundort des Pandas betraf, blieb sie vage und betonte stattdessen, wie wichtig Quentin gewesen sei.

Der Fotograf knipste unaufhörlich, und Ruth behielt ihr Lächeln bei, auch wenn es wehtat. Wie verprügelt fühlte sie sich, aber das würde man auf den Fotos nicht sehen.

Der Reporter wollte wissen, ob sie in Gefahr gewesen waren.

»Und ob, dort gibt es Banditenbanden«, sagte Ruth. »Einen Überfall hat Quentin knapp verhindert.«

Habe sie noch andere Pandas gesehen?

»Nein, sie sind ja extrem selten. Su Lin zu entdecken, war eine göttliche Fügung.«

Was habe sie die Expedition gekostet? Der Reporter wollte wohl eine Geldsumme erfahren, doch Ruth dachte an Quentin, der ihr die Locke für seine Verlobte gegeben hatte und jetzt vielleicht schon wieder in der Burg schlief, die Pistole neben sich; und an Richard, der Strapazen auf sich genommen hatte und jetzt nichts vorweisen konnte. Und natürlich dachte sie an Bill, der mit letzter Kraft unterwegs gewesen war, statt sich behandeln zu lassen, der einsam gestorben war, ohne sein Ziel erreicht zu haben.

Glaubte der Reporter, der Panda habe einen Preis in Dollar? Ruths Mann hatte sein Leben gelassen.

»Alles hat es mich gekostet«, sagte sie. »So können Sie das schreiben.«

Mit einer Rikscha fuhren Ruth und Su Lin zum Hafen. In einer zweiten folgte das Gepäck. Nach dem großzügigen Hotelzimmer wirkte die fensterlose Schiffskabine wie eine Gefängniszelle, in die jemand Möbel hineingequetscht hatte. Su Lin war noch immer aufgedreht und voller Bewegungsdrang. Da noch keine anderen Passagiere eingetroffen waren, ließ Ruth sie auf den Flur hinauskrabbeln und über den Teppich rollen. Hoffentlich wurde sie gleich müde.

»Mrs. Harkness?«

Plötzlich stand ein Mann hinter Ruth. Mit seiner dunklen Jacke und den Messingknöpfen hätte er zur Besatzung gehören können, aber das Emblem auf der Schirmmütze war nicht das der Linie, und seine Aktenmappe enthielt bestimmt keine parfümierten Tücher. Ein Steward war der Mann nicht.

»Zoll«, sagte er auf Englisch. »Folgen Sie mir.«

»Warum?«, fragte Ruth. »Mr. Sowerby sollte Sie kontaktiert haben. Sie müssten Bescheid wissen. Alles ist geregelt.«

Der Mann antwortete ausgiebig auf Chinesisch. Leierte er eine Belehrung herunter? Oder wollte er Ruth einfach nur kein Stück weit entgegenkommen? Beide Möglichkeiten waren schlecht. Ruth musste Su Lin hochnehmen und ihm aus dem Schiff hinaus zu einem Gebäude folgen. In einem Raum, der bis auf einen großen Tisch leer war, sollte sie warten. Ein anderer Beamter kam. Er erklärte auf Englisch, Ruth habe keine schriftliche Erlaubnis zur Ausfuhr eines lebenden Tieres vorgelegt. Und das da – er deutete auf Su Lin, die auf Ruths Arm eingeschlafen war – sei ein lebendes Tier. Ruth müsse es dalassen.

»Ohne Su Lin gehe ich nirgendwohin«, sagte Ruth. »Darf ich wenigstens telefonieren? Meine Freunde können das aufklären.«

»Morgen«, sagte der Beamte auf Englisch.

»Aber mein Herr, das Schiff fährt um acht Uhr.«

»Sie können gehen. Der Panda nicht.«

»Dann bleibe ich auch.«

Der Beamte legte die Hände zusammen, nickte und verließ den Raum. Wenig später kam der erste wieder herein und teilte Ruth mit, ihr Gepäck werde vom Schiff geholt. Er und sein Kollege hätten jetzt Dienstschluss, aber der Nachtwächter werde sich um den Panda kümmern.

»Auf keinen Fall«, sagte Ruth. »Ich bleibe.«

Gut, wie sie wolle. Der Mann ging. Behutsam bettete Ruth Su Lin in ihren Korb. Sie selbst breitete ihren Mantel auf dem Tisch aus, legte sich darauf und starrte an die Decke. Wegen des Fiebers war ihr nicht kalt, aber ihr Rücken kniff, und sie fand keine Position, in der sie bequem liegen konnte. Wie gemütlich wäre es jetzt in ihrer Schiffskabine! Von wegen Gefängniszelle, das hier war eine.

Ruths Armbanduhr blieb stehen. Nach einer Zeit, die Ruth wie eine Ewigkeit vorkam, schlug die Uhr am Hauptpostamt eins. Um zwei Uhr bat Ruth den Nachtwächter, die Toilette benutzen zu dürfen. Sie schwitzte unaufhörlich, und die Fransen des Kleides klebten an ihren Armen und Beinen. Um drei bat sie um ein Glas Wasser. Um vier rollte sie sich neben Su Lin auf dem Boden zusammen, kühlte ihre heiße Stirn an den Fliesen und schlief ein. Geweckt wurde sie vom Zollbeamten der Frühschicht. Er erschrak bei ihrem Anblick und brachte eine Tasse Tee mit viel Zucker darin. Ruth wollte lieber das Telefon. Der Wunsch wurde ihr gewährt. Während Su Lin quiekte und hungrig in den Korb biss, rief Ruth Mr. Sowerby an. Er war ratlos. Seine Shanghaier Kontakte seien Ruth wohlgesinnt. Eine andere Stelle müsse interveniert haben. Das tue ihm schrecklich leid.

Als Nächstes wählte Ruth die Nummer von Dan Reib.

Auch den Amerikaner hatte die Grippe befallen. Er lag mit Schüttelfrost im Bett, versprach aber, sofort Hilfe zu schicken. Die kam wenig später in Form eines Freundes, der ein Milchfläschchen und saubere Tücher für Su Lin brachte.

»Ich löse dich ab«, sagte er zu Ruth. »Sonst holst du dir noch den Tod. Mein Fahrer bringt dich ins Palace. Keine Widerrede.«

Ruth nickte. Für Gegenwehr war sie zu müde. Willenlos ließ sie sich ins Hotel kutschieren, wo man ihr ein Zimmer im ersten

Stock gab und fragte, ob sie einen Arzt wünsche. In einem Spiegel der Lobby betrachtete Ruth sich kurz, ein Gespenst mit blutunterlaufenen Augen.

»Doktor Bruce«, sagte sie. »Der kennt mich. Aber er soll erst zum Zoll fahren und nach Su Lin sehen.«

Sie schleppte sich ins Bett, schlief sofort ein und entrann dem Elend für einige Stunden. Gegen Mittag kam Doktor Bruce. Er berichtete, Su Lin sei wohlauf. Dann untersuchte er Ruth und maß ihr Fieber.

»39,2«, sagte er. »Halten Sie strenge Ruhe.«

»Das hätte ich gern auf dem Schiff getan.«

»Nun.« Er verstaute das Thermometer in seinem Koffer und reichte Ruth eine Zeitung. »Falls es Sie tröstet, Sie sind auf den Titelseiten.«

Unter einer chinesischen Schlagzeile gab es ein halbseitiges Bild von Su Lin und Ruth, Wange an Wange. Ruths grünes Kleid verblasste auf dem Schwarz-Weiß-Foto zu einem unbestimmten Grau, aber Su Lins kontrastierende Augenflecken kamen perfekt zur Geltung. Das Pandamädchen blickte in die Kamera und hob eine Tatze, als würde es grüßen.

»Sind wir auch in der China Press?«, fragte Ruth.

Die englischsprachige Zeitung hatte in Shanghai eine hohe Auflage.

»Wie ich höre, ja«, sagte der Arzt. »Leider konnte ich kein Exemplar mehr ergattern. Doch ich hörte, Sie hätten den englischen König auf Seite zwei verdrängt. Der dankt ab, um diese Amerikanerin zu heiraten.« Er lachte. »Aber das interessiert heute niemanden.«

Ruth stellte die Füße auf den Boden. »Ich muss zu Su Lin. Wahrscheinlich wird sie von Neugierigen bedrängt.«

»Ihr Bekannter kümmert sich gut um sie, und der Zoll lässt sonst niemanden rein.« Doktor Bruce legte Ruth die Hände auf die Schultern und beförderte sie wieder in die Waagerechte.

»Mindestens heute bleiben Sie noch liegen. Sonst riskieren Sie eine Lungenentzündung. Außerdem könnte es ratsam sein, nicht noch mehr Wirbel zu machen. Die Chinesen sind verstimmt.«

»*Die* Chinesen?«, fragte Ruth. »Alle Reporter waren begeistert, und ich bin mir sicher, die Bevölkerung ist hoffnungslos pandaverliebt.«

»Die Verwaltung ist verstimmt«, präzisierte der Arzt. »Der Zoll. Der Apparat eben. Irgendwo da oben fühlen sich Leute übergangen.« Er hob die Hände, als sei er mit seinem Latein am Ende. »Politik ist kompliziert.«

»Doktor, ich habe schon Staatsmänner dazu gebracht, den Ballontanz zu machen.«

Der Doktor lächelte gönnerhaft. »Werden Sie erst mal wieder gesund. Das ist das Wichtigste.«

Da war Ruth anderer Meinung. Kaum war der Arzt gegangen, zog sie sich an und nahm eine Rikscha zum Hafen. Dan Reibs Freund freute sich über die Ablöse, die Beamten dagegen wirkten genervt. Wahrscheinlich mussten sie ständig Reporter abwimmeln, und nun kam auch noch die kranke Amerikanerin wieder und verteilte ihre Bazillen. Während Ruth Su Lin kraulte und sich berichten ließ, wie oft der Panda Stuhlgang gehabt hatte, berieten die Beamten halblaut. Einer telefonierte.

»Vorschlag!«, sagte er zu Ruth. »Sie bleiben mit dem Tier im Hotel, und wir lassen das Zimmer bewachen.«

»Einverstanden.« Ruth nieste. »Ausgehen wollte ich sowieso nicht.«

In den nächsten Tagen sank das Fieber, und der Zeitungsstapel neben Ruths Bett wuchs. Aus Regierungskreisen wollte die China Press erfahren haben, dass die Amerikanerin reisen dürfe, sobald sie ein Gesundheitszertifikat für den Panda habe. Leider konnte dieses Gerücht niemand bestätigen. Dann hieß es, sie solle 7,5 Prozent von Su Lins Wert bezahlen, was sich auf fünfzig Dollar beliefe. Das waren präzise Angaben, aber der Botschafter wusste nichts von ihnen. Bei ihm waren nur Beschwerden der Academia Sinica eingetroffen. Warum mussten einheimische Forscher von dem sensationellen Fund durch die Presse erfahren? Chinesischsprachige Zeitungen nahmen den Vorwurf auf. Das Vertrauen sei beschädigt. Man habe den Eindruck, China werde vom Westen ausgeschlachtet. Amerikanische Zeitungen konterten, die Chinesen seien nur neidisch, weil sie selbst keine Experten für Pandas hätten.

Einigkeit herrschte lediglich über eines: Su Lin war das wertvollste Tier der Welt. Ein neuer Preis machte die Runde: 25 000 Dollar.

Als sie die Summe las, wurde Ruth schwindelig. Sie musste sofort etwas gegen den sich aufschaukelnden Wahnsinn unternehmen. Auf Kissen gestützt wie eine sieche Kaiserin, empfing sie ihren Exklusiv-Reporter und einen Fotografen der Zeitung.

»Ich bin nicht hinter Geld her, sondern will seltene Tiere erforschen«, sagte sie. »Ich bin Kryptozoologin.«

Sie wiederholte den Begriff langsam, aber der Mann schrieb auch beim zweiten Mal nicht mit. Offenbar war das nicht die Story, die er suchte.

»Pandas sind höchst interessant«, sagte Ruth. »Anderen Bären ähneln sie nur auf den ersten Blick. Sie besitzen zwar scharfe Zähne, aber scheinen trotzdem nur Pflanzen zu fressen, vermutlich sogar ausschließlich Bambus, das verraten uns die Kotspuren, die wir gesehen haben. Wie sie mit dieser nährstoffarmen Diät eine derartige Größe erreichen, ist ein Wunder, eine Kuriosität der Natur, so wie die dicke Hummel, die trotz ihres Umfangs fliegt. Und sehen Sie sich mal Su Lins Pfoten genau an. Sie hat sechs Finger.«

»Wirklich?« Endlich notierte der Reporter. »Wofür?«

»Nun, das will ich herausfinden«, sagte Ruth. »Su Lin wird heranwachsen und es mir demonstrieren.«

Zwei Tage später erschien der Artikel. Ruth ließ ihn sich vom Concierge übersetzen. Auf dem dazugehörigen Bild saß Su Lin auf Ruths Schoß. Von Ruth waren nur die Hände zu sehen. Auch im Text nahm sie wenig Raum ein. Ihre Ausreise war kein Thema. Dan Reib ließ seine Beziehungen spielen, aber bei jedem Telefonat klang er mutloser.

»Die Sache ist verfahren«, sagte er. »Selbst Geld hilft nicht mehr. Es geht um nationalen Stolz.«

Mittlerweile hatte Ruth mit mehreren Zoos telegrafiert, um eine neue Heimat für Su Lin zu finden. Der Bronx Zoo hatte Geld- und Platzprobleme, aber der Zoo in Chicago wurde gerade erweitert, und man zeigte sich verhandlungsbereit. Doch zunächst mussten Ruth und Su Lin aus China herauskommen! Keiner der Freunde wusste weiter. Ruth trommelte auf ihr Adressbuch. Sollte sie es als Nächstes bei ihren Feinden versuchen? Vielleicht konnte sie Smith eine nützliche Information entlocken. Sie lud ihn ein, Su Lin kennenzulernen.

Noch am selben Abend betrachtete Smith andächtig den schlafenden Panda. So ein kleines Exemplar brachte selbst ihn zum Staunen.

Halblaut begann Ruth ein Gespräch mit ihm. Smith schien immer noch erbost darüber, von Ruth ausgeschlossen worden zu sein, wollte das aber nicht recht zugeben, weil er sich ihr gleichzeitig in allen Belangen überlegen fühlte. Seine Erfahrung im Feld suche ihresgleichen, seine strategische Klugheit werde weithin bewundert und sein Organisationstalent neidlos anerkannt. Schon bald würden seine Jäger mit vier oder fünf Pandas zurückkehren. Ruth rollte innerlich mit den Augen und schenkte Whisky nach.

»Hattest du schon einmal mit der Academia Sinica zu tun?«, fragte sie. »Ich scheine die Leute dort verstimmt zu haben, und jetzt blockieren sie mich.«

»Beamte«, sagte Smith verächtlich. »Schreibtischhelden. Stempelkrieger.«

Er verlangte nach mehr Eis, ließ es klirrend in seinem Drink kreisen und klagte über Schmerzen in den Gelenken. Ruth versuchte, das Gespräch auf die chinesischen Offiziellen zurückzubringen. Smith hatte schon viele Tiere ausgeschifft und verfügte mit Sicherheit über hilfreiche Kontakte. Überall gab es Männer, die gegebenenfalls ein Auge zudrückten, nicht? Doch entweder hatte Smith die Namen vergessen, oder er blieb auch im betrunkenen Zustand vorsichtig genug, sie seiner Konkurrentin nicht zu nennen. Als er nach zwei Stunden Ruths Zimmer verließ, war sie kein bisschen klüger.

Auf dem Flur stand ein neuer Bewacher und sah dem davonwankenden Smith hinterher. Auf den zweiten Blick erkannte Ruth ihn. Es war der chinesische Herr, der sie bei ihrer Rückkehr nach Shanghai vom Hangar aus beobachtet hatte. Er machte eine Handbewegung zum anderen Ende des Flurs, wo sich eine junge Frau von einem Stuhl erhob. Sie trug einen Qipao im selben dunklen Stoff wie ihr Kollege. Gemeinsam kamen sie zu Ruth. Der Herr sagte etwas auf Chinesisch.

»Auf ein Wort«, übersetzte die junge Frau. »Mein Name ist Mr. Lai. Ich bin aus Nanking.«

Bei der Erwähnung der Stadt dachte Ruth an die Worte des Botschafters. »Politik wird jetzt dort gemacht.«

»Kommen Sie herein«, sagte sie. »Aber bitte leise, Su Lin schlummert.«

Sie bot den beiden Chinesen die Stühle an und setzte sich auf die Bettkante. Die Übersetzerin nahm Platz. Mr. Lai stellte seinen Koffer ab und ging zu Su Lin, die bäuchlings neben dem Bett lag. Ihr Unterkörper ruhte auf einem dicken Kissen, ihr Oberkörper hing auf den Boden, und sie hatte eine Pfote über die Augen gelegt, als störe sie das Licht. So unbequem es aussah, Ruth wusste inzwischen, dass der Panda in den seltsamsten Positionen schlafen konnte. Mr. Lai bückte sich. Er stützte die Hände auf den Boden und senkte den Kopf, bis sein pomadisiertes Haar den Teppich berührte. Schweigend studierte er, was unter der Pfote vom Gesicht des Pandas zu sehen war. Su Lin rümpfte die Schnauze und seufzte.

»Wā!«, flüsterte Mr. Lai bewundernd.

Er stand wieder auf, klopfte seinen Anzug ab, setzte sich und fragte etwas. Die Dame übersetzte.

»Der Besucher eben, war das ein Freund von Ihnen?«

»So würde ich ihn wirklich nicht bezeichnen«, antwortete Ruth.

Mr. Lai hakte nach. Was war der Besucher dann? Kannte Ruth seinen Namen? Aha, ein Bekannter. Arbeiteten sie zusammen? Nein, aha. Aber wusste Ruth über seine Leute Bescheid? Die, die sich in den westlichen Bergen herumtrieben? Angeblich schossen sie dort Pandas, um sie ausgestopft ins Ausland zu bringen. Könne Ruth das bestätigen?

»Für so etwas hat Smith gar nicht die Mittel«, sagte Ruth. »Er ist ein Angeber.«

In teilnahmslosem Ton übersetzte die Dame. Was wisse Ruth noch über Smith?

»Wenig.« Ruth stöhnte. »Er hat das Geld meines Mannes durchgebracht, und jetzt nervt er bloß noch.«

»Inwiefern?«, fragte die Dame.

»Er hat keinen Erfolg und neidet mir meinen.« Ruth schleuderte die Hände in die Luft. »Er ist einfach ein Gießkannenscheißer.«

Daraufhin erntete sie einen ratlosen Blick der Übersetzerin.

»Ein Drecksack«, sagte Ruth.

Die Übersetzerin öffnete den Mund, schüttelte dann den Kopf.

»Ein Arschgesicht eben!«

»Entschuldigung«, sagte die Übersetzerin. »Ich umschreibe das, ja?«

Was auch immer sie auf Chinesisch erklärte, es beendete den Fragenteil über Smith. Jetzt wollte Mr. Lai mehr über Su Lin erfahren. Konnte sie Tricks?

»Sie schlägt Purzelbäume«, sagte Ruth. »Meinen Sie das?«

So ähnlich. Ob sie Handstand mache. Mr. Lai redete aufgeregt.

»Mein Großvater kommt aus den westlichen Bergen«, übersetzte die Dame. »Er hat einen Panda gesehen, der im Handstand an einen Baum pinkelte.«

Ruth lachte. Mr. Lai wedelte die Finger in Richtung der Übersetzerin.

»Im Handstand an einen Baum pinkelte«, wiederholte die.

Ruth runzelte die Stirn. Zwischen den Chinesen entspann sich ein Wortwechsel.

»Sie haben verstanden, oder?«, fragte die Übersetzerin.

»Schon.« Ruth runzelte die Stirn. »Aber das klingt ungewöhnlich. Als Jungtier ist Su Lin verspielt, klar, doch warum sollte sie …«

Energisch sprach Mr. Lai weiter. Er stand auf und deutete mit Armen und Beinen einen Handstand an.

»Nicht zweifeln.« Bittend sah die Übersetzerin Ruth an. »Sonst führt er es noch vor.«

Ruth hob die Augenbrauen. »Toll«, sagte sie zu Mr. Lai. »Bestimmt lernt Su Lin das bald. Sie ist ja noch klein.«

Mit dieser Antwort schien Mr. Lai zufrieden zu sein. Er nahm seinen Koffer und wandte sich zum Gehen. In der Tür fiel ihm noch etwas ein. Ob Ruth mit der Academia Sinica gesprochen habe?

»Nein«, sagte sie. »Ich wollte es tun, wirklich! Aber ich wurde krank, und dann musste ich mich beeilen, um Smith zuvorzukommen.«

Schon gut, das sei ganz richtig gewesen.

»Im Büro singen keine Vögel«, übersetzte die Dame. »Auf Wiedersehen und haben Sie Dank.«

Sie und Mr. Lai verbeugten sich.

»Was für Vögel?«, fragte Ruth. »Und was passiert jetzt?«

Mr. Lai strebte schon zur Treppe.

»Das entscheidet nicht er«, sagte die Übersetzerin. »Aber er kann ein Wort einlegen, und ich glaube, das wird er.«

»Das wäre wunderbar.«

Sie nickten einander zu.

Am nächsten Morgen berichtete die China Press, eine Ausfuhr des Pandas sei ausgeschlossen. Ruths Herz sank, aber dann sagte sie sich, dass der Artikel vor ihrem Treffen mit Mr. Lai geschrieben worden war. Um sich Mut zu machen, ließ sie über Dan Reib eine Kabine auf dem nächsten ausgehenden Schiff reservieren. Es würde über einen Zwischenstopp auf Kobe nach San Francisco fahren und war nur halb ausgebucht. Die Reederei versprach, Ruth könne kurzfristig stornieren. Außerdem werde sie unter einem anderen Namen auf der Passagierliste geführt.

Kaum hatte Ruth den Hörer aufgelegt, klopfte es an der Tür. Es war die Übersetzerin von Mr. Lai. Mit einer Verbeugung überreichte sie Ruth ein Dokument, das mit Stempeln und Unterschriften versehen war.

»Sie dürfen mit Ihrem Hund nach Hause reisen«, sagte sie.

Ruth war perplex. »Aber …«

»Dem kleinen, niedlichen Hund«, betonte die Übersetzerin. »Wir durften ihn ja kennenlernen. Die Gebühr beträgt zwanzig Dollar. Sie können bei mir bezahlen. Hier ist die Quittung für den Zoll. Übrigens lässt Mr. Lai Ihnen beste Grüße bestellen. Falls Sie Gelegenheit finden, das mit dem Pinkeln im Handstand zu fotografieren, wäre er Ihnen sehr verbunden.«

»Okay.«

Ruth drehte sich nach dem »Hund« um. Su Lin erprobte gerade ihre Krallen am gepolsterten Kopfteil des Bettes.

»Warum dürfen wir nun doch fahren?«, fragte Ruth.

»Der Feind eines Feindes ist ein Freund. Benötigen Sie Hilfe bei der Reiseorganisation?«

»Sie werden es nicht glauben, ich habe schon eine Kabine auf dem nächsten Dampfer.« Ruth strahlte. »Ich bin eben eine unverbesserliche Optimistin.«

In Begleitung sämtlicher Reporter betrat Ruth zum zweiten Mal ein Schiff Richtung Heimat. Su Lin trug sie in einem offenen Korb. Bei der Presse sorgte die Reiseerlaubnis für Fragen. Wie hatte Ruth sie erlangt? Sie verriet es weder den Reportern noch Smith, der ebenfalls am Hafen erschienen war, aber nicht mit an Bord kam. Als Ruth mit den Reportern in der Kabine anlangte, sah sie durch das kleine Fenster ihrer Kabine sein verkniffenes Gesicht. Den Alten würde sie bestimmt nicht vermissen.

Mit hellem Klingeln kündigte die Schiffsglocke das Ablegen an.

»Meine Herren«, sagte Ruth. »Ich hoffe, Sie berichten ausführlich und Su Lin bekommt noch einmal eine Titelseite. Ich hätte sie so gern allen Shanghaiern gezeigt. Wir werden aus Amerika schreiben.«

Die Presseleute gingen, und Ruth köpfte eine Flasche Champagner.

»Auf die Feinde und Freunde«, sagte sie zu Su Lin. »Und auf alle, die uns noch nicht kennen. Jetzt geht es nach Amerika. Cheers!«

San Francisco

San Francisco, Dezember 1936

Bei der Ankunft in San Francisco hing Nebel über der Bucht. Die meisten Passagiere versammelten sich dennoch an Deck, um wenigstens ein paar Meter von der Brücke zu sehen, die über das Golden Gate gebaut wurde. Im nächsten Jahr sollte sie fertig sein.

Ruth hingegen blieb in ihrer Kabine und sortierte das Gepäck. Ihre Kleider hingen ordentlich in einem Schrankkoffer, und Su Lins Korb stand neben der Tür bereit. Am Pier würden Schaulustige und Presse warten. Vermutlich hatte aber auch der amerikanische Zoll von Ruths Ankunft gehört. Nun, es würde schon gut gehen. Ruth inspizierte den Inhalt ihrer Reiseapotheke. Sie enthielt nichts mehr, was in den USA verboten war. Sämtliche berauschenden Reste hatte Ruth in der vorigen Nacht mit ihren Schiffsbekanntschaften aufgebraucht.

»Eigentlich kann uns niemand was«, sagte Ruth zu Su Lin.

In San Francisco war die Zollperson mit dem Klemmbrett eine Dame. Sollte Ruth einer Leibesvisitation unterzogen werden? Zunächst wurde die auf dem Teppich sitzende Su Lin begrüßt.

»Na, du?« Die Zollbeamtin grinste auf die übertriebene Art, die einem Baby vielleicht ein Lächeln entlockt hätte. Su Lin hatte aber keine Mimik und konnte nur mit ihrem Körper reagieren. Sie hob die Vorderpfoten und fiel hintenüber.

»Hoppla.« Ruth richtete sie wieder auf.

»Ach, wie herzig!«, flötete die Zollbeamtin. Schlagartig wurde ihr Gesicht hart. Sie deutete auf einen Beutel, aus dem grüne Blätter ragten: »Was ist das?«

»Bambussprösslinge.« Eilfertig zeigte Ruth sie ihr. »Die benötige ich für wissenschaftliche Zwecke. Der Zoo in Chicago interessiert sich für meinen Panda, und die Leute dort müssen wissen, was Su Lin frisst, wenn sie größer wird.«

»Auspacken, bitte.«

Ruth holte die Sprösslinge aus dem Beutel. Um die Wurzelballen waren feuchte Tücher geschlungen. Ruth wickelte sie ab.

»Da ist Erde dran.« Die Beamtin trommelte mit den Fingern auf ihr Klemmbrett. »Einfuhr von Bodensubstanz ist genehmigungspflichtig.«

»Das wusste ich nicht, Entschuldigung! Moment …«

Ruth trug die Sprösslinge in ihr Badezimmer und brauste sie im Waschbecken sauber. Eine Tropfspur hinter sich herziehend kehrte sie zurück.

»Hab die Erde abgewaschen. Jetzt ist es Gemüse.«

Kritisch beäugte die Inspektorin die nackten Wurzeln. »Hm! Dann gute Weiterreise.«

Die Menschenmenge am Hafen lärmte und jubelte wie für ein siegreiches Football-Team. Hände wurden Ruth entgegengestreckt. Manche der Schaulustigen hielten Zeitungsseiten, auf denen Su Lin abgebildet war. Ruth nahm den Panda auf den Arm und signierte einhändig. Ein Mann kletterte an einer Laterne hoch und fotografierte von oben. Kinder rangelten im Kampf um die vordersten Plätze miteinander. Die meisten waren für die Wintertemperaturen zu dünn gekleidet. Manche hatten Schuhsohlen aus Pappkarton, einige waren sogar barfuß. Als sie Su Lin sahen, ging ein freudiges Kreischen durch ihre Reihen. Der Panda zuckte zusammen und verbarg das Gesicht an Ruths Schulter. In das Rufen der Menge mischte sich Husten und Niesen. Nun bekam es auch Ruth mit der Angst zu tun. Sie deckte ihren Schal über Su Lin, um sie vor Krankheitserregern zu schützen.

»Danke vielmals für die Begrüßung«, rief sie. »Ich freue mich, zurück in Amerika zu sein.«

Zwar hatte sie Aufmerksamkeit gewollt, doch das war zu viel des Guten. Sie musste Su Lin schnellstmöglich in den Zoo bringen, wo ein hoher Zaun die Zuschauer auf Abstand hielt. Vor Ruth tat sich ein Spalt in der Menge auf. Ein hünenhafter Mann mit Chauffeursmütze schaufelte die Menschen mit energischen Armbewegungen auseinander.

»Mrs. Harkness, hier entlang, Ihr Wagen steht bereit.«

Ruth hatte keinen bestellt, aber jeder, der sie hier wegbrachte, sollte ihr recht sein. Sie folgte dem Mann vom Hafengelände herunter. Erst dann fragte sie: »Wer schickt sie?«

Der Chauffeur nannte einen Namen, der Ruth aus ihrer Kindheit vertraut war. In einer makellos polierten Limousine drückte ein älterer Herr auf dem Rücksitz gerade seine Zigarre aus. Förmlich stellte er sich Ruth vor. Er war der Hersteller von allseits beliebten Frühstücksflocken und wolle Ruth als Werbegesicht gewinnen.

»Eigentlich hätte ich Ihnen das schriftlich dargelegt, doch als mir zugetragen wurde, was am Hafen los ist, dachte ich, Sie könnten einen Fahrdienst gebrauchen.«

Ihr Tempo verlangsamte sich, und der Fahrer hupte. Menschen verstopften die Straße, es mussten Hunderte sein – noch mehr als in Shanghai.

Ruth duckte sich tiefer in den Fond des Wagens. »Sind die alle wegen mir hier?«

»Nein, diese nicht. Gleich ist Suppenausgabe. Ich weiß nicht, was Sie drüben in China gehört haben, aber unser Land macht immer noch schwere Zeiten durch, und hier im Westen ist es besonders schlimm. Nach der Dürre in den Großen Ebenen sind viele Bauernfamilien in die Stadt gekommen. Sie haben alles verloren. Aber wir können helfen. Meine Frühstücksflocken sind günstig und nahrhaft. Auf die Packungen drucken wir Comicstrips für die Kinder. Mit Ihren Abenteuern werden wir Amerika unterhalten, Mrs. Harkness. Tierbabys sind genau, was die Menschen jetzt brauchen, mit denen machen wir ihnen gute Laune, gleich zum Frühstück.«

Er hielt inne, weil der Fahrer etwas wissen wollte.

»Wohin dürfen wir Sie bringen, Mrs. Harkness?«

Ruth nannte den Namen eines Hotels. Das Gepäck würde sie nachholen lassen.

Mit dem Frühstücksflockenhersteller verabredete sie sich für den nächsten Tag. Die Weiterfahrt noch ein wenig hinauszuzögern, war durchaus in Ruths Interesse. Wäre sie erst einmal im Zoo, müsste sie sich von Su Lin trennen. Warm spürte sie den Atem des Pandas an ihrem Hals. Eine Pfote hing über Ruths Schulter, die andere baumelte schlaff hinab. Bald würde Su Lin lernen, allein einzuschlafen. Ruth wurde das Herz schwer.

Nach Chicago fuhren sie per Schiff. Der Brookfield Zoo befand sich in einem Vorort. Ein Tierpfleger empfing Ruth und Su Lin eine halbe Stunde vor Beginn der Öffnungszeit. Auf Su Lin reagierte er mit der gleichen kindlichen Begeisterung, die dem Panda schon vertraut sein musste.

Dann wandte er sich an Ruth. »Darf ich Sie herumführen?«, fragte er. »Der Direktor ist noch in einer Besprechung, wird aber bald zu uns stoßen.«

Hinter dem Kassenhäuschen wurden sie von einem Krächzen begrüßt. In einer Voliere saß ein Kakadu auf einem blattlosen Bäumchen. Als der Pfleger sich näherte, kletterte der Vogel über den Ast an das Deckengitter, hangelte sich nach vorn und spreizte die Federhaube.

»Hier haben wir Cookie«, sagte der Pfleger. »Er stammt aus Australien und lebt seit der Eröffnung bei uns. Wir hoffen auf ein

Weibchen für ihn und Nachwuchs, nur wird das schwierig, diese Spezies ist wählerisch, und Cookie ist ein besonders launisches Exemplar.«

»Stutzen Sie seine Flugfedern und lassen ihn frei herumlaufen«, sagte Ruth.

Der Pfleger schüttelte den Kopf. »Dafür hat er zu viel Blödsinn im Kopf. Wenn ich bei ihm sauber mache, setzt er sich auf meine Schulter und rupft mir die Knöpfe von der Jacke. Außerdem könnte er gestohlen werden. Der passt ja in eine große Handtasche.«

Sie liefen weiter.

»Aber verstehen Sie mich nicht falsch, wir möchten den Tieren so viel Platz wie möglich geben«, sagte der Pfleger. »Wie Sie hier rechts sehen, benutzen wir Gräben zur Abtrennung. Die Zäune sind meist nur notwendig, damit die Besucher nicht hineinfallen. Und dann gibt es natürlich auch ein paar Spezies, die gut springen können.« Er wies auf ein leeres Gehege, in dem struppige Büsche wuchsen. »Nächsten Sommer sollen hier Kängurus einziehen.«

Weiter ging es zu Ziggy, einem indischen Elefanten. Ruth hielt Su Lin so, dass der Panda das Tier sehen konnte. In der freien Natur wären sich die beiden niemals begegnet. Zeigte Su Lin darum kein Interesse an dem anderen Tier? Spielerisch biss sie in Ruths Hand. Böse war das nicht gemeint, weh tat es trotzdem. Außerdem wurde Su Lin allmählich schwer. Ruth stellte einen Fuß auf den Sockel des Zauns und setzte Su Lin auf ihrem Oberschenkel ab.

»Darf ich sie mal tragen?«, fragte der Pfleger.

Ruth nickte. Mit geübtem Griff nahm der Mann den Panda hoch und machte einen Scherz über jüngere Geschwister, die er hatte hüten müssen. Ein tiefes Knurren unterbrach ihn. Irgendwo rechts von ihnen machte etwas furchterregende Laute. Der Körper, der solche produzierte, musste gewaltig sein. Sie hörten ein Platschen.

»Wow«, sagte Ruth. »Ein Seelöwe?«

»See-Elefant«, berichtigte der Pfleger stolz. »Ein wahrer Prachtkerl von einem Bullen. Kommen Sie, wir sagen Hallo!«

Sie umrundeten einen Tümpel, in dem Wasserschildkröten schwammen. Es roch nach Fisch. Hinter einer Baumreihe umschloss eine Mauer einen Bereich mit Sand und flachen Steinen. In einem Becken paddelte eine mächtige Robbe. Ihre überhängende Nase erinnerte tatsächlich an einen Rüssel, und was das Gewicht anging, mochte das Tier auch an Ziggy heranreichen. Der See-Elefant wuchtete sich an Land, drehte sich auf die Seite, hielt seinen Wanst in die Mittagssonne und rülpste.

»Den füttere ich immer zuerst«, sagte der Pfleger. »Sieht er nicht zufrieden aus?«

Zumindest war der Bulle gut genährt und schien nichts und niemanden zu fürchten.

»Absolut«, sagte Ruth höflich.

Der Pfleger strahlte. »Brookfield ist der beste Zoo der Welt. Wir schaffen optimale Bedingungen, und unsere Veterinäre sind erfahren. Aber auch wir Pfleger erkennen, wenn den Tieren etwas fehlt.«

Er schob zwei Finger zwischen Su Lins Kiefer, öffnete ihr Maul, begutachtete ihre Zähne und nickte. Dann setzte er sie auf den Boden. Su Lin krabbelte auf Ruth zu.

Der Pfleger machte ein missbilligendes Geräusch.

»Ihre Hinterbeine sind gebogen. Das Anfangsstadium einer Rachitis, würde ich sagen. Sie braucht täglich Lebertran.«

»Auf keinen Fall«, rief Ruth entsetzt. »Ich ernähre sie mit Milch. Fischöl würde sie krank machen, so viel Fett ist sie nicht gewohnt. Auch die ausgewachsenen Pandas ernähren sich karg. Das erkennt man an ihrem Kot.« Sie hätte welchen mitbringen sollen. »Su Lins Futter muss Bambus sein, sobald alle Zähne da sind. Ich habe Sprösslinge dabei.«

»Wie Sie meinen. Aber was wir ihr geben, werden die Ärzte entscheiden.«

Mit denen würde Ruth auf jeden Fall sprechen. Sie kniete sich zu Su Lin, drehte sie auf den Bauch und kraulte ihr Fell. Der Panda quiekte vor Wonne. Seine Pfoten ruderten in der Luft. Ruth umfasste eines der Hinterbeine und befühlte den Knochen. Er war wirklich stark gekrümmt. Würde sich das noch auswachsen? Oder war gar nichts falsch daran? Wenn erwachsene Pandas nur Pflanzen fraßen und keine Beute erlegten, mussten sie nicht rennen können. Sie kletterten in Bäume, um die zarten Blätter in den Kronen zu erreichen, und zum Festklammern waren gebogene Beine ideal.

Su Lin bekam einen von Ruths Ärmeln zu fassen und zog kräftig. Ob der Pfleger Zeit hatte, um mit Jungtieren zu spielen? Oder sorgte er nur für Nahrung und die Sauberkeit der Gehege? Aber Su Lin brauchte doch Zuwendung, sonst würde sie traurig werden und den Appetit verlieren.

Der Pfleger pfiff nach dem See-Elefanten. Was für ein Monster der war! In einem Anflug von Panik sah Ruth Kübel mit kleinen Tieren, die zu seiner Fütterung herangeschleppt wurden. Darin waren Mäuse, Küken und Katzenbabys, gefleckt wie Pandas, oder *waren* das Pandas? Ruth atmete langsam und wartete auf das Abflauen der Angst. Solche absurd schrecklichen Vorstellungen zu haben, war eine unerfreuliche Begleiterscheinung der Ersatzmutterschaft. Aus heiterem Himmel überfielen Ruth grauenhafte Szenen und überlagerten die Wirklichkeit wie auf einem doppelt belichteten Film. Ruth zupfte an ihrem Halstuch, einem edlen Teil aus indischer Seide, und dachte ihr Mantra: Ich bin Ruth Harkness, die Panda-Lady, unerschrocken und einfallsreich. Außerdem brillant im Verhandeln.

Von Dan Reib hatte Ruth gelernt, sich Optionen offenzuhalten, und gab es keine Optionen, erfand man welche.

»Wo bleibt denn der Direktor?«, fragte Ruth. »Ich habe später noch einen Telefontermin. Andere Zoos fragen auch nach Su Lin, wissen Sie?«

Club der Entdecker

Tatsächlich bekundete auch der Bronx Zoo Interesse an Su Lin, und so reiste Ruth mit dem Pandamädchen als Nächstes in ihre Heimatstadt. In ihrer New Yorker Wohnung machte sie einen Zwischenstopp, um Gepäck loszuwerden, ein Glas mit Margaret zu trinken und frische Kleidung zu holen. Dabei ließ sie Su Lin nicht von ihrem Arm herunter, weil Buster ihr fauchend durch die Räume folgte.

»Sachte, Großer«, sagte Ruth. »Su Lin ist ein Baby.«

Trotzdem machte Buster weiter, bis Ruth die Wohnung mit dem Panda wieder verließ. Im Biltmore Hotel hatte sie ein Zimmer reserviert, um die Presse zu empfangen. Die Fragen, die ihr am Abend gestellt wurden, ähnelten denen in San Francisco und Chicago. Ruth antwortete routiniert und posierte mit Su Lin für Fotos. Da das Zimmer sowieso bezahlt war, beschloss sie, die Nacht dort zu verbringen. Das Biltmore war mit der Grand Central Station verbunden, und den Zügen nahe zu sein kam Ruth richtig vor. Sie fühlte sich noch immer wie eine Reisende. Diese einstmals vertraute Welt aus Cafés, Boutiquen und Abendlokalen erschien ihr plötzlich klein und trostlos. Zwar war es schön gewesen, Margaret wiederzusehen, doch hatte Ruth ihre Erlebnisse schon in Briefen geschildert und die Neuigkeiten aus der Stadt interessierten sie nicht. Neue Clubs machten auf, und reiche Leute kauften Kunst für ihr Sommerhaus in den Hamptons.

Das war jedes Jahr dasselbe und so fad wie der dritte Aufguss von Teeblättern.

Ruth öffnete ein Fenster, um die Luft für Su Lin etwas herunterzukühlen. Erschöpft vom Pressetermin, schlief der Panda in seinem Körbchen ein. Ruth setzte sich an den Sekretär und legte einen Bogen Briefpapier in den Lichtkegel der Tischlampe. Bestimmt hatte Richard in Shanghai über sie in der Zeitung gelesen. Gern hätte Ruth jetzt mit ihm geredet. Was er wohl gerade machte?

Sie griff zum Füllfederhalter.

Lieber Richard,
ich hoffe, du bist gesund und grämst dich nicht mehr wegen des ruinierten Films. Sicherlich kannst du ein paar der Fotos verkaufen, die du mit der anderen Kamera vor meiner Abreise gemacht hast. Ich wünsche mir sehr, dass es deiner Karriere hilft. Anbei lege ich, wie besprochen, den Scheck für Quentin bei. Sende ihn weiter, falls du weißt, wohin. Ansonsten warte, bis Quentin sich meldet.

Insgeheim hoffte Ruth, Quentin würde den Scheck erst einlösen, nachdem sie Su Lin an einen Zoo verkauft hätte. Ihr Kontostand war mit Sicherheit so niedrig, dass sie die genaue Summe gar nicht erfahren wollte. Allerdings brauchte wahrscheinlich auch Quentin Geld.

Ich denke doch, dass Quentin es eilig haben wird, aus den Bergen zurückzukommen, immerhin wollte er heiraten.

Das zu schreiben, war nicht angenehm, und Ruth wechselte das Thema.

Su Lin ist immer noch bei mir. Zoodirektoren sind zähe Verhandlungspartner. In Chicago hat man mich höflich empfangen, aber das erste Angebot anzunehmen, wäre dumm, oder?

Vermutlich würde Richard widersprechen, denn er sah die meisten Dinge anders als Ruth. In China war sie davon genervt gewesen, doch jetzt vermisste sie ihre kleinen Streitereien. Komisch, wie man Dinge manchmal erst im Nachhinein zu schätzen wusste.

Richard sah immer ganz genau hin. Von ihm hatte Ruth die Kniffe schmeichelnder Beleuchtung gelernt. Lichtreflexe eines Fensters brachten Augen zum Funkeln, und Morgen- und Abendlicht waren angenehmer als das grelle am Mittag. Wäre Richard jetzt hier, würde er die Schreibtischlampe auf den Boden stellen, damit Ruth keine Schatten unter den Augen hätte. Oder er würde den Schirm abwenden und den Kronleuchter anknipsen. Ruth tat es an seiner Stelle. Zusätzlich schaltete sie das Badlicht ein. In letzter Zeit konnte es ihr nicht hell genug sein. Auf der Expedition hatte der Feuerschein genügt, damit Ruth sich sicher fühlte. An den Abenden nach erschöpfenden Marschetappen waren Quentin, Richard und die anderen ihr so nah gewesen, dass Ruth sie berühren konnte. Jetzt bestritt sie den Rest des Abenteuers allein. Sie wurde bewundert, und das sollte sich gut anfühlen. Warum dämpfte dann eine unerklärliche Traurigkeit ihren Triumph?

Beim Zubettgehen ließ Ruth jetzt immer eine Lampe brennen. Sie sagte sich, das sei, um Su Lin jederzeit im Blick zu haben. Doch eigentlich war das nicht der Grund. In der Dunkelheit gähnte die Art von Leere, die Menschen auf Fensterbretter und in die Tiefe zog.

»Unlogisch«, hätte Richard gesagt. »Wo nichts ist, ist auch keine Kraft. Da kann also nichts ziehen.«

Richard war wirklich kein fröhlicher Mensch, aber melancholisch auch nicht. Ob er grundlose Trübsal überhaupt kannte? Nun, Ruth konnte auch mit konkreten Problemen dienen!

Von einem Angebot zu sprechen, ist eigentlich übertrieben. In Chicago wollen sie zwar unbedingt einen Panda, aber eine Summe wurde mir noch nicht genannt. Das wertvollste Tier der Welt scheint das Budget der Zoos zu übersteigen.

Hier in New York, wo Bills Warane sind (es geht ihnen übrigens prächtig), hat man mir aufgelistet, was andere Tiere kosten. Affen gibt es für zwölf Dollar, einen Malaienbär für 250. Die Tierärzte haben Su Lin betastet und ihr ins Maul und die Ohren gesehen. Sie suchen nach Krankheiten, um den Preis zu drücken. Das Tier könne ja bald sterben, sagen sie. Aber Su Lin ist kerngesund! Sie hält mich auf Trab. Und was wissen diese Doktoren schon? Sie kennen nur Grizzlys und Eisbären. Einer bemängelte, dass Su Lins Fell am unteren Rücken etwas dunkler ist. Das deute auf eine Pilzerkrankung hin. Ich hätte ihm am liebsten geraten, sein eigenes Hinterteil zu betrachten. Aber du kennst mich, ich bin charmant geblieben.

»Lassen Sie uns nicht feilschen wie auf dem Viehmarkt, meine Herren«, habe ich geantwortet.

Wir verfolgen dasselbe Ziel, und ich will mich nicht bereichern. Nur hat diese Reise all mein Erspartes verbraucht, und ohne Geld kann ich nicht weitermachen.

Ruth wollte reisen und von ihrem Abenteuer berichten, wie die Johnsons das taten. Als Panda-Botschafterin würde sie die Amerikaner davon überzeugen, wie liebenswert diese Tiere waren. Sanfte Bambusfresser waren sie, keine Jagdtrophäen! Ihr Lager würde Ruth von nun an in Hotelzimmern aufschlagen. Natürlich müsste sie Su Lin regelmäßig besuchen, in welchem Zoo auch immer sie leben würde. Der Panda sollte Ruth ja nicht vergessen. Falls der Bronx Zoo Su Lin nähme, könnte Ruth an alte Gewohnheiten anknüpfen, sonntäglich dorthin spazieren und mit Su Lin herumtollen. Mittags würde sie sich die Pandahaare vom Kleid bürsten und zum Lunch ins Brevoort gehen, wo Margaret und die anderen von Kindern, Nichten und Neffen erzählten. In manchen Familien war der Nachwuchs schon ausgezogen, und Ruth würde mit den Freundinnen die leeren Nester beklagen und sich verstanden fühlen, wäre doch auch sie dann ohne Schützling.

Ruth dachte an Quentin. Seit Su Lin bei ihr war, hatte die Sorge um die Kleine ihre Tage bestimmt und amouröse Gefühle verdrängt. Rückblickend schien die unbeschwerte Nacht in der Burg in einem anderen Leben stattgefunden zu haben. Jacks Frau hatte recht behalten, die Affäre war unvermeidlich gewesen, doch ebenso sicher war von Anfang an gewesen, dass sie zusammen mit der Reise enden würde. Seit Quentin zu seiner eigenen Expedition aufgebrochen war, hatte er nichts von sich hören lassen. Vermutlich bedeutete das, es ging ihm gut. Sollte er verunglückt sein, hätte Ruth davon erfahren. Keine Neuigkeit bedeutete, für Quentin lief alles nach Plan.

An der Zimmerbar schenkte Ruth sich Whisky ein, ließ die Flüssigkeit im Glas kreisen, blickte in den Strudel und erging sich in sentimentalen Zukunftsvorstellungen. Wohin war ihre Zuversicht verschwunden? Wenigstens den Brief an Richard musste sie fertigstellen. Sie glaubte, von fern seine Stimme zu hören. Er meldete Zweifel an.

»Ja, Richie?«, fragte Ruth laut. »Was denn?«

Aber jetzt schwieg er schon wieder. Typisch. Oft hatte Richard auf Schwachstellen in Ruths Plänen hingewiesen, aber wie die zu beheben waren, hatte er auch nicht gewusst.

»Ich verstehe dich nicht«, sagte Ruth. »Du bist zu weit weg.«

Würde sie darauf kommen, was Richard meinte, wenn sie ihre Vorstellung fortspann? Also: Sie säße wieder sonntäglich im Brevoort, jahrein, jahraus, die Freundinnen alterten, und mit ihnen auch Ruth, stilvoll natürlich. Dann starb die erste, eine andere wurde Witwe, die übrigen legten Nelken auf Gräber und trugen Trauerschleier, aber plötzlich: Lachen, neue Hoffnung, ein Kind heiratete, und der erste Enkel war unterwegs. Ruth würde niemals Großmutterglück zuteilwerden. Su Lin konnte keinen Nachwuchs bekommen. Sie saß in ihrem Gehege, und dort mochte sie es schön haben und Bambus im Überfluss, doch sie würde allein alt werden, und nach ihrem Tod gäbe es keine Pandas in Amerika mehr, denn Gerry, der Tölpel, würde noch in zwanzig Jahren vergeblich nach ihnen suchen.

Mit einem Ruck stieß Ruth den Stuhl zurück. Jetzt wusste sie, was sich falsch anfühlte! Ihre Mission war noch nicht zu Ende. Su Lin brauchte einen Gefährten. Sie sollte Junge haben. Wenn das gelänge, könnten sie noch viel mehr über die Tiere lernen.

Im Bronx Zoo hatte man schon erfolgreich Bisons gezüchtet. Die waren zu Anfang des Jahrhunderts in der Wildnis beinahe ausgerottet gewesen, und es hätte düster ausgesehen, wären im Zoo nicht immer wieder Tiere geboren worden. Irgendwann hatte man eine Herde ausgewildert, und inzwischen erholte sich die Population.

Wenn Ruth den Zoodirektoren versprach, ihnen einen weiteren Panda zu bringen, würden sich die Geldschatullen öffnen. Es ginge dann nicht mehr darum, für ein Tier zu zahlen, das Ruth zwangsweise hergeben musste, weil es bald zu groß wäre, um in Hotelzimmern zu leben, sondern die Herren würden in die nächste Expedition investieren. Das täten sie nur zu gern, denn was zog noch mehr Besucher an als ein seltenes Tier? Das Neugeborene eines seltenen Tiers! Wie wunderbar es wäre, beobachten zu können, wie Su Lin ein Junges aufzöge.

Ein Grinsen breitete sich auf Ruths Gesicht aus. Sie schrieb weiter und ließ es dabei klingen, als habe sie ihren neuen Plan schon lange gefasst.

Doch vertrau mir, Richard, ich werde Geld auftreiben und weitermachen. Ich komme zurück und suche ein Pandamännchen für Su Lin. Wenn sie erst einmal Nachwuchs hat, werden noch mehr New Yorker in den Zoo strömen, sogar Jäger vom Schlage eines Smith. Alle werden sich daran erfreuen, wie die Pandas durch das Gras rollen.

Ruth zog die Ärmel über ihre Hände. Mittlerweile war der Raum ausgekühlt. Sie hatte sich ein Zimmer in der 22. Etage geben lassen, unter dem Ballsaal, so weit oben wie möglich. Hier war die Luft etwas sauberer als in den Straßenschluchten. Etwas Salziges mischte sich in den Öl- und Rußgeruch, der den Auspuffen und Schornsteinen entströmte. Im Osten lag hinter weiteren Hochhäusern und Hafenkränen das Meer. Eine Welle des Fernwehs schwappte über Ruth hinweg. Eine zweite Expedition würde sie zurückführen nach Tibet, wo ihr Leben gleichzeitig schwer und leicht gewesen war.

»Was?«, würde Richard sagen. »Wie denn nun?«

Doch eigentlich wüsste er Bescheid. Einmal hatte Ruth ihn erwischt, wie er auf einem Felsen gesessen hatte, die Augen geschlossen und einen Ausdruck vollkommenen Friedens auf dem Gesicht.

Erwarte mich noch vor dem nächsten Herbst, Richard. Wenn die Zoos mich nicht finanzieren, finde ich reiche Gönner. Denn stell dir vor, wohin ich heute eingeladen wurde – in den Club der Entdecker. Ist dir der ein Begriff? Roald Amundsen ist Mitglied, Charles Lindbergh auch, und unser guter Teddy Roosevelt war gar einer der Gründer. Fällt dir etwas auf? Alles Männer. Frauen sind nicht zugelassen. Und jetzt rate, warum ich trotzdem dort dinieren darf!

Ruth schenkte sich Whisky nach und prostete sich selbst im Spiegel zu.

Ich werde mich in Schale werfen und denen erzählen, was sie verpassen, wenn sie die Damenwelt außen vor lassen. Habe ich erst mal einen Fuß in der Tür, nehme ich den nicht mehr raus. Gib mir ein paar Jahre, und ich sitze mit am Tisch, hole Osa Johnson dazu, und wir kapern den Laden.

Mach's gut, Richie, und schreib mir bald.

Schwungvoll setzte Ruth ihre Unterschrift auf den Bogen. Sie leerte ihr Glas, putzte die Zähne, flocht das Haar zu einem Zopf und schlüpfte in Nachthemd, Wollsocken und einen warmen Pullover. Auf dem Nachttisch lag ihre Mütze bereit. Über das Bett breitete sie eine zusätzliche Decke und kroch unter die Schichten. Die Nacht würde kalt werden und das Fenster offen bleiben. Demnächst wollte Ruth sich einen guten Schlafsack kaufen. Für Tibet bräuchte sie den sowieso. Amundsen konnte ihr bestimmt ein Modell empfehlen.

Anmerkungen zum nächsten Krieg

Richards Wecker war stehen geblieben, ausgerechnet am einzigen Tag der Woche, an dem ein Termin im Kalender stand. Eilig zog Richard sich an und angelte nach dem Sockenknäuel, das unters Bett gerollt war. Schon klopfte es. Die Deutsche war wieder einmal pünktlich. Barfuß eilte Richard zur Tür.

»Guten Morgen, Gret.«

Seine Kundin grüßte ebenfalls und trat ein. »Wie schön, dass du Zeit hast. Ich habe dem Verlag die neuen Fotos für morgen versprochen. Hier ist übrigens deine Post, lag auf der Treppe.«

Sie gab Richard einen Brief und stolzierte an ihm vorbei. Den Mund hatte sie in einem satten Kirschton geschminkt und das rötliche, schulterlange Haar in Wellen gelegt. Der Festiger, den sie benutzte, roch wie Entwicklerflüssigkeit. Richard drehte den maschinenbeschrifteten Brief um. Schon wieder Post von Ruth! Dabei hatte Richard die ersten beiden Briefe noch gar nicht beantwortet.

»Von deinem Herzchen?«, fragte Gret. »Schreibt sie romantische Briefe? Damit hat Vera mich ja gekriegt.«

Sie zog ihren Mantel aus, warf ihn über die Lehne des Stuhls, ging zu der Ecke des Zimmers, die Richard mit einem dunklen Stoffhintergrund in ein provisorisches Studio verwandelt hatte, und wischte einen Wollfussel von ihrem Bein. Sie trug eine weite Hose und eine Seidenbluse. Keinen Schmuck, keinen Büstenhalter.

»Ruth und ich sind nur Freunde«, sagte Richard. »Oder Geschäftspartner. Ehemalige Reisegefährten. Ich weiß nicht genau.«

Noch viel weniger wusste er, was er zurückschreiben sollte. Den Scheck hatte er über einen gemeinsamen Bekannten an Quentin weiterleiten können. Mit zwei geschossenen Pandas war der Abenteurer aus Tibet zurückgekehrt und hatte Diana geheiratet. Beide Neuigkeiten wären wenig überraschend, aber gefallen würden sie Ruth trotzdem nicht, und Richard wollte einen Brief verfassen, den Ruth bestenfalls mehrfach lesen würde. Was also schreiben? Zu einer zweiten Expedition mochte er Ruth nicht ermutigen. China war nicht mehr sicher. Seit Richard hier lebte, munkelte man, es könne zu einem Krieg mit Japan kommen, doch in den letzten Monaten hatte sich die Lage zugespitzt. Im Dezember hatten Kommunisten den obersten General Chiang Kai-shek entführt und zwei Wochen lang gefangen gehalten. Ein gewisser Mao hatte sogar darauf gedrängt, ihn zu töten. Am Ende hatten die Kommunisten eine eigene Provinz und den Aufbau einer kommunistischen Armee erpresst. Angeblich war der General nur mit dem Leben davongekommen, weil Joseph Stalin das Land geeint und stark sehen wollte. Er fürchtete ebenfalls einen Angriff der Japaner. Aber China war nicht mehr stark, sondern tief gespalten.

Papperlapapp, würde Ruth entgegnen, das Reich der Pandas sei weit weg von alledem.

Aber nach Tibet musste sie erst einmal gelangen, und der Weg dorthin führte über Shanghai. Mit seinem Hafen und den Fabriken wäre die Stadt in einem Krieg eines der ersten Angriffsziele. Vielerorts rumorte es, auf der ganzen Welt. Niemand wusste das besser als Gret. Sie und ihre Partnerin waren aus Deutschland geflohen, weil es dort »immer ungemütlicher« wurde.

Gret entblößte eine Brust. Sie hatte Requisiten mitgebracht, griff nach einem Notizblock und tippte sich mit einem Bleistift an den Schmollmund.

»Ich soll eine lüsterne Sekretärin geben. Gut so?«

»Sehr schön.« Richard fotografierte. »Jetzt das Kinn ein wenig nach links … Da ist ein Schatten, warte.«

Er stellte die Lampen neu ein. Seine Finger rutschten ab. Mangels Frühstück und Kaffee fühlte er sich schwach, und nervös war er auch. Sein Modell beobachtete ihn. Vermutlich fragte Gret sich gerade, ob sie diese Ungeschicklichkeit bedauernswert oder nervig finden sollte.

Ruth und den Panda zu fotografieren, war wesentlich einfacher gewesen. Leider hatte Richard dafür kein Geld bekommen. Nun brauchte er neue Aufträge, um die Reparaturkosten für die Leica abstottern zu können. In einer Werkstatt hatte er die Kamera professionell reinigen lassen. Auch Gret wurde von finanzieller Not getrieben.

»Und dann sollte ich noch Bein zeigen«, sagte Gret. »Vielleicht mit einer Zeitschrift als Feigenblatt. Hast du welche?«

Richard wies auf das Regal. »Bedien' dich. Ich wechsele den Film.«

Dabei wandte er sich ab, damit Gret sich arrangieren konnte. Raschelnd durchsuchte sie seinen Lesestapel. Richard schielte zu Ruths Brief. Was wohl darin stand? Ob Ruth sich beschwerte, dass er noch nicht geantwortet hatte? Wäre es klug, noch länger zu schweigen? Aber wenn Richard nichts schrieb, provozierte er auch keine Meinungsverschiedenheit.

»Fertig«, rief Gret.

Nun hatte sie auch die Hose ausgezogen und lag auf der Seite, ein Bein aufgestellt und vor der Scham das bunte Cover des Esquire. Richard erkannte die Ausgabe.

»Vorsichtig damit«, sagte er. »In der ist Hemingways Essay.«

Gret wusste sofort, welchen er meinte. »Anmerkungen zum nächsten Krieg!« Sie änderte ihre Position, schlug das Magazin beim Inhaltsverzeichnis auf und las, das Papier dicht vor den Augen.

»Tatsächlich. Als der erschien, hatte ich Vera gerade kennengelernt. Sie führte diesen Buchladen am Marktplatz. Die Braunen hatten schon Jahre vorher Bücher von Hemingway verbrannt.«

»Den Roman über seine Erlebnisse im ersten Weltkrieg?«, fragte Richard. »Kann mir vorstellen, dass der ihnen missfiel.«

Er trat von der Kamera fort. Gret posierte nicht mehr, zog aber auch nichts über. Ihre Nacktheit schien sie vergessen zu haben. Richard hielt es für das Beste, ebenfalls darüber hinwegzusehen. Gret blätterte.

»Das hier war das Letzte von Hemingway, das ich in die Finger bekam. Ich schätze, im Internationalen Viertel könnte ich seine Bücher kaufen, aber ich hab einfach nicht mehr an ihn gedacht. Hab gar nicht mehr gelesen. Hatte andere Sorgen. Dabei ist es doch tröstlich, eine bekannte Stimme zu hören.«

Gret vertiefte sich in die Lektüre. Eine Seite war schon aus der Heftung gelöst. Richard konnte den Essay in Teilen auswendig. Wäre sein Vater ein Mann der Worte gewesen, hätte er genau solche Zeilen verfasst. Hemingway warnte vor einem Krieg der Rache, den Deutschland wolle. In dem zu fallen werde weder süß noch ehrenvoll sein, und der Leser – Hemingway wandte sich direkt an ihn – werde sterben wie ein Hund. Es folgten Details von splitternden Knochen, herausfallenden Gedärmen und weggeschossenen Gesichtern. Man könne dann noch denken, aber nicht mehr reden. Ob Gret schon an dieser Stelle angelangt war? Sie sah auf. Ihre Pupillen waren groß und das Blau um sie herum nur noch ein dünner Ring.

»Es wird furchtbar werden, und meine Familie will es immer noch nicht glauben.« Gret klappte die Zeitschrift zu. »Machen wir weiter.«

Doch ihr Mund wirkte nun hart. Sie so zu fotografieren würde nur Film verschwenden. Richard schlug vor, eine Pause zu machen.

»Wie wäre es mit einem Tee?«

Gret seufzte. »Ja.«

Sie zog ihren Mantel über. Während Richard das Getränk zubereitete, blickte sie aus dem Fenster auf das Straßentreiben. Dann sah sie sich nach einer Sitzgelegenheit um. Richard besaß jedoch nur einen Stuhl.

»Picknick?«, fragte Gret.

Richard nickte und legte die Bettdecke auf den Boden. Sie nahmen Platz, und Gret wärmte ihre Finger an der Tasse.

»Erzähl mir von deiner Süßen«, sagte sie.

Richard schlug die Beine unter. Auf dem Boden zu sitzen, erinnerte ihn an alte Expeditionstage.

»Wenn du Zeitung liest, kennst du sie«, sagte er. »Man nennt sie die Panda-Lady.«

»Ruth Harkness?«

»Genau.«

Erst jetzt wurde Richard bewusst, dass Gret nach seiner *Süßen* gefragt hatte. Das hatte er überhört, und dann hatte er wohl von Ruth gesprochen, weil er immer an sie dachte. Der Flirt, den er sich wünschte, hatte jedoch ausschließlich in seiner Fantasie stattgefunden.

»Sie macht unglaubliche Sachen«, sagte Richard. »Neulich war sie im Explorers Club zu Gast. Dort sind nur Männer zugelassen. Aber Ruth hat ja diesen Babypanda, Su Lin, und dank dem kam sie rein. Die Herren haben Su Lin eingeladen, und Ruth begleitete sie als ihre Pflegerin. Da saßen sie dann alle an der langen Tafel. Dean Sage war zu Gast, der hat Pandas für das amerikanische Naturkundemuseum geschossen, und die Roosevelts auch, Vater und Söhne. Der Senior nahm Su Lin auf den Schoß und spielte mit ihr. Jemand sagte, wenn die Bärin sterben würde, könne man sie präparieren und zu den anderen Exemplaren ins Museum bringen. Weißt du, was der Staatsmann geantwortet hat? ›Eher stopfe ich meinen Sohn Quentin aus.‹« Richard nahm einen Schluck von seinem Tee. »Die Begegnung mit Su Lin bewegt selbst den abgebrühtesten Jäger. Genau das will Ruth bewirken. Sage war genauso gerührt. Er hat geschworen, niemals wieder einen Panda zu schießen.«

»Gibt es Fotos von dem Treffen?«, fragte Gret.

»Leider nein. Dabei wäre es so wichtig, alles zu dokumentieren.«

Richard blies auf seinen Tee. Ungern wurde er wieder an sein eigenes Versagen erinnert. Zu allem Übel verbreitete Smith Lügengeschichten in der Stadt. Ruth sei gar nicht in Tibet gewesen, sondern habe den Panda auf einem Markt gekauft. Mit Fotos wäre dieser Blödsinn leicht zu widerlegen gewesen.

»Immerhin habe ich ein paar Bilder von ihrer Rückkehr nach Shanghai«, sagte Richard. »Möchtest du sie sehen?«

»Natürlich!«

Also holte Richard den Karton mit den Fotos und reichte Gret eins nach dem anderen. Da war Ruth in Abendgarderobe, Su Lin auf dem Arm und ein Glas in der Hand, aus vollem Hals über einen Witz lachend, den jemand außerhalb des Bildes gemacht hatte. Mehrere Bilder zeigten, wie sie Su Lin die Flasche gab oder ihr den Bauch kraulte. Ruths Arme und Hände waren voller Striemen, und ein Riss in ihrem Mantelkragen verriet die Stelle, an der Su Lin sich im Revers verbissen hatte. Das letzte Bild hielt Richard ein wenig länger fest.

»Das hat mir neulich ein gemeinsamer Freund geschickt. Wir hatten nach der Rückkehr aus den Bergen bei ihm Station gemacht, und ich habe mit seiner Kamera fotografiert, weil ich keine Filme mehr hatte. Das war ein Glück, denn die Bilder aus meinem Apparat …«

Er tat den Rest mit einem Wink ab und reichte Gret das Foto, das er in Cavalieres Innenhof aufgenommen hatte. Su Lin schien dem Betrachter mit beiden Armen zuzuwinken. Ruth hielt sie fest und sah ebenfalls in die Kamera. In ihrem Blick lagen Sorge und

Erschöpfung. Es waren die Tage gewesen, an denen sie kaum geschlafen und hinter jeder Ecke eine tödliche Gefahr für den Panda gewittert hatte. Ihr Haar war unfrisiert, die Kleidung speckig und zerknittert.

»Ich habe noch einen Abzug davon«, sagte Richard. »Der ist eigentlich für sie, aber ich weiß nicht … Ruth wird das Bild hassen.«

»Verständlich«, sagte Gret. »Schick ihr doch eins, auf dem sie hübsch zurechtgemacht ist.«

»Aber Partyfotos kann jeder knipsen. Die verraten nichts. Das ist, wie Athleten bei der Siegerehrung abzulichten. Wenn du das Wahre willst, musst du die Erschöpfung des Langstreckenläufers auf dem letzten Kilometer einfangen und die Enttäuschung der Sprinterin, die um eine Handbreit Zweite wurde.«

Er trank von seinem Tee. Wenn Smith das Bild sehen könnte, würde er begreifen, woran es ihm fehlte.

»Ruth war mutig«, sagte Richard. »Niemand hatte ihr diesen Erfolg zugetraut. Sie war weder in den Bergen erfahren, noch kann sie sich verständigen. Das heißt, irgendwie kann sie das schon, sie plappert einfach mit ein paar Brocken Pidgin und erfundenen Wörtern drauf los und wird sich mit den Leuten einig. Mit Wang, unserem Koch, hat sie sich Witze erzählt, die sonst keiner verstanden hat.«

Er tippte auf das Foto, das Gret immer noch aus nächster Nähe betrachtete. Jedes Detail darauf kannte er.

»Und sieh doch nur«, sagte er. »Selbst übernächtigt ist sie noch wunderschön.«

»Du liebst sie«, sagte Gret plötzlich.

Richard stand auf. Über Gefühle sprach er sonst nicht, aber dieser Deutschen gegenüber konnte er offen sein, immerhin kannte er das Muttermal auf ihrem Schenkel.

»Das tu ich wohl.« Er nahm die Kamera wieder zur Hand. »Aber jetzt auf in die zweite Runde!«

»Hör mir auf mit Sportmetaphern.« Gret trottete zurück in die Studioecke. »Vera will mich neuerdings zum Tennisspielen überreden. Dabei seh' ich in Weiß aus wie 'ne Leiche.«

Sie ordnete ihr Haar, nahm eine der anderen Zeitschriften und schlüpfte wieder in die Rolle der verführerischen Leserin. Richard verschoss noch einen Film. Als die Uhr am Hauptpostamt zur Mittagsstunde schlug, waren sie fertig.

»Morgen kannst du die Bilder abholen«, sagte Richard.

Er würde sie gleich entwickeln, aber erst wollte er Ruths Brief öffnen. Noch während Gret sich anzog, riss er den Umschlag auf.

Überraschenderweise schrieb Ruth aus Chicago. Von der Milchnahrung werde Su Lin nicht mehr satt, aber mit Gemüsestücken werde nur gespielt. Einzig ein Stück Bambus, das Ruth nur mitgenommen hatte, weil sich darauf der Gebissabdruck eines großen Pandas befand, werde angekaut. Ruth hatte darum beschlossen, Su Lin temporär in die Hände von Tierärzten geben. Vom Brookfield Zoo hatte sie immerhin einen guten Eindruck, und bis es einen Deal gäbe, werde der Panda dort wohnen. Erst habe man Su Lin im australischen Haus untergebracht, aber der Lärm der Dingos habe sie verstört, darum sei sie in die Erste-Hilfe-Station umgezogen. Die Tochter des Direktors, eine Krankenschwester, kümmere sich gut um das Pandamädchen. Auch nachts sei jemand anwesend. Neben der Milch stünden nun Gemüsesuppe, Haferflocken, Fruchtsäfte, warmes Wasser und Lebertran auf dem Speiseplan. Auf Ruths Drängen hin biete man aber auch weiter rohes Gemüse an, um den Panda an eine artgerechte Diät heranzuführen.

Su Lin speist abwechslungsreich, und es fehlt ihr an nichts. Im Zoo gibt es rund um die Uhr Zimmerservice. Er ist praktisch das Cathay Hotel für Bambusbären. Und ich, die Mutti, habe mal wieder einen Abend frei. Ich werde ausgehen. Cheers, Richie.

Richard drehte den Briefbogen um. Nein, da kam nichts mehr, kein Wort des Bedauerns über die Trennung von ihrem Schützling, keine Vorbehalte gegen Tierärzte, die Pandas nur als mottenzerfressene Felle kannten. Ruth machte ihm doch etwas vor! Wie ging es ihr wirklich?

»Ich schicke ihr das Foto«, sagte Richard laut.

»Aber leg noch ein paar andere dazu.« Gret schlüpfte in ihren Mantel. »Mach ihr Komplimente. Soll ich dir Tipps geben, damit sie postwendend antwortet? Ich will doch wissen, wie es mit euch weitergeht.«

Das Geheimnis des sechsten Fingers

Chicago, 10. Februar 1937

Bei einem späten Frühstück in ihrem Chicagoer Hotel ging Ruth die Post durch, die Margaret ihr aus New York nachgesandt hatte. Endlich war auch ein Brief von Richard darunter. Der Fotograf schrieb über Unruhen in China. Er fürchte, das Land könne als japanische Kolonie enden. Also bitte, das war doch wieder eine seiner abstrusen Schwarzmalereien! Nicht dass es Ruth selbst gut ginge. Am Morgen war sie weinend aufgewacht, eine Hand in dem leeren Körbchen neben ihrem Bett. Richard war aber offenbar noch deprimierter. Warum sonst würde er ein Foto schicken, auf dem Ruth derart furchtbar aussah? Sie hatte ja Augenringe wie ein Waschbär. Immerhin schloss der Brief mit fadenscheinigen Schmeicheleien. Wann immer Richard im Internationalen Viertel unterwegs sei, frage man ihn nach Ruth. Sie fehle in der Stadt sehr.

Ruth bürstete Toastkrümel von ihrem Ärmel, bat die Kellnerin, abzuräumen, und breitete die restliche Korrespondenz auf dem Tisch aus. Sie bestand aus Presseanfragen und Einladungen. Kein weiterer Brief von chinesischen Freunden war eingetroffen. Warum hatte Richard nichts von Gerry geschrieben? Hoffentlich gab es nichts zu berichten, aber auch das hätte Ruth gern bestätigt bekommen. Sie schob die Briefe zusammen. Heute wollte sie nicht schon wieder mittags in einer Bar versacken. Sie würde ein letztes Mal in den Zoo gehen, um nach Su Lin zu sehen, und dann, auch wenn es schwerfiel, ihre Rückreise nach New York organisieren. Indem sie den Panda zur Pflege abgegeben hatte, hatte sie ihre Verhandlungsposition geschwächt, und wenn sie nicht bald ein Gebot eines anderen Zoos vorweisen konnte, würde Chicago ihr für das Tier am Ende nur ein lächerliches Taschengeld zahlen.

Su Lin war wohlauf. Als Ruth die Erste-Hilfe-Station des Zoos betrat, kroch sie gerade in einen umgekippten Eimer. Offenbar hatte er Äpfel enthalten, und nun lag das Obst verteilt auf dem Boden. Die Tochter des Zoodirektors begrüßte Ruth.

»Gut, dass Sie kommen, Mrs. Harkness. Keine Sekunde kann ich die Kleine allein lassen, überall richtet sie Chaos an. Passen Sie kurz auf? Ich will in die Küche und ihre Mittagsflasche bereiten. Ach, und dort oben ist frischer Bambus.« Sie wies auf ein Bündel, das auf einem der Schränke außerhalb der Reichweite des Tieres lag. »Meine Tante schneidet den in ihrem Garten. Geben Sie Su Lin doch davon.«

»Na, dann wollen wir mal.«

Ruth zog eine armlange Stange mit Blättern aus dem Bündel und legte sie vor Su Lin auf den Boden. Neugierig beschnüffelte der Panda den Bambus.

»Ist das zu groß für dich? Warte …«

Ruth suchte nach etwas, um die Stange durchzuschneiden. Auf dem Behandlungstisch stand ein Transportkäfig, der mit frischer Zeitung ausgelegt war. Eine Überschrift stach Ruth ins Auge.

Martin Johnson erliegt seinen Verletzungen

Ruth zog die Seite aus dem Käfig. Ein Teil war abgerissen, aber aus dem, was Ruth lesen konnte, ging hervor, dass die Johnsons einen Flugzeugabsturz erlitten hatten. Auf ihrer Vortragstour durch die USA hatten sie einen Expressflug von Salt Lake City nach Kalifornien genommen. Dort war ihr Flieger, eine Boeing

247, in dichtem Nebel mit einem Berggipfel kollidiert. Wie bitter. Da waren sie jahrelang in der Wildnis unterwegs gewesen und verunglückten nahe ihrer Heimat mit einem Flugzeug, das ein anderer gesteuert hatte.

Zu Ruths Füßen raschelte es. Mit der Bambusstange im Maul trottete Su Lin zu ihrem Schlafplatz in der Ecke. Die Tochter des Zoodirektors kam mit einer Flasche zurück.

»Wie geht es Osa?« Ruth hielt die Zeitung hoch. »Hier steht, sie sei verletzt, aber der Bericht ist drei Tage alt.«

»Erschütternd, nicht wahr? Osa wird wohl durchkommen, aber was das Laufen betrifft, machen ihr die Ärzte keine Hoffnungen.«

»Die Arme.« Geistesabwesend streichelte Ruth Su Lin über den Kopf. »Ich werde eine Karte schreiben.«

Ein Knacken schreckte sie auf. Su Lin zerbrach die Bambusstange, ließ eine Hälfte fallen und benagte die Splitterstelle der anderen.

Ruth hockte sich hin. »Sehen Sie, sie sucht das Mark.«

Mit Drehbewegungen des Kopfes zerfaserte Su Lin den Bambus. Dabei umklammerte sie die Stange mit den fünf Fingern ihrer Pfote und dem tiefer angesetzten Stummel darunter.

»Wofür der kurze Daumen doch gut ist!«, rief Ruth. »Mit ihm kann sie die Stange besser halten. Und weil er kurz ist, stört er beim Laufen nicht.«

Endlich hatte sie das Geheimnis dieser anatomischen Besonderheit ergründet. Das sollte Richard erfahren.

Die Tochter des Direktors war in Gedanken immer noch beim Schicksal der verwitweten Abenteurerin.

»Osa lässt sich nicht unterkriegen«, sagte sie. »Vom Krankenbett aus hat sie schon wieder ein Interview gegeben. Die Genesungszeit möchte sie nutzen, um ein Buch zu schreiben.«

»Eine gute Idee.« Ruth beugte sich vor und küsste Su Lin auf den Kopf. »Eine hervorragende sogar.«

Detektive

Shanghai, 2. März 1937

In Shanghai saß Richard an der Bar des Delmonico's und nippte an einem Cocktail. Gret hatte ihn eingeladen, um einen weiteren Auftrag zu feiern.

»Einen Kalender wollen sie mit mir machen, kannst du das glauben?«

»Freut mich«, sagte Richard. »Zwar sind Akte nicht ganz mein Gebiet, aber es könnte schlimmer sein. Einmal habe ich einen verrottenden Tiger fotografiert.«

»Wie charmant du bist«, sagte Gret.

»Verzeih, so meinte ich das nicht.« Richard nahm noch einen Schluck und schüttelte sich. »Bah, ist das stark.«

»Ein Rezept von Hemingway: Absinth und Champagner. Er nennt es *Tod am Nachmittag*.« Gret stupste Richard an. »Aber bevor du daran stirbst, erzähl mir Neues von Ruth.«

»Oh, Ruth …« Richard lehnte sich ebenfalls vor und raunte: »Sie schreibt jetzt über ihr Panda-Abenteuer. Angeblich hat sie schon einen Verlag in Aussicht.«

»Wie toll, ein Buch von der Panda-Lady.«

»Eins?« Richard hob die Augenbrauen. »Ruth schreibt natürlich gleich zwei. Eins für Erwachsene und eins für Kinder. Scheint, als hätte sie ihren Elan zurück. Meine Komplimente haben wohl gewirkt.«

Er beobachtete, wie eine Frau auf der Straße mehrere Säcke

voll Gänsefedern auf einem Fahrrad vorbeischob. Einige lösten sich und stoben herum. Es sah aus, als stecke die Frau bis zu den Knien in weißen Wolken. Das hätte Richard gern verewigt.

»Vielleicht war es aber auch mein Foto, das sie wieder in die Spur gebracht hat.«

Seine Zunge wurde schwer. Besser, er hätte vor dem Drink etwas gegessen. Er wandte sich nach der verschwindenden Wolkenfrau um und erlebte eine Fata Morgana. Mit langen Schritten steuerte Gerry auf die gläserne Tür des Delmonico's zu. Richard rieb seine Augen. Noch immer sah er Gerry. Als die Tür aufging, erwischte Richard ein kalter Windzug. Ein bisschen Absinth konnte doch nicht solche Halluzinationen hervorrufen? Richard drehte sich zurück.

»Sieh mal unauffällig hinter dich«, sagte er zu Gret. »Der Mann, der gerade hereingekommen ist, wohin geht der?«

Gret ließ ihr Haar ins Gesicht fallen, veränderte ihre Sitzposition und schielte zwischen den Strähnen durch.

»Der setzt sich zu einem blassen Alten«, sagte sie. »Brauner Anzug, schütteres Haar, 'ne Haltung wie 'ne Schildkröte.«

Das konnte nur Smith sein. Wann war der hereingekommen? Richard dankte seinem Glück, nicht entdeckt worden zu sein. Er hätte nicht gewusst, wie er sich verhalten sollte. Neutral wie ein flüchtiger Bekannter? Diplomatisch, weil Smith Leute kannte und somit potenzielle Auftraggeber? Nein, wenn sich Richard wegen Geld verstellte, wäre er doch kein Stück besser. Er zählte zum Team Harkness, auch wenn das Spiel schon abgepfiffen war. Für Ruth würde er sich sogar prügeln. Richard ließ seine Fingerknöchel knacken. Die trunkene Dösigkeit war aus seinem Körper gewichen. Klar und mutig fühlte er sich, wie der Torero in Hemingways Geschichte.

Durch den Raum schallte rasselnder Husten. Smiths Gesundheitszustand hatte sich offenbar verschlechtert. Er war ein kranker Mann, und sich mit ihm zu schlagen, wäre schäbig. Der breitschultrige Gerry dagegen könnte Richard mit einem Kinnhaken niederstrecken.

»Was machen die beiden?«, fragte Richard.

»Betrachten etwas auf dem Tisch.« Gret verdrehte den Oberkörper. Ihr Barhocker drohte umzukippen, und sie klammerte sich mit einer Hand am Tresen fest. »Wie eine Zeitung oder … Nein, das ist bunt. Ein Stadtplan, glaub ich.«

»Eine Landkarte?«

Richard wagte selbst einen kurzen Blick. Sofort zuckte er zurück. Gerry saß so, dass er ihn sehen würde, wenn er aufblickte.

»Das sind Feinde von Ruth«, flüsterte Richard. »Ich muss wissen, was sie besprechen. Aber sie kennen mich. Kannst du sie belauschen?«

»Wie denn?«

»Wechsel an einen Platz in ihrer Nähe.«

»Aber das fällt doch auf.«

Damit hatte Gret wohl recht. Es war der frühe Abend an einem Montag, und im Delmonico's war nicht einmal jeder zweite Tisch besetzt.

»Wir spielen ein streitendes Pärchen«, schlug Richard vor. »Du bist sauer auf mich.«

»Sauer? Dann würde ich gehen, statt mich umzusetzen. Und wenn wir uns streiten, werden sie auf dich aufmerksam.« Gret fasste sich mit der freien Hand ins Kreuz. »Autsch, mein Rücken.«

Erneut hustete Smith. Ein Stuhl wurde gerückt.

»Der Alte steht auf«, flüsterte Gret. »Er kommt zu uns.«

Sie schnellte herum, warf sich an Richards Schulter und kicherte wie ein Kind, das in einem Spiel ein zu kleines Versteck gewählt hat und weiß, dass es gleich erwischt werden wird. Das Ganze schien ein Spaß für sie zu sein. Richard krümmte die Zehen in den Schuhen. Was sollte er tun, wenn Gerry ihn ansprach? Was hätte Ruth gewollt, das er tat?

»Hier geht's«, sagte Smith. »Aber wenn die nicht bald die Tür isolieren, komme ich nicht mehr her. Zugluft ist Gift für mein Rheuma.«

Wieder wurden Stühle gerückt. Eine Tasse klirrte, Papier raschelte. Es hörte sich nah an. Smith und Gerry waren vermutlich keine zwei Meter mehr von Gret und Richard entfernt. Ein Kellner kam aus der Küche und nahm Gerrys Bestellung auf – Tee mit Whisky. Richard vernahm jedes Wort. Er setzte seinen Hut auf.

»Nicht gehen«, flüsterte Gret. »Jetzt wird es doch spannend.«

»Ich tarne mich.«

»Kein Gentleman lässt bei einem Date den Hut auf.« Gret schmiegte sich enger an Richard. »Nimm ihn wieder ab, ich habe eine andere Idee. Wir versöhnen uns.«

Sie neigte den Kopf gegen seinen. Ihr Haar kitzelte ihn. Gret war beinahe so groß wie Richard und reichte ihm im Sitzen bis zur Stirn. Sie roch nach Veilchen. Richard hörte Gerry sprechen.

»Der Mann hatte nur diesen einen«, sagte er. »Es bringt wirklich nichts, noch einmal hinzureisen.«

»Aber woher hat er ihn denn bekommen?«, fragte Smith.

»Weiß ich nicht.« Gerry klang auf klägliche Weise genervt, wie jemand, der wiederholt mit einem peinlichen Fehler konfrontiert wird und nicht weiß, wie er sich verteidigen soll. »Jedenfalls hat er ihn nicht selbst gefangen. Der kam als Baby auf den Hof, für die Kinder zum Spielen. Bis er dann zu wild wurde.«

»So weit, so gut.« Ein Hustenanfall zwang Smith zu einer Pause. Etwas Blechernes wurde auf den Tisch gelegt, vielleicht eine Dose Hustenbonbons. Smith räusperte sich und sprach krächzend weiter. »Doch verrat mir eins: Wie wurde das Tier ernährt, solange es auf dem Hof war?«

»Hab ich doch gesagt.« Der Kellner brachte das Getränk, und Gerry wartete, bis er wieder fort war. »Bambus hat der gefressen, und davon nicht zu wenig. Das war für den Bauern kein Problem, das Zeug wuchs ja dort. Aber du machst dir keine Vorstellung von den Mengen. Dieses Männchen hatte ja schon an die 80 Pfund. Das lag von früh bis spät zwischen den Pflanzen und hat gefuttert. Aufgehört hat es nur, um zu schlafen. Ich hab ihm Kohl, Rüben und Sojabohnen hingelegt, aber es hat alles verschmäht. Wie hätte ich es hierherbekommen sollen? Ich hätte ein halbes Schiff mit Bambus füllen müssen, um es während der Reise am Leben zu halten. Hättest du das bezahlt?«

Die Tür öffnete sich, und eine Gruppe Franzosen kam herein. Laut diskutierend verteilten sie sich im Gastraum, auf der Suche nach dem besten Platz. Schließlich entschieden sie sich für einen Tisch am Fenster, wo sie den Kellner mit lautem Hallo begrüßten. Durch ihr Rufen drangen nur noch Fetzen der Unterhaltung zwischen Smith und Gerry an Richards Ohr.

»… habe ich aber für die Expedition bezahlt«, sagte Smith. »Und was bekomme ich für mein Geld? Einen toten Panda.«

Auf der Straße kläffte ein Hund. Richard legte den Arm um Gret und drehte sich noch weiter in Richtung des Gesprächs. Gret hielt still und sah ihn mit großen Augen an. Tonlos formte ihr Mund ein Wort: »Panda?«

»Besser als nichts«, sagte Gerry. »Ich habe ihn schadenfrei erlegt. Wenn man das Fell über dem Einschussloch zusammennäht, wird man nichts mehr sehen.«

»Noch ein Präparat.« Smith hob die Stimme. »Nach allem, was wir vorhatten, ist das eine Blamage. Und in den Staaten lacht sich die Harkness ins Fäustchen. Die tourt durchs Land und prahlt mit ihrer Heldentat.«

»Es war die falsche Jahreszeit«, sagte Gerry. »Das wissen wir jetzt. Die Interviews mit Ruth habe ich auch gelesen. Sie hat den Panda im Herbst gefunden. Da werden sie geboren und bleiben die erste Zeit in einem Versteck, von dem sich die Mutter nicht weit fortbewegt. Zu diesem Zeitpunkt ist es viel einfacher, sie aufzuspüren. Die Fraßspuren im Bambus werden uns den Weg zeigen. Wenn ich noch einmal hierhin reise …«

Er schob Papier auf dem Tisch herum. Flüsterte er plötzlich? Richard konnte Gerrys Stimme aus den Umgebungsgeräuschen nicht mehr heraushören. In der Küche fiel etwas Schweres um. Jemand schimpfte.

»Ich sterbe«, sagte Smith. »Vielleicht erlebe ich das nächste Weihnachtsfest nicht mehr. Aber vorher will ich noch einen Panda.« Er klatschte eine Hand auf die Karte.

»Die Harkness, dieses Presseflittchen, hat alle verrückt gemacht. Die halbe Welt sucht jetzt nach Bambusbären. Wenn das so weitergeht, werden bald Safaris organisiert und Hotels in den Bergen gebaut. Großwildjäger sind in Massen unterwegs, und weißt du, was noch schlimmer ist? Die Missionare in den Grenzgebieten jagen mittlerweile auch. Das ist ein Albtraum, denn die kennen Einheimische und brauchen keine Reiseerlaubnis. Unter dem Vorwand, das Wort Gottes zu verbreiten, kommen sie überall hin. Ist den Chinesen doch egal, ob ein paar Tibeter bekehrt werden …«

Er rang nach Atem und hustete. Es klang besorgniserregend. Richard warf einen Blick durch Grets Haar. Smith spuckte in ein Taschentuch. Straßenlärm verriet, dass die Tür geöffnet worden war. Eine Gruppe von Soldaten kam herein und drängte sich um den Tresen.

»Lass uns gehen«, sagte Richard zu Gret.

Die Deutsche leerte ihr Glas und schob dem Barkeeper einen Schein hinüber. »Stimmt so. Behalt den Alten dort drüben für uns im Auge, ja?«

Der Mann dankte mit einem unverbindlichen Lächeln. Im Schutz der Soldaten zog Richard Gret nach draußen. An der Straßenecke blieben sie stehen. Gret schlug ihren Mantelkragen hoch, zündete sich eine Zigarette an und mimte die sinistre Detektivin.

»Der alte Mann zieht die Strippen. Was tust du, Fotograf?«

»Ruth informieren.« Richard wedelte den Rauch fort. »Auf Anweisungen warten.«

In Gedanken in China

New York, 3. April 1937

Nichts passte Ruth mehr in New York. Die alten Kleider schlackerten um ihren Körper, und die Stadt fühlte sich eng und kratzig an wie ein eingelaufener Wollpullover. In ihrer Wohnung roch es nach dem Lavendeltee von Margaret, Buster ging ihr beleidigt aus dem Weg, und die Taube kam nicht mehr zum Fenster. Nicht einmal die Partygefährtinnen waren mehr die alten, sie drängten nun oft schon gegen zwei Uhr in der Nacht zum Aufbruch.

»Du trinkst zu viel, Ruth«, hieß es eines Tages.

Das war aber nun wirklich Quatsch. Ruth schaffte jeden Tag ihr selbst gesetztes Pensum an Schreibarbeit für die Bücher, marschierte eine lange Runde durch den Central Park, und erst danach gönnte sie sich den ersten Drink. Aber weder Ertüchtigung noch Alkohol versetzten sie in den Zustand erschöpfter Zufriedenheit, den sie in Tibet allabendlich genossen hatte. Manchmal schlief sie so schlecht, dass sie tagsüber auf dem Sofa einnickte und nach einer halben Stunde von schlimmen Träumen aufwachte, in denen sie von Gerry gejagt wurde. Er holte sie ein, und in dem Moment merkte Ruth, dass er gar nicht hinter ihr her gewesen war. Sie stand am Rande einer Wiese, auf der ein Panda saß. Er war es, den Gerry suchte, und Ruth hatte ihn hergeführt. Das Tier beachtete sie nicht. Es saß nur da, Bambusstangen in beiden Pfoten, und mampfte vor sich hin. Gerry umrundete es, zückte eine Pistole und schoss ihm von hinten in den Kopf. An diesem Punkt schrak

Ruth hoch. Wäre der Traum wenigstens ein Hirngespinst! Aber so ähnlich hatte es sich vermutlich zugetragen, als Gerry den zahmen Panda getötet hatte, um keine Scherereien mit seinem Transport zu haben. Richard hatte das belauschte Gespräch detailgetreu wiedergegeben. Im nächsten Brief berichtete er, Gerrys Panda sei nicht einmal ausgestopft worden. Lediglich sein Fell sei bewahrt worden. Vielleicht hing es jetzt in einem Salon im Rhonetal.

Ruth schüttelte die Vorstellung ab. Es war Zeit, in elegante Kleidung zu wechseln und zur zweiten Runde des Tages aufzubrechen, durch die Bars und Wohnzimmer von Bekannten. Wohin auch immer sie kam, beantwortete Ruth die gleiche Frage.

»Ja, Su Lin geht es blendend, ich telefoniere regelmäßig mit dem Zoo.«

In Wirklichkeit beruhigten sie diese Auskünfte wenig. Wenn der Panda gesund war, warum machte Brookfield ihr dann kein Angebot? Auf den Bronx Zoo hoffte Ruth nicht mehr. Ein erneuter Verhandlungsversuch war von den Verantwortlichen aus Budgetgründen abgeschmettert worden.

Ruth betrachtete Richards Foto. Immer noch fand sie sich darauf scheußlich, aber sie hatte eine neue Facette der Aufnahme entdeckt. Mittig im Bild war Su Lin, während Ruth wie ein menschlicher Rahmen wirkte. Sie behütete das Kleine und präsentierte es gleichzeitig, wie die Madonna das Jesuskind. Ruth stellte das Foto zwischen die Flaschen der Hausbar. Dort schien das Abendlicht durch die halb leere Absinthflasche auf die Aufnahme und verlieh Ruths Gesicht einen kränklich grünen Schimmer.

Das Telefon klingelte. Frankie kündigte einen Reporter der *New York Herald Tribune* an. Ach ja, das Interview! Ruth hatte es ganz vergessen. Sie bat den Mann nach oben und mixte ihm etwas zum Aufwärmen. Dankend nahm er das Glas entgegen. Natürlich ließ Ruth ihn nicht allein trinken. Er schien nett zu sein, ein Kind des Nordostens, wie sie. Ruth fasste Vertrauen.

»Ehrlich«, sagte sie. »Ich weiß nicht, ob Brookfield der richtige Ort für Su Lin ist. Manchmal denke ich, ich sollte sie zurück nach China bringen.«

Der Reporter stenografierte eifrig. »Das wäre wirklich traurig«, sagte er.

Sein Artikel erschien am nächsten Tag und löste öffentliches Entsetzen aus. Telegramme über Telegramme erreichten Ruth.

Bitte, süßen Panda im Land lassen.
Su Lin soll Amerikanerin werden.

In den Tagen, die folgten, schleppte Frankie körbeweise Briefe zu Ruth herauf. Ein tuberkulosekrankes Mädchen aus Chicago berichtete, der kurze Besuch bei Su Lin habe ihr neue Kraft verliehen. Familien schickten Fotos von sich und dem Panda, aber auch Menschen in weiter Entfernung vom Zoo hatten Su Lin ins Herz geschlossen. Sie habe neun Enkel und fünfundzwanzig Urenkel, schrieb eine alte Frau, und die Zeitungsfotos von Su Lin stünden auf dem Kamin neben den Familienbildern.

Und der Direktor des Brookfield? Der wurde offenbar nervös. Er könne ihr Su Lin momentan nicht abkaufen, ließ er ihr durch sein Büro übermitteln, doch ein Zuschuss für Ruths nächste Expedition sei im Rahmen des Möglichen.

Ruth griff zum Hörer.

»Wie viel?«, fragte sie.

Der Direktor nannte eine Summe, Ruth sagte: »Aber das ist doch nicht Ihr letztes Wort«, der Direktor legte nach, Ruth zeigte sich enttäuscht, und schließlich einigten sie sich auf 8750 Dollar. Ruth schrieb es nieder und lehnte den Zettel neben das Foto. Wie strähnig ihr Haar darauf war! Sie hatte es zu dem Zeitpunkt mindestens eine Woche lang nicht gewaschen gehabt. Küchendünste hatten darin gehangen, weil sie oft alle gemeinsam in Wangs warmem Küchenzelt gegessen hatten. Bald würde sie wieder seine köstliche Brühe schlürfen, die Route für den nächsten Tag planen, sich mit eiskaltem Wasser aus Bergflüssen waschen und morgens zu den Erkennungsrufen von Pfeifhasen aufwachen. Nur daran zu denken, machte sie schon glücklich.

An Richard schrieb sie: *Sobald ich die Manuskripte abgegeben habe, komme ich!*

In der Woche darauf erhielt sie Post von ihm. Er schien ihren Brief noch nicht erhalten zu haben und teilte ihr mit, Smith plane eine neue Expedition. Von seiner Schwester habe dieser Geld bekommen und treffe nun Vorbereitungen. Wenn Ruth ihm zuvorkommen wolle, müsse sie sich beeilen.

Wie im Fieber beendete Ruth ihre Bücher. Ende Mai gab sie die Texte ab, die Verlagsleute wiesen auf Lücken hin, Ruth setzte sich noch einmal an den Schreibtisch, und bis alles zufriedenstellend geändert war, wurde es Juni. Dann Juli. Richard schrieb wieder. Entlang der verklebten Umschlaglasche hatte er in seiner engen, ordentlichen Schrift notiert: *Das hier wird dir nicht gefallen.*

»Danke, Richie«, sagte Ruth spöttisch. »Wie hilfreich.«

Hätte er wenigstens geschrieben: *Räum vor dem Öffnen alle spitzen Gegenstände weg.*

Ruth hätte sich dann aufregen können, weil er sie wie eine Cholerikerin behandelte. Doch so blieb er bei einer vagen Warnung, die nichts nützte, ihm aber auch nicht zum Vorwurf gemacht werden konnte. Ungeduldig riss Ruth den Brief auf. Er bestand aus nur einem Absatz.

Liebe Ruth,

Smith hat Jäger losgeschickt, und die sind schon wieder zurück. Ich habe nicht erwartet, dass er die Dinge derart überstürzt, gibt es doch derzeit gar keine Pandajungen, aber anscheinend hat die Finanzspritze seiner Schwester ihn zu sofortigem Handeln bewegt, und er wollte es noch einmal mit älteren Pandas probieren. Entweder hat er Männer gefunden, die schon Reisegenehmigungen besaßen, oder die westlichen Grenzen werden nicht mehr kontrolliert. Ich schrieb dir ja, wie es um das Land steht, die Japaner gebärden sich aggressiv, Truppen werden zusammengezogen, und alle sind in großer Sorge vor einem Krieg. Jedenfalls kamen die Jäger mit zwei Pandas wieder. Sie hatten ein Paar gefangen. Aber das Männchen starb bald an einer Fußentzündung. Das Weibchen konnte Smith auf ein Schiff bringen. Vorher hatte er es rasiert und beim Zoll als Braunbär deklariert. Ein Bekannter, der für die Reederei arbeitet, sagte mir, es sei unterwegs gestorben, nach ein paar Seetagen schon, in Singapur. Wahrscheinlich war die Hitze tödlich.

Verzeih, dass ich nichts Besseres berichten kann.
Richard

»Smith, du Bestie!« Ruth warf ihr Glas gegen die Wand. »Wenn du hier wärst, würde ich dich auch rasieren, und dabei bliebe es nicht!«

Auf dem Flur meldete sich eine besorgte Stimme. »Mrs. Harkness, brauchen Sie Hilfe?«

Ruth atmete tief durch. »Alles gut. Der Kater hat bloß etwas umgeworfen.«

Sie faltete den Brief, steckte ihn zurück in den Umschlag und starrte darauf. Die Schriftblöcke der Adressen waren so platziert, dass das Gesamtbild harmonisch wirkte. Wahrscheinlich hatte Richard damit ein Gestaltungsprinzip befolgt. Ruth sehnte sich nach einer Erklärung dessen in seiner ruhigen Stimme. Es würde sie von ihrer Wut ablenken. Am liebsten hätte sie Richard angerufen, ganz gleich, wie teuer sie das käme. Doch er besaß keinen Telefonanschluss. Für eine Weile versank Ruth in der Betrachtung des Umschlags wie in einem Meditationsbild. Das Datum des Poststempels fiel ihr ins Auge. Zwei Wochen lang war der Brief unterwegs gewesen. Mittlerweile hatte Smith wahrscheinlich schon weitergemacht. Er war besessen, und es gab nur einen Weg, ihn zu stoppen: Ruth musste den Wettkampf gewinnen, einen Partner für Su Lin finden und als Erste ein Pandapaar in einem

Zoo unterbringen. Smith würde nicht der Zweite sein wollen, dafür war er zu stolz. Gewänne Ruth, würde er von der Jagd ablassen und sich wieder darauf konzentrieren, Lügen zu verbreiten.

Ruth kehrte die Scherben des Glases zusammen, kochte starken Kaffee und scheuchte Buster von der Schreibfläche des Sekretärs herunter.

Ich brauche, notierte sie.

- *die restlichen Vorschüsse für die Bücher*
- *neu besohlte Wanderschuhe*
- *eine Schiffsfahrkarte*

An Richard schrieb sie nicht. Während der Überfahrt würde sie Zeit haben, ihn zu benachrichtigen und die weiteren Schritte zu planen. In Gedanken war sie bereits in China. Was um sie herum geschah, nahm sie nur am Rande wahr. Von Chicagoer Freunden hörte sie, Su Lin beschere dem Brookfield Zoo eine nie da gewesene Besucherzahl und damit immense Einnahmen durch den Ticketverkauf. Über 325 000 Menschen hätten den Panda bereits besucht. Sogar Shirley Temple sei da gewesen. Sicher habe Ruth das in der Zeitung gelesen? Nein, Ruth war zu beschäftigt mit Reisevorbereitungen, um Nachrichten zu verfolgen. Von einem Zwischenfall in China erfuhr sie erst durch Margaret, als die Freundin Buster für einen Termin beim Tierarzt abholte.

»Bei Peking hat es ein Feuergefecht zwischen Japanern und Chinesen gegeben. Mich beunruhigt das, Ruth.«

»Peking ist mindestens tausend Kilometer von Shanghai entfernt«, sagte Ruth. »Außerdem ist Shanghai eine demilitarisierte Zone. Dort wird mir nichts geschehen.«

Doch auch von Richard kamen Warnungen. Per Eilpost schrieb er: *Die Kommunisten haben alle Chinesen dazu aufgefordert, Widerstand zu leisten. Leute bewaffnen sich. Es sollen schon Truppen hierher unterwegs sein.*

Bleib vorerst in Amerika, Ruth, bitte! Ich weiß, du tobst wahrscheinlich wegen dem, was Smith getan hat, doch angesichts der Lage …

Ruth las nicht weiter.

Für Buster öffnete sie eine Dose Thunfisch.

»Deine Freundin Margaret kommt gleich vom Einkaufen zurück, mein Dickerchen«, sagte sie, während sie ihn unter dem Kinn kraulte. »Dann trinkt sie Tee, du bekommst deine Streicheleinheiten, und ich kann packen, ohne dass du mir die Wollsocken fortschleppst.«

An einem schwülheißen Tag Ende Juli checkte Ruth auf einem der modernsten Ozeandampfer der Welt ein, der *President Hoover*. Das Schiff verfügte über mehrere Swimming Pools, ein Telefon in jeder Kabine und eine Erste-Klasse-Lounge mit einer Kuppel aus pastellfarbenem Glas. In diesem Ambiente plauderte Ruth eines Abends mit einem chinesischen General. Beiläufig erwähnte sie die Pistole, die in einem ihrer Koffer mitreiste.

»Ein Erinnerungsstück an einen lieben Freund. Wer weiß, vielleicht lerne ich ja doch noch schießen.«

»Beim Zoll werden Sie damit nicht durchkommen«, sagte der General. »Nicht in diesen Tagen. Wenn Sie Pech haben, kassieren die den Rest Ihres Gepäcks auch noch ein. Alle sind nervös. Sie haben ja bestimmt gehört …«

»Wer hat das nicht«, Ruth winkte ab, »aber ich vertraue auf mein Glück.«

Zwei Cocktails, drei Tänze und einen Whisky später nahm sie den Vorschlag des Generals, ihren Koffer unter seinem Namen an Land zu bringen, aber doch an.

Vierzehn Tage dauerte die Überfahrt. Kurz bevor sie China erreichten, wurden die Maschinen gedrosselt, und sie warteten mehrere Stunden auf offener See. Eine offizielle Erklärung dafür gab es nicht, doch der General vertraute Ruth an: »Ich habe den Funk mitgehört. Eine Flotte der Japaner ist unterwegs. Deren Kurs wollten wir nicht kreuzen.«

Flotte, das klang für Ruth nach Handel, nach Schiffen, die schöne Dinge transportierten, doch als sie die Küste erreichten, den Jangtse hinauffuhren und in den Huangpu einbogen, änderte sich die Stimmung an Bord. Unter den Passagieren machte sich ängstliche Erwartung breit. Bei der Ankunft in Shanghai konnte auch Ruth die Bedrohungslage nicht mehr ignorieren. Sie mussten nun doch an der japanischen Flotte vorbei, und die war eindeutig nicht zivil. Frachter transportierten Panzer und Bomber. Vor und hinter ihnen lagen Schiffe mit martialischen Aufbauten. Ein Junge fragte seinen Vater, was das sei.

»Batterien mit Geschützen«, sagte der Mann. »Solche Schiffe nennt man Zerstörer.«

Ruth hörte weg und sah nach vorn. Seit Tagen freute sie sich auf die Ankunft in Shanghai, auf die farbenfrohen Dschunken und den Bund, diese bezaubernde Mischung aus östlicher und westlicher Architektur. Doch vor der Silhouette der Stadt lag ein weiterer schwimmender Klotz. Er war noch größer als die anderen.

»Die Izumo«, sagte ein Passagier. »Das japanische Flaggschiff. Das haben sie schon im Großen Krieg gegen die Russen eingesetzt.«

Ruth drehte sich um, ging wieder hinein und auf schnellstem Weg zur Bar, die gerade geschlossen wurde. Für Ruth machte man noch einmal auf, und so konnte sie in schummrigem Licht sitzen und dem Anblick von grau gestrichenem Stahl und Torpedorohren entgehen. Als eine der letzten Passagiere verließ sie schließlich das Schiff, unverdrossen und beschwingt, wie man sie kannte. Augenzwinkernd dankte sie dem chinesischen General für seine »Aufmerksamkeit« und fiel direkt in Dan Reibs Arme. Der alte Bekannte war gekommen, um sie abzuholen, und hatte schon alles für Ruth organisiert: Das beste Zimmer im Palace, Einladungen für den Abend und zur Stärkung ein »kleines Lunch mit dreißig oder vierzig deiner liebsten Shanghaier«.

Keine zehn Meter von ihnen entfernt luden Japaner Munition auf einen LKW. Wegen einer Straßenbarrikade konnten Dan Reib und Ruth nicht den direkten Weg zum Hotel nehmen, und kurz vor dem Palace mussten ihre Rikschas anhalten, weil Soldaten vorbeimarschierten. Trotzdem blieb Ruth bei ihrem Vorsatz, sich durch nichts und niemanden vom Amüsieren abbringen zu lassen. Das gelang ihr auch, zumindest für zwei Tage.

Bildzeugen

Shanghai, 13. August 1937

In der Ferne fielen Schüsse. Richard öffnete das Fenster und horchte. Sie schienen aus dem chinesischen Teil der Stadt zu kommen. Nach ein paar Minuten war wieder Ruhe. Er überlegte, was er tun sollte. Am vorigen Abend hatte ein Bote eine Nachricht von Ruth gebracht. Auf einem Briefbogen mit der Prägung des Palace stand:

Richie, ich bin wieder in der Stadt, triff mich morgen um zwei Uhr im Dachgarten des Hotels.

Vor Aufregung hatte Richard kaum schlafen können. Ruth hatte seine Warnung also in den Wind geschlagen. Für ihre Eigensinnigkeit liebte er sie noch ein bisschen mehr.

Viertel vor zwei war es jetzt. Richard trug seinen Anzug. Noch einmal horchte er. Deutete die Stille auf ein Ende des Scharmützels hin, oder warteten die verfeindeten Seiten nur auf das Eintreffen von Verstärkung? Richard wagte sich auf die Straße. Auf dem Weg zum Hotel würde er im Internationalen Viertel bleiben. Hier fühlte er sich sicher.

Ruth saß auf einem Stuhl auf dem Kunstrasen der Dachterrasse, beschattet von schneeweißen Schirmen, und hielt Hof. Sie war barfuß, trug einen orangefarbenen Kaftan und Jade-Ohrhänger.

Ein goldener Kamm hielt ihr Haar am Hinterkopf zusammen. Ihr Gesicht wirkte schmaler als auf den Fotos, die Richard sich so oft angesehen hatte. Mehrere Reporter scharten sich um sie. Ein weiterer Fotograf und Mister Sowerby vom Shanghai Museum waren auch gekommen.

»Mr. Smith diffamiert Mrs. Harkness zu Unrecht«, sagte Sowerby gerade. »Was sie für die Forschung geleistet hat, ist bemerkenswert, und nicht zuletzt lebt ihr Panda noch!«

»Su Lin frisst inzwischen sogar Gemüse«, warf Ruth ein. »Im Zoo bekommt sie ein abwechslungsreiches Rohkost-Menü.«

Sie entdeckte Richard und schrie vor Freude auf: »Endlich!«

Strahlend lief sie ihm entgegen und umarmte ihn. Ihr Überschwang machte Richard verlegen.

»Hallo, Ruth.« Er hielt die Leica hoch. »Ich hab meine Kamera mitgebracht. Sie funktioniert wieder einwandfrei. Wir können ein paar Fotos machen, hier vor dem schönen Panorama.«

Wie lahm das klang. Dieses Motiv hatten die Presseleute bestimmt auch schon entdeckt. Doch Ruth stimmte zu.

»Meine Herren, Sie kennen ja meinen Reisegefährten?«

Die Anwesenden nickten Richard zu. Als er und Ruth zur Brüstung der Dachterrasse gingen, folgten sie ihnen.

»Also versammeln Sie schon wieder ein Team um sich, Mrs. Harkness«, sagte ein Reporter. »Wird Mr. Young auch wieder mit von der Partie sein?«

»Quentin?« Ruth zögerte kurz. »Natürlich.«

Sie legte eine Hand auf eine Efeuranke und zog Richard zu sich heran.

»Hast du von Quentin gehört?«, flüsterte sie.

»Nein, schon länger nicht.«

Richard war davon ausgegangen, Ruth habe den Kontakt zu Quentin gehalten. Über Letzteren war ihm Widersprüchliches zu Ohren gekommen. Einerseits hieß es, Quentin sei auf Expedition in Niederländisch-Indien, andererseits er sei häuslich geworden, werde bald Vater und arbeite für eine Bank in Macao. Wenn Richard einer Version Glauben schenken sollte, dann dieser unspektakulären.

Er stellte die Leica ein. Auch der andere Fotograf machte sich bereit. Ruth strahlte, drehte sich nach rechts und links, beschirmte mit einer Hand die Augen und spähte in die Ferne, als könne sie von hier aus schon Tibet sehen.

Der Himmel war strahlend blau, und ein leichter Wind blähte die weiten Ärmel ihres Kaftans wie Segel. Der Heldin auf einem Kinoplakat kam Ruth heute näher denn je. Aber im Hintergrund stimmte etwas nicht.

»Was machen die Leute da?«, fragte Richard.

Der Kollege hatte es auch gesehen und trat mit Richard an die Brüstung. Die Straße war voller Menschen. Sie schleppten Koffer und Säcke. Manche schoben Handkarren, auf denen sich Hausrat stapelte. Ein alter Mann trug einen Vogelkäfig vor sich her.

»Die fliehen aus dem chinesischen Teil der Stadt«, schlussfolgerte Sowerby. »Vermutlich ist dort etwas passiert.«

Die Reporter wechselten Blicke, rafften ihre Taschen und verabschiedeten sich.

Ruth zündete sich eine Zigarette an. »Wir unterbrechen das Programm für eine Sondermeldung.«

Auf Fremde mochte sie lässig wirken, aber Richard merkte, dass sie schauspielerte. Ihre Stimme klang höher als sonst, und sie klopfte die Zigarette ab, obwohl noch keine Asche an der Spitze war. Sowerby hielt einen Kellner auf. Ob der gute Mann wisse, was dort unten los sei?

»Das Internationale Viertel soll abgeriegelt werden«, sagte der Kellner. »Bald lassen sie hier keinen mehr rein.«

Ein anderer rief herüber: »Und der Nordbahnhof ist gesperrt. Unser Militär errichtet dort einen Stützpunkt. Busse fahren auch schon keine mehr.«

»Ich gehe nach Hause«, sagte Richard. »Meine Vermieter sind

alt, ich will ihnen helfen, den Keller bereit zu machen. Der steht voll mit Sachen.«

Ruth drückte die Zigarette aus. »Den Keller? Rechnest du etwa mit einem Luftangriff?«

»Bestimmt wird es nicht so schlimm.« Warum Richard log, wusste er auch nicht. »Nur will man ja vorbereitet sein. Hier im Hotel haben sie Schutzräume. Da bist du sicher.«

»Dann sehen wir uns morgen, Richie.«

Richard machte das Daumen-hoch-Zeichen. »Sobald sich die Lage beruhigt hat.«

Im Gehen grüßte er Dan Reib. Der Amerikaner betrat die Dachterrasse mit einer Holzkiste, die dem Aufdruck nach Whisky enthielt.

»Ruth, meine Teure«, hörte Richard ihn sagen. »Ich möchte unser Lunch für morgen absagen, wegen der Unruhe da draußen. Es wäre besser, wenn du ein paar Tage im Hotel bliebest. Ich hab dir aber ein besonderes Tröpfchen organisiert, damit dir die Zeit nicht lang wird.«

Richard trat auf die Straße. Dort war kaum noch ein Durchkommen. Manche Passanten schienen eilig zu einem bestimmten Ort gelangen zu wollen, andere blieben plötzlich stehen und riefen nach jemandem, den sie im Gedränge verloren hatten. Mütter trugen Babys, größere Kinder trugen Katzen. Vor einem Kino schrie ein Mann in ein Megafon: »Aufruf an das Freiwilligenkorps: Umgehend zum Dienst melden!«

Richard hielt die Kamera nach oben und fotografierte blind die Straße entlang. Aus der Vogelperspektive des Dachgartens hätte er die Situation besser erfassen können. Er stolperte über ein Mädchen. Die Kleine war höchstens drei Jahre alt. Wie erstarrt hockte sie im Rinnstein. Richard bückte sich zu ihr hinunter.

»Wo sind deine Eltern?«

Keine Antwort. Offenbar war das Mädchen verloren gegangen. Richard packte es unter den Achseln und hob es über seinen Kopf. »Siehst du deine Mutter?«

Die Kleine brach in Heulen aus. Auf der anderen Straßenseite riss eine Frau die Arme in die Luft und winkte. Sie kämpfte sich zu Richard durch, nahm ihre Tochter entgegen und dankte wortreich. Dann wurde sie wieder von der Menge verschluckt.

Richard erreichte seine Wohnung verschwitzt und mit einem Riss im Ärmel. Sein Vermieter war schon dabei, die Fenster zu vernageln. Im Keller legte seine Frau Matten und Decken aus. An einer Wand standen Regale mit Essenskonserven. Die waren neu. Offenbar rechneten die Alten mit dem Schlimmsten. Die Frau kochte Tee, und die Hausbewohner versammelten sich im Keller vor dem Radio. Doch nachdem nur zur Vorsicht aufgerufen wurde und weiter nichts zu erfahren war, entschlossen sich alle, in ihren eigenen Betten zu schlafen. Die Nacht verlief ohne Alarm.

Am Morgen wachte Richard zeitig auf. Draußen war es ungewöhnlich still. Es waren weder Verkehrslärm noch plaudernde Fußgänger, klingelnde Rikschas oder die Rufe von Zeitungsverkäufern zu vernehmen. Auch die Luft schien klarer zu sein als sonst. Offenbar wurde in den Fabriken nicht gearbeitet. Im Radio gab es weitere Aufrufe an das Freiwilligenkorps, ansonsten aber keine Anweisungen. Richard erschien das Ganze wie ein Spuk. Er entwickelte den Film des vergangenen Tages und betrachtete die Negative. Zuerst zeigten sie die posierende Ruth, dann die flüchtenden Chinesen.

Am Nachmittag erklang wieder Fluglärm. Im Haus wurden Türen geschlagen. Die Bewohner flüchteten in den Keller. Auch Richard ging mit seiner Leica hinunter. Auf der Straße heulte ein Motor auf. In Richtung des Flusses wurde geschossen. Eine der Frauen, die im zweiten Stock wohnte, sorgte sich um ihre Schwester. Sie arbeite als Sekretärin für den Manager des Cathay Hotels.

»Erst vor einer Viertelstunde hat sie sich auf den Weg zur Arbeit gemacht. Ich hoffe, sie dreht um.«

Kaum hatte sie das gesagt, ging die Tür zum Kellerraum auf. Doch es war der Bankangestellte aus dem Erdgeschoss, der mit seinem Hündchen vom Gassigehen zurückkam. Das Tier bellte wild und musste an der Leine in den Raum gezerrt werden.

»Da fliegen Doppeldecker«, sagte er. »Chinesische. Sie tauchen aus den Wolken auf und wieder hinein. Mir scheint, sie haben es auf die Izumo abgesehen. Von dort kommt Abwehrfeuer.«

»Ich habe gehört, man will die japanische Botschaft angreifen«, sagte der Vermieter.

»Warum fliegen sie dann so weit südlich?«, fragte Richard. »Wenn wir die Flieger hier hören …«

Der Knall einer Explosion schnitt seine Worte ab. Die alten Leute hielten sich an den Händen, und die junge Frau vergrub den Kopf in den Armen und murmelte ein Gebet. Währenddessen drehte der Bankangestellte wie wild an den Knöpfen des Radios. Als er endlich einen Sender fand, erfolgte ein zweiter Knall. Der Hund kniff den Schwanz ein und winselte.

Richard versuchte, einen kühlen Kopf zu bewahren. Eine Erschütterung hatte er nicht gespürt. Als Faustregel hatte er gelernt, der gefährliche Radius einer Detonation entspreche der zweifachen Länge eines Fußballplatzes. Das Radio gab nur noch Rauschen von sich. Vielleicht war ein Sendemast getroffen worden. Wo standen die? Wahrscheinlich auf den höchsten Gebäuden der Stadt. Auf Hotels? Nein, die nutzten ihre Dächer für anderes. Gestern war Richard auf dem Palace nichts aufgefallen. Minuten verstrichen. Oben klappte die Haustür, und jemand trippelte die Stufen herunter. Die Person machte kleine Schritte, was auf einen schmalen Rock hindeutete.

»Gloria!«, rief die junge Frau.

Es war tatsächlich ihre vermisste Schwester. Sie stolperte herein. Ihr Haar war immer noch streng hochgesteckt und das blaue

Kostüm nur ein wenig staubig, aber ihre Schuhe waren durchnässt, und Spritzer sprenkelten ihre Strumpfhose. Kein Blut, bemerkte Richard erleichtert, das war etwas anderes, Stinkendes.

»Ich …«, Gloria hustete asthmatisch, »… bin in ein Geschäft gegangen, als die Flieger kamen.«

Ihre Schwester stand auf und rieb ihr den Rücken.

Stockend brachte die junge Frau hervor: »Wir waren im Hinterraum zusammengedrängt, weit weg vom Schaufenster. Und dann kamen Leute, aus dem Cathay, und welche aus dem Palace. Die hatten Angst, dass es einstürzt.«

»Was?«, rief Richard.

»Ja, wegen der Bomben. Die Dachterrasse und die oberen Stockwerke …«

Die Frau hustete wieder. Um Atem ringend, stützte sie sich auf den Knien ab.

»Das Palace ist getroffen?« Richard bückte sich zu Gloria hinunter. Auch ihm schnürte sich nun die Brust zu. »Aber warum sollten die Chinesen …«

»Und das Cathay. Und Leitungen haben sie getroffen.« Die Frau deutete auf ihre ruinierten Schuhe. »Abwasser. Eine Sauerei. Floss die Straße herunter. So kann ich nicht bei der Arbeit erscheinen. Mr. Sassoon würde …«

»Nein«, sagte ihre Schwester sanft. »Keine Arbeit heute. Du hast einen Schock, Gloria. Setz dich, nimm meine Decke.«

Noch eine Explosion ertönte. Diese war weiter weg.

»Ich muss nachsehen«, sagte Richard.

Er hängte sich die Kamera um und verließ den Keller. Niemand hielt ihn auf. Später wunderte Richard sich darüber. Hatten sie geglaubt, dass er nun seine Arbeit machte? In diesem Moment dachte er aber gar nicht an Fotos. Die Kamera nahm er nur aus Gewohnheit mit. Dan Reibs Worte echoten in seinem Kopf.

… besser, wenn du ein paar Tage im Hotel bliebest … Hab dir ein besonderes Tröpfchen …

Wegen der geplatzten Essensverabredung würde Ruth ihr Plätzchen auf der Dachterrasse am späten Vormittag bezogen haben, mit Whisky, Zigaretten und ihrer Schreibmaschine.

Richard rannte durch die Straßen. Ein paar Obdachlose hatten sich in Hauseingänge zurückgezogen, doch sonst war niemand draußen. Auf einem Balkon sah er eine Gruppe Herren in Anzügen, die mit Ferngläsern den Himmel absuchten. Er hörte schottische und irische Akzente.

»Und ich wette …«, sagte jemand.

Als ob sie einem Pferderennen beiwohnten! Sie glaubten wohl immer noch, in diesem Konflikt außen vor bleiben zu können.

Wahrscheinlich hatte auch Ruth eine ironische Bemerkung über die Flieger gemacht. Und jetzt war sie womöglich tot. Richard konnte sie nicht mehr retten, kam zu spät, obwohl er so nah gewesen war, nur zehn Fußballplatzlängen entfernt. Aber das passte zu ihm, er griff in den Lauf der Welt nicht ein. Stattdessen bezeugte er, was andere taten. Er erreichte die Zone der Zerstörung. Scherben bedeckten die Straße, Richard musste über Blutlachen und Ölpfützen, gesplittertes Holz, zerfetzten Stoff, Steine und Ziegel steigen, und dann sah er nur noch auf die freien Stellen am Boden, weil nun auch Teile von Menschen herumlagen. Er erreichte das Palace und konzentrierte sich auf dessen Fassade. Ein Stück des Dachs fehlte. Die Bombe musste es durchschlagen haben. In den Stockwerken darunter waren die Fensterscheiben zerborsten, und Einrichtung war auf die Straße geschleudert worden. Richard sah Beistelltische, Lampenfüße und zerschmetterte Topfpflanzen. Aus dem Eingang quollen Leute. Die meisten wollten raus, aber manche wollten auch rein, sie trugen Verletzte oder bluteten selbst, und alle zusammen machten einen Höllenlärm, schrien und stöhnten. Einer flehte, man möge ihn erlösen. Richard sah nicht in die Richtung, aus der das kam. Zwar war er ruhig, lebte ja ohnehin permanent im Katastrophenmodus, aber etwas schien nun auch in ihm zu brechen, denn er hörte seinen eigenen Namen.

Und es war Ruths Stimme, die ihn rief.

»Richard, hier drüben.«

Da war eine Seitenstraße neben einem Laden, den Richard nicht mehr benennen konnte, weil die Markise fehlte. Ein Wagen stand quer davor. Er war nur noch ein schwarzes Metallskelett, vollständig ausgebrannt, mit einer verkohlten Leiche hinter dem Lenkrad. Hinter diesem Scherenschnitt des Grauens winkte Ruth. Sie trug etwas Flatterndes in Gelb und Pink. Solche Farben hätte Richards schwarz-weiße Fantasie nicht produzieren können. Es musste wirklich Ruth sein. Sie suchte einen Weg um das Hindernis herum und quetschte sich zwischen dem Kofferraum und der Hausmauer durch. Ruß hinterließ einen schwarzen Streifen auf ihrem Kleid.

Richard kletterte über ein Fahrrad. Einen Meter entfernt von Ruth blieb er stehen und konnte ihr nicht in die Augen sehen. So groß war die Erleichterung, dass er fürchtete, der nachlassende Druck würde ihn erledigen wie einen Taucher, der zu schnell aufsteigt.

»Warst du gar nicht im Hotel?«, fragte er gepresst. »Dabei hat Dan Reib doch gestern …«

»Ich bin eben unartig.« Ruth steckte die Hände in die Taschen. »Und jetzt sollte ich wohl auch nicht mehr reingehen.«

Bloß weg

Ruth war mit zu Richard gegangen. Er hatte ihr angeboten, vorübergehend in seiner Wohnung unterzukommen, wo sie nun seit mehreren Tagen lebte und auf dem Boden vor seinem Kistenregal schlief. Sein Bett hatte sie dankend abgelehnt. Erstens wollte sie sich langsam wieder an die Härte des Expeditionslebens gewöhnen, und zweitens war das Regal der einzige Ort in der Wohnung, an dem keine Fotos hingen. Entlang allen anderen Wandflächen waren Leinen gespannt, auf denen Richard das Grauen der Angriffe ausstellte.

Am Samstag hatten sie gerade Richards Straße erreicht, als ein Nachbar berichtete, eine dritte und vierte Bombe seien im französischen Viertel vor einem beliebten Unterhaltungszentrum niedergegangen. Viele Menschen aus dem chinesischen Teil der Stadt hatten dort Zuflucht gesucht. Richard war sofort mit seiner Kamera dorthin aufgebrochen und erst in der Dämmerung wieder nach Hause gekommen, ohne Hemd, dafür mit Blut auf seiner Hose. Mittlerweile hatte Ruth gehört, sämtliche Bomben hätten die Izumo treffen sollen, waren aber zu früh abgeworfen worden, entweder irrtümlich oder weil die Flieger beschossen worden waren. Ruth fragte Richard, was er wisse, aber er sprach nicht, sondern beschäftigte sich nur mit seiner Kamera. Erst als sie ihm sagte, sie dürften kein Licht machen, weil Verdunkelung angeordnet worden sei, schien er zuzuhören, stand auf, nahm Decken aus einer Kiste und verstärkte mit ihnen die Vorhänge.

»Kein Problem, ich kann alles abdichten, das wollte ich sowieso tun.«

Wenig später hatte er die Wohnung in eine Dunkelkammer verwandelt und hantierte mit einer stinkenden Flüssigkeit. Ruth hätte gern geschlafen, aber das ließ ihr gewohnter Rhythmus nicht zu. An normalen Tagen wäre sie jetzt erst munter geworden. Hellwach saß sie im Schneidersitz da, verschloss die Augen vor der Dunkelheit und versuchte, die Bilder des Tages in eine Schublade zu stopfen und sich meditierend aus ihrem Körper zu lösen.

Am nächsten Morgen machte Richard von den entwickelten Negativen Abzüge. Von jedem brauchbaren Bild stellte er gleich drei her. Je eins würde noch heute die China Press bekommen, wie er erklärte. Ruth legte sich einen Pullover über die Augen und versuchte, weiterzuschlafen. Viel mehr konnte sie in der engen Wohnung sowieso nicht tun. Die Laborausrüstung nahm einen Großteil des freien Platzes ein, und Richard arbeitete im Halbdunkel. Nur eine rote Lampe spendete ihm notdürftiges Licht.

Als er gegen Mittag aufbrach, um die Bilder abzuliefern und wieder zu fotografieren, stand Ruth auf und ließ Sonnenstrahlen und Luft in die Wohnung. An den Leinen sah sie jetzt, was Richard gesehen hatte. Im Kleinformat waren dutzendfach Verwüstung, Schmerzen und Tod eingefangen. Ein Foto zeigte ein Mädchen mit einem Kopfverband, das Richards Hemd trug und eine Puppe umklammerte, der die Beine fehlten. Die Zeitung schrieb von 3000 Opfern. Ausländische Frauen und Kinder wurden per Schiff nach Hongkong evakuiert. Auch Ruth ging zum Hafen, um einen Brief an Margaret zu versenden.

Liebe Marge,

du wirst Berichte gelesen haben, darum will ich über die vergangenen Tage schweigen, nur so viel: Sorge dich nicht um mich. Ich spaziere weiterhin über den Bund, auch wenn die Flieger über mir kreisen. Eine Hellseherin hat mir gesagt, ich werde nicht gewaltsam sterben, und deswegen habe ich keine Angst. Meinen großen Koffer habe ich übrigens immer noch nicht zurück. Um meine Pistole darin durch den Zoll zu bekommen, habe ich ihn zwischen das Gepäck eines chinesischen Offiziers geschmuggelt. Sämtliche Fracht wurde in den Keller einer Bank gebracht und soll dort gründlich geprüft werden. Man war wegen der Japaner schon eine Weile lang nervös, zu Recht, wie wir nun wissen. Tja, und mein freundlicher chinesischer Helfer wird nun auch Dringenderes zu tun haben, als die Siebensachen einer Amerikanerin zurückzufordern.

Wie ich nach Tibet gelangen kann, weiß ich noch nicht. Der Jangtse ist voller Kriegsschiffe, aber mir fällt schon etwas ein, und wenn du erst einmal nichts von mir hörst, bedeutet das, ich bin unterwegs.

Grüß mir den guten alten Big Apple.
Ruth

Um zehn Uhr abends streifte Richard im Hausflur die Schuhe von den Füßen. Er hatte am einstigen Unterhaltungszentrum fotografiert. Über dessen Ruine hing nun Leichengeruch. Was Richards Sohlen berührt hatten, als er durch den Schutt gewatet war, mochte er sich nicht ausmalen.

In der Wohnung tippte Ruth auf ihrer Schreibmaschine. Neben ihr lag ein Berg Kleider. Offenbar war sie im Palace gewesen und hatte geholt, was von ihrem Besitz noch zu retten war.

»Gut, dass du kommst«, sagte sie. »Ich habe eine andere Route zu den Pandas gefunden. Wir fahren über Hongkong nach Saigon und von dort über den Landweg nach Chengdu.«

Diese Strecke war etwa viermal so weit wie der Weg über den Jangtse. Richard wusch sich Hände und Gesicht.

»Und wo stößt Quentin hinzu?«, fragte er.

Gereizt sah Ruth ihn an. »Woher soll ich das wissen? Der meldet sich ja nicht. Dabei müsste er doch schon gehört haben, dass ich wieder in der Stadt bin. Immerhin war das als Nachricht in mehreren Zeitungen.«

Sie hieb auf die Rücklauftaste, und das Klacken von Metall auf Metall erinnerte Richard an ein Gewehr, das nachgeladen wird. Seine Nackenhaare stellten sich auf.

»Du hast gesagt, dass *ihr* über Hongkong fahren wollt«, sagte er.

»Wir, Richard, *wir!*«

»Ach so.« Er stellte die Kamera auf den Tisch und legte die drei Filme dazu, die er verbraucht hatte. »Nein.«

Wie absurd, dass Ruth noch immer an Pandas dachte.

»Um Shanghai wird gekämpft«, erklärte er. »Da gehe ich doch jetzt nicht wandern.«

Er hätte weniger verächtlich sprechen sollen, aber seine Kraft reichte nicht mehr für Diplomatie. Todmüde fühlte er sich, und auch das war ein unpassendes Wort, denn das Lebensende war dieser Tage kein Einschlafen, sondern kam innerhalb von Sekunden, in Form einer 500-Pfund-Bombe.

»Selbst Hemingway ist im Krieg«, fuhr er fort. »In Spanien, wo Putschisten die Regierung stürzen wollen. Von dort berichtet er als Reporter.«

»Wenigstens geht er dann nicht mehr zum Stierkampf.« Ruth öffnete ihr Zigarettenetui, erinnerte sich offenbar daran, dass sie in Richards Zimmer nicht rauchen durfte, steckte es wieder ein und schnaubte: »Männer und ihr Heldentum.«

Als Held sah Richard sich wirklich nicht. Trotzdem wurde er hier gebraucht. Seine Fotos gingen an Nachrichtenagenturen und von dort in die ganze Welt. Auch in vielen Jahren, wenn die Schäden repariert und die Toten längst begraben wären, würden seine Bilder noch bezeugen, was hier geschehen war. Richard zog ein frisches Hemd an und begann, die aufgehängten Fotos abzunehmen. Dabei stieg er über die Schreibmaschine und Ruths ausgestreckte Beine.

»Dan Reib meint, bald könnte überall im Land gekämpft werden«, sagte Ruth.

»Gut möglich.«

Der dicke Fotostapel in Richards Hand verrutschte. Ruth stand auf und hielt ihm eine Schachtel hin. Richard legte die Fotos hinein und arbeitete sich weiter entlang der Leine vor, gefolgt von Ruth.

»Vielleicht schließen sie die westliche Grenze«, sagte sie. »Dann ist uns der Weg zu den Pandas versperrt.«

»Du meinst, *dir* ist er versperrt.«

»Sei nicht störrisch, Richie. Lass uns wieder zusammenarbeiten. Wir sind ein Team, oder? Sieh mal, ich helfe dir ja auch. Soll ich Fotos zur Post bringen? Du wolltest doch welche an eine Agentur schicken. Das mache ich sofort.«

Als ob Richard sie im Dunkeln durch die umkämpfte Stadt schicken würde.

»Warte bis morgen«, sagte er. »Dann kannst du den Spaziergang dorthin mit einem Mittagessen verbinden.«

Er drehte sich zu Ruth um. Weshalb sagte sie nichts mehr?

Ihre Augen wurden schmal. Dann lächelte sie. »Heute bist du ganz schön schlagfertig.«

Unbeabsichtigt hatte Richard einen Tanz begonnen. Auf seinen Schritt nach vorn würde Ruth nun einen zurück machen. Und wirklich, sie probierte es plötzlich mit Nettigkeit.

»Dieses Bild, das du mir geschickt hast, das habe ich oft angesehen«, sagte sie. »An dem Tag, an dem du das gemacht hast, ging es mir nicht gut. Ich wusste nicht, ob ich richtig für Su Lin sorge, und hatte auch keine Ahnung, wie ich sie in die USA bringen soll. Quentin war schon fort, und Cavaliere hat geholfen, wo er konnte, doch verstanden hat er mich nicht.« Sie nahm Richard das letzte Foto ab und berührte dabei seine Finger. »Du warst da und hast

Tee für mich gekocht. Und irgendwie ging es dann weiter. Darum glaube ich, es wird uns wieder gelingen.«

Aha, nun folgte ihr Schritt nach vorn.

»Wir fahren zu zweit nach Chengdu, dort suchen wir nach Wang und den anderen. Was sagst du dazu?«

Am besten sagte Richard erst einmal nichts. Bittend sah Ruth ihn an. Er konnte sie nicht abweisen. Wenn sie so vor ihm stand, wurde alles andere unwichtig. Nach ihrer Abreise mit Su Lin hatte Richard nicht geglaubt, sie noch einmal wiederzusehen, doch jetzt war sie da und setzte ihren berühmten Charme ein, um ihn zum Mitkommen zu bewegen.

»Bitte, Richard, bitte.«

»Ich schlafe eine Nacht darüber.«

Später lagen sie im Dunkeln. Für eine Weile hörte Richard keine Flieger, und es war beinahe so still wie in den Bergen. Wie schön es wäre, mit Ruth wieder Hänge hinaufzuklettern und abends am Feuer zu sitzen. Richard war nicht so dumm, sich Chancen bei ihr auszurechnen. Aber Ruths Freund konnte er sein. Im Moment hatte sie nur ihn, und was hatte er? Auch nicht viel. In der Stadt gab es schließlich noch mehr Fotografen, und auch die lieferten Bilder. Würde einer von denen Ruth begleiten? In ihrer Begeisterung konnte sie überzeugend sein, aber auch jemand, der sich von ihr mitreißen ließe, würde bald merken, wie wahnwitzig ihr Plan war. In ihrem Überschwang übersah Ruth Hindernisse und stand dann unvorbereitet da. Wenn die Dinge schlecht liefen, brauchte sie einen Realisten, der die Ruhe bewahrte. Richard war ihr Gegenpol, und als solcher wurde er von ihr angezogen. Aber wirkte eine ähnliche Kraft nicht auch in die andere Richtung? Zog auch Richard Ruth an? Über diesen Gedanken schlief er ein.

Was würde Ginger tun?

Chengdu, 21. September 1937

Bis Saigon lief die Reise glatt, aber dann kamen sie nur noch mühsam voran, mussten warten, umplanen und bei jeder Station wieder warten. Ruth bat Richard, die Leica nicht mehr auf sie zu richten. Diese zähen Wochen wollte sie aus ihrem Leben streichen und nie mehr an sie zurückdenken.

Schnitt, nächste Szene, wir sind in Chengdu.

Dort stiegen sie bei Cavaliere ab. In seinem Haus war es leerer als sonst. Außer Ruth und Richard war nur noch eine schweigsame sizilianische Klavierlehrerin zu Gast. Trotzdem zog der Italiener alle Register der Bewirtungskunst. Da die Haushälterin freihatte, kochte er selbst und servierte Scaloppine mit Salbeikartoffeln. Ruth schmeckte es köstlich, sie aß gleich zwei Portionen und hatte für Nachtisch eigentlich keinen Platz mehr im Magen, doch Cavaliere verschwand schon wieder in der Küche.

Richard zückte die Leica.

»Mich darfst du jetzt auch wieder fotografieren«, sagte Ruth. Sie trug eine Bluse mit Perlenstickerei und kirschroten Lippenstift, den sie in Saigon gekauft und für diesen Anlass aufgespart hatte. Heute wurde sie 37.

»*Tanti Auguri a Te* …« Singend trug Cavaliere etwas herein, das aussah wie ein Haufen zerkrümelter Kekse mit Pudding darauf. In der Mitte versprühte eine Wunderkerze Funken. »Der Kuchen ist mir misslungen, aber ich habe einen hervorragenden Dessertwein, der uns trösten wird.« Er zwinkerte ihnen zu. »Wie schön, dass du den weiten Weg hergekommen bist, um diesen Tag bei mir zu feiern, Ruth.«

»Dio mio!«, rief die Klavierlehrerin. »Extra aus Amerika sind Sie gekommen?«

Ruth schmunzelte. »Um einen alten Freund zu sehen, nehme ich jede Mühe auf mich.«

Die Klavierlehrerin machte große Augen, und Richard fotografierte. Dann klärte er die Dame auf, erzählte ihr von Su Lin, der ersten Reise und der Mission, einen Partner für die Pandabärin zu finden.

»Aber diesmal ist alles schwerer«, sagte er. »Wir sind über Saigon und Hanoi nach Kunming gereist. Von dort wollten wir ein Flugzeug hierher nehmen, aber es gingen einfach keine in den Norden. Ruth kannte in der Stadt Leute von Standard Oil, und die können sonst alles organisieren, aber jetzt kommen auch sie an ihre Grenzen. Die Firma ist gerade dabei, die Frauen und Kinder ihrer amerikanischen Angestellten in die Staaten zurückzubringen.«

Ruth griff zum Küchenmesser. »Also, ich nehme gern von diesem schönen Gebäck«, sagte sie. »Für dich auch ein Stück, Richard?«

Sie lud dem Fotografen eine große Portion auf. Richard probierte, widmete sich nach einem höflichen Lob zwischen den Bissen aber erneut seinem Lieblingsthema – Schwierigkeiten aller Art.

Ruth stellte die Victrola an. Durch die schwingenden Klänge hörte sie Richard weitersprechen.

»Ruth hat den ganzen Tag telefoniert und Telegramme geschrieben, und schließlich haben wir wenigstens Tickets für einen Zug bekommen.«

Wenn Richard wüsste, was noch in den Telegrammen gestanden hatte! Ruth hatte versucht, Quentin aufzuspüren. Gelungen war ihr das nicht. Dafür hatte sich sein Bruder Jack gemeldet. Er schrieb, wenn Ruth wolle, könne er sie begleiten. Aber Ruth wollte nicht. Aus einem Bauchgefühl heraus lehnte sie noch am selben Tag ab. Quentins großer Bruder war ein erfahrener Jäger, jeder andere hätte ihn sofort engagiert, doch Ruth war nicht jeder. Sie machte die Dinge anders und brauchte Partner, die das akzeptierten. Mit Quentin hatte es funktioniert, weil auch er sich erst noch hatte beweisen müssen. Jack hingegen würde das Vorgehen bestimmen wollen und Ruths Pläne missbilligen. Sofern man von Plänen sprechen konnte. Voller Zuversicht sah Ruth stets nach vorn, immer nur auf den nächsten Schritt konzentriert, wie eine Drahtseilakrobatin. Kritisch wurde es lediglich, wenn sie stehen blieb, und das passierte leider schon wieder. Aus zwei Gründen konnte sie noch nicht weiter: Erstens war September, und der Panda, den Ruth wollte, wurde gerade erst geboren. Zweitens hatte sie bis auf Richard noch kein Team. Je länger Quentin sich nicht meldete, desto stärker wurden ihre Zweifel. Möglicherweise würde sie Unbekannte engagieren müssen. Wäre Jack dann nicht doch die bessere Wahl gewesen?

»Und jetzt …« Cavaliere stand auf und machte eine große Geste. »Geschenke!«

Hinter einem Gummibaum holte er etwas hervor, das in Goldpapier verpackt war.

»Rate, was das ist«, forderte er Ruth auf.

Unter dem Papier fühlte sie eine Schachtel, darin war etwas Schweres. Beim Schütteln klapperte es.

»Ein Gaskocher?« Nachdenklich rieb sie sich das Kinn. »Steigbügel für tibetische Bergponys? Haken für Sicherungsseile?«

»No, no!« Cavaliere freute sich sichtlich über ihre Ratlosigkeit.

Ruth zerriss das Papier, nahm den Deckel von der Schachtel und lachte auf. »Rollschuhe?«

»*Sì*, und nicht irgendwelche. Das ist das Modell, das Ginger Rogers in dem neuen Film trägt.«

Cavaliere strahlte über beide Ohren.

»Shall we dance?« Ruth streifte ihre Slipper von den Füßen und probierte die Rollschuhe an. »Den habe ich noch nicht gesehen. Und bisher habe ich auch nur auf Schlittschuhen gestanden.«

»Ah, das ist fast dasselbe.« Cavaliere half ihr, die Schuhe zu verschnüren. »Passt? Wunderbar. Ich weiß, du liebst Ginger und Fred. Darum wollte ich den Film besorgen und das Kino mieten, aber der Projektor ist kaputt, und alle Techniker sind beim Kriegsdienst. Die Musik habe ich aber bekommen.«

Er tänzelte zur Victrola. Einer seiner Angestellten erschien.

»Er wäre jetzt da, Mr. Cavaliere.«

»Na dann rein mit ihm, *pronto*. Und bring noch ein Gedeck.«

Vergnügt hob Cavaliere eine Bahn des Goldpapiers auf und hielt sie vor den Durchgang zum Flur.

»Ich präsentiere …«

Unter dem Goldpapier erschienen Beine. Sie steckten in schwarzen Stiefeln. Der Mantel darüber war Ruth vertraut.

»Mr. Wang Whai Hsin«, rief Cavaliere.

Knisternd fiel das Papier zu Boden, und da stand er, der Koch, Ruths alter Freund, der in der Einsamkeit der Berge englisches Teegebäck zubereitete. In seinen Augen blitzte Schalk.

Ruth klatschte in die Hände. *»Cookee!«*, rief sie.

»Ruthee! Me joyee.«

»Me too. Grande joyee.«

Wang verbeugte sich. Ruth wollte die Begrüßung erwidern, stand auf, rutschte nach vorne weg und landete unsanft auf der Stuhlkante. Ach richtig, sie trug ja Rollschuhe.

Cavaliere bat Wang zu Tisch, platzierte ihn neben Ruth und erklärte, er habe den Koch über einen gemeinsamen Bekannten kontaktiert. Als Ruth ihr Kommen ankündigte, habe er gedacht, sie würde sich freuen, alte Expeditionsteilnehmer wiederzutreffen. Wang sagte, er habe sich sofort auf den Weg gemacht, denn dass Ruth wieder da sei, könne nur eins bedeuten: Sie wolle wieder nach Tibet, und dort müsse sie essen, und das beste Essen bekäme man bei ihm!

Während er sprach, machten die anderen ratlose Gesichter. Ruth und Wang hatten während ihrer gemeinsamen Wochen das chinesische Pidgin zu einer eigenen Sprache weiterentwickelt.

»Trinken wir auf alte Freunde und die nächste Expedition.« Cavaliere entkorkte eine Flasche. »Mit einem perlenden Rotwein aus der Lombardei. Bei uns zu Hause kam der früher zu jedem Fest auf den Tisch.«

»Du bist wirklich ein Original, Cavaliere«, sagte Ruth. »Gleich ziehst du noch Quentin aus dem Hut.«

»Äh, nein, den nicht.« Cavaliere wirkte verlegen. »Sein Bruder war im Frühling hier, aber nur auf der Durchreise.«

Während er den Wein eingoss, fragte Ruth sich, ob Cavaliere ihr etwas verschwieg. Wollte Quentin nichts mehr mit ihr zu schaffen haben? Wenn Wang in einem entlegenen Dorf gefunden werden konnte, musste Quentin doch auch erfahren haben, dass Ruth ihn suchte. Sie hob ihr Glas und prostete den anderen zu. Auf ihrer Zunge perlte der Wein nicht, und sie fand ihn zu süß. Morgen würde nicht nur ihr Steißbein, sondern auch ihr Kopf schmerzen. Was würde Ginger tun? Die hatte sich während der Dreharbeiten mit den Rollschuhen vermutlich zahllose blaue Flecken zugezogen und trotzdem immer ihr Lächeln behalten.

Ruth leerte das Glas in einem Zug. »Köstlich!«

Daraufhin sagte Cavaliere etwas auf Italienisch und erweckte die Victrola zum Leben. Ein Duett erklang. Richard richtete die Kamera auf die Reste des Kuchens.

»Abstrakte Kunst könnte das sein«, murmelte er. »Oder eine Holzhütte nach einem Erdbeben.«

Der Angestellte hatte Wang einen Teller des Hauptgangs gebracht. Der Koch probierte vom kalten Hühnchen und lobte die Ingwermarinade. Derweil schenkte Cavaliere allen nach und steppte mit der leeren Weinflasche Richtung Küche. Mit einer

Hand am Tisch und einer an der Stuhllehne erhob Ruth sich vorsichtig. Ihren Geburtstag wollte sie nicht im Sitzen feiern. Aber mit diesen Rollen unter den Füßen würde sie über Cavalieres geöltes Parkett schlittern, als hätte sie nasse Seife unter den Sohlen. Geflunkert hatte sie auch. Zwar hatte sie schon auf Schlittschuhen gestanden, aber nicht auf dem Eis, sondern hinter der Bande, mit Margaret, bei einem Stand mit Honigpunsch. Zaghaft machte sie einen Schritt nach vorn und wieder zurück. Aus der Victrola schallten die Stimmen von Fred und Ginger: »Let's call the whole thing off.«

Was tat Ruth eigentlich? Nach Tibet wollte sie, reißende Flüsse überqueren und steile Hänge erklimmen. Bis jetzt hatte sie dafür nur einen Koch und einen Mann, der Essen fotografierte.

»Brauchst du Hilfe?« Richard kam auf sie zu. Unsicher blieb er vor ihr stehen. »Möchtest du dich setzen?«

»Rollen will ich. In Bewegung bleiben, damit mich die Zweifel nicht kriegen.«

»Also dann.«

Richard streckte eine Hand in Tanzhaltung aus, nicht weit von Ruths entfernt, aber doch unerreichbar.

Unwirsch sah Ruth zu ihm auf. »Wenn ich mir den Knöchel breche, war es das mit Tibet.«

»Bring dein Gewicht über die Füße.« Richard löste ihre Finger von der Lehne. »Und leg die andere Hand auf meinen Arm.«

Ruth traute sich. Tatsächlich, mit dem richtigen Schwerpunkt war es leichter. Richard legte eine Hand unter ihr linkes Schulterblatt und zog sie langsam zu sich heran.

»Ich gehe rückwärts, und du rollst mit«, sagte er. »Rechter Fuß, linker Fuß, wie im Film.«

An Wang vorbei zog er sie durch den Raum zur Victrola. Dort wagte er eine halbe Drehung. Im Takt waren sie nicht, doch Richard gab eine gute Stütze ab.

»Passabel«, sagte Ruth. »Woher kennst du die Schritte?«

»Ich habe in einem Shanghaier Kino ausgeholfen, als der Film lief. Die Rolle ist gerissen, und ich habe sie geflickt. Dabei habe ich zwangsläufig die Szene studiert. Ein Film, das sind ja einfach Tausende einzelne Bilder.«

»Und die Bewegung entsteht im Kopf der Zuschauer.« Ruth nickte. »Daran denke ich nächstes Mal, wenn wir nicht weiterkommen.«

Beweismaterial

Chengdu, 3. Oktober 1937

Das Material der ersten Expedition lagerte im Schuppen auf dem Gelände einer aufgegebenen Werkstatt. Seit der Ankunft in Chengdu war Richard der Herr über den Schlüssel. Vorher hatte Cavaliere ihn verwahrt, und in der Schublade seines Sekretärs wäre der Schlüssel auch weiterhin sicher gewesen, trotzdem hatte Ruth darauf bestanden, ihn Richard zu überreichen – »Deine Aufgabe!«

Richard schloss daraus, er solle nicht nur auf diesen kleinen Gegenstand aufpassen, sondern auch, einmal wieder, etwas Unangenehmes ansprechen. Das tat er am nächsten Nachmittag.

»Wir müssen eine Bestandsaufnahme machen, Ruth.« Er ließ den Schlüssel an seinem Band kreisen.

»Ach nein. Heute?« Ruth saß mit einer Flasche von irgendetwas vor Cavalieres Kamin und blätterte in einer Modezeitschrift.

»Ja, ich fürchte schon. Damit wir rechtzeitig ersetzen können, was nicht mehr zu gebrauchen ist.«

Zwei Wochen waren sie jetzt schon bei Cavaliere. Zu Ruths großer Freude war endlich Nachricht aus dem Chicagoer Zoo eingetroffen. Auf der Rückseite eines Fotos von Su Lin stand, der Bärin gehe es hervorragend. Von Quentin gab es allerdings noch immer keine Nachricht. Ruth plante, nur mit Wang, Richard und wenigen Trägern aufzubrechen und in einem der tibetischen Täler Jäger zu engagieren. Ansonsten bestand ihre Vorbereitung darin, sich exquisite Garderobe schneidern zu lassen, die Richards Meinung nach für einen Marsch auf unbefestigten Wegen viel zu schade war.

»Komm, es ist ja nicht weit«, sagte er.

»Also schön.«

Die Herbstluft war kühl. Ruth schwankte leicht beim Gehen, hakte Richard unter und hielt ihn vor der Werkstatt zurück.

»Erst noch eine Zigarette.« Während sie den Rauch ausblies, seufzte sie. »Alles wiederholt sich.«

Spielte sie auf den Tag an, an dem sie in Shanghai Bills Hinterlassenschaften durchgesehen hatte? Auch heute würden sie böse Überraschungen erleben. Mit der kleinen Su Lin hatten sie Chengdu damals überstürzt verlassen und vorher sämtliche Ausrüstung in den Kisten und Säcken, in denen sie transportiert worden war, zurückgelassen. Nichts war gereinigt oder auch nur getrocknet worden. Richard drehte den Schlüssel im Schloss und drückte die Klinke herunter. Als er die Tür öffnete, bröselten Brocken morschen Holzes herab. Beim Blick in das Halbdunkel hatte Richard ein Déjà-vu. Er füllte seine Lunge mit Moderluft und krempelte die Ärmel hoch.

»Fangen wir einfach vorne an.«

Im ersten Sack lag grobe, dunkelgrüne Armeekleidung.

»Ich erinnere mich«, rief Ruth. »Darunter ist der Schaffellmantel.« Sie zerrte an einem Zipfel und wich mit einem Laut des Ekels zurück. In den Stofffalten wimmelte es. »Würmer!«

Sie presste einen Ärmel vor die Nase. »Und hier drin muss etwas gestorben sein.«

Die Ursache des Gestanks entdeckten sie in einer Kiste. Eine runde Form war mit schwarzem Schimmel überwuchert. Möglicherweise war das Ding darunter einmal Käse gewesen.

»Das bringt nichts.« Ruth wich zum Eingang zurück. »Schnappen wir uns nur schnell das Wichtigste und dann weg hier.«

»Dein Zelt?«, schlug Richard vor.

»Genau.«

Ruth schlang ihr Haar zu einem Knoten und atmete noch einmal draußen ein. Schon nach wenigen Minuten und vorsichtigem Gestochere in den Säcken und Kisten war klar, das Zelt befand sich nicht hier. Richard dachte daran, dass Cavaliere den durchreisenden Jack erwähnt hatte, schwieg aber lieber.

»Suchen wir die Regenmäntel«, sagte Ruth. »Und meinen seidengefütterten Schlafsack.«

Diese Teile waren kleiner und konnten in Lücken gestopft worden sein. Richard nahm sich die Säcke vor, schnürte auf, schüttete aus und hob mit spitzen Fingern klammen Stoff an.

Nahe der Tür kippte Ruth eine Kiste mit Kochgeschirr aus. Ein Topf rollte bis zur gegenüberliegenden Wand.

»Offensichtlich fehlen Dinge.« Ruth keuchte angestrengt. »Kein Wunder, jeder kann hier einsteigen.«

Tatsächlich ließ sich das einzige Fenster von außen aufschieben. Doch warum hätte ein gewöhnlicher Dieb die Waffen liegen gelassen? Sie waren alle noch da, vier Pistolen und zwei Gewehre, davon eines in einem hölzernen Koffer mit der Aufschrift *Winchester.* Jemand, der Hehlerware suchte, hätte es mitgenommen. Nicht aber ein Jäger. Der hatte seine eigene Waffe, die er sorgsam pflegte, eine zweite wäre nur unnötige Last, und bereichern wollte er sich auch nicht, er suchte nur eine Möglichkeit, das, was im Feld verschliss, kostenlos zu ersetzen: Schlafsäcke, Zelte und Kleidung.

Ruth trat etwas um. »Du Biest«, brüllte sie.

Etwas Kleines huschte an Richard vorbei und verschwand wie ein dunkler Schatten in einem Loch im Boden. Ein Buch flog hinterher. Ruth fluchte noch einmal und stampfte ins Freie. Erst wollte Richard ihr hinterher, weil er glaubte, sie sei von dem Nagetier gebissen worden, doch dann fiel ihm das Buch ins Auge. Es war ein Taschenkalender des vergangenen Jahres, mit der goldenen Prägung des *Harper's Magazine.* War Gerry hier gewesen? Richard blätterte. Manche Seiten waren dicht beschrieben, andere für Skizzen benutzt worden, und in der Mitte fehlten einige. Die Einträge waren mehrheitlich auf Englisch, doch vereinzelt fanden sich auch chinesische, und die beiläufige Sicherheit, mit der die Schriftzeichen zu Papier gebracht worden waren, wirkte nicht, als hätte jemand sie abgemalt, um sie später übersetzen zu lassen. Auf den unlinierten Seiten hinter dem Kalendarium fand Richard eine Liste. Die ersten Einträge waren durchgestrichen worden und unleserlich, aber der letzte Punkt lautete »Brief an Q«. Richard legte das Buch fort und ging hinaus zu Ruth. Sie versuchte gerade, ein Streichholz zu entzünden.

»Jack war hier.« Ihre Hand zitterte und brach das Schwefelköpfchen ab. »Ich möchte es nicht glauben, aber so ist es. Er wollte auch wieder in die Berge und hat sich bei uns bedient.«

»Daran können wir nichts mehr ändern.« Richard nahm ihr die Schachtel ab und riss ein neues Hölzchen an. »Immerhin haben wir rechtzeitig nachgesehen.« Er hielt das brennende Streichholz hoch, um Ruth Feuer zu geben. Doch zwischen ihren Lippen steckte gar keine Zigarette.

Mit kalten Fingern nahm Ruth ihm das Hölzchen ab. »Wir fackeln alles ab! Ich will nichts mehr von den Sachen haben, die er durchwühlt hat.«

Aus der Manteltasche zog sie die herausgerissenen Seiten des Kalenders und entzündete eine Ecke. Die Flammen leckten am Papier empor.

»Hör auf!« Richard griff nach ihrem Arm und versuchte, ihn nach unten zu zwingen, weg von dem holzgedeckten Hüttendach, dem trockensten Teil des Gebäudes. Mit ihrer freien Hand versuchte Ruth, ihn abzuwehren und sich wegzudrehen. Sie rangelten, und Richard verdrehte ihren Arm. Ruth schrie vor Schmerz auf und ließ das brennende Papier fallen. Rasch trat Richard das Feuer aus. Ruth steckte die versengten Fingerkuppen in den Mund.

»Wenn dich Freunde hintergehen«, nuschelte sie, »was hast du dann noch?«

»Andere Freunde.« Mit dem Schuh schippte Richard Sand über einen glimmenden Papierrest. Der Brandgeruch erinnerte ihn an die Bombenangriffe in Shanghai. »Doch wenn du randalierst, bin ich die längste Zeit Teil deines Teams gewesen. Sowieso hätte ich in den vergangenen zwei Wochen Besseres zu tun gehabt, als zuzusehen, wie du dich durch Cavalieres Weinkeller trinkst.«

Richard trat noch einmal in den Aschefleck, obwohl dort keine Funken mehr waren. Sein Ärger schien den von Ruth abzukühlen.

»Mit dem Wein habe ich mir nur die Wartezeit vertrieben«, sagte sie kleinlaut. »Mich zu mäßigen, fällt mir schwer.«

»Aber mir macht es Spaß, ja? Ein bisschen Selbstbeherrschung täte dir auch mal gut. Du bist sauer auf Jack, und auf Smith sowieso, und lässt dich von deinen Gefühlen mitreißen. Aber wir machen diese Expedition nicht, um anderen eins auszuwischen, oder täusche ich mich da? Geht es dir nur darum, dass die Presse dich wieder feiert? Dann sag es mir bitte jetzt. Denn ich dachte, wir sind hier, um Tiere zu schützen.«

Ruth sah zu Boden. »Es nützt unserer Sache, wenn Zeitungen über mich schreiben«, sagte sie. »Wäre Su Lin kein Star, hätte man mir kein Geld für eine zweite Expedition gegeben. Und würde ich alles so nüchtern betrachten wie du, hätte ich keinen Mut hierfür.« Sie lächelte zaghaft. »Du liebst mich doch für meine Verrücktheit.«

Darauf antwortete Richard nicht. Dies war ganz gewiss nicht der Moment, um Ruth sein Herz auf einem Silbertablett zu servieren.

»Auf jeden Fall weiß ich, dass du imstande wärst, diese Hütte abzufackeln«, sagte er. »Aber wenn du den Rest der Ausrüstung vernichtest, gibt es keine Expedition. Oder kannst du alles neu kaufen?«

Ruth schwieg.

»Sag es mir.« Richard verschränkte die Arme. »Mit deinen Finanzen bin ich nicht vertraut. Das war ja nur Quentin.«

Wenn er nicht achtgab, würde die Eifersucht ihn überwältigen. Er ging ein paar Schritte. In einem Müllhaufen lag eine zerbrochene Vase. Einst musste sie ein schönes Stück gewesen sein, weiß glasiert, mit Goldfischen bemalt und getöpfert von einer Person, die sich auf diese Kunst verstand. Richard wünschte, er könnte auch etwas tun, bei dem seine Hände wie von selbst arbeiteten.

»Was ist denn noch Wertvolles im Schuppen?«, fragte Ruth. »Jack hat sich bedient, und der Rest ist vergammelt.«

Sie klang resigniert. Auf den langen Etappen der ersten Expedition war sie manchmal stehen geblieben, weil sie nicht mehr laufen konnte, doch dann hatte Quentin von vorn gewunken, und sie war weitergegangen. Zu gern wollte auch Richard jemand sein, um dessentwillen sie durchhielt.

»Das meiste sieht schlimmer aus, als es ist«, sagte er. »Wenn wir die Sachen auslüften und mit Essigwasser waschen, sind die wieder wie neu.«

Er ging in den Schuppen zurück und spähte in die Kiste mit dem Kochzubehör. Wenigstens die Blechnäpfe sollten der Feuchtigkeit widerstanden haben. Über ihnen lag ein Sack Mehl. Richard hob ihn an. Der Boden riss, und feuchte Klumpen fielen heraus. Sie waren durchsetzt mit Gespinsten und Mottenlarven. Angewidert ließ Richard den Sack los. In diesem verrottenden Sammelsurium gab es nur wenige Gegenstände, die garantiert frei von Ungeziefer waren. Widerwillig betrachtete Richard die Waffen.

Es gab da eine Sache, die seine Hände von allein tun konnten. Die Gewehrmodelle waren ihm vertraut, und Putzzeug gab es auch. Wann wenn nicht jetzt wäre die Gelegenheit, seine Dämonen in die Schranken zu weisen? Richard trug eine der Wachstuchplanen nach draußen und breitete sie auf dem Boden aus.

»Wir reinigen die Waffen«, sagte er zu Ruth, und als sie weiter nur dastand und ihn ansah, fügte er hinzu: »Ja, genau. Du und ich. Hilf mir tragen.«

Sie legten die Gewehre auf das Tuch und setzten sich nebeneinander. Auf der nahen Straße hupten Autos, doch der Lärm stammte für Richard aus einer anderen Welt. Das Knistern des Wachstuchs versetzte ihn zurück in die Berge. Auch die Luft kam ihm dünn vor. Etwas drückte auf seinen Magen.

»Zuerst überprüfen wir, ob die Waffe entladen ist.«

Richard führte die Griffe aus und verlangsamte seine Bewegungen, damit Ruth hinterherkam. In keiner der beiden Gewehre befanden sich Patronen. Richard glaubte, Pulver zu riechen, doch das war wohl nur ein Streich, den sein Körper ihm spielte.

»Jetzt säubern wir den Lauf.«

Richard tränkte ein Stück Filz in Öl, schob es mit dem Putzstock durch den Lauf und betrachtete es prüfend.

»So. Vorsichtshalber verwenden wir noch die Bürste.« Er schraubte sie auf den Stock. »Immer nur vom Patronenlager in Richtung der Mündung führen, nie umgekehrt, siehst du? Noch einmal mit Filz putzen, und dann bist du dran.«

Er sah zu, wie Ruth mit dem Stock hantierte und das Utensil verkantete, weil sie ungeduldig war. Um nicht einzugreifen, legte Richard die Hände auf das andere Gewehr. Wie schmal es war! Nun, er hatte schließlich auch keine Kinderhände mehr.

»Fertig.« Ruth gab ihm den Stock.

»Noch lange nicht.« Aus dem Koffer nahm Richard ein Poliertuch. »Auch das Äußere braucht Pflege.«

Er würde Ruth beschäftigen, damit sie am Abend auf eine Leistung zurückblicken konnte. Wenn sie sich das Öl und die Rostpartikel von ihrer Haut wusch, kehrte hoffentlich etwas von ihrer Zuversicht zurück. Richard war zwar immer noch flau im Magen, doch schlimmer wurde die Übelkeit nicht, er konnte sie beherrschen, genau wie die Waffen. Die waren nur Dinge, ohne Eigenleben.

»Ich hole schon mal die Pistolen«, sagte Richard. »Die zerlegen wir.«

»Du erstaunst mich, Richie.«

»Tue ich das?« Ohne sie anzusehen, stand Richard auf. Er fühlte einen ähnlichen Stolz wie damals, als sein Vater ihn gelobt hatte. »Aber schießen werde ich nicht.«

Freunde und Geister

Tibet, 20. Oktober 1937

Tagelang hatte es geregnet. Keiner von ihnen besaß auch nur noch ein Stück trockene Kleidung, und Ruth war erkältet. Alle paar Schritte wischte sie ihre Nase an einem feuchten Taschentuch ab. Bergauf liefen sie, konstant bergauf. An manchen Stellen mussten die Träger die Ausrüstung abladen und Trittsteine herbeischleppen, um auf dem Schlamm nicht wegzurutschen. Ruth nahm jedes Hindernis mit Gleichmut. Sie wusste, sie hatte es schon einmal nach oben geschafft, und die Landschaft war ihr vertraut wie eine liebe Erinnerung. Wieder lief sie hinten, neben Wang. Angeführt wurden sie von Whang Tsai Hsin, einem Freund Lao Tsangs. In Wenchuan hatten sie ihn gefunden und bei Tee mit salziger Yakbutter das weitere Vorgehen besprochen.

»Was würden mich zehn Jäger für einen Monat kosten?«, fragte Ruth.

Wang übersetzte und lieferte die Antwort: »Drei Dollar vierzig.«

Nur? Warum waren die Männer billiger als vor einem Jahr? Was Wang erklärte, verstand Ruth nur in Bruchteilen. Sie reimte sich zusammen, dass das westliche Pandafieber die Ursache sei, angeheizt vor allem durch ihre eigene Erfolgsgeschichte. Viele tibetische Bauern spürten mittlerweile nebenbei Pandas auf, und dank der Konkurrenz fielen die Preise. Nach kurzem Überschlagen sagte Ruth: »Dann brauche ich hundert Jäger. Die besten natürlich.«

Neben ihr fiel Richard vor Schreck beinahe hintenüber. Zugegeben, Ruth hatte mit derselben Großzügigkeit entschieden, mit der sie Trinkgeld gab und Kleider kaufte (»Dieses Modell in allen Farben, die Sie haben, bitte.«). Erst nachträglich entwickelte sie eine Argumentation für Richard.

»Pandas sind rar und leben versteckt. So bald auf Su Lin zu stoßen, war reines Glück. Dieses Mal werden wir wohl länger suchen. Statt nun aber zehn Jäger zehn Monate lang zu beschäftigen, können wir ebenso gut hundert den Job in einem Monat machen lassen, oder?«

»Wenn man es so betrachtet«, sagte Richard.

»Eben!«

»Und wo willst du die Camps errichten?«

»Es wird nur eines geben, und zwar in der verlassenen Burg, erinnerst du dich? Dahin gehen wir vor, denn mit dem Gepäck sind wir langsam. Währenddessen sucht Whang Tsai Hsins Familie die Jäger zusammen. Die Männer folgen uns und schwärmen ab der Burg in verschiedene Richtungen aus.«

»Könnte funktionieren.«

Ruth hatte Richard angesehen, dass er dennoch über mögliche Probleme nachgedacht hatte, doch gefunden hatte er offenbar keine. Heute lief er vorn, bei Whang Tsai Hsin, mit eckigen, aber gleichbleibenden Bewegungen, als werde er von Kolben angetrieben, eine Dampflok in Menschengestalt, die Richard-Maschine. Mit diesem Spitznamen hatte Ruth den Fotografen abends einmal angesprochen. Richard war nicht geschmeichelt gewesen.

»Das meine ich nett«, hatte Ruth beteuert. »Man könnte glauben, Kälte und Muskelschmerzen machen dir nichts aus, genauso wie dieser ewige Nebel. Dir als Fotograf müsste doch das Licht fehlen.«

Doch, natürlich, ein paar Stunden mit klarer Sicht würde Richard begrüßen, wegen der Landschaftsaufnahmen, die sich hier anboten, aber nun gut, er habe ein paar stimmungsvolle Wolkenbilder im Kasten, und so sei eben der Herbst im Hochland. Auf seine Stimmung drückte das Wetter offenbar nicht.

Ruth ging es nach ein paar Tagen damit umso schlechter. Sie vermisste die Sonne auf eine körperliche Weise. Da waren ein Ziehen und Stechen in ihren Knochen, das nicht nur von der Erkältung herrührte, und allabendlich bei Anbruch der Nacht, wenn ihnen nur das Feuer leuchtete, wurde sie so traurig, dass sie hätte weinen mögen. Wie bei einer Blume schienen Zwielicht und Dunkelheit einen Prozess in ihrem Körper zu unterbrechen, und sollte sich das nicht bald ändern, würde sie welken und eingehen.

»Gleich wird es besser«, sagte Ruth zu sich selbst.

Woran sie das festmachte, wusste sie nicht, doch nach einigen Schritten wurde die Luft wirklich spürbar trockener. Eine Brise streichelte Ruths Stirn, der Dunstschleier riss auf wie ein Band beim Zieldurchlauf, und sie tauchten in Helligkeit ein. Unter dem strahlenden Blau des Mittagshimmels erhob sich die alte Burg. Ihre verwitterten Mauern erschienen Ruth so einladend und vertraut wie die Markise des Café Brevoort. Noch eine halbe Stunde, dann wären sie da!

»Wer als Erster oben ist!«

Mit neuer Kraft stürmte Ruth voran. Hinter ihr klapperten die Pfannen und Töpfe, die an Wangs Ranzen hingen. Auch der Koch beschleunigte seinen Schritt. Für einen Schlussspurt reichte keinem von ihnen die Kraft, aber als sie das Plateau erreichten, auf dem die Burg stand, stimmte Wang ein Lied an. Aus voller Kehle schmetterte er es. Ruth erkannte das Duett von Fred und Ginger, das sie bei Cavaliere so oft angehört hatten. Die für ihn fremden Worte ersetzte Wang mit chinesischen Silben. Er verstand wahrscheinlich nicht, dass davon gesungen wurde, die ganze Sache abzublasen, doch die fröhliche Stimmung des Liedes gab er perfekt wieder, und als er das Trompetensolo pfiff, schnippte sogar Richard, den sie auf den letzten Metern überholten, im Takt.

»Dieser Komponist war so talentiert«, sagte Richard. »Was für ein Jammer, dass ein Hirntumor …«

Ruth hielt sich die Ohren zu.

»Da halte ich es mit einem seiner Freunde«, rief sie. In einer Zeitung hatte sie das Zitat gelesen. »George Gershwin ist gestorben, aber ich muss das nicht glauben.«

Im Jahr zuvor war die Burg nur eine Zwischenstation gewesen. Jetzt würde Ruth mehrere Wochen dort verbringen. Als die Träger bezahlt und nach Hause entlassen worden waren, machte sie sich mit Wang an eine Begehung. Ihre alte Feuerstelle war offenbar in der Zwischenzeit von einer anderen Expedition genutzt worden. Neben Holz, das nicht verbrannt worden war, fanden sie leere Konservendosen. Da Ruth kein Zelt mehr hatte, würden sie und Richard ihre Lager in den Räumen hinter der Burgmauer aufschlagen. Alle waren gleichsam zugig, deswegen wählte Ruth das mit der besten Aussicht. Es lag unter dem westlichen Wachturm. Ruth lud ihren Rucksack ab und streifte mit Wang weiter. Noch immer hingen Gebetsfahnen wie bunte Spinnweben von den Decken. In dem bergwärts gelegenen Teil der Burg, den sie beim letzten Mal nicht betreten hatten, fanden sie Stapel kunstvoll bemalter Karten, die Götter zeigten, und in einem Saal stießen sie auf einen Schrein samt Knochen. Wang begutachtete sie und stellte fest, sie seien vom Tiger, das bringe Glück.

»Lookee.« Ruth zeigte auf einen Zweig mit roten Beeren, der in einem Glas stand, und sagte auf Englisch: »Der ist noch ziemlich frisch. Vielleicht sind wir hier nicht allein.«

Am Blick des Kochs erkannte sie, dass er dasselbe dachte. Sie gingen weiter, nervöser jetzt. In einem fensterlosen Raum stolperten sie über Weiches. Entsetzt schrie Ruth auf. Wang kickte etwas beiseite. Das unter ihren Füßen war nur Stoff gewesen. Dennoch spürte Ruth die Präsenz eines weiteren Menschen als Kribbeln im Nacken. Wo war er? Sie fanden ihn draußen auf der Mauer. An eine Zinne gelehnt saß ein alter Mann. Er war in einen Kokon aus schmutzigen Decken gewickelt, hatte die Augen geschlossen und trug die Andeutung eines Lächelns auf den Lippen. Nur an seinen Lidern, die im kalten Wind zuckten, erkannte Ruth, dass er noch lebte. Wang bedeutete ihr, einen Schritt zurückzutreten und nicht zu sprechen. Er räusperte sich, und als darauf keine Reaktion erfolgte, grüßte er auf Chinesisch. Der Mann öffnete ein Auge, sagte etwas Einsilbiges und schloss es wieder. Auf Wangs Fragen antwortete er mit kehligen Lauten. Sie fielen in die gespannte Stille wie einzelne Wassertropfen. Wang gab auf und winkte Ruth mit sich. Erst im Burghof blieben sie stehen.

»Talkee what?«, fragte Ruth. Doch Wang zuckte nur mit den Schultern.

Als sie Whang Tsai Hsin den Alten beschrieben, war der Jäger nicht überrascht. Ach, der! Das sei ein Aristokrat, der in der Abgeschiedenheit Erleuchtung suche. Man hatte ihn schon an vielen Orten gesehen. Wo er auftauche, brächten die Einheimischen ihm Essen und Opium. Wang beschloss, das Beste aus der Begegnung zu machen.

»Gut für Glück«, sagte er.

Ruth nickte. Wenn dieser fragile Mensch, der nicht einmal eine Kochstelle zu unterhalten schien, hier überleben konnte, sollten sie es allemal schaffen.

Aber vielleicht, überlegte Ruth, brauche ich dafür auch hin und wieder ein Pfeifchen.

Zwei Tage später trafen die ersten Jäger ein. Whang Tsai Hsin instruierte sie, Wang servierte Eintopf, und dann zogen sie weiter, manche mit Waffen, andere mit Material für Fallen, doch kaum einer mit nennenswerter Ausrüstung. Auf den Rücken trugen sie handgewebte Säcke, in denen sich Maismehl, hartes, kohlartiges Gemüse und etwas Trockenfleisch befanden. Decken besaßen sie nicht, und wie bei den Trägern bestand ihre Kleidung aus den einfachen blauen Baumwollhosen und -jacken sowie Strohsandalen.

Verglichen mit ihnen blieb Ruth im Luxus zurück. Sie richtete sich ihr Zimmer mit Vorhängen aus Öltüchern ein, baute ihr Nachtlager auf und stellte die Schreibmaschine und ihre einzige Lektüre, *Die Pickwickier* von Dickens, dorthin, wo in einem Hotelzimmer der Schreibtisch hätte sein können. Die Wände dekorierte sie mit bunten Götterkarten und zwei Fotos von Su Lin, die der Zoo geschickt hatte. Nebenan bezogen Wang und Richard Quartier.

»Wir vertreiben uns schon irgendwie die Zeit«, sagte Ruth zu Richard. »Und einen solchen Ausblick kann das schönste Hotel nicht bieten.«

Das Panorama war wirklich eindrucksvoll. Zwischen schroffen Felsen erstreckten sich karge Bergwiesen. Vereinzelt gab es hier noch Laubbäume, deren Blätter sich schon golden färbten. Am nächsten Morgen saß Ruth mit einer Blechtasse voll Tee lange da und entdeckte an einem Hang einige ihrer Jäger auf dem Weg zu den Höhen, in denen sie die Pandas vermuteten. Als die Männer hinter einer Bergkuppe verschwanden, wurde Ruth unruhig. Auch sie sollte dort draußen sein. Sie ging zu Richard.

»Bin ich eigentlich besser als Smith?«, fragte sie. »Im Moment lasse auch ich andere die Arbeit erledigen.«

Nein, versicherte Richard ihr, sie mache alles richtig. Die bergerprobten Männer kämen allein schneller voran. »Außerdem wolltest du schreiben, nicht?«

Auf der ersten Expedition hatte Ruth die Schreibmaschine nur mitgeführt, um Briefe nach Hause zu tippen, aber nun hatte sie einen Roman im Sinn, eine Geschichte über zwei Freunde, die einen verzauberten Wald erforschten. Die Idee fand sie vielversprechend, aber die Umsetzung wurde ein zäher Kampf. An diesen langen, ereignislosen Tagen, die nur durch Mahlzeiten strukturiert wurden – Maisbrei in immer neuen Variationen – passierte einfach zu wenig. Das Warten war öde, und allmählich fand Ruth sogar sich selbst langweilig. Auf Vorschlag von Richard hin, der ihr jeden Tag sein »Foto des Tages« beschrieb, begann sie ein Logbuch, das sie ihm allabendlich vorlas.

25. Oktober: Wang ist ins nächste Dorf gewandert, und zum Abendessen gab es Fleisch. Er behauptet, es sei »Schweini«, aber so nennt er alles. Für mich hat es nach Wild geschmeckt.

27. Oktober: Ein Bote hat aus Wenchuan Post mitgebracht. Brief von Marge, drei Monate alt, aber höchst willkommen. Habe gleich eine Antwort getippt.

(Etwas Humorvolles, eine Anleitung für die modebewusste Frau, wie sie sich für ein Dinner in der tibetischen Wildnis zu kleiden habe, nämlich »mit Wollwäsche in drei Lagen, darüber alles, was sie dabeihat, und als Accessoire eine Decke für die Beine, denn die Salons sind fußkalt«.)

28. Oktober: Die ersten Jäger sind zurück, ohne Panda, dafür mit Truthähnen und anderem Kleingetier für uns. Wang tanzt vor Freude, doch ich finde es entsetzlich, diese schönen Vögel zu töten, und habe angeordnet, alles, was verspeist werden soll, vor der Burg zu schlachten. Ich will das nicht sehen.

29. Oktober: Die zweite Gruppe Jäger kommt und bringt mir ein lebendes Eichhörnchen. Putzig ist das. Leider mag es keinen Maisbrei. Ich habe es aus seinem Käfig befreit. Dabei hat es mich in den Zeigefinger gebissen. Kann nur noch mit 9 Fingern tippen.

30. Oktober: War auf dem Burgturm. Wieder viel Niederschlag in den letzten Tagen. Auf den Gipfeln liegt Schnee. Jeden Tag

kriecht er tiefer. Einheimische besuchen uns, trinken Tee mit uns und fragen nach Medizin. Ich gebe ihnen Aspirin. Nehme auch welches, die Bisswunde hat sich entzündet. Zusammen gehen wir zum alten Mann.

Ab hier drifteten die Einträge und die tatsächlichen Begebenheiten auseinander.

31. Oktober: Habe mit altem Mann meditiert.

Eine Pfeife geraucht hatte Ruth mit ihm. Von der Wirkung hatte sie zuerst nichts gespürt, doch am nächsten Morgen wachte sie auf, und das Laken war zerrissen und ihre Wange von innen blutig gebissen. An ihre Träume konnte Ruth sich nicht erinnern, nur Fetzen einer Verfolgung waren da sowie diffuse Gefühle von Schuld und Angst, die den ganzen Tag über anhielten. Vielleicht sollte sie noch einmal durch die Pforte in die innere Welt treten und sich dem Schrecken stellen. Eigentlich wollte Ruth aber nur wieder rauchen und in einer Wolke versinken. Viel zu früh ließ jedes Mal die Wirkung der Droge nach, und dann wurde Ruth wieder von der Wirklichkeit überrollt. Am Morgen blieb Ruth jetzt liegen. Sie hätte gar nicht gewusst, wie sie die Füße auf den Boden bekommen sollte. Richard kam herein und zog die Vorhänge auf, um die kalte Luft noch kälter zu machen, was den Wunsch nach Opium noch verstärkte. Der Schnee war jetzt da und mit ihm der ganze Ernst der Lage. Ruth war stehen geblieben, und die Zweifel kreisten sie ein.

Richard brachte Tee, stützte Ruth, bis sie ausgetrunken hatte, und begleitete sie zum Abort, einem Plumpsklo hinter einem der Türme. Nach dieser Anstrengung, die Ruth erschöpfte wie eine lange Wanderung, wollte Richard, dass sie am Feuer saß. Hunger hatte Ruth keinen, müde war sie auch nicht, sie spürte gar keine Bedürfnisse, doch Richard schien zu wissen, was nötig war, und weil ihr auch die Kraft zur Widerrede fehlte, befolgte Ruth alle Anweisungen.

»Iss etwas«, sagte Richard. »Schlaf jetzt, oder versuch wenigstens, zu schlafen.«

Als es wieder dämmerte, erlaubte er ihr am Feuer eine Dosis Maiswein, die er mit medizinischer Präzision abmaß. Das Getränk belebte Ruth und löste ihre Zunge.

»Ich hab es wohl mal wieder übertrieben«, sagte sie.

»Wäre es wenigstens eine gute Party gewesen.« Richard warf ein Scheit ins Feuer und wickelte sich in eine Decke. »Aber mit einem alten Mann in der Kälte zu sitzen und im Schlaf zu weinen …«

Von Bill hatte Ruth geträumt, aber das würde sie Richard nicht erzählen. Ihr verstorbener Mann erschien ihr schon seit einigen Nächten im Schlaf, die Droge hatte den Traum lediglich verstärkt. In der zweiten Opiumnacht hatte Ruth Bill in einem Krankenhausbett liegen sehen. Er wollte ihr etwas sagen, nur verstand sie ihn nicht. War es eine Warnung oder eine Ermutigung? Und konnte er die Situation von dort, wo er sich jetzt befand, überhaupt einschätzen? Fakt war, Ruth hatte ihr gesamtes Erbe auf die Panda-Karte gesetzt, und wenn die Jäger keinen Panda brachten, stünde sie mit nichts da. Schlimmer noch, der Zoo, der diese Expedition mitfinanzierte, wäre zu Recht enttäuscht, und Smith, Gerry und all die anderen großspurigen Kerle würden über ihre weibliche Art des Jagens spotten. Diese Angst musste Richard verstehen.

»Ich will nicht sein wie Smith«, sagte Ruth. »Trotzdem werde ich ihm immer ähnlicher. Auch ich schicke Männer los, bleibe selbst zurück und warte.«

»Denk an Su Lin«, sagte Richard. »Du tust das alles, damit sie Gesellschaft bekommt. Dank dir liebt die ganze Welt Pandas, und niemand prahlt mehr damit, sie zu schießen. Sogar Smith ist davon abgekommen. Die Großwildjäger haben schon viele Arten ausgerottet, Antilopen beispielsweise – von denen gibt es hier nur noch wenige. Den Pandas soll das nicht passieren.«

»Das hoffe ich, aber …« Ruth knetete ihre Hände. Im Schlaf musste sie stundenlang die Fäuste geballt haben. »Wie soll ich es erklären? Alles fühlt sich falsch an. Letztes Jahr fand ich es erhebend, in den Bergen zu sein. Ich bin aufgestiegen, buchstäblich. Jetzt kommt es mir vor, als würde ich hinunterrutschen.«

»Nervöse Unruhe ist das«, sagte Richard. »Weil du nichts zu tun hast.«

»Stimmt. Nicht mal mehr etwas zu trinken.« Ruth hielt ihm ihren leeren Becher hin und lächelte bittend. Richard schüttelte den Kopf.

»Ich hatte einmal Erfolg«, sagte Ruth. »Und jetzt will ich ihn wieder. Aber wann hat jemals eine Wiederholung begeistert?«

Darauf entgegnete Richard nichts. Weder beschönigte er, noch lenkte er ab, wofür Ruth ihn schätzte. Schweigend saßen sie beieinander und sahen in das Feuer. Als Ruth zu zittern begann, streckte Richard einen deckenbehängten Arm aus. Ruth rückte näher und lehnte sich an ihn. Ihre Schatten flossen zusammen. Richard war ruhig und warm, wie ein sonnenbeschienener Fels. Und was war Ruth dann? Ein Bergfluss, wild und schnell? Sie senkte die Hand mit dem Becher und ließ ihn fortrollen. Den brauchte sie nicht, um zu wissen, was sie tun sollte. Wasser fand immer einen Weg.

In den nächsten Tagen wanderte Ruth. Nicht weit, nur in Kreisen um die Burg herum, doch die Bewegung gab ihr neuen Schwung. Als sie am Abend rotwangig in Wangs provisorische Küche zurückkehrte, nahm sie sich reichlich vom Maiswein aus dem Kanister, ordnete an, der Bote solle Nachschub aus Wenchuan bringen, und verkündete: »Meine Herren, ich habe einen neuen Plan.«

Erfreut nahm sie zur Kenntnis, wie Wang und Richard aufsahen. Zwar waren die beiden Männer nur ein kleines Publikum, aber eines, das gespannt wirkte.

»Es ist eigentlich naheliegend«, sagte Ruth. »Wir möchten Pandas züchten, also brauchen wir ein Paar. In Amerika warten sie auf ein Männchen, aber wir setzen einen drauf und bringen ihnen zwei Tiere, ein Mädchen und einen Jungen, Yin und Yang.«

»Was zur Hölle …«, begann Richard.

»Scht!«, machte Ruth. »Lass mich das noch Wang erklären.«

Mit Pidgin und Gesten übersetzte sie. Wang strahlte. Er sprach oft von seinen beiden Ehefrauen, und anscheinend glaubte er, Ruth sei von seinem Beispiel inspiriert worden.

»Doppelt.« Er reckte den Daumen, eine Geste, die er von ihr übernommen hatte. »Besser.«

Yin und Yang

Auch wenn er nicht klagte, fand Richard das Warten ebenfalls zermürbend. Inzwischen hatte er jedes erdenkliche Fotomotiv innerhalb und außerhalb der Burg aufgenommen, und Wang und Ruth wollten nicht mehr aufs Bild.

»Spar dir den Film für ereignisreiche Tage«, hatte Ruth gesagt und weiter in die Tasten ihrer Schreibmaschine gehackt. Sie verfasste Artikel über China, die sie an eine Zeitung zu verkaufen hoffte. Manchmal schrieb sie auch an Freunde oder tippte sinnlose Zeichenfolgen, wie sie in Kursen fürs Maschinenschreiben als Fingerübungen verwendet wurden. Richard suchte ebenfalls nach einer Beschäftigung. Wang ließ niemanden an seine Töpfe, und Feuerholz hatten sie inzwischen für mindestens einen Monat. Als Richard einmal wieder die Burg verlassen wollte, um Scheite zu hacken, hielt Wang ihn auf und deutete auf die Wand hinter der Kochstelle. Dort türmte sich das Brennmaterial bis auf Brusthöhe.

»Reicht!«, sagte Wang.

»Nur bisschen *laufi*, Wang.« Richard schulterte die Axt.

»Mit Hau-Messer?«, fragte Wang.

»Genau. Wegen Tiger.«

Draußen lehnte Richard die Axt an den Hackklotz. Es dämmerte schon, er wollte sich nicht weit entfernen, und in der unmittelbaren Umgebung hatte er bereits sämtliches Totholz verarbeitet. Ruth hatte recht, beim Stehenbleiben kamen die Zweifel.

Wie war die Lage in Shanghai? Die Nachrichten, die sie erreichten, waren bereits Wochen alt. Angeblich dominierten die Japaner den Luftraum und warfen immer wieder Bomben ab. In einer Zeitung, die Anfang September erschienen war, wurde die Attacke auf einen Bahnhof beschrieben. An Details aus dem Text erinnerte Richard sich nur bruchstückhaft, aber das Foto zum Bericht trug er in der Innentasche seiner Jacke mit sich herum. Es zeigte den zerstörten Bahnhof mit eingestürztem Dach. Leichen waren keine zu sehen, aber im Vordergrund saß ein mit Blut und Ruß beflecktes Kleinkind und brüllte sich die Seele aus dem Leib. Seine helle Kleidung, die schwarzen Lederschuhe und der akkurate Bürstenhaarschnitt verrieten, wie geordnet sein Leben ein paar Sekunden zuvor noch gewesen sein musste. Der Anblick war herzzerreißend. Richard hatte sich in die Nasenwurzel gekniffen, um die Tränen zurückzuhalten.

»So was geht um die Welt, Ruth.« Er hatte auf das Papier geschlagen. »Dieses Bild drucken Blätter überall, und dort, wo die Menschen es sehen, werden sie auf Chinas Seite sein. Internationale Unterstützung ist genau das, was das Land jetzt braucht.«

Ruth war seiner Meinung gewesen und hatte sofort eine Verbindung zu den Pandas gefunden.

»Wenn ich mit Yin und Yang nach Hause reise, werde ich jedem Reporter in den Block diktieren, dass China die Hilfe der Amerikaner braucht. Wer die Tiere streicheln oder füttern will, der soll spenden.«

Es wäre schön, wenn es so käme, aber mit jedem verstreichenden Tag glaubte Richard weniger an Erfolg. In Shanghai könnte er jetzt etwas bewirken. Doch darüber sprach er mit Ruth besser nicht. Sie würde glauben, es ginge ihm um den eigenen Ruhm. Für Hemingway hatte sie nur Spott übrig, den hielt sie für ebenso selbstgefällig wie Smith.

Wollte Richard Fotos machen, die die Welt aufrüttelten? Natürlich. Und würde er gern seinen Namen gedruckt sehen? Uneitel war er nicht. Doch vor allem wollte er nützlich sein. Seit zehn Jahren lebte er in Shanghai. Auf einer Reise durch Asien hatte er sich in die Stadt verliebt, und längst fühlte er sich in ihr heimisch. Er kam sich wie ein Feigling vor, weil er hier in den Bergen hockte. Er stemmte die Arme auf den Hackklotz und machte Liegestütze. Wenigstens in Form halten musste er sich. Von weit her hörte er Rufe. Richard schirmte seine Augen gegen die untergehende Sonne ab. Eine Gruppe Jäger erschien auf der Hügelkuppe über ihm. Einer lief leichtfüßig voran, gefolgt von zwei Hunden. Zwei andere Männer schleppten etwas. Im Gegenlicht erkannte Richard es nur undeutlich. Anscheinend war es schwer, denn sie transportierten es an Ästen, die sie über ihre Schultern gelegt hatten. Jetzt waren sie über die Hügelkuppe hinaus. Richard sah schwarz-weißen Pelz und einen verschnürten Körper, der an den Ästen hing. Der erste Jäger schrie etwas. »Bei-Shun!«

Was das bedeutete, wusste Richard. Er ließ die Axt stehen und rannte zurück in die Burg. Dort fand er Ruth nicht gleich. Als Wang sagte, sie sei wieder zu dem alten Mann gegangen, befürchtete Richard das Schlimmste und nahm auf den Treppen in den hinteren Teil der Burg drei Stufen auf einmal. In einem Gang kam Ruth ihm entgegen und hob die Hände.

»Ich habe ihm nur Essen gebracht.«

»Die Jäger«, keuchte Richard. »Sie haben einen Panda.«

»Wirklich? Oh, Richie! Heute hatte ich so eine Ahnung.« Ruth wollte losstürmen, doch Richard hielt ihren Arm fest.

»Aber du solltest wissen – ein Baby ist es nicht.«

Nein, ein Säugling war das Tier nicht mehr. Es hatte die Maße einer Bulldogge und mochte bereits zwei Jahre alt sein, vielleicht auch drei. Es wirkte kräftig, und die Jäger sagten, es besäße bereits alle Zähne, weswegen sie ihm das Maul zugebunden hatten. Immer wieder knurrte es in Richtung der bellenden Hunde, die einer der Männer zurückhielt.

»Bringt die Kläffer raus«, rief Ruth. »Der Panda hat Angst, merkt ihr das nicht?«

In ihrer Aufregung entfielen ihr sämtliche Pidgin-Vokabeln. Gestikulierend versuchte sie, sich zu verständigen. Daraufhin schob einer der Männer seinen Ärmel zurück und zeigte lange, blutige Kratzer.

»Natürlich wehrt es sich«, sagte Ruth. »Wie lange habt ihr es schon? Wurde es gefüttert?« Sie blickte in verständnislose Gesichter. »Richard, übersetz für mich!«

Mithilfe des Fotografen diskutierte sie mit den Jägern.

Nein, sagten die, keinesfalls würden sie den Panda losbinden, sie seien ja nicht lebensmüde.

»Dann baut einen Käfig«, sagte Ruth »Er muss sich bewegen können.«

Gut, das würden die Männer tun, aber erst wollten sie die Fangprämie haben, wie vereinbart. War so etwas ausgemacht gewesen? Ruth erinnerte sich nicht. Egal, sie würde alles tun, damit es dem Tier schnell besser ging. Ohne zu verhandeln, zahlte sie die geforderte Summe aus.

Zufrieden zogen die Männer mit Sägen und Äxten los, um Baumaterial zu beschaffen. Aus dicken Ästen und jungen Stämmen zimmerten sie in Ruths Zimmer einen Käfig. Zwei Männer brachten den Panda hinein und setzten ihn mit dem Rücken an die Stäbe. Von draußen hielten zwei weitere ihn fest, die Ersten lösten die Schnüre um das Maul, verließen den Käfig und zerschnitten von draußen die Fesseln. Mit gesenktem Kopf ließ das Tier es über sich ergehen. Ruth schob eine Schale mit Wasser in den Käfig, aber die beachtete es nicht. Es schritt sein Gefängnis ab. Mit einer Pfote kratzte es an den Holzstangen.

»Frische Luft!« Ruth riss die Vorhänge von den Fenstern. »Futter! Wir brauchen Bambus.«

Doch die Männer hatten keinen mitgebracht, und längst war die Nacht angebrochen. Noch einmal hinauszugehen, sahen sie nicht ein. Morgen sei auch noch Zeit dafür. Aus dem Käfig erklang ein Heulen.

»Er weint vor Hunger. Wenn er leidet, fasst er kein Vertrauen.« Ruth zog ihren Mantel an. »Ich gehe selbst.«

Nach zwei Schritten in den Innenhof blieb sie jedoch stehen. Es war Neumond, und sie erkannte kaum die Hand vor Augen. Die Schrecken der Dunkelheit attackierten sie, und in Ruths Brust schlug das Angstvögelchen wild mit den Flügeln. Aber dem Panda ging es auch nicht gut. Ruth ging zurück in die Burg.

»Ich nehme einen Hund mit«, sagte sie, »außerdem brauche ich jemanden, der mir tragen hilft. Hinten beim Wald gibt es Bambus. Es sind nur zehn Minuten zu laufen. Richard?«

Der Gesichtsausdruck des Fotografen verriet Unwillen, dennoch kam er ihrer Bitte nach. Schweigend folgte er Ruth und dem Hund, mit seiner Axt über der Schulter und einer Fackel in der Hand, was Ruth ihm hoch anrechnete. Mit einem Armvoll Bambus kehrten sie gegen Mitternacht zurück. Ruth schob eine Bambusstange in den Käfig. Der Panda unterbrach sein Heulen und beäugte die Pflanze. Seine schwarz-weiße Gesichtsmaske ließ keine Regung erkennen.

»Sieh mal«, sagte Ruth. »Ich esse das selbst.«

Sie setzte sich auf den kalten Boden und biss in eine der anderen Stangen.

»Hm!«, machte sie genießerisch.

Mit einer Pfote angelte der Panda nach dem Bambus, zog sich in die hinterste Käfigecke zurück und beschnüffelte das Futter. Anscheinend befand er es für gut, denn er zerbrach den Bambus und begann zu nagen.

»So ist es fein.« Ruth strahlte. »Guter Junge!«

War er denn einer? Der Panda fläzte an die Stäbe gelehnt und streckte die Beine von sich. Ruth schob die Lampe näher an den Käfig heran. Doch auch im helleren Licht zeichnete sich unter dem hellen Bauchpelz des Tieres nichts ab.

Zehn Tage war der Panda nun schon bei ihnen, und Richard fragte sich, ob Ruth in dieser Zeit auch nur ein einziges Stück ihrer Kleidung gewechselt hatte. Mit Sicherheit konnte er sagen, dass sie ihr Haar nicht gewaschen hatte, denn das war eine aufwendige Prozedur, die Tinkturen, Bürsten und Öle erforderte. Ihre glänzend schwarze Mähne verdankte Ruth angeblich einem Vorfahren, der einem Appalachen-Bergvolk angehört hatte. Ihr indigenes Blut sei auch der Grund dafür, dass sie sich in den tibetischen Bergen so wohlfühlte. Ob das stimmte oder nur eine Geschichte war, die der Legendenbildung diente, wusste Richard nicht, aber Fakt war, wenn die auf ihr Aussehen bedachte Ruth das Frisieren aufgab, deutete das auf einen Zustand höchster Anspannung hin. Der Panda lebte noch immer im Käfig, trank Wasser und verputzte Bambus in rauen Mengen. Brachte Ruth neuen, trottete er auf sie zu, näherte sich ihr bis auf Armlänge und ließ sie das Futter in seinen Käfig legen. Waren Stücke darunter, die er für zu dünn oder zu holzig befand, schleuderte er sie wieder nach draußen, und man musste in Deckung gehen.

»Er zeigt Wut, das ist gut«, hatte Ruth gesagt.

Allerdings verweigerte er weiterhin andere Nahrung. Alles Mögliche hatten sie ihm schon angeboten, von Getreidebrei über Gemüse bis hin zu Erdnüssen, serviert in Ruths eigenem Blechnapf. Der Panda akzeptierte ausschließlich Bambus, und solange das so blieb, konnten sie ihn nicht fortbringen. Richard fand, sie probierten schon zu lange herum. Ein so großes Tier bereitete nur Probleme. Statt Körperkontakt zu suchen wie die kleine Su Lin, verhielt es sich störrisch. Es war selbstständig und wäre in der Wildnis besser aufgehoben. Doch Ruth schnippelte schon wieder Rüben. Mit gefalteten Beinen saß sie auf einer Matte in der Küchenecke.

»Wenn ich die Rüben zerstoße und zu einem Drink mische, nimmt er es vielleicht«, sagte sie zu Richard.

»Bloß, wie viel davon müsste er trinken, bis er satt ist?«, fragte Richard.

Darauf erntete er einen unwirschen Blick. Schon klar, Bedenken waren mal wieder unerwünscht.

»Sieh doch endlich mal die Post durch«, sagte Richard.

Mit neuen Essensvorräten waren vor zwei Tagen ein Schwung Briefe und ein Päckchen aus Chengdu angekommen. Bis jetzt hatte Ruth sie nicht einmal angefasst. Ungeöffnet lagen sie am Fußende ihres Schlaflagers, das sie zu Wang ins Küchenzimmer verlegt hatte. Dort war es etwas weniger zugig als im offenen Pandazimmer. Ruth griff nach einer weiteren Rübe.

»Du kannst mir ja vorlesen.«

»Okay.«

Unschlüssig durchstöberte Richard die Umschläge. Einer von Dan Reib war dabei. Den riss Richard als Erstes auf. Der Amerikaner schrieb, Ruth solle sich vor Smiths Leuten in Acht nehmen. Seinen Informanten zufolge wären sie wieder verstärkt im Feld unterwegs. Wenn ihre eigene Jagd erfolglos sei, könnten sie es darauf anlegen, Ruth zu sabotieren.

»Die sollen es nur wagen, hier aufzukreuzen.« Ruth spaltete die Rübe mit einem Hieb. »Was schreibt er noch?«

»Die Chinesen ziehen sich aus Shanghai zurück«, sagte Richard. »Die Zeitungen berichten von Gräueltaten der Japaner an der Zivilbevölkerung. Man hat junge Mädchen gefunden, die …«

Er stockte und übersprang die Stelle.

»In den USA ist man uneins, wie man sich verhalten soll«, las er. »Es gibt Petitionen, die die Regierung auffordern, sich rauszuhalten.«

»Feiglinge!«, rief Ruth. »Die sollten sich das alles mal mit eigenen Augen ansehen.«

»Wenn du wieder zu Hause bist, könntest du sie aufklären.« Richard öffnete einen Brief von Margaret. »Su Lin würde sich sicher auch freuen, dich wiederzusehen.«

Besorgt beobachtete er, wie Ruth die Rüben immer schneller bearbeitete. Man musste kein Hellseher sein, um zu ahnen, dass ihre nervöse Energie in einer Katastrophe enden konnte.

»Jetzt ist Su Lin schon über ein Jahr alt, nicht?«, fragte Richard. »Ein prägendes Alter, auch für Bären. Nun wäre die Zeit, um …«

»Mach mir kein schlechtes Gewissen, Rich!«

»Sorry. Ich erinnere mich nur daran, wie zahm sie war. Du hast sie behandelt wie ein Kind, und sie hat sich bei dir wohlgefühlt. Aber dieser neue Bär …« – das Tier hatte noch keinen Namen, weil Ruth sich nicht eingestehen wollte, dass es wieder ein Weibchen war – »der misstraut uns.«

»Er ist nur verstört, weil die Hunde ihn gestellt haben.«

»Oder es liegt daran, dass er wild aufgewachsen ist.«

Aus dem angrenzenden Zimmer klangen schabende Geräusche. Ruth, die den Bären durch den offenen Durchgang im Blick hatte, sprang auf.

»Jetzt schau mal da!«

Sie warf das Messer auf das Schneidebrett. Es rutschte herunter und schlitterte über den Boden. Gerade noch rechtzeitig zog Richard seinen Fuß weg. Ruth war schon im Nebenraum. Eilig folgte Richard ihr. Der Panda krümmte sich in einer Ecke des Käfigs zusammen. Hatte er Schmerzen? Im nächsten Moment stellte das Tier die Vorderpfoten auf, brachte den Kopf zwischen die Beine und schob sich mit den Hinterpfoten an den Stäben hoch. Dabei verursachten seine Krallen das schabende Geräusch. Der Panda schnaufte vor Anstrengung, verlor das Gleichgewicht und plumpste wieder auf den Boden.

»Er versucht einen Handstand.« Ruth flüsterte. »Jemand hat mir erzählt, dass sie das machen. Ich hielt es für ausgedacht.«

»Was soll das?« Richard ging näher heran. »Will er spielen? So, wie wenn er Purzelbäume schlägt?«

»Nein, er hat etwas anderes vor.«

Der Bär unternahm einen zweiten Versuch. Dieses Mal stemmte er die Hinterpfoten an zwei Seiten der Käfigecke und gewann Stabilität. Richard ging näher heran.

»Bleib weg«, warnte Ruth.

Der Bär stand jetzt still.

»Durch die Stäbe kann er mich nicht beißen«, sagte Richard. »Und das ist die Gelegenheit, sein Geschlecht zu erkennen.«

Er tat noch einen Schritt zum Käfig hin, doch Ruth riss ihn an der Schulter zurück, sodass er mit dem Rücken gegen die Wand prallte. Im selben Moment schoss ein Urinstrahl durch die Luft und brach an den Käfigstäben. Versprengte Tropfen trafen Richards Hose. Ein scharfer Geruch erfüllte den Raum – und Ruth jubelte.

»Er pinkelt im Handstand! Das berichte ich sofort Mr. Lai. Der wird aus dem Häuschen sein.«

Im Käfig schob sich der Bär mit den Vorderpfoten noch näher an die Stäbe, brachte den Unterleib gegen das Holz und kippte hintenüber. Er vollführte eine halbe Rolle und landete auf seinem Hintern. Verdattert saß er eine Weile lang da. Dann schüttelte er den Kopf, griff nach dem Bambus und widmete sich wieder dem Fressen.

»So eine Sauerei«, sagte Richard. »Jetzt müssen wir schon wieder den Käfig verrücken und alles sauber machen.«

»Auf keinen Fall.« Ruth wischte sich die Hände an ihrem Hausmantel ab, einem edlen Teil, das vor Schmutz starrte. »Wo er sich doch gerade so große Mühe gegeben hat, seine Markierung zu hinterlassen.«

»Meinst du, das war der Zweck des Kunststücks?«

»Bestimmt. Wenn sie ihre Duftmarken hoch an Bäume setzen, werden sie nicht von denen anderer Tiere überlagert.«

Richard nickte. »Klingt plausibel. Ob er es noch mal macht? Ich hole meine Kamera.«

»Lieber nicht. Ich will keine Fotos, auf denen er im Käfig zu sehen ist. Was meinst du, ist er männlich, wenn er so pinkelt? Gerade habe ich sie Yin getauft. Andererseits sind Anteile von Yin und Yang in jedem Lebewesen, nicht?«

Ruth hob das Messer auf, ging zurück zum Gemüse, schob die Stücke auf dem Brettchen zusammen und zerkleinerte sie weiter.

»Wenn ich nicht fotografieren soll, wozu bin dann hier?«, fragte Richard.

Es kam schärfer heraus, als er beabsichtigt hatte.

»Zum Beispiel, um mir Gesellschaft zu leisten.« Summend hobelte Ruth weiter durch den Rübenberg. »Und sag, haben wir nicht gerade etwas beobachtet, das nur ganz wenige Menschen zuvor gesehen haben?«

»Die Pinkelakrobatik ist eindrucksvoll.« Richard nahm sich das Päckchen vor und stieß ein Schälmesser durch das Verpackungsband. Etwas zu zerstören fühlte sich gut an. »Leider zeigt Yin damit Revierverhalten. Sie ist in der Pubertät. Mit sanften Worten und Kuscheln kommst du gegen ihre Instinkte nicht an. Sie will ihre Kraft erproben und kämpfen und wird dich auch in Wochen noch kratzen. Hier kommst du nur mit Dominanz weiter, aber die willst du vermeiden, oder? Gehorsam durch Angst und Schmerz scheidet aus. Wir wollen das Tier nicht vorführen wie einen Tanzbären.«

»Ich, meinst du«, sagt Ruth. »Lass das alles meine Sorge sein. Du bist der Dokumentator, Richie.«

»Aber ich dokumentiere ja gar nicht!«

Richard zerfetzte das Band, zog es vom Karton ab und warf es in eine Ecke.

»Streiten wir nicht.« Ruth legte das Messer hin, faltete die Hände im Schoß und wandte sich Richard zu. Ihre ungeteilte Aufmerksamkeit schliff die Spitzen seiner Wut ab. Ruth deutete auf das Paket. »Was ist denn Schönes drin?«

»Dein Buch.« Richard nahm es heraus. Obenauf lag ein handbeschriebenes Kärtchen. »Der Verlag schickt dir ein druckfrisches Exemplar. Herzliche Grüße aus New York.«

»Ach, wie schön.« Statt zu Richard zu kommen oder auch nur die Hand nach dem Buch auszustrecken, holte Ruth eine Lauchstange aus einem Sack und setzte zu einer weiteren Runde des Zerkleinerns an. »Gefällt es dir? Es sind auch viele deiner Fotos abgedruckt.«

Richard blätterte und las das erste Kapitel an. In dem erklärte Ruth, warum sie nach einem Panda gesucht hatte. Noch bevor die Rede auf das Tier kam, eröffnete sie mit einer stimmungsvollen Bergszene, in der sie an der Seite eines »großen, gut aussehenden Chinesen« stand. Sie benutzte Quentins chinesischen Namen, und das erste Foto im Buch war eines von ihm, gleich auf der dritten Seite. Vor einer Mauer aus Natursteinen lächelte Quentin in die Kamera. Er trug einen hellen Wollpullover, eine Schirmmütze schräg auf dem Kopf und blinzelte in die Sonne. Richard hatte ihn in der Bewegung eingefangen, und Quentin schien links aus dem Bild hinauslaufen zu wollen, schwungvoll unterwegs zu einem lohnenswerten Ziel. Das Bild hätte eine Anzeige für Sportbekleidung sein können. Jemand wie Quentin inspirierte, und schönen Leuten verzieh man leichter. Ruth sah offenbar darüber hinweg, dass Quentin einfach untergetaucht war. Nachdem die Jäger den großen Panda gebracht hatten, hatte sie ihrem früheren Gefährten gleich geschrieben und noch tagelang davon gesprochen, dass der Brief ihn trotz der Kriegswirren hoffentlich irgendwo erreichte. Auf die Idee, dass Quentin nicht antwortete, weil er nun Familie hatte und ein ganz anderes Leben führte, kam Ruth nicht. In ihrer Vorstellung würde Quentin immer ein strahlender Held bleiben, und dank seiner Abwesenheit konnte nichts dieses Bild trüben.

Was Quentin wohl zu der Situation in der Burg sagen würde? Täglich säuberten sie jetzt den Steinboden von Pandaurin. Der Gestank hing ihnen in den Kleidern, und vor der Burgmauer türmte sich ein Misthaufen grünbrauner Fäkalien. Einen Bären in einer Burg zu halten und dann mühsam quer durchs Land zu transportieren, entweder in einem mobilen Käfig oder mit Maulkorb und Fesseln, mutete für Richard wie eine äußerst dumme Idee an. Wenn sie so vorgingen, unterschieden sie sich wirklich kaum noch von Smith. *Sie* – Plural? Nein, Ruth leitete diese Expedition, Richard durfte nicht mitbestimmen. Nicht einmal seine Bedenken nahm Ruth noch ernst. Wenn sie ihm nicht zuhörte, was konnte er dann tun? Er klappte das Buch zu und legte es zurück in den Karton, mit der Rückseite nach oben, als hätte er es durchgelesen.

Lass das alles meine Sorge sein.

Diese Worte kränkten Richard. Anscheinend war er gut genug, den Krankenpfleger zu spielen und Ruth vom Opium wegzuzerren. In schlechten Zeiten brauchte sie ihn, und in guten sollte er bitte beiseitetreten. Das war nicht das, was Richard sich erhofft hatte, als er sich Ruth ein weiteres Mal angeschlossen hatte. Würde sie jemals mehr in ihm sehen als einen treudoofen Helfer?

»Sieht aus, als bräuchtest du mich nicht mehr«, sagte Richard zu Ruth.

Überrascht sah sie auf.

»Wenn du es mit dem Bären nach Shanghai schaffst und er dann wirklich zahm sein sollte, kann ich ihn ja dort fotografieren«, sagte Richard.

»Du willst zurück in die Stadt?«

»Wer weiß, was davon noch übrig ist. Aber es wird jetzt Zeit, meine eigenen Projekte zu verfolgen.«

»Und die wären?«

Anscheinend konnte Ruth sich nicht vorstellen, dass es etwas Besseres gäbe, als an ihrer Seite zu sein.

»Vielleicht betätige ich mich wieder als Spion«, sagte Richard. »Beim letzten Mal hat es mir Spaß gemacht.«

Er wollte daran erinnern, wie Gret und er Smith bespitzelt hatten, doch das hatte Ruth offenbar schon vergessen. In ihrem nächsten Buch würde die Episode keine Erwähnung finden. Im Team Harkness war Richard noch immer ein Auswechselspieler.

Hiermit gab er das Trikot zurück. Es tat weh, aber er sollte gehen, solange er das noch mit Stolz tun konnte.

»Wie auch immer«, sagte Richard. »Es sind schlimme Zeiten. Besser, man macht keine Pläne.«

Ruth sah Richard nach, als er sich im Morgengrauen an den Abstieg machte. Da ging er dahin, ihr Fotograf, mit einem Ranzen auf dem Rücken und der Kamera an einem Riemen über der Schulter. Einer der Männer begleitete ihn nach Chengdu. Mit sich nahm er Briefe von Ruth und eine Anweisung an ihre Bank für den Kauf chinesischer Kriegsanleihen. Viel konnte Ruth nicht investieren, umso wichtiger fand sie es, all ihren Bekannten davon zu erzählen.

»Es gibt die Anleihen schon ab einem Nennwert von fünf Dollar«, schrieb sie als Postskriptum in jeden ihrer Briefe. »Auch kleine Summen helfen.«

Bei Margaret bedankte sie sich für die vielen Zeitungsausschnitte. Der Frühstücksflocken-Hersteller produzierte eine neue Anzeigenserie. Auf bunten Bildchen suchte eine Comic-Ruth nach Pandas. Die Bildunterschrift lautete: »Eine mutige Entdeckerin weiß, wie wichtig ein gutes Frühstück für Leute ist, die ein Leben voll Abenteuer führen!«

Für diese Kampagne bekam Ruth Geld. Anders verhielt es sich bei den vielen anderen Anzeigen, die Bambusbären zum Inhalt hatten. Inzwischen hatten Werbeleute im ganzen Land den Panda für sich entdeckt. Schwarz-weiße Bären grinsten von Anzeigen für Whisky, warben im Kleidchen für die neue Frühjahrskollektion und verdrängten als Plüschtiere den Teddy. Auch Ruths Kinderbuch hatte ärgerlicherweise schon Nachahmer gefunden, und die Presse nutzte jeden noch so weit hergeholten Anlass, um Fotos von Su Lin abzudrucken. Das Gesicht der Bärin erschien unter Salatrezepten (»Essen Sie mehr Grünes!«) ebenso wie unter dem Wetterbericht (»Frieren Sie etwa? Su Lin liebt den Winter!«).

Su Lin war nun prominent und mit ihr auch Ruth. Menschen träumten sich nach Tibet und sehnten Neuigkeiten aus den fernen Bergen herbei. Selbst wenn sie wollte, konnte Ruth nicht mehr zurück. Gab sie auf, würden andere an ihre Stelle treten, allen voran der unsägliche Smith.

Die erste Nacht ohne Richard in der Burg war schwer. Zwar hatten er und Ruth nicht einmal im selben Zimmer geschlafen, doch irgendwie hatte seine nüchterne Art die Gespenster ferngehalten. Wang dagegen betete vor dem Schlafen und beschwor eine Macht, die Ruth nicht kannte. Das gab ihr das Gefühl, etwas zu unterlassen, das sich später rächen würde. Mit dem Bären hatte sie ein Lebewesen aus dem Wald geholt, nun sollte sie etwas zurückgeben, aber wie? Endlich legte Wang sich hin und begann zu schnarchen. Auf ihrer Matte schloss Ruth die Augen und dachte sich ein Mantra aus.

»Ich bin ein Tropfen im Fluss und ströme dahin, vorbei an Steinen und Untiefen, nichts kann mir wehtun.«

Trotzdem träumte sie schlecht. Wieder einmal spukte Bill durch ihren Kopf. Er fragte, was sie hier mache, sie sollte doch längst …

Mit geballten Fäusten wachte Ruth auf. »Was denn?«, zischte sie. »Was willst du?«

Wang schreckte hoch, sah Ruth mit leerem Blick an, sank zurück und schnarchte weiter. Irgendwo fiel etwas herunter. Ein Stein? War die Decke schon immer so schief gewesen? Bilder der Bombenangriffe schoben sich vor Ruths inneres Auge. Sie sah Szenen, die sie selbst erlebt hatte, vermischt mit den Fotos von Richard. Da waren Chaos, Zerstörung, Stoff unter Steinen, und man fragte sich, lag dort ein Mensch? Ruth fürchtete die Dunkelheit draußen, aber die Beklemmung, die sie drinnen überkam, war noch schlimmer. Sie musste in den Innenhof, nein, ganz raus aus der Burg. Angezogen war sie schon, denn sämtliche Kleidung trug sie wegen der Kälte inzwischen ständig. Vor der Burg ging ein kalter Wind, doch statt ihr Halstuch über den Kopf zu ziehen, nahm Ruth es ab und hielt es über den Kopf wie ein Segel. *Trag mich fort und zeig mir den Weg, ich sehe ihn nicht mehr.*

Der Wind flaute ab, und es wurde ganz still. Das hohe Sommergras war längst verwelkt, unter Ruths Füßen gab es bloß karge Erde und Stein. Doch am Waldrand leuchtete etwas. Ruth ging hinüber, um nachzusehen, was es war. Ein Baumstamm schien mit grünlicher Farbe bestrichen worden zu sein. Als Ruth auf wenige Meter heran war, erkannte sie Pilze. Ihre Stiele waren es, die das grünliche Licht abgaben, und das gleich zu Dutzenden, eine Sammlung kleiner Laternen, zart und wunderhübsch. Schickte der Kosmos ein Zeichen? Richard würde sagen: Kokolores, Ruth, die Pilze wachsen immer hier, ob du sie siehst oder nicht.

Aber, widersprach Ruth in Gedanken, eins zeigen sie mir doch. So etwas hätte ich mir nicht ausdenken können, und trotzdem sind die Pilze da. Wir müssen uns nicht alles vorstellen können. Die Welt ist groß und voller Möglichkeiten. Ich gehe jetzt zurück und mache Feuer, und während ich versuche, es am Laufen zu halten, schlafe ich vermutlich ein, denn so läuft es. Manche Dinge kommen, wenn man sie nicht sucht.

Hoffnung

Hankou, 31.12.1937

Richard stand auf der Dachterrasse eines Hotels in Hankou. Der Himmel war wolkenlos. Schönes Wetter bekam im Krieg eine neue Relevanz, denn es bedeutete, Luftangriffe würden frühzeitig bemerkt werden. Kürzlich hatten die Japaner den chinesischen Teil von Shanghai eingenommen und in Nanking ein Massaker angerichtet. Sitz der Regierung war jetzt das südlicher gelegene Hankou, und Richard glaubte, hier könnten die nächsten Angriffe erfolgen. Wenn es so käme, wäre er vor Ort.

Am Horizont im Südwesten erschien ein Punkt und wuchs zu einem Flugzeug heran. Auf die Entfernung erkannte Richard das Modell nicht, aber der Kurs auf den Flughafen und das Ausbleiben von Alarm deutete auf eine zivile Maschine hin. Manchmal flogen noch welche.

Richard lehnte sich über die Brüstung und fotografierte die Hauptstraße entlang. Sollte sie demnächst zerstört werden, wollte er zeigen können, wie sie vorher ausgesehen hatte. Auf dem Sims eines Schaufensters räkelte sich eine getigerte Katze. Mit einem Satz sprang sie auf die Pfoten und plusterte den Schwanz auf. Den Bruchteil einer Sekunde später heulten die Sirenen los. Richard packte die Kamera ein und lief sechs Stockwerke hinab in den Keller. Ein Teil des Hotelpersonals war schon dort. Andere Gäste gab es kaum, die Zimmer wurden derzeit nur von einzelnen Regierungsbeamten bewohnt, die noch keine Wohnung in der Stadt gefunden hatten. Flieger donnerten über den Himmel, ein ganzes Geschwader. Hinter den Mauern wurde der Schall gedämpft, sodass Richard nicht zu sagen vermochte, wohin sie flogen. Entfernten sie sich schon wieder? Endlos schien sich die Zeit zu dehnen. Dann gab es eine Explosion. Ein Koch, dessen Schürze mit Mehl überpudert war, sprach mit einem Kellner, und Richard glaubte, das Wort für Flugabwehr zu verstehen. Noch immer war sein Chinesisch stümperhaft, doch diese Vokabel hatte sich ihm eingeprägt. Wieder explodierte etwas, und diesmal spürten sie auch eine Erschütterung. Die Stadt war getroffen worden.

Im Keller sprach nun niemand mehr. Alle sahen stumm zu Boden. Die Motorengeräusche wurden leiser. Endlich gaben die Sirenen einen durchgehenden Ton von sich – Entwarnung.

Die Menschen um Richard herum standen auf. Als der Erste die Tür öffnete, drang der Geruch von Verbranntem herein. Die chinesischen Angestellten riefen sich etwas zu. Ein indischer Page, der anscheinend noch keine Feuerübung mitgemacht hatte, blieb mitten im Flur stehen und wurde umgerannt. Richard half ihm auf. Als sie das Erdgeschoss erreichten, hatte sich die Aufregung bereits gelegt, und überall wurden Fenster aufgerissen. Der Rauch kam aus der Küche. Mit den Küchlein zum Nachmittagstee würde es wohl heute nichts werden, doch auf den ersten Blick schien im Hotel kein größerer Schaden entstanden zu sein. Um sich einen Überblick zu verschaffen, rannte Richard wieder auf die Dachterrasse. Einer der Kellner hatte die gleiche Idee. Etwa eine Meile entfernt von ihnen stieg schwarzer Qualm auf.

»Den Flughafen hat es erwischt.« Der Kellner zündete sich eine Zigarette an. Mit einem Blick auf Richards Kamera sagte er: »Wenn du rennst, bist du in zehn Minuten da.«

Richard wollte aber nicht. Alle Fotografen der Stadt würden sich dorthin aufmachen. Fotos von Zerstörung hatte er schon hundertfach gemacht. So schlimm es war, er gewöhnte sich an diese

Motive, und die Betrachter vermutlich auch. Wenn er mit seinen Bildern herausstechen wollte, musste er etwas anderes einfangen, den Kellner zum Beispiel, der sich hier oben eine Pause gönnte, kurz nachdem er einer Verschüttung entgangen war. Inmitten der Gewalt ging der Alltag weiter.

»Darf ich Sie fotografieren?«, fragte Richard.

Der Mann zuckte mit den Schultern, drehte ihm die rechte Seite zu, die er wohl für seine gute hielt, und rauchte weiter. Richard machte zwei Fotos, dankte und ging mit seiner Kamera zur Brüstung. Unten füllte sich die Straße wieder. An einem roten Schal erkannte Richard einen Kollegen. Er ging vor dem Hotel schräg gegenüber, dem teuersten der Stadt, auf und ab und schien zu warten. Wenig später leistete ihm ein zweiter Mann mit Block und Stift Gesellschaft. Aufmerksam blickte Richard die Straße entlang. Auch die Dame, die an einem Tisch vor einem Café Platz nahm, war eine lokale Reporterin. Was taten die ganzen Presseleute hier? Warum waren sie nicht am Flughafen? An der Kreuzung krachte es. Ein Moped war in einen Karren gefahren, der Gemüsekisten geladen hatte. Kohlköpfe kullerten über das Pflaster, und der Verkehr staute sich. Eine schwarze Limousine hupte. Die Rikscha dahinter hätte sich durchschlängeln können, blieb aber stehen. Der Fahrgast bezahlte. Wenn Richard sich nicht täuschte, trug auch er einen Block bei sich. Jetzt ging der Fahrer der Limousine um sein Auto herum und öffnete die Tür des Fonds. Eine Dame stieg aus. Sie trug einen Turban und einen Mantel mit Leopardenfellmuster. Auf dem Arm hielt sie ein Hündchen. Aus einer Seitenstraße rannte ein weiterer Fotograf herbei. Die Taschen seiner Weste beulten sich aus, wahrscheinlich waren sie voller Filme. Schützend legte die Dame beide Arme um das Hündchen. Der Fotograf sprang auf den Rand eines Blumenkübels, hob die Kamera und gestikulierte wild. Dame und Hündchen hoben die Köpfe. In einem Reflex schnappte Richards Hand nach dem Kameragurt. Beinahe wäre ihm sein Apparat heruntergefallen. Die Dame war Ruth, und das Hündchen war ein Panda! Aber nicht Yin, sondern ein viel kleineres Tier.

Schon wieselte der Reporter aus der Rikscha herbei. Die im Café wartende Frau sprang auf, und die beiden Herren vor dem Hotel sprinteten los, als gälte es, ein Rennen zu gewinnen. Auch aus den Häusern kamen nun Menschen. Bald war Ruth von einer Traube Schaulustiger umringt. Die Pressevertreter balgten sich um den besten Platz. Ruth beschwichtigte mit Gesten, bat um Abstand und ging mit schnellen Schritten zu dem Hotel, vor dem der Reporter und der Fotograf gewartet hatten. Auf dem roten Teppich vor dem Eingang posierte sie für Fotos, beschützt vom Portier, der allzu Aufdringliche in ihre Schranken verwies. Auf einmal kamen auch etliche Kinder herbei. Der Alarm hatte vermutlich den Schulunterricht beendet, und nun hüpften die Kleinen hinter den Reportern hoch, um einen Blick auf den Panda zu erhaschen. In den umliegenden Häusern wurden Fenster geöffnet, Menschen lehnten sich heraus. Es war, als sei ein Filmstar in der Stadt. Jemand warf eine Orchideenblüte hinab. In anderen Straßen heulten Feuerwehrhörner, doch über diesen Ort schien der Krieg gerade keine Macht zu haben.

Gebieterisch hob der Portier die Hand. Offenbar wollte Ruth sich zurückziehen und vorher noch einen Abschiedsgruß entrichten. Was sie sagte, verstand Richard nicht. Als sie endete, legte er beide Hände an den Mund und brüllte ihren Namen. Ruth wandte sich suchend in seine Richtung, doch da trat ein Herr in schwarzem Anzug aus dem Hotel, lüpfte seinen Hut und geleitete Ruth hinein. Die Versammlung verlor ihren Mittelpunkt. Aus der Vogelperspektive wirkte es, als habe man kreisenden Planeten die Sonne genommen. Jene Kraft, die alle angezogen hatte, war fort, und die Menschen trieben in verschiedene Richtungen auseinander. Die Zeitungsleute gingen zielstrebig, die Kinder bummelten. Verdattert rieb Richard sich die Stirn. Ob er Ruth später treffen konnte? Er hatte Fragen an sie. Viele Fragen.

Im Hotel hatte Ruth endlich Ruhe. War das Richards Stimme gewesen? Ruth konnte es sich eingebildet haben, sie war chronisch übernächtigt, weil ihre Kleine vor allem nachts aktiv war. Später wollte sie sich erkundigen, ob Richard in der Stadt sei. Bei den Nachrichtenagenturen sollte das in Erfahrung zu bringen sein. Jetzt war sie erst einmal mit Mr. Lai beschäftigt. In der Bar setzten sie sich an einen Tisch. Ruth nahm den Panda auf den Schoß und bestellte Scotch Soda. Mr. Lai wurde ohne Nachfrage eine Tasse Tee serviert, man kannte ihn hier wohl. Auf seinen Wink hin eilte ein Mitarbeiter zum Übersetzen herbei. Äußerst erfreut sei Mr. Lai, dass Ruth an ihn gedacht hatte. Über Umwege habe ihr Brief ihn erreicht, Mr. Lai habe ihn dem gesamten Büro vorgelesen, und dann hätten alle gelacht wie in tausend Jahren nicht. Solche Nachrichten brauche es in diesen grimmigen Zeiten. Ruth sei ein Geschenk des Himmels. Der Mitarbeiter übersetzte mit stoischer Miene.

»Pinkeln im Handstand, das ist phänomenal.«

Der kleine Panda lehnte seinen Kopf in Ruths Armbeuge. An ihrem Handgelenk spürte sie seinen Atem. Eine Vorderpfote sank langsam herab. Das Tier schlief ein. Eigentlich wäre nun wieder Zeit für sein Fläschchen gewesen, doch wenn es müde war, wollte Ruth es ausruhen lassen. Von der Nervosität, die sie damals bei Su Lin durchlebt hatte, war diesmal keine Spur. Ruth konnte sich nun wohl als erfahrene Mutter bezeichnen. Sie hatte gelernt, die wenigen unkomplizierten Momente zu genießen, und würde einfach sitzen bleiben, bis das Tier wieder aufwachte. Der Mitarbeiter sprach leiser.

»Wie heißt er denn?«

»Zunächst mal: Es ist eine Sie«, antwortete Ruth.

Das musste sie auch dem Brookfield Zoo bald beichten, und dort wäre man nicht erfreut. In Chicago warteten sie auf ein Männchen. Ruth hatte sich bis jetzt davor gedrückt, einen Brief zu schreiben, doch nun wurde es höchste Zeit. Nach ihrem Auftritt vor der Presse würden vielleicht schon morgen amerikanische Zeitungen über den Panda berichten. Gleich würde Ruth ein Telegramm verfassen, dann hätte sie das vom Herzen, war doch heute der letzte Tag des Jahres, zumindest nach westlicher Zeitrechnung, da sollte man Aufgaben abschließen.

»Diana heißt sie«, sagte Ruth. »Nach der Frau meines früheren Expeditionspartners, Quentin Young.«

Von ihm hatte sie endlich gehört. Er schrieb aus Hongkong, wo er mit seiner kleinen Familie lebte. Ruth sei herzlich eingeladen, ihn auf der Durchreise zu besuchen. Auslandsreisen stellten aber ein Problem dar.

»Leider ist mein Pass ungültig geworden«, sagte Ruth. »Meine amerikanischen Freunde sagen mir, es dürfte für mich derzeit unmöglich sein, außer Landes zu kommen.«

Sie wartete ab, bis der Übersetzer fertig war, streichelte den Panda, machte ein trauriges Gesicht und sagte noch einmal: »Unmöglich.«

Sollte in Mr. Lai auch nur ein wenig diplomatischer Ehrgeiz stecken, nähme er die Herausforderung an. Und wirklich, er tat es.

»Mr. Lai wird sich erkundigen«, sagte der Mitarbeiter. »Für Freunde des chinesischen Volkes gibt es immer einen Weg.«

Bring mir einen Gatten

Shanghai, 27. Januar 1938

In Shanghais Internationalem Viertel gab man sich alle Mühe, zu einem normalen Leben zurückzukehren. Am Hafen legten wieder Passagierschiffe an, und das Palace Hotel wurde renoviert. Doch die japanischen Besatzer waren bei Chinesen und Ausländern gleichermaßen verhasst. Tauchten Soldaten in Bars und Restaurants auf, brach Streit aus. Zum chinesischen Neujahrsfest, das in wenigen Tagen begangen werden würde, durfte kein Feuerwerk gezündet werden, sowieso herrschte ab 23:30 Uhr Ausgangssperre. Einige der chinesischen Zeitungen waren verboten worden. In denen, die noch erschienen, lasen die Shanghaier eine großformatige Ankündigung:

Benefizgala zugunsten des Kinderkrankenhauses: Ruth Harkness präsentiert ihren Babypanda auf der Dachterrasse des Parkhotels. Eintritt ein Dollar. Junges Publikum willkommen.

Achthundert Karten wurden verkauft. Sämtliche Pressevertreter kamen mit Familie und Freunden, und um Punkt fünf Uhr am Nachmittag führte Mr. Sowerby Ruth mit Diana auf eine kleine, beleuchtete Bühne. Es hatte Minusgrade. Die Gäste vergruben ihre Hände in Muffs und Taschen und stießen Atemwolken aus. Sowerby machte ein Witzchen über die schönen

Kleider der Damen, die leider unter Mänteln verborgen bleiben mussten.

»Doch im Ballsaal würde der Panda schwitzen, Ladys!«

Er begann einen kleinen Vortrag über die Besonderheiten dieser Tierart. Währenddessen durfte ein Kind aus dem Publikum Diana füttern. Die Wahl fiel auf die Tochter eines Barbesitzers. Das Mädchen setzte sich in einen Sessel, Ruth legte ihm Diana in den Schoß und zeigte, wie es die Flasche halten sollte.

»Nicht zu schräg, sonst verschluckt sie sich. Hast du kleine Geschwister? Gut, dann kannst du so was ja. Pass nur auf, dass sie dich nicht kratzt, sie ist stürmisch.«

Mit den Vorderpfoten angelte Diana nach der Flasche, schnappte sich den Sauger mit den Lippen und trank schmatzend. Im Publikum wurde verzückt geseufzt.

Ob jetzt überhaupt noch jemand Sowerby zuhörte? Er sprach über Bambus und den Lebensraum der Bären.

»Soweit wir wissen, haben sie dort oben keine natürlichen Feinde, sobald sie ausgewachsen sind. Hat diese junge Pandadame ihre volle Größe erreicht, wird sie so schwer sein wie ich, und das bei streng vegetarischer Ernährung. Ja, Sie haben richtig gehört, keine Steaks für Diana, nicht einmal Eier, nur Grünzeug. Im Laufe ihres Lebens wird sie ein ganzes Bambuswäldchen verputzen.«

Fröstelnd zog Ruth sich Handschuhe über. Zum Aufwärmen hatte sie in der Hotelbar zwei Grog getrunken, nicht mehr, denn sie brauchte einen klaren Kopf für die Fragen der Presse. Ein Interview hatte sie am Morgen schon gegeben, einer jungen Chinesin von der *China Press.* Diese Dame war besonders an Ruths Beziehung zu Quentin interessiert gewesen.

»Stimmt es, dass Sie über Hongkong hergereist sind?«

»Korrekt.«

»Und dort haben Sie Mr. Young getroffen, richtig?«

»So ist es. Ihn, seine wunderbare Frau und den süßen kleinen Sohn.«

»Aber als Sie die Expedition zusammen gemacht haben, war Mr. Young noch nicht verheiratet. In Ihrem Buch schwärmen Sie von ihm, Mrs. Harkness. Ich hatte den Eindruck, dass …«

»Wie bitte?«

Ruth tat, als verstehe sie das Englisch der Reporterin nicht. Dabei hatte die Dame in Oxford studiert und sprach dementsprechend gestochen. Das wusste sie wohl auch selbst. Sie hatte sich wiederholt und geschlossen mit: »… dass da eine gewisse Sehnsucht in Ihnen ist.«

Ruth versuchte, sich Quentin noch einmal an ihrer Seite vorzustellen. Es gelang ihr nicht mehr. Ihr ehemaliger Partner war verändert gewesen, mit seinem Familienleben und dem Job in der Bank. Kurz sprachen sie über die alten Zeiten, doch jede Anekdote, die sie sich erzählten, hatte schon die Patina einer Jugenderinnerung. Beim Schreiben des Buches in New York hatte Ruth sich an einen schönen Ort zurückgeträumt. Hoffentlich hatten nicht zu viele der Anwesenden das Kapitel, das in der Burg spielte, so genau gelesen. Ruth jedenfalls würde die Stellen mit Quentin nicht weiter kommentieren.

Diana schlief auf dem Schoß des Mädchens ein. Etwas Milch rann aus ihrem Mundwinkel. Ruth legte den Panda in sein Körbchen, während Sowerby auf der Bühne seinen Vortrag beendete.

»Und nun, meine Damen und Herren, da unser kleiner Schatz friedlich schlummert, werde ich mich als Babysitter betätigen. Mrs. Harkness steht Ihnen für Fragen zur Verfügung.« Er lächelte. »Wenn Sie welche haben.«

Prompt schoss ein Dutzend Hände empor. »Bis um sieben ist Mrs. Harkness noch da, dann muss sie sich zurückziehen. Morgen früh geht ihr Schiff in die USA.«

Mit einer Pressekonferenz kurz vor der Abreise wiederholte Ruth ein bewährtes Muster. Die Journalisten allerdings waren jetzt weitaus besser informiert als noch vor einem Jahr. Es schien, als wollten sie die Antworten auf ihre Fragen selbst liefern.

»Mrs. Harkness!« Ein kleiner Mann mit einer Pfeife drängte sich nach vorn. »Haben Sie und Diana wieder mit Su Lin telegrafiert? Wir sind alle höchst amüsiert von der Korrespondenz.« Er drehte sich zum Publikum um. »Kürzlich wünschte Mrs. Harkness ihrem Panda in den USA ein frohes Neues Jahr und schrieb, Su Lin werde bald eine kleine Schwester haben statt eines Ehemanns. Daraufhin Su Lin …« – der Mann zitierte aus dem Gedächtnis – »›… meinen Glückwunsch, Ruth, und auch dir ein frohes neues Jahr. Bring mir einen Gatten. Bin wohlauf und hoffnungsvoll.‹« Er lachte vergnügt. »Und dann mischt sich die *Chicago Times* ein und schreibt: ›Sorry, Su Lin, du brauchst noch nicht an deiner Aussteuer zu nähen. Es ist ein Mädchen.‹«

An der Pfeife paffend hob er die Augenbrauen. »Schade auch für Sie, oder, Mrs. Harkness? Ein männliches Exemplar hätte Sie reich gemacht. Man hört Summen zwischen 10 000 und 15 000 Dollar.«

Hätte, hätte … Warum suchten Leute wie der immer das Haar in der Suppe?

Gen Himmel blickend sagte Ruth: »Ich glaube, mein verstorbener Mann wäre stolz auf mich.« Sie nahm Sowerby ein Glas mit Punsch aus der Hand und hob es. »Das ist für dich, Bill.«

Die Gäste erwiderten den Toast. Unter Ruth erstreckte sich das Lichtermeer von Shanghai. Es war nicht mehr ganz so hell wie früher, weil einige markante Gebäude fehlten, doch mit Augen, die tränten, wegen des Windes oder warum auch immer, war das kaum zu bemerken. Mit verschleiertem Blick war die Dame mit dem Samthut Marge, Ruths Führerin durch die Nacht, und die flatternden Enden des Schirms dort, das waren Bills Frackschöße. Auf der Brüstung tanzte ihr Mann einen Cha-Cha-Cha. Ruth leerte Sowerbys Glas. Zwischen den Herren mit Hüten stand die junge Journalistin von der *China Press* und hob die Hand.

»Letzte Frage«, sagte Ruth. »Dann braucht Diana mich wieder.«

»Apropos männlich«, sagte die Chinesin. »Mir gefällt sehr gut, dass Ihr Buch sich mit Frauensachen befasst. Sie schreiben viel über Kleidung, Medizin und Alltagsdinge. Ist das der entscheidende Unterschied, auf dem Ihr Erfolg beruht, Mrs. Harkness? Achten die anderen Jäger nicht auf solche Kleinigkeiten?«

Ruth legte den Kopf schief. »Fiebermittel dabeizuhaben, gehört zu einer vernünftigen Vorbereitung, würde ich sagen, und die richtige Mischung für das Milchfläschchen zu finden, das war keine Kleinigkeit, davon hing Su Lins Überleben ab.«

»Ja, aber Sie sind so anders als diese Haudegen. Fürsorglich. Wie eine Frau eben.«

»Dann wären Sie genauso vorgegangen? Oder hätten Sie es auf Ihre eigene Weise versucht?« Ruth gab das leere Glas einem vorbeigehenden Kellner und machte mit dem Finger eine Kreisbewegung. »Noch einen, bitte.«

Dem Abend fehlte Schwung. Man hätte das Klavier hochbringen sollen. Ruth nahm Diana auf den Arm, rieb über das flauschige Rückenfell und entlockte dem Panda ein Bäuerchen. Auf einem Tablett wurde ihr Getränk gebracht. Der Punsch war lauwarm und schmeckte fad. Von Wangs Kochkünsten war Ruth verwöhnt. Sie glich das fehlende Aroma aus, indem sie schnell trank. Jemand kam, irgendein John oder Jim oder Jack, und fing von Smith an. Ob nicht die Möglichkeit einer Zusammenarbeit bestünde? Angeblich habe Smith spezielle Fallen entwickelt, mit denen er bald mehrere Pandas fangen würde.

»Smith?« Mit dem Rührstäbchen fischte Ruth einen labbrigen Orangenschnitz aus ihrem Glas und schnippte ihn in ein Buchsbäumchen. »Oder Ajax, wie ihn niemand nennt? Vor dem wurde ich schon oft gewarnt, aber aufgetaucht ist er dann doch nie im Feld. Gibt es Großwildjäger wie den überhaupt? Irgendwo soll ein ausgestopftes Exemplar existieren, aber an dessen Echtheit glaubt nicht jeder. Mit Nähzeug und Farbe lässt sich Erstaunliches produzieren.«

Sie lachte über ihren eigenen Scherz. Ihre Fröhlichkeit zog eine Traube von Gästen an, und obwohl der offizielle Teil beendet war, löcherte man Ruth mit weiteren Fragen. Ob sie schon einmal die Reisejournalistin Emily Hahn getroffen habe? Oder Alexandra David Néel, die Abenteurerin, die vor Ruth Tibet besucht habe? Nein? Manche hielten die Neél ja für eine Betrügerin.

»Das kommentiere ich nicht«, sagte Ruth. »Mein Idol ist Osa Johnson. Leider bin ihr noch nie begegnet. Ich hoffe, sie ist auf dem Weg der Besserung.«

Doch über Osa wollte niemand sprechen. War die Fliegerin nach ihrem Unfall abgeschrieben? Zählte sie nichts mehr ohne ihren Mann? Oder gierten die Leute nur nach einem giftigen Kommentar von Ruth über eine andere Dame, um die Klatschspalten mit Berichten über eine angebliche Feindschaft zu füllen? Ruth fühlte sich wie ein müdes Zootier, das von Besuchern gepiesackt wird, um es zu einer Regung zu bewegen. Sie riss noch ein paar Witzchen, hinter ihrer heiteren Fassade jedoch fühlte sie sich verdrossen. Wie anstrengend es war, uninspirierende Menschen zu unterhalten. Bill, der alte Charmeur, hatte das früher auch nur geschafft, indem er sich nach jeder Plauderrunde an der Bar erfrischte. Zum Glück konnte Ruth mit gutem Grund verschwinden. Diana brauchte nun ihr Körbchen. Ruth verlangte nach einem letzten Punsch für den Weg ins Bett und verabschiedete sich.

Am nächsten Morgen bezog Ruth ihre Schiffskabine und wollte sofort wieder nach draußen. Viel zu warm war es im Inneren des Dampfers, und trotz des Potpourris aus Rosen, das auf dem Nachttisch stand, roch die Luft abgestanden. Seit dem Aufwachen hatte Ruth Kopfschmerzen, nun drehte sich ihr auch noch der Magen um. Mit Diana im Korb floh sie wieder an Deck. Hätte sie nur gestern den Punsch nicht getrunken. Süße Drinks zerstörten sie jedes Mal. Sie stützte sich an der Reling ab und nahm einen tiefen Atemzug von der Winterluft. Inzwischen legten sie ab. Mit rauchenden Schloten fuhr das Schiff den Huangpu hinab, vorbei an der ankernden japanischen Kriegsflotte. Ruth verschloss die Augen vor den Geschützen und legte den Kopf in den Nacken. Ein Schleier aus Gischt bedeckte ihr Gesicht. Etwas kitzelte ihre Lippen und schmolz. Ruth öffnete die Augen wieder. Große Flocken fielen vom Himmel. Es schneite, und wie! Bald lag ein weißer Teppich auf dem Deck, und die Stadt verschwand wie hinter einem Vorhang. Im Korb quiekte Diana. Mit den Händen fegte Ruth einen Haufen Schnee zusammen und hielt ihn dem Pandamädchen hin. Es schlug mit der Pfote mitten hinein, rieb sich das gefrorene Nass ins Fell und quiekte noch lauter. Ruth befreite Diana aus dem Korb. Übermütig schlitterte die Kleine über das Deck, warf die Pfoten in die Luft, rollte im Schnee hin und her, kam auf dem Bauch zu liegen und ruderte mit allen vieren wie eine Brustschwimmerin. Der Anblick machte Ruth das Herz leicht. Zwei Matrosen, die eine Taurolle schleppten, blieben stehen und erfreuten sich ebenfalls an dem Schauspiel. Diana stand wieder auf, schüttelte sich wie ein nasser Hund, plumpste auf den Hintern und leckte ihre Pfoten.

»Nicht, dass du dich verkühlst, Liebling.«

Ruth nahm Diana hoch und setzte sich mit ihr auf eine Bank, die unter einem Vordach stand. Von dort sah sie zu, wie die Umgebung in Weiß versank. Ruth blinzelte schnell hintereinander. Die wahrgenommene Bewegung im Kino, das waren nur Einzelbilder, so wie ihr Leben eine Kette von Momenten war. Warum nicht einfach beim schönsten anhalten? Wozu das Immer-weiter? Ruth könnte aufhören, mit dem Trinken, mit dem Reisen, mit dem Wettbewerb, den die Männer begonnen hatten. Sie hatte Tibet gesehen und zwei Pandas bekommen. Drei Pandas. Ach, an den dritten mochte sie nicht denken, von dem wusste kaum jemand. Zwei der Pandas lebten, und was machte es schon, dass beide Weibchen waren? Der Zoo würde nicht züchten können, aber Su Lin hätte Diana und wäre nicht mehr allein. Nach dem, was auf der zweiten Expedition passiert war, mochte Ruth keine Jäger mehr losschicken. Die Leute erwarteten mehr von ihr, sie liebten die Berichte und die Bilder, aber Ruth musste nicht liefern. Nicht mehr. Inzwischen spannen alle ihre eigenen Geschichten. Längst hatte sich die Legende von der Panda-Lady verselbstständigt, und jede Zeitung erfand ein wenig hinzu. Ruth selbst musste nicht mehr gefragt werden, es fanden sich genug andere Interviewpartner, die sich als Vertraute ausgaben und Anekdoten erzählten. Da Ruth nicht verfügbar war, fragte sie niemand nach ihrer Schilderung. Man glaubte zu wissen, was sie vorhatte und wovon sie träumte. Doch was, wenn Ruth ihren Traum losließe und nie mehr nach China und Tibet zurückkehrte?

Damit würde sie auch Richard nicht mehr sehen. Seit er weg war, fehlte etwas. Ruth wollte ihm schreiben. Auf dem Weg hinein griff sie nach einer bereitliegenden Zeitung. Ob ein Bild darin war, das er gemacht hatte?

Kleine Schwester

Shanghai, 27. Februar 1938

Richard war nach Shanghai zurückgekehrt und dokumentierte das Leben in der besetzten Stadt. Wenn er am späten Nachmittag mit der Kamera nach Hause kam, setzte er sich auf seinen Stuhl, stellte die Füße auf eine Kiste und kämpfte gegen die Müdigkeit an, die nie verschwand, ganz gleich, wie viel er ruhte. Einmal hatte er sich nach der Arbeit ins Bett gelegt und für sechzehn Stunden geschlafen, ein anderes Mal sogar einen ganzen Tag lang. Womöglich würde er irgendwann gar nicht mehr aufwachen. Auf dem Stuhl überkam ihn zwar auch eine tiefe Erschöpfung, aber irgendwann schmerzte sein Rücken so sehr, dass es ihn wieder hochriss. Neben der Tür hing die Kamera. Ein Knopf des Etuis war offen. Richard sollte ihn schließen, aber schon das ging nicht mehr. Diese bleierne Schwere war wieder da. Selbst die Wasserflasche auf dem Tisch war nun zu weit weg, das Buch auf dem Bett unerreichbar, darin der letzte Brief von Ruth noch ungeöffnet. Richard wollte ihn ja lesen, aber das gelang ihm derzeit ebenso wenig, wie in einem Restaurant ein schönes Essen zu bestellen. Stattdessen kaufte er meist nur irgendetwas, das satt machte. Er schmeckte sowieso wenig dieser Tage. Draußen, wenn er Dinge, Menschen, Leichen fotografierte, sah, roch und fühlte er überdeutlich. Seine Instinkte hatten ihm schon mehrfach das Leben gerettet. Aber diese hellwachen Stunden forderten ihren Tribut. Gerade fiel Richard nicht mehr ein, wie diese Stadt hieß. Manche

Kollegen nahmen Pillen gegen die Müdigkeit, doch Richard bezweifelte, dass das auf Dauer half.

Im Hinterhof machte jemand Radau. Eine Mülltonne fiel um und polterte gegen den Schuppen. Durch das hohe Fenster sah Richard Beine, die das Mäuerchen zum Kanal überwanden. Schreie erklangen, Schüsse fielen. Wie von Fäden gezogen, stand Richard auf. Da passierte etwas, und das musste dokumentiert werden. Auf dem Film waren noch drei Bilder. Richard ging nach draußen. Die Mauer reichte ihm nur bis zur Schulter, und er sah hinüber. Auf der anderen Seite lag ein Mann bäuchlings in einer Pfütze. Ein anderer stand über ihm, mit dem Rücken zu Richard, eine Pistole auf den Kopf des Liegenden gerichtet.

Richard stellte scharf. Bei dem Licht würden auf dem Bild nur Schemen zu erkennen sein, dunkle Gestalten vor einem helleren Spiegel aus Kanalwasser. Für die Zeitung bräuchte es eine aufschlussreiche Bildunterschrift.

Der Schütze war vermummt und in einen Umhang gehüllt. Unter dem Stoff lugten Stiefel und eine Hose hervor. Auch der Liegende trug Stiefel. Weder an der Hose noch an der Jacke war erkennbar, welcher Armee er angehörte. War er Chinese und sein Verfolger Japaner? Aber warum dann die Vermummung? Vielleicht kämpfte der Schütze als chinesischer Kommunist gegen die eigene Armee. Möglicherweise waren die beiden aber auch Banditen, nutzten die Kriegswirren für Raubzüge und waren einander dabei in die Quere gekommen. Oder handelte es sich um Spione? Der Stehende fuhr herum.

»You!« Er richtete einen Finger auf Richard. »Photo, eh? I give you good picture.«

Er wirbelte die Pistole in ein Halfter und zog ein Schwert, das unter dem Umhang verborgen gewesen war. Das Ding war lang wie ein Bein. Der Stehende stellte einen Fuß auf den Kopf seines Gegners, führte das Schwert mit beiden Händen, zielte auf den Hals und holte aus.

»Nicht!«, rief Richard.

Ein Schuss knallte. Der Schwertmann sank zu Boden. Sein Opfer sprang auf, setzte über den Kanal und verschwand in der Dunkelheit. Auch Richard türmte.

In der Sicherheit seines Zimmers, neben der verriegelten Tür, rutschte er an der Wand herunter. Mit weichen Knien kroch er zum Bett. Gleich würde die Wirkung der Angst nachlassen, dann käme das Bleierne zurück. Neben seiner Wange rutschte das Buch vom Kissen, und der Brief fiel heraus. Die bunten Briefmarken wirkten auf Richard wie eine Mahnung. Ruth hatte den Luftpostzuschlag bezahlt, damit ihre Nachricht schneller ankam, und was tat Richard?

Er raffte sich auf. Erst würde er eine Antwort an Ruth anfangen, denn das verbrauchte mehr Energie, und später, sollte das noch gehen, würde er lesen. Richard zog einen Bleistift aus der Westentasche, schlug das Buch auf, das er als Briefpapier verwenden wollte, und kritzelte auf die leere Seite vor dem Inhaltsverzeichnis.

Liebe Ruth,
lange schon wollte ich dir schreiben. Aber du siehst ja meine Bilder in der Zeitung, und mehr gibt es nicht zu sagen. So geht es hier zu. Ich zeige die Welt, wie sie ist, und bleibe außen vor. Aber heute war ich mittendrin, und ich habe kein Foto gemacht. War das richtig oder falsch?

Die Mine brach ab. Richard hatte zu stark aufgedrückt. Irgendwo sollte ein Anspitzer liegen. Egal. Richard fand sowieso keine Worte mehr. Aber Ruth hatte immer welche. Er riss den Briefumschlag auf und entfaltete das Blatt.

Lieber Richard,
warst du das, in Hankou? Der, der meinen Namen vom Dach gerufen hat? Ich hoffe es doch, denn sonst höre ich wohl Stimmen.

Nach den ersten beiden Zeilen neigte sich die Schrift schief dem Rand zu und wurde unregelmäßiger.

Kann durchaus sein, dass ich halluziniere. Hier auf dem Schiff gibt es nichts zu tun, außer gesellig zu sein, und also bin ich das. Es wollen ja auch alle Diana sehen. Niemand weiß

Durchgestrichene Worte folgten, dann, wahrscheinlich ein paar Drinks später, hatte sie weitergeschrieben. Die Buchstaben überlagerten sich:

Du fragst dich, was mit Yin passiert ist, unserem großen Panda. Er hat es nicht geschafft. Ich hab es nicht geschafft. Yin ging es gut, dachte ich. Er hat Gemüse gefressen und sogar Haferbrei, und er ist zu mir gekommen. Aber da war was an seinem Bauch, von den Hunden wahrscheinlich. Ich habe versucht, Kamille daraufzuschmieren, doch er hat mir die Arme zerkratzt. Dann brachten sie mir die Kleine, Diana, du weißt ja, die war in den Zeitungen. Sie war erst sehr schwach, und ich habe sie Tag und Nacht bei mir gehabt. Nach zwei Tagen hat sie getrunken, und zwar nicht schlecht. Ich brauchte neues Milchpulver, hätte es holen lassen können, doch ständig kamen Leute aus dem Dorf, immer mehr, und die gingen nicht mehr weg. Ich hab Angst bekommen. Smith ist ja auch noch im Spiel.

Die nächsten Absätze waren kaum noch leserlich.

So wie hier, da kommt auch ständig jemand. Ich bleib jetzt beim Tee. Nur noch Earl Grey für mich, Sir. Also, dann sind wir losgezogen, mit Trägern, das war mühsam, denn Yin war ja schwer. Er ist schwächer geworden, und seine Augen waren komisch und

Es tut mir so leid. Ich wollte ihn beerdigen, aber die Erde war gefroren und

Die Jäger haben sich gekümmert.

Alles ging schneller danach, wir kamen voran, und in Hankou war dieser Regierungsbeamte, der

Auf der Seite wäre noch Platz gewesen, aber Ruth hatte erst auf der nächsten weitergeschrieben, wieder deutlicher jetzt.

Haben heute in Victoria, Kanada, angelegt. Morgen weiter nach Seattle. Ist doch eine seltsame Sache mit der Geschwindigkeit. In den letzten drei Wochen dachte ich, es gehe nicht voran, nicht nur die Reise, gar nichts in meinem Leben, und plötzlich sind wir hier, und es ist, als wäre ich in einem Auto, das schon rast, ohne dass ich es bemerkt hätte, weil vor dem Fenster nichts war, aber jetzt schon, o ja. Das mit dem Auto ist nicht nur eine Metapher, ich sitze gerade in einem, denn ich werde natürlich abgeholt, überall werde ich mehrfach abgeholt, ich muss mich entscheiden, in welchen Wagen ich einsteige, und dafür hab ich nicht viel Zeit, weil sie auf mich zustürmen, die Leute, sie drücken mein Buch gegen das Fenster, ich soll signieren, und sie schwenken Fähnchen und reichen Kinder nach vorne durch, als wäre Diana der Papst, der sie segnen soll. Man bringt mir Kleider und schickt Wahrsagerinnen und Whisky und Teddys für mein Bärchen und eine Einladung nach der anderen, da kann ich gar nicht überall hin, auch nicht, wenn sie mich kutschieren. Wo ist die Bremse, Richard? Cheers, mein Lieber.

Richard ließ den Brief sinken. Lange überlegte er, was er antworten könnte.

Wir sind alle manchmal überfordert, Ruth, das ist nur menschlich. Wenn jemand mit Chaos umgehen kann, dann du. Mach einfach einen Schritt nach dem anderen.

Jetzt, da er es niedergeschrieben sah, sollte Richard sich auch selbst an diesen Rat halten. Er stand auf, suchte die Kamera und legte einen neuen Film ein.

Der große Tag war gekommen. Heute sollte Diana auf Su Lin treffen. Am liebsten wäre Ruth unerkannt zu dieser ersten Begegnung gereist, aber das war unmöglich, über jeden ihrer Schritte wurde von der Presse berichtet.

Den Chicagoer Bahnhof erreichten Ruth und der kleine Panda am frühen Nachmittag. Am Gleis wartete schon eine Menschenmenge. Durch das Fenster ihres Abteils sah Ruth Herren in Anzügen. Vermutlich waren das der Bürgermeister und die Stadtoberen. Zwischen ihnen standen Damen, herausgeputzt wie für einen Festtag. Man wollte wohl gut aussehen, falls man es auf ein Zeitungsfoto schaffte. Die Presse war zahlreich vertreten, mit Reportern und etwa einem Dutzend Fotografen. Außerdem schien die Chicagoer Polizei in voller Stärke angerückt zu sein. Mit Rufen und Trillerpfeifen versuchten die Ordnungshüter, die von hinten herandrängenden Zuschauer im Schach zu halten. Der Bahnhofsvorsteher wäre allein verloren gewesen. Sein Kopf war hochrot, und er schwenkte seine Kelle, als wolle er mit ihr eine Schneise schlagen.

»Zurückbleiben, bitte, zurückbleiben!«

Der einfahrende Zug tutete warnend. Zum Glück war Diana gegen Lärm unempfindlich. Der Schaffner kam, um Ruth mit dem Gepäck zu helfen.

»Ich steige erst aus, wenn der Zoodirektor uns in Empfang nimmt«, sagte sie. »Die zerreißen uns ja in der Luft.«

Besorgt beobachtete sie, wie junge Männer an den Säulen des Vordachs hochkletterten. Einer rutschte wieder hinunter und brachte die Umstehenden zu Fall.

»Wenn ich einfach weiterfahre – was ist der nächste Halt?«, fragte Ruth.

»Keine Sorge, Mrs. Harkness, da ist schon Mr. Bean vom Zoo, und er hat die Tierpfleger mitgebracht.«

Der Schaffner deutete nach draußen. Zwischen hünenhaften Kerlen in Overalls stand ein Herr mit braunem Hut.

»Wie vorausschauend vom Zoodirektor«, murmelte Ruth. »Aber ich hätte ihnen Betäubungsgewehre gegeben.«

Mit quietschenden Bremsen kam der Zug zum Stehen. Ruth ließ den anderen Passagieren den Vortritt. Als Letzte stieg sie vorsichtig die Stufen zum Bahnsteig hinab. Draußen bildeten die Polizisten ein Spalier. In ihrer Mitte streckte der Zoodirektor die Hand nach dem Korb mit Diana darin aus. Mit dem Rücken zu ihm behielten die Pfleger die Menge im Blick.

»Ich trage Diana selbst«, sagte Ruth. Sie winkte in die Menge und blieb stehen, um das Tier zu präsentieren, das neugierig über den Korbrand lugte.

Weiter hinten nahmen die Pfleger Geschenke für den Panda entgegen. Ein Kind gab seine Rassel her, ein Junge hatte ein Spielzeugpferd geschnitzt, und eine Frau überreichte ein Jäckchen.

»Falls es hier doch zu kalt für sie ist.«

»Vielen Dank, meine Damen und Herren«, rief Ruth. »Diana freut sich sehr, in Chicago zu sein. Wenn sie sich erst einmal eingerichtet hat, empfängt sie gern Besuch.«

Im Schutz der Pfleger eilte sie zu einem wartenden Auto. Auf der Rückbank atmete sie auf.

»Geschafft! Das ging doch einigermaßen zivilisiert zu.«

»Nun.« Der Zoodirektor stieg auf der anderen Seite ein, zückte einen Kamm und zog seinen Scheitel in der Reflexion des Autofensters nach. »Die meisten Leute warten ja auch beim Zoo.«

So war es. Sie steuerten das Gelände von hinten an, um den Lieferanteneingang zu benutzen, aber selbst dort hatten sich Panda liebende Chicagoer postiert. In Schrittgeschwindigkeit rollte das Auto bis zu den Bärengehegen.

»Diana muss erst etwas fressen«, sagte Ruth. »Allmählich wird sie unruhig.«

Mit beiden Händen hob sie den Panda aus dem Korb. Das Tier schlug seine Krallen in den Kragen ihres Mantels.

»Nicht, meine Kleine, heute wollen wir doch beide hübsch aussehen.«

Beim Gerangel mit ihrem Schützling verrutschte Ruths Haarband. Ein Pfleger wollte helfen, aber Diana schnappte nach ihm.

»Hat sie Sie erwischt?« Ruth drehte den Kopf. »Sie ist ein kleiner Wildfang.«

Ein Haken traf sie an der Nase. Tränen schossen ihr in die Augen. Wie als Entschuldigung legten sich pelzige Arme um ihren Hals.

»Ach, Diana.« Ruth stieg mit dem Panda aus dem Auto. »Du willst nur spielen, ich weiß. Aber mit Su Lin bist du vorsichtiger, ja? Mr. Bean, leiten Sie mich, ich sehe verschwommen.«

»Sie bluten, Mrs. Harkness.«

»Wirklich? Oje.«

Geführt vom Zoodirektor rettete Ruth sich in die Futterküche des Bärenhauses. Jemand nahm ihr Diana ab und rückte einen Stuhl zurecht. Sitzend legte Ruth den Kopf in den Nacken, presste einen Lappen vor ihre blutende Nase und gab Anweisungen zur Zubereitung des Milchfläschchens. Als Diana an ihrer Mahlzeit nuckelte, begutachtete Ruth ihren eigenen Schaden. Ihre goldgelbe Bluse hatte einen Fleck, und aus dem Mantelkragen hingen Fäden.

»Ich ziehe eine Zoo-Uniform an.« Ruth winkte einen der Pfleger herbei. »Sagen Sie, haben Sie noch so ein schickes Teil im Schrank?«

Endlich versiegte das Blut, und einer der Pfleger brachte einen Overall. Hinter einem Schrank zog Ruth sich um und krempelte Ärmel und Hosenbeine hoch, bis alles halbwegs passte.

»Wollen wir?« Ruth setzte sich Diana auf die Hüfte. »Ich hoffe, die Leute sind nicht zu laut.«

Durch eine Gittertür traten sie ins Gehege. Der Zoodirektor

ging voran. In der Nachmittagssonne schlief Su Lin auf einem Klettergestell. Mit dem Hintern saß sie auf einer Sprosse, die Arme hatte sie über die nächste gehängt. Ihr Kopf war zur Seite gefallen. Ruth ging bis auf zwei Meter heran und rief ihren Namen. Su Lin öffnete die Augen und sah Ruth an. Dann rutschte sie an dem Gerüst herunter, landete auf dem Rücken und kam mit einer halben Rolle auf alle viere. Wie sie gewachsen war! Der Direktor hatte gesagt, sie wiege nun 120 Pfund. Das dicke Fell verlieh ihr zusätzlich Masse. Mit wiegendem Gang trabte Su Lin auf Ruth zu und steckte den Kopf zwischen ihre Knie. Ruth kraulte ihren Nacken.

»Mein Mädchen, mein braves Mädchen, du erkennst mich, oder?«

Es schien ganz so. Su Lin richtete sich auf und umklammerte Ruths Bein. Wahrscheinlich wollte sie sie umwerfen und mit ihr über den Boden rollen. Doch heute ging es nicht um Ruth.

»Ich habe dir jemanden mitgebracht.«

Ruth zog ihr Bein aus dem Griff des Tiers und verlor dabei einen Schuh. Sofort schnappte Su Lin sich das neue Spielzeug. Ruth kniete sich auf den Boden und setzte Diana ab. Während der langen Reise hatte sich Bewegungsdrang in dem Jungtier aufgestaut. Es machte zwei tapsige Schritte auf Su Lin zu. Die ältere Pandabärin blickte auf, und Ruth hielt den Atem an. Sie war bereit, sofort einzugreifen, sollte es nötig sein. Su Lin ließ vom Schuh ab und reckte den Hals. Von oben beschnüffelte sie den kleinen Panda. Dann stupste sie ihn in die Seite. Diana reckte den Hals und schnüffelte ebenfalls. Angst schien sie nicht zu haben. Was sie mit der Großen anfangen sollte, wusste sie anscheinend aber auch nicht. Lieber erkundete sie das Gehege. Sie versuchte, auf einen flachen Stein zu klettern. Su Lin folgte ihr und beobachtete ihre Versuche in einigem Abstand. Dann zeigte sie, wie es ging. Als die Kleine es immer noch nicht schaffte, kam Su Lin wieder von dem Stein herunter, holte eine Bambusstange aus einer Ecke und legte sie vor Diana hin. Dabei machte sie ein keuchendes Geräusch. Hustete sie? Nein, das war wohl ein Verständigungslaut.

»Su Lin bringt der Kleinen ein Geschenk, ist das nicht schön?«

Ruth drehte sich zum Zaun. Dort verfolgten Hunderte Zuschauer das Spektakel.

»Heißen Sie Diana willkommen«, rief Ruth. »Ihr chinesischer Name ist Mei-Mei.«

Gerührt betrachtete sie die Pandas, die nun nebeneinandersaßen, die Beine ausgestreckt, die Rücken krumm.

»Das heißt kleine Schwester.«

Post

Shanghai, 15. April 1938

Der Energieschub, den Richard beim Schreiben an Ruth bekommen hatte, hatte nicht lange angehalten. Mehrere Wochen lang verließ Richard seine Wohnung kaum, schon gar nicht, um zu fotografieren. Dann klopfte eines Tages Gret. Ob Richard jemanden kenne, der ein freies Zimmer zu vermieten habe? Viele österreichische Juden waren jetzt in der Stadt. Sie hatten ihr Land verlassen, nachdem die deutsche Wehrmacht einmarschiert war. Richard nahm zwei ältere Brüder auf. Den Zuschuss zur Miete konnte er gut gebrauchen, und sein Zimmer zu teilen, machte ihm nichts aus.

»Verglichen mit dem Leben in den Bergen, ist das alles hier sowieso Luxus für mich«, sagte er zu Gret.

Über die Brüder lernte Richard eine Wienerin kennen, die im französischen Viertel eine Konditorei eröffnete. Ihr Porträt war das erste, für das Richard wieder zur Kamera griff, und als die *Shanghai Press* das Bild in einem Artikel über neue Läden brachte, fand er wieder einen Sinn darin, morgens aufzustehen. Er unternahm erneut Streifzüge durch die Stadt und sah dabei oft auf einen Mokka in der Konditorei vorbei.

»Die Welt geht zugrunde, aber es gibt immer noch Mehlspeisen«, sagte er zur Konditorin.

In der Drogerie nebenan verkauften sie Farbfilme. Ob das etwas für ihn wäre? Richard fühlte sich orientierungslos, genauso wie die neu angekommenen Österreicher, die nicht wussten, wie es weitergehen sollte. An den Café-Tischen sprachen sie über die verlorene Heimat. Über Richard kannten sie auch Geschichten. Manchmal kratzten sie ihr Englisch zusammen und fragten ihn über Ruth aus.

»Wir würden sie so gerne einmal treffen. Kommt sie bald zurück nach China?«

»Das ist unwahrscheinlich.« Richard gab noch einen Löffel Zucker in seine Tasse. »Der Zoo hat ihr Geld für eine weitere Expedition angeboten, aber sie schmiedet keine Pläne. Sie will nicht mit den Tieren handeln, verstehen Sie?«

Und was war mit dem Zuchtprogramm?

»Manches misslingt eben.« Richard zuckte mit den Schultern.

Die Presse vermeldete, Smith besitze angeblich vier Pandas, davon drei Männchen, aber das glaubte Richard nicht. Was Smith schon alles behauptet hatte …

Auf der Straße fuhr ein Versorgungsfahrzeug der Japaner vorbei. Die Konditorin sagte etwas Unfreundliches in ihrer Sprache. Japan und Deutschland waren Alliierte. Sollte China den Krieg verlieren, wären Juden auch hier nicht mehr sicher. Viele von ihnen würden weiterziehen, nach Amerika möglicherweise, wo es in Chicago zwei schwarz-weiße Bären gab, die von einer extravaganten New Yorkerin an den Flinten der Großwildjäger vorbeigeschmuggelt worden waren. Längst entsprach auch das, was man sich über Ruth erzählte, nicht mehr ganz der Wahrheit. So war das wohl mit Legenden.

Unter einem Himmel aus Schäfchenwolken ging Richard nach Hause. Im Briefkasten fand er Post von Ruth. Er öffnete den Umschlag auf der Schwelle des Hinterhofs. In der Hecke flötete ein Laubsänger. Richard lehnte sich an den Türrahmen. Er erwartete einen langen Brief, und wenn dieser wieder über mehrere Tage und in unterschiedlichen Stadien der Trunkenheit verfasst worden war, würde er ihn mehrfach lesen müssen, um ihn zu verstehen. Doch im Umschlag befand sich nur ein halbes Blatt, unsauber herausgetrennt aus einem Notizbuch. Auf liniertem Papier stand ein einzelner Satz:

Su Lin ist tot.

Pandora

New York, 29. April 1938

Es war irgendein Wochentag, und sie hielten vor irgendeinem Appartementhaus, das aussah wie Ruths eigenes. Der Aufzug brachte sie zur Wohnung einer mittelreichen Blondine, die sich kaum von ihren Freundinnen unterschied, und es gab die ewig gleichen Häppchen. Margaret begleitete Ruth, ach was, sie führte sie ab, zu diesem Vortrag über Pandas, der schon lange zugesagt war.

»Komm schon, Ruth, tu es für China. Du kannst dort deine Zettel verteilen.«

Und ob Ruth die verteilte! Sie ging herum, leerte zwei Gläser Champagner und zwang jedem Gast ein Flugblatt in die Hand.

»China braucht Ihre Spenden, um aufzurüsten. Die Japaner zerstören das Land und damit auch den Lebensraum der Pandas.«

»Apropos«, sagte eine Perlenbehängte, die in die Farben der letzten Saison gekleidet war. »Was hat denn die Obduktion ergeben? Stimmt es, dass Diana ihre Schwester mit der Bärengrippe infiziert hat?«

»Ich habe gehört, sie wäre an einem Stöckchen erstickt«, sagte eine andere.

Ruth knallte ihr Glas zurück auf das Tablett eines Serviermädchens. Nur der Gedanke an einen Stapel Schecks hielt sie davon ab, gleich wieder zu gehen.

»Su Lin ist an einer Lungenentzündung verschieden. Hervorragend ist jedoch« – Ruth sagte das ohne Freude – »ihr Herz war gesund. Es hat ihr nichts ausgemacht, von der Höhe, in der sie geboren wurde, in eine tiefere Region zu wechseln.«

»Und was passiert jetzt mit ihr?«, fragte die Perlendame. »Wird sie ausgestopft?«

An ihrem Rücken spürte Ruth die Hand von Margaret.

»Aber nicht doch«, antwortete ihre treue Freundin. »Ruth hat darum gebeten, eine Totenmaske zu erstellen.«

Was den Zoo aber nicht davon abhalten würde, den Körper des Tieres danach einem Präparator zu übergeben. Ruth hatte nichts mehr zu melden. Su Lin gehörte Brookfield.

»Jetzt ist die kleine Diana ja ganz allein«, sagte die Perlendame. »Vielleicht kann sie zu ihrer Tante ziehen?«

Ruth griff gerade nach einem weiteren Glas und fror mitten in der Bewegung ein. »Tante? Welche Tante?«

»Na, die andere traurige Jungfer.« Die Perlendame wandte sich Hilfe suchend an ihre Freundinnen. »Wie heißt sie noch gleich?«

»Pandora.« Eine Bebrillte lächelte. »Was für ein Name. Das ist New Yorker Humor.«

Langsam drehte Ruth sich zu Margaret um. »Es gibt einen Panda im Bronx Zoo?«, fragte sie.

»Noch nicht lange, Ruthie.« Margaret zog den Kopf ein. »Ich wollte es dir in einem ruhigen Moment sagen.«

»Mein Mantel, Marge!«

Ruth stolperte an ihren Zuhörerinnen vorbei. Der Flur war eng, und die Wände schwankten auf sie zu, aber Ruth hatte viel Zeit auf rollenden Schiffen verbracht und erreichte die Tür, ohne zu fallen. Da kam auch schon die Haushälterin mit ihren Sachen. Hinter sich hörte Ruth Margarets beschwichtigende Stimme.

»Hören wir doch noch ein wenig Musik, liebe Freunde. Ruth schnappt kurz frische Luft. Eine Zigarette und dann kommt sie sicher zurück.«

Aber da würden sie lange warten können. Ruth stoppte ein Taxi, indem sie auf die Fahrbahn sprang.

»Zum Zoo, bitte.«

»Werte Dame, der ist schon geschlossen.«

»Weiß ich. Sie haben doch sicher ein Abschleppseil dabei?«

Ruth steckte dem Fahrer zwanzig Dollar zu und befreite sich damit von weiteren Fragen. Als sie vor dem Haupteingang ausstieg, fühlte sie sich wieder nüchtern. Sie ging die Mauer entlang, suchte eine schlecht einsehbare Stelle und knotete das Seil an einen Baum. Mit Händen und Knien versuchte sie, sich emporzuhangeln, schaffte dabei aber nur einen halben Meter und zerriss ihre Strumpfhose. Eine schwarze Katze stolzierte herbei. Als wolle es über Ruth spotten, überwand das Tier das Hindernis mit einem Sprung über den Baumstamm. Ruth betrachtete ihre Hände mit den manikürten Nägeln. Wo war ihre Kraft geblieben? Nach kurzem Überlegen knüpfte sie Schlingen in das Seil. Nun hatte sie besseren Halt. Sie zog ihre Schuhe aus, warf sie über die Mauer und kletterte der Katze hinterher.

Das Pandagehege zu finden, war leicht. An jeder Weggabelung hingen Hinweisschilder. Wahrscheinlich verkaufte der Zoo dieser Tage zehnmal mehr Karten als gewöhnlich. Der Rummel war an Ruth vorbeigegangen. Nicht einmal Radio hatte sie in den letzten Wochen gehört. Im Gehege lagen Äste und mehrere Kartons als Spielzeug, aber von dem Panda war nichts zu sehen. Er musste sich in den Innenbereich zurückgezogen haben. Ruth probierte die Tür zum Schuppen – verschlossen.

»Hey«, rief sie lockend. »Komm mal raus, Kleine.«

Nichts rührte sich. Pandas schliefen viel. Und jetzt? Ruth würde bestimmt nicht wieder zurückklettern. Um die Ecke fand sie einen Kiosk, vor dem Stühle standen. Ruth schob sechs von ihnen zusammen, sodass die Sitzflächen Platz zum Hinlegen boten, und klappte als Windschutz einen Sonnenschirm zur Hälfte auf. Besonders kalt war es zum Glück nicht. Wann hatte sie zuletzt eine Nacht im Freien verbracht? Im Liegen wurden ihre Knöchel kalt, darum kauerte sie sich hin und schlang den Mantel um ihre angezogenen Beine. Die Stadt spielte ihre Symphonie aus Sirenen, Hupen, Motorgeräuschen und Kirchenglocken. Ruth schloss die Augen und träumte sich zurück nach Tibet, in die alte Burg, zu einem glimmenden Feuer und Wang, Richard und Quentin.

Um halb sieben ging die Sonne auf. Im Zoo wurde es laut. Etwas brüllte, etwas pfiff, etwas quiekte. Ruth rappelte sich auf und ging nach dem Panda sehen. Da war er, auf dem Baumstamm, ein halbwüchsiges Tier. Er bemerkte sie und zog sich in eine Ecke zurück. Beruhigend sprach Ruth auf ihn ein. Ihre Stimme schien ihn noch mehr zu verstören. In den Innenbereich wagte er sich aber auch nicht zurück. Wahrscheinlich brachte er den mit Menschen in Verbindung und hatte mit den Zweibeinigen keine guten Erfahrungen gemacht. Der erste Pfleger kam um sieben Uhr. Über seiner Schulter hing das Abschleppseil.

»Warum brechen Sie denn ein, Mrs. Harkness? Sie haben bei uns doch freien Eintritt.«

»Ich wollte mal wieder ein Abenteuer erleben.« Ruth bürstete sich Dreck vom Mantel. »Aber hier ist es ja nicht mal richtig kalt, und alle wilden Tiere sind eingezäunt. Füttern Sie den Panda jetzt?«

Der Pfleger nickte. »Pandora ist immer die Erste auf meiner Runde.«

»Ich komme mit und sehe Ihnen auf die Finger.«

Der Pfleger seufzte. »Das habe ich befürchtet.«

In der Futterküche des Zoos gab es keinen Bambus. Aus einer Kiste nahm der Pfleger eine Handvoll Rüben und Salatköpfe, die schon bessere Tage gesehen hatten. Dann setzte er Wasser auf.

»Wozu brauchen Sie das?« Ruth stellte sich dicht neben ihn. »Bitte sagen Sie mir nicht, Sie dünsten das Gemüse.«

Der Pfleger zuckte mit den Schultern. »Anweisung vom Tierarzt. Pandora frisst schlecht, darum soll sie möglichst wenig Mühe mit dem Kauen haben.«

»Genau das ist aber falsch. Pandas brauchen harte Fasern für ihre Verdauung. Außerdem, was ist das für labbriges Zeug? Gab es das gratis? Das würden Sie doch selbst nicht mehr anrühren.«

»Mrs. Harkness, ich muss Sie bitten, darüber mit dem Arzt zu sprechen. Ich befolge nur Anweisungen.« Der Pfleger packte Ruth bei den Armen und schob sie zur Seite. »Und jetzt muss ich mich beeilen, die Affen schreien schon. Wenn ich zu spät komme, werden sie wütend und pinkeln unter der Tür durch.«

Mit einem Messer entfernte er den Strunk der Rüben und hieb die Wurzeln in kleine Stücke. Ruth hob das Grün auf.

»Legen Sie ihr wenigstens das dazu.« Um nicht mitanzusehen, wie er das Gemüse in Brei verwandelte, ging sie in der Küche herum. »Was hat Smith für den Panda bekommen?«

»Smith?«

»Der Jäger, dem Sie das Tier abgekauft haben«, sagte Ruth ungeduldig. »Ajax.«

»Ach so. Nein, der Verkäufer hieß anders. Fällt mir jetzt nicht ein.« Der Pfleger rührte den Gemüsebrei um. »Gekostet hat das Tier dreihundert Dollar.«

»So wenig?« Ruth traute ihren Ohren nicht.

»Dreihundert«, wiederholte der Mann. »Und der Transport war gratis.«

Ruth rechnete nach. »Wie ist das möglich? Sie haben die Bärin ja wohl nicht per Frachtpost bekommen. Also ist jemand mit ihr Schiff gefahren, mehrere Wochen lang. Wenn ich die Kosten für die Fahrkarte abziehe …« Ruth stockte. Ihr war nur der Preis für Fahrten in der Ersten Klasse bekannt. »Nehmen wir an, es wird auf Komfort verzichtet, dann beläuft sich das Ticket vielleicht auf hundertfünfzig Dollar. Da bleibt nicht mehr viel. Wie soll sich die

Reise im Landesinneren rechnen? Sie haben Unterbringungskosten, die Träger wollen bezahlt werden, die Jäger …«

»Mag sein, gute Frau, aber der Direktor meint, es wird bald noch bessere Angebote geben. Aus dem Pandamarkt ist der Boden raus.«

Der Wasserdampf brachte den Pfleger zum Schwitzen. Er setzte einen Deckel auf den Topf.

»Wir sind doch nicht an der Börse«, sagte Ruth.

»Das nicht, aber ein ausgeklügeltes System ist das mittlerweile. Der Verkäufer kennt Missionare, die kennen Leute in den Bergen, und bei denen bestellt er einfach.«

Der Pfleger drehte sich zu Ruth um. Sie starrte ihn fassungslos an. Ihr Schweigen deutete er wohl als Unverständnis.

»Wenn Sie im Laden was haben wollen, Mrs. Harkness, einen Regenschirm zum Beispiel, dann hat der Ladenbesitzer den ja nicht direkt aus der Fabrik bekommen. Der geht über Zwischenhändler und große Lager, wo es alles Mögliche …«

»Schon verstanden!« Ruths Stimme zitterte vor Wut. »Warum haben Sie dann nicht gleich fünf Pandas genommen?«

Der Pfleger spähte in den Topf. »Das müssen Sie den Direktor fragen.«

Nein, das würde Ruth sich sparen.

»Auf Wiedersehen!« Sie schlug ihren Mantelkragen hoch.

»Momentchen.« Der Pfleger gähnte. »Vorne ist immer noch zu, aber wenn Sie eine Minute warten, schließe ich gern für Sie auf.«

Zurück in ihrer Wohnung scheuchte Ruth Buster vom Sekretär herunter und suchte Quentins Adresse heraus. Im März, noch vor dem traurigen Ende Su Lins, war ein Brief von ihm eingetroffen. Quentin schrieb, Diana habe sich sehr gefreut, Namenspatin für den neuen Panda zu sein, und schicke die besten Grüße. Übrigens entwickele sich ihr gemeinsames Söhnchen prächtig. Ruth griff zum Stift.

Lieber Quentin,
der Bronx Zoo hat jetzt auch einen Panda, ein Weibchen. Sie haben es zum Schnäppchenpreis bekommen, weil es mit Diana schon eins in Chicago gibt. Smith ist nicht länger unser Problem, sondern die Armee der Nachahmer. Ich weiß nur eine Möglichkeit, sie zu stoppen. Wir müssen den Amerikanern bald ein Männchen anbieten. Sobald eines da ist, werden weitere Tiere uninteressant, und wenn in Amerika niemand Geld für einen Panda bezahlen will, wird in Tibet niemand mehr losziehen, um einen zu fangen. Das Jagen muss aufhören, und damit das geschieht, müssen wir noch einmal jagen.

Es galt, Pandoras sprichwörtliche Büchse wieder zu schließen. Ruth las sich durch, was sie geschrieben hatte. Dann strich sie die Anrede und alle Füllwörter und kürzte die Nachricht auf Telegrammformat. Quentin würde schon verstehen. Die Zeit drängte.

Wasser

Nahe Tonxgu, 20. Juni 1938

Die chinesische Armee sprengte Deiche des Gelben Flusses, um den Vormarsch der Japaner zu stoppen. In den Fluten kamen Hunderttausende Menschen um, und ein riesiges Gebiet wurde verwüstet. Richard reiste in den Norden und fotografierte die Katastrophe.

An einem warmen Sommernachmittag kehrte er zu seinem Hotel zurück, das auf einem Hügel lag. Zwei Stunden lang hatte er in einem überfluteten Schulhaus Bilder gemacht, war nass bis zur Hüfte, und in seinen Strohsandalen scheuerte Sand. Überall war Sand. Das Hotel hatte im Hinterhof Außenduschen aufstellen lassen, um Böden und Einrichtung vor dem knirschenden Dreck zu schützen. Hinter einem Vorhang brauste Richard sich ab, wechselte in saubere Kleidung und Pantoffeln und hängte die nasse Kleidung zum Trocknen auf. Mit der Kameratasche über der Schulter betrat er das Hotel durch den Personaleingang. Einer der Portiers kam ihm entgegen, einen Hut auf dem Kopf. Offenbar war seine Schicht gerade zu Ende.

»Mr. Barker, endlich!«, rief er. »Jemand möchte Sie am Telefon sprechen. Fünfmal hat diese Person schon angerufen. Jedes Mal besteht sie darauf, dranzubleiben, aber wir können doch nicht zulassen, dass sie die Leitung blockiert.«

Er hatte noch nicht ausgesprochen, da klingelte es drinnen. Der Mann riss die Augen auf, als wolle er sagen: »Da haben Sie's!«

Im Laufschritt eilte Richard in die Lobby. Der Portier der Nachmittagsschicht winkte ihm zu.

»Eben trifft er ein«, sagte er in den Hörer. »Ich gebe Sie weiter.«

Richard stellte die Kameratasche ab. Er erwartete eine der Damen aus dem Büro der Nachrichtenagentur am Apparat. Vielleicht waren die letzten Fotos noch nicht angekommen.

»Guten Morgen, mein Lieber, wo treibst du dich denn rum?«

»Ich, äh … bist du es, Ruth?«

Unter Tausenden hätte er ihre Stimme wiedererkannt. Vom Ohr her breitete sich Wärme in seinem ganzen Körper aus.

»Die Agentur hat mir verraten, wo du bist«, sagte Ruth. »Immer auf Achse, was?«

»Eigentlich nicht. Vorher war ich monatelang in Shanghai. Hatte eine kleine Krise.«

»Oh.« Es knisterte, als Ruth ein Streichholz anriss und sich eine Zigarette ansteckte. »Inwiefern?«

»Der Krieg«, sagte Richard mit belegter Stimme. »Diese ganzen … schlimmen Dinge. Ich versuche, mich nicht hineinziehen zu lassen, aber das passiert unweigerlich.«

»Hm.« Ruth schien zu warten, ob er noch etwas sagen würde. »Aber jetzt bist du wieder im Feld?«

»Im Überflutungsgebiet. Wahrscheinlich hast du von der Katastrophe gehört.«

Richard beschrieb Häuser, die im Wasser trieben, und Familien, die auf Anhöhen kampierten, weil sie alles verloren hatten. Ruth unterbrach ihn nicht, und als er endete, schwieg sie noch eine Weile. Das war untypisch für sie. Sonst sprudelte sie nur so mit Neuigkeiten heraus. Aber vielleicht fand sie ihr Leben gerade zu trist. Mit Sicherheit fehlte ihr Su Lin. Richard sah Ruth an einem Fenster sitzen und in die Straßen von New York hinuntersehen.

»Ich weiß, ich habe deinen letzten Brief noch nicht beantwortet«, sagte er. »Aber das tue ich heute noch. Wir sollten enden, dieses Gespräch kostet dich sonst ein Vermögen.«

»Oh, das ist kein Überseeanruf.« Es knisterte erneut. Wahrscheinlich blies Ruth Zigarettenrauch am Hörer vorbei. »Ich bin bei Cavaliere in Chengdu.«

»Wie bitte?«

»In Chengdu. Und ich brauche dich hier.«

»Besser nicht.« Richard zwirbelte die Hörerkordel zwischen den Fingern. Er könnte einfach auflegen, oder? Aber das Gespräch so zu beenden, wäre feige. Richard war erwachsen und konnte für seine Überzeugung einstehen.

»Tut mir leid, Ruth«, sagte er. »Zwar würde ich dich gern wiedersehen, aber fotografieren werde ich nicht mehr für dich. Die letzte Panda-Expedition hat kein gutes Ende genommen.«

Am anderen Ende der Leitung herrschte Schweigen. Ruth hustete.

»Das mit Yin war unrühmlich, ich weiß«, sagte sie. »Aber jetzt haben wir ein Jungtier, das in Cavalieres Garten lebt. Am liebsten versteckt sie sich in den Bäumen. Ich brauche gute Bilder von ihr. Smith treibt sich auch hier herum und …«

»Wie oft der schon irgendwo gewesen sein soll«, fiel Richard ihr ins Wort.

»Nun ist er wirklich da, und er lügt wie immer schamlos. Ich hätte gar keinen Panda, behauptet er. Die Zeitungen greifen seine Geschichten auf. Was soll ich tun? Ich lass keine Reporter hier rein, sie würden den Panda ängstigen. Wenn ich Bilder von einem unabhängigen Beobachter wie dir hätte, würde man mir glauben.«

»Kauf dir selbst eine Kompaktkamera«, sagte Richard. »Eine Leica kostet weniger als ein seltenes Wildtier.«

»Ach, Richie.« Etwas plätscherte. Ruth goss sich wahrscheinlich einen Drink ein. »Weißt du noch, als du mir beschrieben hast, wie du dich anpirschen willst, um Fotos von Tieren in ihrem Habitat zu machen? Aufnahmen, wie es sie noch nie gab?«

»Das ist mir gelungen«, sagte Richard. »In Tibet habe ich aus nächster Nähe eine Antilope vor die Linse bekommen. Sowerby hat das Bild sogar ausgestellt. Aber brachte es mir Ruhm und Reichtum? Leider nein.«

»Verstehe. Dieses Mal bezahle ich dich. Und du hast recht, was die letzte Expedition betrifft. Aber dieser Panda ist nicht im Käfig, er bewegt sich frei. Was sagst du?«

»Ich weiß nicht.«

Richard wickelte die Kordel um seine Hand. Bis Chengdu waren es 1300 Kilometer. Andererseits war es nach Shanghai zurück beinahe ebenso weit, und dorthin würde er wie schon auf dem Hinweg lange brauchen. Die Flut hatte Bahnstrecken und Straßen unpassierbar gemacht.

»Außerdem schicke ich dir ein Flugticket«, sagte Ruth. »Bitte, Richard. Wir werden alle wieder zusammen sein, wie in alten Zeiten. Wang ist auch da.«

»Aber Quentin fehlt.«

»Nein, sogar der ist hier. Wir raufen uns noch einmal zusammen. Quentin wird einen zweiten Bären für mich finden, einen letzten, ein Männchen, und dann bringe ich ein Pärchen nach Amerika, und alles wird gut.«

Richard sah auf seine Fußknöchel hinab. Die Haut war verschrumpelt vom Stehen im Wasser. Er sollte müde sein, doch ihm war danach, zu laufen, schnell zu laufen, bis nach Chengdu.

»Aber lange werde ich nicht bleiben«, sagte er.

»Wie du meinst.« Ruth klang erleichtert. »Wenn du überhaupt kommen kannst, wäre ich schon froh.«

»Außerdem brauche ich ein Rückflugticket nach Shanghai.«

Am anderen Ende der Leitung setzte Ruth klirrend ihr Glas ab. »Bekommst du.«

Villa ohne Cavaliere

Chengdu, 25. Juni 1938

Ruth stand auf Cavalieres Terrasse und betupfte einen Striemen an ihrem Handgelenk mit Jodlösung. Die neue Pandadame hatte ein vollkommen anderes Wesen als Su Lin. Manchmal ließ sie sich anfassen oder sogar auf den Arm nehmen, doch früher oder später endete jeder Körperkontakt in einer Rauferei. Ohne Vorwarnung wurde das Tier wild, befreite sich und rannte in eines seiner Verstecke. Mei-Ling hatte Ruth es getauft, zu Ehren der Ehefrau von Chiang Kai-shek.

Ruth sog scharf Luft ein. Das Jod brannte in der frischen Wunde. Währenddessen saß Mei-Ling im höchsten Baum des Gartens. Das war ihr Lieblingsort, und jetzt war sie dort nicht mehr allein. In einer Astgabelung hockte Richard mit seiner Kamera. Gleich am Morgen war er hochgeklettert.

»Ich werde warten und sie nicht beachten«, sagte er. »Irgendwann nimmt sich mich dann nur noch als einen Teil der Umgebung wahr.«

Etwa drei Meter über Richard streckte Mei-Ling sich, leckte ihre Pfoten, legte sich bäuchlings auf einen Ast und ließ die Gliedmaßen herunterbaumeln. Richard hob die Kamera, beugte sich zurück, so weit es ging, hatte aber anscheinend immer noch andere Äste zwischen sich und seinem Motiv. Schon wechselte Mei-Ling wieder ihre Position. Richard ließ die Kamera sinken. Wollte er warten, bis Mei-Ling auf dem Rückweg an ihm vorbeikletterte?

Der Mann war wirklich mit Geduld gesegnet. Ruth schraubte das Jodfläschchen zu und ging hinein. Auf dem Tisch hatte Richard sein Equipment ausgebreitet. Ein Streifen mit Negativen zeigte ein überschwemmtes Dorf. In der Umkehr der Farben waren Wasser und Himmel schwarz und die Menschen in ihrer nassen Kleidung weiß wie Geister. Verfremdet schien diese Welt und trotzdem stimmig. Auch in Cavalieres Haus war alles Helle nun düster. Der Italiener hatte aus politischen Gründen in die alte Heimat reisen müssen, und sein Verwalter, ein hageres Kerlchen mit Monokel und Manschettenknöpfen, duldete Ruth und ihre Leute nur. Sie wohnten in einem Flügel der Villa und durften den Salon, in dem sie so viele fröhliche Abende mit Wein und Musik verbracht hatten, nur noch durch die Fenster betrachten. Auch der Herd war für Wang tabu. Der Koch nahm es mit Humor und baute im Garten eine Feldküche auf.

»Makee Barbecue«, hatte er zu Ruth gesagt. *»The american way.«*

Über Dutzende leere Zimmer verfügte das Haus, doch sie lebten zu viert in dreien. Eines diente ihnen als Aufenthaltsraum, eines gehörte den Männern und das dritte Ruth. Es herrschte Unordnung, weil Quentin seine Jagdausrüstung überall verteilt hatte. Er bereitete sich darauf vor, erneut in die Berge aufzubrechen, wollte Ruth aber nicht mitnehmen. »Ohne dich komme ich schneller voran«, hatte er gesagt.

Zweifellos stimmte das, aber früher waren sie auch zusammen unterwegs gewesen.

»Jetzt ist es anders«, sagte Quentin auf Ruths Einwand hin. »Du musst dich um Mei-Ling kümmern. Und inzwischen jagen so viele nach Pandas. Manche Täler sind schon leer.« Er machte eine unwirsche Geste. »Leider sind wir nicht allein.«

Dabei sah er Ruth gereizt an. Offensichtlich sprach er nicht nur über die Pandajagd. Hatte Quentin sich vorgestellt, in Chengdu, weit weg von Frau und Kind, wieder mit seiner Reisegefährtin von früher anzubändeln? Ruth zuckte mit den Schultern. Nach wie vor war Quentin ein schöner Mann, aber sie sah sich und ihn nicht mehr auf Kinoplakaten. Eine Ehebrecherin wollte sie nicht sein. Die Affäre aufzuwärmen, würde sich falsch anfühlen.

Ruth setzte sich und stöberte weiter in Richards Fotos. In einer der Mappen fand sie den Abzug eines Bildes, das sie mit Su Lin zeigte. Ruth saß auf einer Stufe, den Panda zwischen den Füßen und lachte. Rückblickend verblassten die Sorgen, die sie sich um den kleinen Panda gemacht hatte. Die Kolik und die schlaflosen Nächte waren nur Problemchen gewesen, die jeder Mensch kannte, der sich um ein kleines Wesen kümmerte. Im Großen und Ganzen war damals alles gut gewesen. Als Ruth mit Su Lin nach Chengdu zurückgekehrt war, hatte sie sich am Ziel geglaubt. Wie naiv sie gewesen war!

»Du kannst das Bild haben, wenn du willst«, erklang eine Stimme hinter ihr.

Richard war zurück. An seiner Hose klebte Harz.

»Danke, das ist ein schönes Foto.« Ruth nickte in Richtung der Kamera, die Richard auf den Tisch legte. »Fertig?«

»Für heute schon.« Richard streckte sich, sein Rücken knackte. »Vier Stunden war ich da oben. Ein paar Aufnahmen sind mir geglückt.«

»Wirst du den Film heute noch entwickeln?«

Soweit Ruth wusste, nutzte Richard dafür das Labor eines Bekannten.

»Ja, eigentlich könnte ich das tun.«

Richard nahm den Streifen mit den Negativen zwischen die Kuppen von Daumen und Mittelfinger und schob ihn zurück in einen Umschlag. Etwas an der Art, wie er das machte, faszinierte Ruth. Warum benutzte Richard nicht den Zeigefinger? Vielleicht weil der Mittelfinger weniger schmutzig war. Es musste sich um einen der vielen Kniffe handeln, die den Profi vom Laien unterschieden. Jetzt stapelte Richard Döschen in eine Tasche, legte eine Rolle dazu und stellte Glasflaschen mit chinesischer Beschriftung aufrecht hinein. Er packte mit System. Ruth war bewusst, dass sie Richard oft Unrecht getan hatte, wenn sie ihn als Zweifler bezeichnet hatte. Er war vielmehr umsichtig, und wegen genau dieser Qualität hatte sie ihn damals in Shanghai gebeten, sie zu begleiten. Im chinesischen Viertel hatte er sich ausgekannt, er hatte gewusst, welche Straßen man meiden sollte, und in Läden und Bars ging er selbstverständlich ein und aus. Richard war ein Insider, aber er prahlte nicht damit, vielleicht war es ihm nicht einmal bewusst. Doch offensichtlich verfügte ihr Fotograf über wichtige Fähigkeiten. Auf dem Sportplatz wäre er der unterschätzte Spieler, der das Team unauffällig zusammenhielt.

Richard nahm seine Armbanduhr ab, um sie aufzuziehen. Dort, wo sie gewesen war, verlief ein heller Streifen um sein Handgelenk. Seine Hemdsärmel trug er hochgekrempelt, seine Unterarme waren gebräunt, das Haar darauf von der Sonne gebleicht. Ruth sah einen Moment zu lange hin, und Richard bemerkte es. Er war ein Beobachter, den es irritierte, wenn er selbst betrachtet wurde.

»Was ist?«, fragte er.

Das konnte Ruth ihm unmöglich sagen.

»Du hast da Sand«, murmelte sie.

»Immer noch? Dieses Zeug …« Richard wischte sich mit der anderen Hand über den Arm. »Seit ich aus dem Norden gekommen bin, habe ich zweimal geduscht und trotzdem …«

Ruth stand auf. »Cocktailstunde. Wo steckt Wang?«

Richard schloss seine Tasche mit einem Riemen. »Ist einkaufen. Das kann dauern. Wenn du nichts zu tun hast, begleite mich doch.«

Ihn begleiten? Ruth sah sich an Richards Arm in eine Bar schweben. In den Händen hielten sie Rollschuhe, und Ginger und Fred sangen *Let's call the whole thing off.* Der Text war ein Witz, denn im Film ging es nach dem Lied ja erst richtig los.

»Du kannst mir im Labor zur Hand gehen«, sagte Richard.

Ach so. Ja, warum nicht? Hier wurde Ruth schließlich nicht gebraucht. Sie würde Mei-Ling einen Korb voll Bambus unter den Baum legen, und die Bärin würde erst fressen, wenn alle Menschen den Garten verlassen hatten.

Ruth und Richard gingen durch die Gassen von Chengdu, vorbei an Straßenständen und spielenden Kindern. In einer Wäscherei holte Richard einen Schlüssel ab. Ruth wartete draußen. Als Richard wieder bei der Tür war, rief die Inhaberin ihm etwas auf Chinesisch hinterher, und er drehte sich um und antwortete. Ruth verstand nicht, was er sagte, aber durch die Scheibe sah sie die Frau lachen.

Fragend hob Ruth die Augenbrauen.

»Nur ein Witz«, sagte Richard.

Ruth hätte sich auch gern amüsiert, aber vielleicht wäre der Scherz in der Wiederholung nicht lustig gewesen. Gleich würde sie beobachten, wie Richard seine Foto-Magie vollführte. Bis jetzt hatte sie immer nur dem fertigen Ergebnis Beachtung geschenkt.

Das Labor befand sich im Hinterhof. Die Decke war so niedrig, dass sie die Köpfe einziehen mussten, und Fenster gab es auch keine. Richard breitete Flaschen und Döschen aus, ordnete Gefäße und Zangen und füllte Schalen mit verschiedenen Flüssigkeiten.

»Was soll ich tun?«, fragte Ruth.

»Du achtest auf die Zeit. Ich werde Abzüge von dem Film machen, den ich gestern entwickelt habe.«

Richard gab Ruth seine Uhr. Sie hatte einen Sekundenzeiger. Wie das kleine Dinge so in Ruths Hand lag und im Takt eines Herzens tickte, hätte es lebendig sein können. Ein seltsamer Gedanke war das. Ruth brauchte wohl einen Drink. Aus Sorge, die Uhr fallen zu lassen, hielt sie sie mit beiden Händen fest.

»Achtung«, sagte Richard. »Ich lösche jetzt das Licht.«

Ruth wollte fragen, warum das eigentlich nötig war, aber da betätigte Richard schon den Schalter. Eine rote Lampe verbreitete noch einen Rest Helligkeit. Allerdings hatte die Farbe etwas Brutales und erinnerte an Blut. Dazu roch es streng nach Chemikalien, und die Utensilien waren präzise angeordnet, militärisch, nein, medizinisch, wie in einem Operationssaal. Was war es noch gewesen, das Ruth machen sollte? Gleich würde die Uhr zu ticken aufhören, wenn sie nämlich auf den Steinboden fiele und ihr Glas zersprang, weil Ruth unfähig war, aufzupassen. Eine Blenderin war sie, nichts konnte man ihr anvertrauen, alles starb ihr unter den Händen weg. Bald würde auch Richard das merken. Er legte etwas auf die Arbeitsplatte.

»Ich muss raus«, sagte Ruth.

Sie stolperte in die Richtung, in der sie die Tür vermutete, und tastete nach der Klinke. Da war aber keine mehr, nur glatte Bretter und die leicht erhabenen Köpfe von Nägeln. Ruths linker Daumen rutschte in ein Astloch. An dieser Vertiefung konnte sie ansetzen, wenn sie die Füße in den Boden stemmte und mit aller Kraft rüttelte …

»Hier drüben ist die Tür.«

Richard fasste Ruths Arm, und im nächsten Moment war da Tageslicht, ein helles Rechteck, das von der Schwelle bis zur Decke reichte. Oh, wie gut das tat! Die Tür war die ganze Zeit da gewesen, natürlich, sie hatte sich nur etwas weiter rechts befunden. In ihrer Angst hatte Ruth an den Brettern gerüttelt, mit denen ein Hohlraum in der Wand, vielleicht ein früheres Fenster, verschlossen worden war. Immer noch hielt Richard sie fest.

»Du kannst auch draußen warten«, sagte er. »Aber mach die Tür nicht wieder auf, denn wenn ich erst angefangen habe, würde falsches Licht den Prozess stören. Außerdem will ich gleich noch den Film von heute entwickeln. Für die Negative brauche ich komplette Dunkelheit.«

»Nein, keine Sorge, ich komme nicht wieder rein.«

Ruth stützte sich auf den Oberschenkeln ab. Nach wie vor umklammerte sie die Uhr. Das Aufziehrädchen bohrte sich in ihren

Handballen. Verschämt gab Ruth Richard den Zeitmesser zurück.

»Tut mir leid«, sagte sie.

Sie wollte erklären, dass sie momentan schlecht mit Dunkelheit zurechtkam, doch Richard hatte die Uhr schon wieder angezogen und eine Hand auf der Türklinke.

»Schon gut.« Er nickte ihr freundlich zu. »Es ist ja auch Cocktailstunde. Am Ende der Straße gibt es eine Bar.«

Mittlerweile kannte er Ruth gut. Sie ordnete ihr Haar. Aber alles wusste auch Richard nicht von ihr. Offensichtlich glaubte er, sie habe sich gelangweilt und darum das Weite gesucht. Das war besser, als für einen Angsthasen gehalten zu werden.

»Danke«, sagte Ruth. »Dort findest du mich dann.«

Am nächsten Abend, als Ruth, Richard und Wang in ihrem Gemeinschaftszimmer am Tisch saßen und eine Tarte verspeisten, die Wang in einem improvisierten Ziegelofen zum Nachtisch gebacken hatte, ließ Richard Fotos herumgehen. Nebenan rumorte Quentin. Er packte für den Aufbruch am nächsten Tag. Im Morgengrauen würden die Träger kommen, bis dahin mussten die Zelte auf Gestelle und Rucksäcke verteilt sein. Ruth betrachtete ein Foto von Mei-Ling. Der Panda balancierte einbeinig auf einem Ast und streckte die Vorderpfoten nach einem höheren aus.

»Das ist gut geworden«, sagte sie zu Richard. »Und die Mauer im Hintergrund ist gar nicht zu sehen.«

»Darauf habe ich geachtet. Sieh mal, hier habe ich eine Serie mit Schlafpositionen geschossen. Mei-Ling findet nichts zu unbequem.« Richard legte die Bilder aus wie Spielkarten. »Auf dem Rücken, auf dem Bauch, auf der Seite, mit herunterbaumelndem Bein, mit dem Kopf nach unten hängend …«

Ihm ging der Platz für die Fotos aus, und er räumte einen Haufen von Quentins Sachen beiseite: Zwei Kletterhaken legte er auf eine Kommode, und ein Tuch faltete er zu einem kleinen Quadrat. Zuunterst lag ein Revolver. Richard nahm ihn in die Hand, begutachtete das geprägte Herstellerlogo, wog ihn prüfend in der Hand und sprach dabei weiter. Inzwischen ging es darum, welche Belichtungszeiten er gewählt hatte, doch Ruth hörte nicht mehr zu.

»Möchtest du den etwa ausprobieren, Richard?«

»Nein, wieso?« Richard legte den Revolver weg. »Ich wollte nur wissen, was es für einer ist.«

Wang stellte die Teller zusammen und räumte ab. Als der Koch außer Hörweite war, lehnte Ruth sich vertraulich zu Richard.

»Wenn ich mich richtig erinnere, hattest du eine heftige Abneigung gegen Waffen«, sagte sie. »War da nicht auch etwas mit Wassermassen und Schlamm und der Angst, verschüttet zu werden? Jetzt reist du als Fotojournalist in überflutete Gebiete und hantierst ganz locker mit einem Colt. Ist etwas geschehen?«

Richard schien nachzudenken. »Was meinem Vater passiert ist, habe ich mir nur vorgestellt«, sagte er. »Dann habe ich den Krieg und diese Katastrophe erlebt, und beides war viel schlimmer als alles, was ich mir je ausgemalt habe. Das hat die Dinge in die richtige Perspektive gerückt.«

Mit seinem Ärmel wischte er ein Staubkörnchen von einem der Fotos.

»Heißt das, du hast keine Horrorvisionen mehr, weil die Wirklichkeit noch entsetzlicher ist?«, fragte Ruth.

»So kann man das sagen.«

Ruth schüttelte den Kopf. »Das nenne ich eine typische Richard-Erklärung.«

Der Fotograf lehnte sich zurück. »Angst habe ich immer noch, vor anderen Dingen. Aber gerade geht es mir gut.«

Der Koch kam zurück, ein Geschirrtuch über der Schulter. Auf Pidgin dankte Richard ihm: *»Wang bestee kuk-man! Long time no eat so muchee! Piecee brandy?«*

Er entkorkte eine Flasche, die mysteriöserweise ihren Weg aus Cavalieres Bar zu ihnen gefunden hatte. Mit einem Seitenblick zu Ruth sagte er: »Was meinst du, sollen wir in den Salon einbrechen und das Grammofon holen?«

Showdown

Chengdu, 30. Juni 1938

Richard saß mit einem Sportreporter, den er von früher kannte, auf der Tribüne eines Leichtathletikstadions in Chengdu und verfolgte, wie die Schlussläuferin einer Mädchenstaffel mit ihrem Stab ins Ziel sprintete. Jubelnd verkündete ein Sprecher die Zeit und verlas die Namen der Siegerinnen. Der Sportreporter stenografierte die Angaben in einen Block. Im Sprungkasten glättete schon jemand den Sand, aber Kampfrichter waren dort noch nicht zu sehen. Endlich ergab sich eine Pause.

»Warum ich dich sprechen wollte …« Richard öffnete die Mappe mit seinen Fotos. »Ruth Harkness besitzt einen neuen Panda, und ich hätte ein paar schöne Bilder im Angebot.«

»Ah ja?« Der Reporter warf einen Blick auf ein Foto von Mei-Ling, die kopfüber an einem Baum herunterkletterte. »Ist Mrs. Harkness auch mit drauf? Hast du eins, auf dem die beiden spielen?«

»Weißt du, dieses Tier bleibt lieber allein. Übrigens handelt es sich um ein Weibchen. Ruth hat es Mei-Ling getauft.«

»Das dürfte eine unglückliche Namenswahl sein.« Der Reporter steckte den Stift in seine Hemdtasche. »Mrs. Chiang Kai-shek soll die westliche Gier nach Pandas gehörig gegen den Strich gehen.«

»Dann verschweig einfach, wie das Tier heißt«, sagte Richard. »Jetzt darf sowieso noch nichts rausgehen, denn das könnte die

Ausreise gefährden. Ich dachte mehr an einen Hintergrundbericht über Pandas und ihre Lebensweise. Der könnte erscheinen, sobald Ruth wieder fort ist. Wusstest du zum Beispiel, dass Pandas einen sechsten Finger haben und mit ihren Eckzähnen Blech durchlöchern können? Und manchmal bellen sie wie Hunde.«

»Reizend.«

Der Reporter sah den Mädchen hinterher, die sich um einen Stand mit Erfrischungen scharten. Alle trugen dieselbe kinnlange Frisur und weiße Polohemden mit dem Schriftzug einer christlichen Schule.

»Nur leider hat sich die Stimmung gewandelt«, sagte er. »Ruth Harkness mit diesem Babybären, das war 'ne Nummer. Doch inzwischen ist das alles nicht mehr schön anzusehen. Überall Jäger. Dieser Smith will Pandas nach England bringen, und angeblich sind auch Schweizer Händler in der Stadt. Kürzlich habe ich gehört, der Einkäufer eines osmanischen Prinzen bietet die höchsten Preise. Privatzoos wollen nun auch Tiere. Ehrlich gesagt verstehe ich die chinesische Regierung. Es war höchste Zeit für ein Machtwort, und das haben sie jetzt gesprochen. Niemand bringt mehr einen einzigen Panda außer Landes.«

Richard rutschte die Mappe aus der Hand. Seine Fotos fielen herunter und verteilten sich über die Stufen. Eines segelte bis auf die Aschenbahn. Eine Nachzüglerin, die ihre Schuhe ausgezogen hatte und ihren Kameradinnen hinterherhumpelte, hob es auf und legte es auf die erste Sitzreihe.

»Ein Exportstopp?«, fragte Richard. »Gilt der ab sofort?«

»Keine Ahnung. Ich weiß nur, dass sich dieser Herr vom Shanghai Museum dafür stark gemacht hat.«

»Sowerby?«

Das war Richard ein Rätsel. Der war doch ein Freund von Ruth! Unwahrscheinlich, dass sie nichts von dieser Entscheidung wusste. Oder steckte sie mal wieder den Kopf in den Sand, um keine Schwierigkeiten sehen zu müssen? Wie nebenbei hatte sie

Richard am Tag zuvor von einem männlichen Panda erzählt, den Quentin zusammen mit Mei-Ling nach Chengdu gebracht hatte. Dieses Tier war noch vor Ruths Ankunft gestorben. Sie habe nichts mehr tun können.

»Vermutlich hat Sowerby recht«, sagte Richard. »Wenn er als Tierkundler sich sorgt, ist es ernst. Soweit wir wissen, bekommen Pandamütter nur ein Junges, und das vielleicht auch nicht jedes Jahr. Um Chengdu herum gibt es angeblich schon keine Bären mehr. Sie sterben aus. Lange wurden sie für Felltrophäen gejagt. Darum hatte Ruth ja die Idee, sie im Zoo zu züchten. Sie will die Art bewahren, aber wie es scheint, erweist sie ihr damit …«, er stockte, weil er nicht unfreiwillig komisch sein wollte, »einen Bärendienst.«

»Tja, nur Ergebnisse zählen. Würde ihr erstes Tier noch leben, hätte ich Hoffnung, aber so …« Der Reporter stand auf. »Gleich geht es weiter. Ich will rüber zum Springen und die Trainerin interviewen.« Er stieg die Tribüne herunter und sagte über die Schulter: »Mach mal eine Pause, altes Haus, du wirkst erledigt. Wechsel doch ins Sportressort, dort hast du es leichter. Keine Politik. Und Hindernisse gibt es nur auf der Bahn. Jeden Tag erlebst du Begeisterung, Vitalität und junge Menschen in kurzen Hosen.«

Richard winkte ab. »Ich habe noch einen Termin. Ruth will heute Smith besuchen. Er hat sie eingeladen. Keine Ahnung, was ihn dazu treibt, aber wenn sie aufeinandertreffen, will ich dabei sein.«

»Ein Showdown.« Der Reporter richtete seinen Stift auf Richard. »So was ist gut. Bring mir Eindrücke davon, Beschimpfungen, Drohungen, am besten einen Kampf. Das zieht.«

Richard sammelte seine Fotos ein. »Ich hoffe doch, es bleibt zivilisiert.«

Eine körperliche Auseinandersetzung mit Smith hätte Ruth in jedem Fall gewonnen. Der alte Jäger ging am Stock, und selbst das bereitete ihm Probleme. Als Richard den aufgegebenen Bauernhof am Stadtrand erreichte, den Smith angemietet hatte, setzte sich sein Landsmann mit Ruths Hilfe gerade auf eine wurmstichige Überseekiste, die im Schatten einer Scheune stand.

»Die Knie wollen nicht mehr«, sagte Smith. »Die Lunge auch nicht.« Er bemerkte Richard und hob grüßend die Hand. »Der Herr Fotograf, wie geht es Ihnen?«

Richard lächelte höflich. Seine Kamera hatte er zu Hause gelassen. Er war nicht als Dokumentator hier. Zwischen den Gebäuden des Hofes, auf kahlem Boden, standen notdürftig zusammengezimmerte Holzkäfige. In den meisten lagen oder kauerten große Pandas auf dem staubigen Boden. Einer hatte ein blutiges Ohr. Die Luft stank nach Urin. Fliegen schwirrten umher. Smith hustete, wandte sich ab und spuckte in ein Taschentuch. Ruth vergrößerte den Abstand zu ihm.

»Bring die Pandas aus der Sonne«, sagte sie. »Die Hitze vertragen sie nicht. Außerdem müssen sie trinken können.«

Smith knüllte das Taschentuch zusammen und steckte es wieder ein.

»Tuberkulose.« Seine Stimme war schwach. »Der Arzt empfiehlt mir eine Luftkur. In der Schweiz am besten. Aber das kann ich mir nicht leisten.«

Ruth ging suchend durch den Hof und fand einen Blechnapf. »Wo gibt es Wasser?«

Als Smith nicht antwortete, ging sie in das Hauptgebäude und kam mit einem gefüllten Napf wieder. Ein Mann in blauer Arbeitskleidung folgte ihr und schimpfte auf Chinesisch. Ruth ignorierte ihn.

»Die bekommen Hitzschläge, wenn du nichts tust«, sagte sie zu Smith und versuchte, den Napf in einen der Käfige zu schieben, doch die Stäbe waren zu eng. Der Panda im Käfig hob nicht einmal den Kopf.

»Meine Leute kümmern sich«, sagte Smith. »Wir verschieben die Käfige jeden Tag, damit die Tiere es sauber haben, und dann bekommen sie auch Futter. Aber meistens werfen sie die Näpfe nur um und verstreuen das Gemüse. Dumme Viecher.« Er hustete wieder. »Ich will sie bald transportieren. Kann selbst nicht mehr lange hierbleiben.« Seine Stimme wurde unhörbar, weil ihm die Luft ausging. Nach einer Pause fuhr Smith fort. »In Shanghai gibt es eine gute Klinik, da wollen sie mir einen Lungenflügel stilllegen, damit er heilen kann.«

Ruth schöpfte mit der hohlen Hand Wasser aus dem Napf und streckte sie dem Panda entgegen. Der Bär zeigte keine Regung. Vorsichtig benässte Ruth seine Stirn. Eines seiner Ohren zuckte.

»Die Chinesen blockieren«, sagte Smith. »Was machen wir deswegen?«

»Wir?«

»Du willst doch auch Tiere rausbringen. Beim letzten hattest du Unterstützung von höchster Stelle, heißt es.« Rasselnd atmete er ein. »Wenn wir …« Er hustete. »… zusammenarbeiten … und mit der Eisenbahn …«

Er hustete noch schlimmer, krümmte sich, angelte nach dem Stock und verfehlte ihn. Richard eilte dem Alten zu Hilfe, doch da erschien schon eine Frau in weißem Kittel.

»Langsam, Mr. Smith. Kommen Sie, ich lege Sie hin.«

Resolut packte sie ihn unter dem Arm. Sie war kaum größer als Smith, aber stützte ihn ohne Mühe. Von seinen Schultern hing die Anzugjacke wie von einem Kleiderbügel. Der kranke Mann mochte nur noch hundert Pfund wiegen, ähnlich wenig wie die bedauernswerten Wesen in den Käfigen.

»Da hinten stehen Näpfe«, sagte Ruth. »Richard, hilfst du mir?«

Richard folgte ihr in einen Vorraum. Dort füllten sie Blechschalen mit Wasser aus einem Hahn und brachten sie zu den Pandas. Die Käfige hatten keine Türen, es waren lediglich Konstruktionen aus Holzgittern, die über die Tiere gestülpt worden waren. Richard hob sie an, und Ruth schob die Schalen zu den Pandas hinein. Keines der Tiere reagierte. Trotzdem hatte Richard das

Gefühl, er werde beobachtet. Stand jemand hinter einem Fenster? Wie viele Leute mochte Smith beschäftigen? Aus den Augenwinkeln musterte Richard das Gebäude. Wolken schoben sich vor die Sonne.

»Wenigstens haben sie jetzt Schatten.« Ruth schob die Ärmel ihrer Bluse herunter. »Gehen wir.«

Richard nahm seine Mappe auf, die er zwischenzeitlich auf der Überseekiste abgelegt hatte.

»Wir könnten nachts wiederkommen und die Tiere befreien«, sagte er leise.

»Stehlen, meinst du.« Ruth schüttelte den Kopf. »Damit würde ich tun, was Smith mir schon die ganze Zeit vorwirft. Nein, die Behörden werden bald Wind hiervon bekommen und Smith die Tiere wegnehmen. Ich helfe mit einem Hinweis nach. Aber ich frage mich, warum Smith mit mir sprechen wollte. Er kann doch nicht im Ernst hoffen, ich würde kooperieren. Nein, ich glaube, er bereitet schon neue Beschuldigungen vor.«

»Ich weiß nicht.« Noch immer klang Richard das erbärmliche Husten im Ohr. »Der kann doch nicht mehr.«

»Aber siegen will er immer noch. Der kämpft bis zum Letzten.«

Sie liefen durch die Gassen der Altstadt und tauchten in das Gedränge von Menschen, Handkarren und Rikschas ein. Unter einem bunten Sonnenschirm las eine Frau einer anderen aus der Hand. Richard blieb stehen und betrachtete die zwei.

»Keine Zeit für so was«, sagte Ruth.

»Vielleicht verrät sie dir etwas Nützliches.«

»Seit wann glaubst du an Wahrsagung?«, fragte Ruth.

»Das tue ich nicht, aber du.«

»Vor meiner Abreise in New York habe ich mir die Karten legen lassen. Die Chancen auf Erfolg stehen sechzig zu vierzig.«

»Das ist ziemlich präzise.«

Richard kramte in seiner Tasche nach Geld. An dem Stand neben der Handleserin wurden gefüllte Pfannkuchen verkauft.

Er bestellte zwei und sah zu, wie der Teig in heißem Fett brutzelte.

»So mag es wirken«, sagte Ruth. »Aber letztlich ist es beinahe fünfzig zu fünfzig, und das bedeutet: keine Ahnung.«

»Nun ja.« Richard wusste nichts zu entgegnen. Er wollte, dass Ruth einen Plan B entwickelte. War es denn so schlimm, für die vierzig Prozent des Scheiterns vorbereitet zu sein? Doch wenn er Bedenken äußerte, würde sie ihn nur wieder einen Schwarzmaler schimpfen. Den Exportstopp anzusprechen, hielt er ebenfalls für zwecklos. Zwar würde Ruth entsetzt reagieren, doch dann würde sie es abtun und trotzige Zuversicht verbreiten. Beim letzten Mal hatte sie auch ihre Kontakte genutzt, um Su Lin auf ein Schiff zu bringen.

Der Koch wendete den Pfannkuchen, füllte ihn mit Fleisch, klappte ihn zu und reichte ihn Richard auf einem Blechteller. Richard bot Ruth das Essen an.

Sie verschränkte die Arme. »Ich bin nicht hungrig.«

»Dann esse ich zwei.« Richard machte sich über die Köstlichkeit her. »Heute hat mir jemand gesagt, ich wirke erledigt.«

Ruth musterte ihn von oben bis unten. »Ich finde, du siehst gut aus.«

»Ja?« Richard kaute und schluckte. »Im Vergleich zu Smith, meinst du?«

»Im Vergleich zu Wangs Großonkel, unbekannterweise.« Ruth grinste schief. »Das riecht wirklich köstlich. Gib mir doch einen Happen.«

Richard überließ ihr den ersten Pfannkuchen und wartete auf seine Portion. Nachdem sie sich gestärkt hatten, schlenderten sie weiter.

»Um die Ecke gibt es eine Cocktailbar mit einem Billardtisch«, sagte Richard. »Kannst du spielen?«

»Leidlich. Aber bei Cocktails bin ich ungeschlagen.« Ruth hakte ihn unter. »Gute Idee.«

Als sie die Bar erreichten, war der Billardtisch belegt. Zwei ältere Herren lieferten sich ein Match. Ruth und Richard orderten Drinks am Tresen und wetteten, wer gewinnen würde.

»Der mit dem Schnurrbart liegt vorn.« Richard nahm das Spießchen mit Perlzwiebeln aus seinem Gibson. »Aber ich setze auf den mit dem gelben Hemd. Denn der andere spielt überambitioniert, und beim Billard wird einem das schnell zum Verhängnis. Zu viele unkontrollierte Ballberührungen, und schon geht die schwarze Kugel rein – und das war's.«

»Ich kenne die Regeln.« Ruth stellte ihr Glas ab. »Du willst doch etwas anderes sagen, Richard.«

Wie hatte sie das so schnell gemerkt? Richard machte einen Rückzieher.

»Später vielleicht.«

Aber Ruth ließ sich nicht vertrösten. »Vorschlag«, sagte sie. »Erst spreche ich eine unangenehme Sache aus, dann bist du dran.«

Sie trat nah an Richard heran, sodass er ihr herbes Parfüm roch. Ihre Wangen berührten sich. An seinem Ohr raunte Ruth: »Bereit?«

»Ich höre«, flüsterte Richard.

»Su Lin war ein Junge.«

Beinahe hätte Richard sein Glas umgestoßen. Er erwischte es noch am Stil, rutschte mit dem Unterarm über den Tresen und stolperte gegen Ruth. Sie legte die Hände auf seine Brust.

»Schockiert? Das war ich auch.«

»Aber woher weißt du das, Ruth?«

»Sie wurde obduziert. Also, er. Dabei haben sie es herausgefunden.« Ruth ließ die Hände sinken. »Ob ich mir dumm vorkomme? Das kannst du glauben. Wie oft habe ich Su Lin im Arm gehalten, wie oft sie sauber gemacht? Aber mein Kleiner war damals noch ein Baby. Der Zoodirektor meinte, niemand hätte es zu diesem Zeitpunkt bemerken können. Als Jungtier hatte Su Lin nur einen winzigen Penis. Einen Zoll maß der bloß.« Mit zwei Fingern zeigte Ruth die Kantenlänge eines Eiswürfels.

Richard dachte nach. Wenn die Geschlechtsbestimmung schwer war, woher wusste Ruth dann, dass ihr neuer Panda ein Weibchen war? Sie mutmaßte wohl wieder nur. Aber etwas anderes war noch wichtiger.

»Warte mal!« Richard hielt ihren Arm fest. »Demnach hattest du schon mal ein Pärchen. Su Lin und Diana, nicht wahr?«

Ruth verzog das Gesicht. »Wenn Diana nicht auch männlich ist. Die Chancen stehen wohl fünfzig zu fünfzig.«

»Nehmen wir an, Diana ist wirklich ein Weibchen. Wäre Su Lins Lungenentzündung nicht dazwischengekommen, hätten die beiden Pandas irgendwann Junge haben können.«

»Was wirfst du mir vor?« Ruth zog ihren Arm weg. »Ich habe den Direktor, sämtliche Pfleger und den Tierarzt instruiert. Tausende Mal habe ich gepredigt, was die Pandas brauchen. Hätte ich im Zoo kampieren sollen, um Su Lin zu überwachen?«

»Ich wollte nur sagen, *du* hast dein Ziel erreicht. Du hast ein Pärchen nach Hause gebracht. Gescheitert ist allenfalls der Zoo.«

»Vielleicht.« Ruth klang nicht überzeugt. Sie kippte ihren Drink herunter, griff um Richard herum und trank von seinem Gibson. »Jetzt bist du dran. Was ist deine unangenehme Sache?«

Richard nahm ihr den Cocktail wieder ab.

»Es ist etwas, worüber ich nachdenke.« Richard blickte an Ruth vorbei. Auf dem Billardtisch waren nur noch vier Kugeln übrig. »Im Krieg gibt es auf beiden Seiten Verluste. Selbst wenn eine Seite gewinnt, bringt das die Toten nicht zurück. Wann ist es besser, aufzugeben? Wie lange soll ich das Elend noch fotografieren? Darauf finde ich keine Antwort.«

Sein letzter Satz fiel in plötzliche Stille. Das Musikstück war verklungen, und am Billardtisch schwiegen die Spieler konzentriert. Eine Kugel traf auf Holz. Der schnurrbärtige Spieler stöhnte genervt. Ruth zog eine Packung Zigaretten hervor.

»Hältst du mich für einen schrecklichen Menschen, Richard?«

Überrascht sah Richard sie an. »Aber dann wäre ich doch nicht hier!«

Er hoffte genau wie Ruth auf ein gutes Ende der Expedition, und das umso mehr, seit er wusste, dass Ruth und Quentin auch schon Tiere verloren hatten. Es hatte Tote gegeben – das Leid musste doch wenigstens für etwas gut gewesen sein. Dachte Richard damit wie ein Kriegsstratege? Wurde diese Pandasache zu einer Schlacht, aus der niemand ohne Schaden hervorgehen konnte? Da waren Richards Zweifel wieder. Doch was tun mit ihnen? Mehr denn je brauchte Ruth einen Freund, der ihr den Rücken stärkte.

»Wegen der Bezahlung mache ich den Job wirklich nicht, und die Unterbringung lässt auch zu wünschen übrig«, sagte Richard. »Wang schnarcht, und Quentin steht um fünf Uhr auf. Bekomme ich auch eine Zigarette?«

Ihm war danach, Rauch in die Luft zu blasen und zu beobachten, wie er sich auflöste. Mit einem Streichholz aus einem Briefchen der Bar gab er zuerst Ruth Feuer, zündete dann die eigene Zigarette an und paffte probehalber. Dann lehnte er sich mit dem Rücken an den Tresen und verengte die Augen wie ein Westernheld, der in die Sonne blinzelt.

»Weißt du, Ruth, ich könnte ein leichtes Leben haben und junge Menschen in kurzen Hosen fotografieren.«

»Du willst ins Sportressort wechseln?« Ruth schnippte eine Perlzwiebel in den Aschenbecher. »Leibesertüchtigung ist nur sinnlose Kraftverschwendung.«

»Aber Sport formt schöne Körper.«

»Hört, hört.« Ruth neckte ihn. »Der Richie ist wohl ein Kenner.«

»Und ob. Pin-up-Girls lieben mich. Als du in Amerika warst, wurde mein Fotostudio von einer Deutschen beehrt, die hat Beine wie Marlene Dietrich.«

Richard steckte sich die Zigarette in den Mundwinkel und lächelte versonnen.

Ruth piekte ihn mit der Spitze ihres Cocktailspießes ins Kinn. »Sollte ich eifersüchtig sein?« Ihre Augen glitzerten angriffslustig.

»Wie das aussieht, würde ich gern wissen«, sagte Richard.

»So?« Ruth ließ den Spieß sinken, nahm Richard die Zigarette ab und strich mit einem Finger über seine Lippen. Ihre Schulter berührte seine. In Richards Gesichtsfeld erschienen die Spitzen von zwei Queues. Der Billardspieler mit dem gelben Hemd war gekommen.

»Sie können den Tisch jetzt haben. Wir sind fertig.« Er gab Richard einen Billardstock, hielt Ruth den anderen hin und runzelte die Stirn. »Kenne ich Sie nicht aus der Zeitung? Sie sind die mit den Pandas, oder? Meine Frau hat Ihr Buch gelesen. Na, wenn ich ihr das erzähle!«

Er nickte Ruth zu, als hätten sie eine Abmachung und ging zurück zu seinem Freund. Die beiden setzten sich an einen Tisch im hinteren Teil des Lokals. Ruth und Richard machten zwei Spiele, von denen jeder eines gewann. Als sie gehen wollten, standen die Männer auf.

»Dürfen wir Sie nach Hause fahren?«, fragte der Bärtige. »Mein Wagen parkt um die Ecke.«

Richard wollte ablehnen, aber Ruth sagte, das wäre sehr freundlich. Während der Fahrt plauderten sie über dies und das. Die Herren waren amerikanische Handelsvertreter und kannten Dan Reib. Bald drehte sich das Gespräch um gemeinsame Bekannte in Shanghai. Einer der Herren streute Fragen über die Pandas ein. Was mache Ruth in Chengdu? Bereite sie eine neue Expedition vor?

Ruth antwortete ausweichend. Ihr Misstrauen schien geweckt zu sein.

»Dort vorn können Sie uns absetzen«, sagte Richard. »Unsere Pension ist in einem Hinterhof.«

»Wohnen Sie nicht wieder bei diesem Italiener?«, fragte der Herr mit dem gelben Hemd.

»Nein«, log Richard. »Cavaliere ist außer Landes.«

Das Auto hielt. Ruth und Richard dankten und verabschiedeten sich. Ausgerechnet jetzt begann es zu regnen. Ruth knüpfte sich ihr seidenes Halstuch um den Kopf.

»Eine gute Idee, früher auszusteigen«, sagte sie. »Die waren zu neugierig für meinen Geschmack. Es sollen ja alle von Mei-Ling erfahren, doch besser erst, wenn wir wieder auf dem Heimweg sind.«

Die Wolken brachen auf, und in der nächsten Sekunde wurde der Regen zu einem schweren Prasseln. Ruth und Richard rannten die letzten Meter zur Tür. In der Villa stolperten sie in der Eingangshalle über dreckverkrustete Wanderschuhe. Einige Meter weiter standen Kisten, und über dem gedrechselten Treppengeländer hingen nasse Zeltplanen. Unter ihnen hatten sich Pfützen gebildet. Offenbar war Quentin zurück und scherte sich nicht um den Unmut des Verwalters.

»Quentin? Wo bist du?« Ruth eilte durch die Flure in den hinteren Teil der Villa.

Richard folgte langsamer. Er hatte eine Spur bemerkt. Eine Reihe von schwächer werdenden Abdrücken führte zu ihren Räumen. Von Quentins Socken stammte die aber nicht. Das Muster deutete auf Tatzen hin. Vor der Glastür, die zum Garten führte, fand Richard den Jäger und Ruth. Mit auf den Rücken verschränkten Händen standen sie da und blickten hinaus, wie Museumsbesucher, die ein Kunstwerk bewunderten. Mei-Ling war nirgends zu sehen. Vermutlich ruhte sie sich wieder in der Baumkrone aus. Am Fuß des Stammes lehnte eine größere Silhouette.

»100 Pfund, schätze ich«, sagte Quentin gerade.

»Also schon ein junger Bursche.« Ruth ging in die Hocke und umschattete ihre Augen mit den Händen, um besser ins Dunkel sehen zu können. »Und was für einer! Das ist ein Champion.«

Sie drehte sich um. »Champagner, Jungs! Das muss begossen werden.«

Quentin lachte. »Ich bade erst mal warm.«

Mit einem Block Seife in der Hand zog er sich zurück. Ein Lied summend brach Ruth zu einem Diebeszug in Cavalieres Keller auf. Richard blieb stehen und betrachtete das neue Tier. Hundert Pfund sollte das wiegen? Es wirkte kleiner, so zusammengekauert, wie es dort saß. Mit Mei-Ling hatte Richard viele Stunden im Baum verbracht. Er kannte ihr Repertoire an Bewegungen, wusste, wie sie am liebsten schlief, wie sie mit Klimmzügen und Kletterübungen ihre Kraft erprobte und als große Fellkugel über den Rasen kullerte. Nur selten kam sie von sich aus zu Ruth, aber wenn sie es tat, dann schien kein Argwohn in ihr zu sein. Sie war jünger als dieser Bär, doch schien sich stark und überlegen zu fühlen. Der neue machte einen anderen Eindruck. Er hatte den Kopf zwischen die Schultern gezogen, als wolle er seinen Hals schützen, und starrte Richtung Haus. Ob er Richard sah? Jetzt stand er auf, trottete auf die andere Seite des Baumes und setzte sich mit dem Rücken zu ihm wieder hin.

»Alles gut«, sagte Richard laut. »Hier wird dir nichts passieren.«

Doch kaum hatte er es ausgesprochen, klang es für ihn wie eine Lüge.

Unwetter

Drückende Hitze lag über der Stadt. Am Morgen hatte Ruth sich mit dem Hausverwalter gestritten, weil der ihr die Benutzung von Cavalieres Telefon verweigerte. In einer zerknitterten Bluse saß sie am Tisch und hackte in die Tasten ihrer Schreibmaschine. Nach Shanghai zu gelangen, erwies sich als schwierig. Fliegen konnten sie mit zwei Pandas nicht, ohnehin gab es kaum noch zivile Verbindungen. Auch der Schiffsverkehr war ausgedünnt. Auf den Flüssen waren viele Japaner unterwegs, und das chinesische Militär hatte zivile Boote für eigene Zwecke beschlagnahmt. An ehesten kam noch eine Reise per Zug infrage, doch dabei müsste sie mehrfach umsteigen. Außerdem lief sie Gefahr, unterwegs zu stranden, weil Gefechte die Weiterfahrt unmöglich machten, und wohin sollte sie dann in einer fremden Stadt mit den Tieren? Ruth brauchte die Hilfe von Freunden. Bis jetzt hatte sie aber weder Dan Reib noch einen der anderen Bekannten von früher erreicht. Viele hatten das Land inzwischen verlassen oder waren umgezogen, weil ihre Hotels oder Häuser zerstört worden waren. Ruths Netzwerk war löchrig geworden. Sie schrieb auf gut Glück an alle, die sie noch im Land vermutete.

Bitte leitet das weiter an jeden, der helfen kann. Ich brauche Unterkünfte für Tagesetappen entlang der Bahnstrecke nach Shanghai oder ein Transportfahrzeug. Notfalls nehme ich auch Umwege in Kauf.

»He«, sagte Quentin. »Wo ist mein Revolver?«

Ruth sah hoch. Ihr gegenüber am Tisch beugte Richard sich über seine Kamera und polierte das Objektiv.

»Den habe ich in unser Zimmer gebracht«, sagte Richard.

»Wieso?« Quentins Ton war gereizt. »Stört er dich? Deine Sachen liegen auch überall herum.«

»Aber die Kamera geht nicht los, wenn sie vom Tisch fällt.«

»Der Revolver auch nicht.« Quentin trat nah an Richard. »Er ist nicht geladen.«

»Mag sein.« Richard machte ruhig weiter. »Aber das will ich nicht jedes Mal überprüfen, wenn der Lauf auf mich zeigt. Es ist eine Waffe, und sie gehört unter Verschluss.«

»Wenn du Angst hast, geh zu deinen Schreiberlingen, Fotograf. Die kämpfen mit Bleistiften.«

Mit einem Ratschen zog Ruth den Brief aus der Maschine. »Hör auf, Quentin. Was soll das? Warum bist du so?«

»Vor dem Tor waren Leute«, sagte Quentin. »Sie wollten die Tiere sehen. Wem haben wir diesen Besuch wohl zu verdanken? Ich glaube, Richard hat Wirbel bei der Zeitung gemacht. Dabei hatten wir besprochen, dass die Neuigkeit erst rausgeht, wenn wir weg sind.«

»Ich habe nichts dergleichen gemacht«, sagte Richard. »Seit der große Bär da ist, habe ich mit niemandem geredet, und vorher, als ich versucht habe, eine Hintergrundgeschichte zu vermitteln, hatte mein Kontakt gar kein Interesse. Aber neulich in der Bar, da waren diese Typen …«

»Die Billardspieler«, sagte Ruth. »Stimmt, die waren aufdringlich.«

Sie wechselte einen Blick mit Richard. Quentin bemerkte das.

»Warum treibt ihr euch in Bars herum?«, fragte er. »Was habt ihr denn noch getan, während ich in den Bergen war?«

Er wartete nicht auf eine Antwort, ging nach draußen und ließ die Tür hinter sich laut ins Schloss fallen. Auf der Terrasse bearbeitete er die Sohlen seiner Wanderstiefel mit einer Bürste. Der große Panda, der in einer Ecke geschlafen hatte, zog sich tiefer in den Garten zurück. Ruth seufzte.

»Musste er das arme Tier wecken? Gerade hatte es sich niedergelegt. Es schläft sowieso zu wenig, finde ich.« Sie spielte mit dem Hebel der Schreibmaschine. »Wir brauchen noch einen Namen für ihn. Wie wäre etwas Tibetisches? Heute Abend treffe ich diese Reiseschriftstellerin. Möglicherweise hat sie eine Idee.«

»Emily Hahn?«, fragte Richard.

»Nein, nicht die. Alexandra David-Néel. Sie hat einen tibetischen Adoptivsohn.«

»Wie interessant, ich habe schon viel von ihr gehört. Sie ist eine Legende.«

»Abwarten.« Ruth stellte die Schreibmaschine in ihren Koffer zurück. »Sollte Madame mir einen Privatwaggon bei der Bahn organisieren, wäre ich zu Bewunderung bereit.«

Sie faltete die Briefe und beschriftete die Umschläge mit der Hand. Auf dem Weg zum Dinner wollte sie die Post aufgeben und sich noch ein wenig in der Stadt herumtreiben. In ihrem Zimmer sah Ruth ihre Kleider durch. Viel Auswahl hatte sie nicht. Als sie nach China aufgebrochen war, hatte sie nicht damit gerechnet, lange zu bleiben oder an gesellschaftlichen Anlässen teilzunehmen. Doch nun war sie von der Direktorin der christlichen Schule zum Dinner eingeladen worden. Ruth und die Dame kannten sich gar nicht, aber wollte man Landsleute treffen, gab es nicht mehr viel Auswahl. Offensichtlich wäre Richard gern mitgekommen, aber dann hätte Quentin sich sicher ausgeschlossen gefühlt, und mit beiden Männern aufzukreuzen, kam nicht infrage. Jemand musste auf die Tiere aufpassen.

Ruth wählte ein schlichtes grünes Kleid, veredelte es mit einer Brosche und bändigte ihr Haar mit einem Tuch, das sie um ihre Stirn schlang. Für einen Turban fand sie es zu heiß. Sie steckte die Briefe ein, verabschiedete sich von den Männern und machte sich zu Fuß auf den Weg. Die Post war bereits geschlossen. An der Tür hing ein Schild, das Ruth nicht verstand. Verdrossen ging sie noch eine Runde durch die Gassen. Sie wollte nicht schlecht gelaunt beim Essen auftauchen, doch das Laufen verschlimmerte ihre Stimmung noch. Bald war ihr Stirntuch nass geschwitzt. In den Gassen der Altstadt stank es nach Unrat, altem Fisch und den Ausdünstungen einer Gerberei. Passanten rempelten einander an. Etwas Nervöses lag in der Luft, ein unhörbares Summen wie von einem aufgebrachten Bienenschwarm. Ruth hielt es draußen nicht mehr aus und schlug den Weg zur Schulleiterin ein. Dort klopfte sie nur eine halbe Stunde nach der Zeit. Normalerweise kam sie mindestens eine ganze Stunde später, als eine der Letzten, wenn sich alle anderen schon miteinander bekannt gemacht und Neuigkeiten ausgetauscht hatten und Ruth sich sicher sein konnte, die ungeteilte Aufmerksamkeit zu erhalten. Der Star des Abends war aber heute Mrs. David-Néel. Ruth entwickelte sofort eine heftige Abneigung gegen die ältere Dame. Opernsängerin war sie gewesen, ach ja, mit Maharajas war sie angeblich befreundet, und den Dalai Lama hatte sie nicht nur getroffen, sondern unterhielt immer noch eine Brieffreundschaft mit ihm. Ganz gleich, was Ruth sagte, die Französin wusste es besser, war weiter gereist, kannte mehr Leute und hatte tiefere Einblicke in Länder und Kulturen bekommen. Ruth hielt bis zum Dessert durch. Dann entschuldigte sie sich mit Verweis auf die Pandas.

Als sie auf die Straße trat, war der Himmel rot, und in der Ferne donnerte es. Trotzdem liefen noch mehr Menschen herum als vorher. Es war, als sehnten sie die Abkühlung herbei, die das Gewitter versprach, selbst wenn sie dabei riskierten, vom Blitz getroffen zu werden. Ruth wollte nur noch nach Hause und sich die Bettdecke über den Kopf ziehen. Kurz bevor sie die Villa erreichte, setzte Regen ein, ein heftiger Guss, der vom Pflaster hochspritzte und Ruth innerhalb von Sekunden durchnässte. Dann folgten auch schon die Blitze. Im Abstand von Sekunden zuckten sie über den Himmel. Ruth rettete sich ins Haus. Mit quietschenden Sohlen durchquerte sie den Flur.

»Jungs!«, rief sie. »Ich bin zu Hause. Die Drinks waren lasch, das Essen fad und die Gesellschaft grässlich.«

Niemand antwortete. Richards Hut lag nicht auf der Kommode, und weil der Fotograf ordentlich war, konnte das nur bedeuten, dass er ebenfalls ausgegangen war. Doch wo steckte Quentin? Er würde doch bei diesem Wetter nicht im Garten sein? Ruth blieb stehen. Eine triefende Gestalt trat vom Garten aus auf die Terrasse.

»Quentin?«, fragte Ruth.

Es kam dünn heraus. Als Ruth ihre Stimme hörte, verstand sie, was ihr Körper schon begriffen hatte. Etwas Schlimmes war passiert. Mit einem Satz war Quentin im Haus und knallte die Tür hinter sich zu. Die Kleidung klebte ihm am Körper.

»Er dreht durch.« Seine Augen waren schreckgeweitet. »Hat den Holzkäfig, den ich ihm heute gebaut habe, in Splitter zerlegt und schlägt nach mir.«

»Der Große?« Ruth versuchte, etwas in der Dunkelheit zu erkennen, doch das Licht, das vom Zimmer nach draußen fiel, erleuchtete nur die ersten zwei Meter der Terrasse. »Aber er schien sich doch gut einzuleben.«

»Leute waren an der Mauer«, sagte Quentin. »Vielleicht haben sie ihn gereizt. Es ging ganz plötzlich los. Ich hab ihn mit einem Lasso eingefangen und an den Baum gebunden, aber er zernagt das Seil. Bald wird er es durch haben, und dann weiß ich nicht, was er tun wird.«

»Wo ist Mei-Ling?«

»Ganz oben im Baum.«

Ruth fühlte ihr Herz sinken. »Er wird ihr nichts tun, oder?«

»Nein, das glaube ich nicht. Er will weg, zieht Richtung Mauer.«

Die Gartenbegrenzung aus verputzten Steinen reichte Quentin bis zum Kinn. Mei-Ling würde die Mauer aufhalten können, aber für den großen Panda stellte sie kein Hindernis dar.

»Wenn er es da rüberschafft, könnte er jemanden töten«, sagte Quentin.

»Das darf doch nicht wahr sein.« Ruth zog sich das Stirntuch ab. »Hast du versucht, ihn mit frischem Bambus zu besänftigen?«

»Der will nicht fressen«, sagte Quentin. »Der …«

Von draußen hörten sie kehlige Laute. Ruth, die in Pennsylvania aufgewachsen war, dachte an Schwarzbären, die Wanderer angegriffen hatten. Quentin fegte einen Stapel Zeitungen vom Tisch. Als Nächstes durchwühlte er den Kleidungshaufen neben der Kommode.

»Mein Revolver!« Er eilte in das Männerzimmer. »Wo ist der schon wieder?«

»Nein!« Ruth rang die Hände. »Nein, Quentin, das darfst du nicht.«

Er kam zurück und schob Ruth mit einem Arm beiseite. »Lass mich. Du musst das nicht entscheiden.«

In der Hand hielt er die Waffe. Ruth wurde übel. Gleichzeitig nahm sie alles in grausamer Schärfe wahr. Quentins Augen, kalt und entschlossen, den Finger schon am Abzug, daneben sie, machtlos und trotzdem schuldig an all dem, denn sie war die Strippenzieherin in dieser Tragödie. Mitten hinein klangen Richards Warnungen, auch Worte, die er gar nicht gesagt hatte, aber wohl dachte.

So musste es ja kommen, Ruth. Immer übertreibst du. Ihr macht weiter, bis etwas passiert.

Quentin öffnete die Tür. Ein Windstoß wirbelte die Zeitungen auf. Tropfen sprühten Ruth entgegen. In ihren Ohren rauschte es. Drei Schüsse. Dann war es still im Garten.

Alles vorbei

Gegen Mitternacht kehrte Richard zur Villa zurück. Aus der Einfahrt rollte gerade ein Auto, das ein ihm unbekannter Chinese fuhr. Auf dem Beifahrersitz entdeckte Richard Quentin. Am Tor stand der Hausverwalter und spritzte eine Schubkarre mit einem Schlauch sauber.

»Endlich«, rief er. »Mrs. Harkness ist im Garten.«

»Okay.« Zuvor hatte Richard noch keine drei Worte mit dem Mann gewechselt. »Dann war der Abend wohl langweilig?«

Der Verwalter sah auf. »Sie wissen noch nicht Bescheid? Ich dachte, man hätte Sie holen lassen.«

»Nein.« Richard trat einen Schritt zurück, um nicht nass zu werden. »Ich war bei Freunden und habe gewartet, bis das Wetter besser wird.«

»Eins der Tiere ist tot.« Der Verwalter legte den Schlauch weg und kippte die Schubkarre aus. »Mr. Young schafft es gerade fort.«

Ein Schwall Wasser ergoss sich in den Rinnstein. Im Schein der Straßenlaterne erkannte Richard eine rötliche Färbung. Mit einem Sprung setzte er über das Rinnsal und rannte ins Haus. Er fand Ruth auf den nassen Steinplatten der Terrasse sitzend. Sie lehnte an der Mauer und starrte durch Richard hindurch.

»Du bist zu spät«, sagte sie tonlos. »Ich war auch zu spät.«

»Hier holst du dir die Grippe. Steh auf!«

Richard zog Ruth hoch. Widerstandslos ließ sie sich ins Haus führen. Richard setzte sie an den Tisch, schälte sie aus dem nassen Mantel und legte ihr eine Decke um.

»Brandy?« Er goss zwei Gläser ein und drückte Ruth eins in die Hand, doch sie nippte nur daran. »Und jetzt erzählst du mir, was passiert ist, Ruth!«

Sie versuchte es, stockend und mit immer wieder versagender Stimme. Nur langsam ergab sich für Richard ein Bild: Der große Panda war aggressiv geworden und hatte versucht, die Mauer zu überwinden, auf deren anderer Seite sich Passanten versammelt hatten. Daraufhin hatte Quentin ihn erschossen. Wäre Richard doch in der Villa geblieben! Vielleicht hätte er die Schaulustigen rechtzeitig bemerkt und sie vertreiben können. Oder war das Unwetter schuld? Hatte der Panda sich an einen sicheren Ort zurückziehen wollen, im offenen Garten aber keinen gefunden? Mit dem Holz, das sie für die Käfige aufgewendet hatten, wäre es ein Leichtes gewesen, einen Unterstand zu bauen. Richard hatte doch selbst beobachtet, wie der Panda sich hinter dem Baum vor ihnen versteckte. Daraus hätte er Schlüsse ziehen müssen. Wenn jemand die Katastrophe hätte abwenden können, dann er. Jetzt konnte er nur noch Ruth zur Seite stehen. »Morgen, wenn Quentin zurück ist, überlegen wir, was zu tun ist«, sagte er.

Ruth ließ den Kopf hängen. »Der kommt nicht wieder.«

»Das meinst du jetzt, aber ich bin mir sicher …«

»Ich bin auch sicher. Es ist vorbei.«

Richard nahm Ruths Hand. »Du hast noch Mei-Ling. Immerhin. Mit ihr kannst du viel leichter reisen. Sie passt in einen großen Korb.«

»Du glaubst doch nicht, dass ich diesen Panda in die USA bringe. Ich bin hergekommen, um ein Pärchen zu holen. Ein einzelnes Tier wäre nur eine weitere Trophäe, und zu was macht mich das? Zu einer Großwildjägerin, die die Berge für ein paar Dollars plündert.«

Du denkst an Smith. Ich auch. Vorhin wollte ich noch mal zu ihm.« Richard lehnte sich vor und wartete, bis Ruth aufsah.

»Und?«, fragte sie.

»Smith ist abgereist. Man wollte mir nicht sagen, wohin, aber sämtliche Pandas sind ebenfalls fort.«

»Auch tot wahrscheinlich.«

»Oder unterwegs nach Shanghai. Smiths Frau ist zur Hälfte Japanerin. Was, wenn sie über Kontakte an Versorgungsfahrzeuge der Armee kommt? Das wäre doch möglich.«

Ruth zwirbelte eine Haarsträhne zwischen den Fingern und überlegte.

»Absolut«, sagte sie. »Smith ist ein Schaumschläger und mit einem Bein schon im Grab, aber diese Elizabeth, die sagt ihm, was zu tun ist.«

Die Wut auf ihren Rivalen belebte Ruth sichtlich.

»Komm ihm zuvor!« Richard suchte in einem Papierstapel nach der Landkarte. »Auf schnellstem Weg muss Mei-Ling auf ein Schiff. Ursprünglich wollte Smith Pandas nach England bringen, aber wir haben von keinem Zoo dort gehört, der Interesse hätte. In Amerika kann Smith bessere Preise erzielen. Er wird versuchen, Brookfield eines der Männchen zu verkaufen. Wenn du dann mit Mei-Ling kommst, werden sie abwinken. Mit zwei Pandas können sie züchten und Publikum anziehen, aber mehr als zwei Bären bedeuten nur Arbeit. All der Bambus, den sie besorgen müssten!«

In einem Buch fand Richard die Landkarte und faltete sie auf. Noch immer wusste Ruth nicht von dem Exportstopp. Smith könnte versuchen, seine Tiere über japanische Kontakte auf ein Schiff in Shanghai zu bringen, aber für Ruth würde das schwierig werden. Der chinesische Beamte, der ihr schon einmal geholfen hatte, würde sich nicht über Anordnungen von ganz oben hinwegsetzen. Doch vielleicht war die Grenze nicht überall gleich gut bewacht.

»Am besten nehmen wir den kürzesten Weg aus China heraus und reisen über Vietnam«, sagte Richard.

»Nein.« Ruth vergrub den Kopf in den Armen. »Das klingt nach der Reise um die Welt in 80 Tagen. So was will ich nicht mehr. Mein Abenteuer hat schrecklich geendet. Tiere sind gestorben, dabei wollte ich die Pandas doch retten! Ich habe versagt. Niemals wieder werde ich vor die Presse treten und mich beklatschen lassen.«

Mitleidig streichelte Richard Ruths Rücken. Würde denn überhaupt noch jemand klatschen? Richard bezweifelte das. Mittlerweile ging es nur noch darum, den Schaden zu begrenzen.

»Es ist alles vorbei«, sagte Ruth. »Lass mich in Ruhe.«

Die Nacht verbrachte Ruth am Tisch, grübelnd und ratlos. In den Morgenstunden, als die Sonne die Terrasse trocknete, ging sie hinaus. Mei-Ling kam zu ihr. Sie stupste Ruth mit der Schnauze an, holte ein Stöckchen, lief damit herum und ließ es vor Ruths Füße fallen, wie ein Hund, der spielen wollte. Ruth nahm das Stöckchen und warf es, doch der Panda blickte nicht hinterher. In ihm war kein Jagdtrieb.

Ruth streckte sich. Wie gern wäre sie jetzt wieder in den Bergen und würde laufen, einfach nur laufen. Mei-Ling machte einen Purzelbaum. In ihrem schlenkernden Gang überquerte sie die Wiese und kletterte wieder auf den Baum, bis in die Krone, wo die Äste sich unter ihrem Gewicht bogen. Ein paar hatte sie schon abgebrochen, und einige Male war sie abgestürzt, doch das konnte sie nicht aufhalten, zu groß war auch ihr Drang nach Bewegung. Am Stamm des Baumes hing die Rinde in Fetzen herunter. Mei-Ling zerstörte ihr einziges Spielzeug. Sie war schon viel zu lange hier.

Im Haus stieß jemand gegen den Tisch. Porzellan klirrte. Richard kam heraus, zwei Tassen mit Tee in der Hand. Ruth schloss die Augen. Der Fotograf würde schon wieder reden wollen.

»Störe ich?«, fragte Richard.

»Ich meditiere.«

»Im Stehen?«

»Ja, ich bin fortgeschritten.«

»Okay, ich lasse dich in Ruhe.«

Ruth hörte, wie Richard eine Tasse auf den Boden stellte.

»Zucker ist schon drin.«

Wie aufmerksam von ihm. Ruth sollte netter sein.

»Weißt du, ich meditiere eigentlich nie, Richie. Damals auf dem Schiff wollte ich nur angeben.« Ruth öffnete die Augen wieder. Im Gegensatz zu ihr wirkte Richard schon nach dem Aufstehen erstaunlich geordnet. Sein Haar war gescheitelt, und rasiert war er auch.

»Gegrübelt habe ich«, sagte Ruth. »Die ganze Nacht lang.«

»Worüber?«, fragte Richard.

»Über meine guten Absichten. Wen interessierten die? Nur was wir bewirken, zählt.« Ruth nahm einen Schluck von dem heißen Getränk. »Es heißt, durch Nichtstun wird alles getan. Aber ich kann das nicht. Ich halte es nicht aus, abzuwarten, ob mein Gegner verliert, und deshalb habe ich mir einen sinnlosen Wettkampf mit Smith geliefert.«

»Du hast etwas bewirkt. Die Regierung schützt die Pandas jetzt.« Richard holte Luft. »Du weißt das noch nicht, aber es wurde ein Exportstopp erlassen.«

Er duckte sich, ging vorsorglich in Deckung, sollte Ruth wütend werden, weil er ihr diese Information bis jetzt verschwiegen hatte. Doch sie reagierte überraschend.

»Das ist vernünftig.« Ruth balancierte die Teetasse in der Handfläche. »Sie tun das Richtige zur richtigen Zeit. Das kann ich von mir nicht behaupten. Ich hätte bedenken müssen, was der Wirbel um Su Lin nach sich zieht. Jetzt habe ich etwas wiedergutzumachen, und ich weiß auch schon, wie.«

Eigentlich war sie sich alles andere als sicher, aber wenn man etwas vor Publikum aussprach, war das wie ein mündlicher Vertrag, es auch zu tun.

»Willst du meine Idee hören?«

Das wollte Richard, und Ruth freute sich über sein gespanntes Schweigen. Nun war sie wieder in ihrem Element. Die Leute erwarteten Verrücktes von ihr. Sie gierten nach Exzentrik und Inspiration, und Ruth würde liefern, o ja. Sie senkte ihre Stimme zu einem verschwörerischen Flüstern.

»Ich bringe Mei-Ling zurück.«

»Was?«, rief Richard.

Ja, damit hatte er wohl nicht gerechnet.

»Zurück in die Berge, wohin sie gehört.« Ruth richtete einen Finger auf den Fotografen. »So etwas hat noch niemand gemacht, oder?«

Fortgewaschen

Wang war wieder mit von der Partie. Sein Sohn könne sich ihnen auch anschließen, sagte er und fügte lachend hinzu, der sei kein Jäger, aber solche brauchten sie schließlich auch nicht mehr. Mit wenigen Trägern brachen sie auf. Ruth wusste nicht, welche Route Quentins Leute genommen hatten, als sie Mei-Ling fingen, und folgte darum ihrer alten. In den Dörfern, durch die sie kamen, wurden sie von Wirtsleuten und Bauern wiedererkannt, die ihnen im Jahr zuvor Unterschlupf geboten hatten, doch sie hielten sich nirgends länger auf, aßen nur schnell einfache Speisen und beschränkten sich auf ein Gläschen Verdauungsschnaps. Schon am zweiten Tag der Reise setzte wieder Regen ein. Er trommelte auf Mützen und Kapuzen, durchnässte Kleidung und Gepäck und machte alles noch schwerer zu tragen. Nicht einmal die kurzen Ruhepausen konnte Ruth genießen, denn sobald sie stehen blieb, begann sie zu frieren. Mei-Ling schien das Wetter als Einzige nicht zu stören. Sie wurde von zwei Männern in einem Bambuskorb geschleppt. Anfangs wollte Ruth sie vor dem Niederschlag schützen, doch Mei-Ling störte das Wachstuch über ihrem Korb. Sie zog es beiseite, machte einen Buckel, vergrub den Kopf zwischen den Vorderpfoten und ließ sich den Rücken beregnen. Als es an den Aufstieg ging, wurde es noch mühsamer. Die Pfade waren fortgewaschen. Erdrutsche hatten zwar neue Schneisen in den Wald geschlagen. Doch auf dem frischen Schlamm ließ sich nicht laufen.

Die kleine Gruppe schlängelte sich durch dichte Bambuswälder und suchte Halt an Stämmen wie an einem Treppengeländer. Am fünften Tag erkannte Ruth eine Felsformation wieder und fand den Weg zu dem Fluss, den sie einst auf der schwankenden Hängebrücke überquert hatten. Von der Konstruktion war ebenfalls nichts mehr übrig. Auf einer Breite von fünfzehn Fuß schoss ein reißender Strom ins Tal. Sie brauchten zwei weitere Tage, um einen Weg um ihn herum zu finden. Ihre Vorräte gingen zur Neige, und am Abend brachte Wang kein Feuer in Gang, zu nass war alles Holz. Mit leerem Magen legten sie sich unter tropfenden Planen schlafen. Am Morgen teilte Wang jedem einen geleeartigen schwarzen Brocken zu.

»Gut für Kraft«, sagte er.

Ruth wollte wissen, was es sei.

»Geronnenes Hühnerblut.« Richard schlang seine Ration mit zwei Happen herunter und trank Wasser hinterher. »Mit Salz ist es genießbar.«

Weit würden sie unter diesen Voraussetzungen nicht mehr kommen. Ruth entschied, noch einen halben Tag lang zu gehen und dann ein Camp aufzubauen. Dort würden sie ausharren, während Wangs Sohn mit den Trägern neue Vorräte holte. Nach drei Stunden anstrengenden Aufstiegs fanden sie eine Höhle. Eigentlich war es nicht mehr als ein Felsüberhang, neben dem es steil bergab ging. Unter anderen Umständen hätte Ruth niemals dort haltgemacht, doch ganz hinten in der natürlichen Nische war ein Streifen trockener Erde, und der erschien ihr nach Tagen im Matsch gerade himmlisch.

Wang diktierte seinem Sohn eine lange Liste mit Kochzutaten ins Gedächtnis, fragte ab, ob er auch alles behalten habe, und mahnte ihn, seinen Gesten nach zu urteilen, zur Eile. Ruth stand vor dem Korb, in dem Mei-Ling zusammengerollt schlief. Gleichmäßig hob und senkte sich der Rücken des Pandas. Was würde das Tier tun, wenn sie es freiließen? Sie hatten keine Spuren von anderen Bären gefunden, was aber nichts zu bedeuten hatte, der Regen machte alles unkenntlich. Bambus gab es hier jedenfalls reichlich.

Mei-Ling gähnte, hob den Kopf und öffnete die Augen. Besser, Ruth brachte es schnell hinter sich. Je mehr sich der Panda an sie gewöhnte, desto schlechter würde er allein zurechtkommen. Ruth strich Mei-Ling ein letztes Mal über den Kopf, hob sie aus dem Korb und setzte sie auf den Boden. Die Bärin blickte sich um und machte ein paar Schritte aus der Höhle hinaus. Ruth stellte sich zwischen Mei-Ling und den Abgrund, bereit, das Tier aufzuhalten, sollte es in die falsche Richtung laufen. Doch das geschah nicht. Mei-Ling sah den Bambuswald, trottete auf die Stämme zu, blieb vor einem stehen und umklammerte ihn mit den Vorderpfoten. Doch statt hinaufzuklettern, zögerte sie. Bemerkte sie, dass da keine Mauer war, die sie aufhielt? Sie ließ den Stamm los, ging zum nächsten, schnüffelte, stellte sich auf die Hinterbeine, fiel wieder nach vorn und trabte davon. Einmal noch blitzte ihr helles Fell zwischen dem Bambus auf, dann war sie fort. Umgedreht hatte sie sich kein einziges Mal. Ruth verspürte zu gleichen Teilen Erleichterung und Trauer.

»Und jetzt?«, fragte Richard.

»Warten wir«, sagte Ruth. »Verhalten uns ruhig und hoffen, dass sie nicht zurückkommt.«

Sämtliches Papier war aufgeweicht und unbrauchbar, doch um eine Struktur zu behalten und das Vergehen der Zeit zu kartografieren, schrieb Richard wenigstens in Gedanken Tagebuch.

Am ersten Tag blieben sie in der Höhle und würfelten darum, wer rausgehen und versuchen musste, brennbares Totholz zu finden. Richard verlor.

Am zweiten Tag briet Wang über dem qualmenden Feuer Gurken.

Am dritten Tag sammelte Ruth Bambussprösslinge und verkochte sie zu einer dünnen Suppe, die sie mit reichlich Knoblauch würzten.

Am vierten Tag machte Richard Fotos, obwohl er ahnte, sie würden nicht gut werden. Zwei Wochen Dauerregen hatten die Landschaft in einen Flickenteppich aus brauner Erde und grünen Blättern verwandelt, der auf schwarz-weißem Film zu einem kontrastlosen grauen Brei verschwimmen würde. Seit Tagen hatten sie die Sonne schon nicht mehr gesehen, und der Himmel war kaum heller als die unbewachsenen Bergkuppen.

Am fünften Tag begann Wang sich um seinen Sohn zu sorgen. Er sollte schon zurück sein. Ohne Panda müssten die Männer schneller vorankommen.

Am sechsten Tag hielt Wang eine Zeremonie ab, die die Götter gnädig stimmen und seinen Sohn schützen sollte. Zu essen gab es nur noch Sprösslinge und eine Zwiebel.

Am siebten Tag wachte Ruth vom Hunger auf und glaubte, es sei noch früh am Morgen. Richard kauerte neben ihr, nagte nach Panda-Art das Mark aus einer Bambusstange und sagte, seine Armbanduhr zeige schon zehn Uhr an. Dichte Wolken verdunkelten den Vormittag. Kaum hatte Ruth sich aus ihrem Schlafsack geschält, ging ein gewaltiger Guss nieder. Das Wasser zog einen Vorhang vor die Höhle, der sie keinen Meter weit sehen ließ.

Ruth scherzte, das sei ja ganz gemütlich, doch Wang brachte sie mit einem Fingerzeig zum Schweigen. Er legte die Hand an ein Ohr. Jetzt hörte auch Ruth ein Rauschen. Es schwoll an, Steine prallten auf ihr Dach, und im nächsten Moment ergoss sich ein Schwall schmutzigen Wassers in die Höhle. Richard griff Ruths Arm, und Ruth angelte nach Wang. Zu dritt gaben sie einander Halt. Sie stemmten die Füße in den Boden und klemmten sich mit den Schultern an der schrägen Felswand fest, während die Flut aus Regen und Erde über ihre Füße spülte und alles mit sich nahm.

Der Spuk endete so schnell, wie er begonnen hatte. Abrupt hörte auch der Regen auf. Sonnenstrahlen brachten das nasse Laub zum Glitzern, und die Rufe der Vögel setzten wieder ein.

Ruth sah sich um. Alle Ausrüstung war fort. Ruth wagte sich einige Schritte aus der Höhle hinaus, auch dort war nicht mal mehr Blechgeschirr zu finden. Zu nahe an den Abgrund wollte Ruth nicht gehen. Selbst wenn sie weiter unten etwas entdeckt hätte, wäre es in diesem Terrain unerreichbar gewesen.

»Das nenne ich einen sauberen Abschluss unseres Abenteuers«, rief sie. »Der Panda ist weg und jetzt auch noch unsere Sachen. Niemand kann behaupten, wir wären nicht gründlich. Mit nichts kehren wir zurück, mit gar nichts. So können uns Smith und Jack nicht mehr bestehlen. Wir haben unsere Ausrüstung den Berggöttern geopfert, nicht wahr, Männer?«

Sie sah in verstörte Gesichter.

Richard ließ die Schultern hängen. »Meine Kamera.« Seine Hände waren leer, ein seltener Anblick. »Gerade hatte ich mir ein neues Etui geleistet.«

Wang stierte vor sich hin. Seine Nasenflügel bebten. Er sagte etwas auf Chinesisch, zwei Silben nur, die wie eine Verwünschung klangen. Ruth bat ihn, es zu wiederholen, und da brach eine Schimpfkaskade aus ihm hervor. Ruth sei an allem schuld, wegen ihr würden sie hier sterben, und sein Sohn auch, das sei das Schlimmste, seinen Sohn habe Ruth auf dem Gewissen, denn die Schlammmassen, so viel verstehe ja wohl auch ein Dummkopf, flossen abwärts, dorthin, wo die anderen waren, immer abwärts, so wie es auch mit Wangs Leben bergab gegangen sei, seit er die verrückte Amerikanerin getroffen habe. Wang wurde immer lauter. Aus Brocken von Pidgin formte er Beleidigungen und nannte Ruth eine schmutzige Hunde-Schlange.

»Iron-face, devilo! I spitee!«

»Was erdreistest du dich?«

Ihre nasse Hand klatschte auf Wangs nasse Wange, und nach dem Geräusch wurde es schrecklich still. Richard streckte die Arme aus, um aufzuhalten oder festzuhalten, da war er sich selbst nicht sicher. Mit der Ohrfeige hatte Ruth Wang gedemütigt. Der Koch hatte sein Gesicht verloren, und Ruth stand gefährlich nah an der Felskante.

Doch statt sie anzugreifen, zog Wang sich zurück. Gebückt schlich er wieder in die Höhle und durchfurchte mit den Fingern den Schlamm. Suchte er sein Messer? Richard ging ihm nach. Auch Ruth folgte ihnen. Sie hatte das Ausmaß des Streits womöglich noch nicht erfasst. Richard setzte zu einer Warnung an, da raschelte es über ihnen. Instinktiv zogen sie die Köpfe ein. Bloß nicht jetzt noch von einem Stein getroffen oder verschüttet werden! Ein haariges Ohr schob sich über den Rand der Höhlendecke. Über ihnen erschien der Kopf des Pandas. Mei-Ling lugte in die Höhle. Einen Atemzug lang sahen sie einander an, die Menschen und das Tier. Dann zuckte Mei-Ling zurück, als habe sie sich verbrannt. Pfoten trommelten über nasse Erde. Mei-Ling rannte, so schnell der Untergrund es zuließ.

»Die kommt nicht wieder«, sagte Ruth. »Dem Himmel sei Dank!«

Wang richtete sich auf. Seine Hände waren leer. Er hob sie nach oben und stieß etwas auf Chinesisch aus. Seine Erleichterung schien noch größer zu sein als die von Ruth.

Draußen rief jemand seinen Namen. Die anderen Männer waren zurück.

Dunkelkammer

Im Fotolabor legte Ruth die Finger um die Stange des Vergrößerers.

»Nicht!«, sagte Richard. »Wenn der wackelt, verdirbt das Bild. Fürchtest du dich? Nimm meine Hand.«

»Ach, Quatsch«, murmelte Ruth. »Ich wollte nur …«

Sich festhalten, das hatte sie gewollt, weil ihr bei spärlicher Beleuchtung noch immer mulmig war, aber wie peinlich wäre es, das vor Richard zuzugeben! Immerhin hätte Ruth auch einfach ausschlafen und nach einem Morgenkaffee direkt in die Bar des Hotels wechseln können. Aber ihr war nicht nach Cocktails in Jugendstilambiente. Genau hier wollte sie sein und endlich einmal sehen, wie Richard tat, was er tat.

Von der letzten Expedition war ihm ein Film geblieben. Er hatte ihn in einer Dose in der Hosentasche aufbewahrt, als die Schlammlawine ihre Sachen mitgerissen hatte.

Richard legte ein Negativ in den Vergrößerer, platzierte Fotopapier darunter und belichtete. Es war still. Nur Richards Armbanduhr tickte leise. Ruth legte die Finger auf die Arbeitsplatte, um im Falle von plötzlichem Schwindel schnell Halt finden zu können.

»Man munkelt, Smith schafft die Pandas auf dem Landweg nach Hongkong«, sagte sie. »Er gibt sich siegessicher. Im Londoner Zoo bereiten sie angeblich schon ein Gehege für die Tiere vor.«

»Hoffentlich hält der Zoll ihn auf.«

Mit einer Zange schob Richard das Fotopapier in eine Wanne mit Entwicklerbad.

»Ich wäre schon froh, wenn den Tieren nichts geschieht. Soll Smith sich doch heldenhaft fühlen, der eitle Gockel. Einen Panda zurückgebracht habe nur ich.«

Auf dem in der Flüssigkeit schwimmenden Papier wurden Schemen sichtbar. Ruth vergaß ihre Nervosität.

»Ich erkenne schon was!«

Richard nickte, sah auf die Uhr und kippte die Wanne leicht, um die Flüssigkeit zu bewegen.

»Und jetzt stoppe ich den Prozess.«

Er hob das Bild heraus und legte es in die nächste Wanne. Ruth vergaß ihre Nervosität und beugte sich über das Foto. Darauf war sie zu sehen, nass, als habe sie gerade einen Fluss durchschwommen. Eine Haarsträhne klebte über ihrem Kinn, und sie wrang einen Ärmel aus.

»Ich habe gar nicht bemerkt, dass du das Foto gemacht hast.«

»Du bemerkst so einiges nicht, Ruth.«

Richard klapperte mit der Zange und schien sich weiter auf seine Arbeit zu konzentrieren.

»Aber trotzdem mehr, als du glaubst.« Ruth trat zur Seite, um ihm Platz zu machen. »Du bist auch ganz hervorragend, Richard«, sagte sie.

Der Fotograf schien sich an seinen Versprecher zu erinnern und lachte.

»Nein, wirklich. Richie. Wenn ich die Bilder nicht hätte und dich nicht gehabt hätte …«

Richard ließ die Zange sinken. »Ja?«

»Dann würde ich über die Jahre die Hälfte vergessen.«

»Mag sein. Aber wie ich dich kenne, würdest du die verlorenen Erinnerungen mit noch besseren Geschichten ausschmücken.«

»Du spielst mein Kompliment herunter.«

»Nein, ich verstehe, was du meinst. Ich liebe die Fotografie aus demselben Grund. Wann würde so eine Szene wie die hier gemalt werden? Wer würde dafür frierend Modell stehen? Die Fotografie fängt Flüchtiges ein.«

»Die Fotografie? Nein.« Ruth trat näher an ihn heran. »Du tust das.«

Sie stand jetzt neben ihm. Richard sah auf die Uhr. Das Ding tickte, aber Ruths Herz schlug schneller. Mit der Zange legte Richard das Bild in eine dritte Wanne. Wie oft musste es denn noch gebadet werden? Richard würde sich nicht ablenken lassen, bis es fertig wäre. Tadellose Arbeit lieferte er ab, ihr Dokumentator. Ruth wollte etwas sagen, doch Richard hob warnend den Finger. Er verfolgte den Sekundenzeiger der Uhr, die Zange im Anschlag. Schließlich murmelte er »jetzt«, hob das Foto aus der Wanne, spülte es – für Ruths Empfinden übertrieben gründlich – unter klarem Wasser ab und hängte es an einer Leine auf, die quer durch den Raum gespannt war.

»Das würde gut in einen schlichten Rahmen passen«, sagte Richard. »Dann könntest du es bei dir zu Hause in New York im Flur aufhängen. Oder auf den Kamin stellen.«

Ruth dachte an ihre Wohnung. Sie konnte weder das Bild noch sich selbst darin sehen. Ihre Tage als Salonlöwin waren gezählt. Hinaus zog es sie, irgendwohin, wo sie noch nie gewesen war. Doch heute war sie hier, im Labor des Fotografen. Zwischen ihnen hing das Foto. Wenn sie es betrachtete, wurde ihr wieder kühl. Sie spürte Wasser über ihren Kopf rinnen und ein nagendes Hungerloch in ihrem Bauch. Aber da war auch wieder die Aufregung darüber, auf einer Reise mit unbekanntem Ausgang zu sein.

»Zeig mir noch mal, wie du es machst«, sagte Ruth.

»Was denn?«, fragte Richard.

Ruth tauchte unter dem Foto hindurch auf die andere Seite der Leine. »Etwas Flüchtiges einfangen.«

Endlich schien Richard zu verstehen. Er legte die Zange aus der Hand und küsste Ruth.

Fakten und Fiktion

Fotos, Kameras und der Fotograf

Ruth wäre nicht so bekannt geworden, hätte es keine Bilder von ihren Abenteuern gegeben. Sie war fotogen, und die Pandas mit ihrem schwarz-weißen Fell waren die perfekten Modelle zu einer Zeit, als sich Farbfotografie noch nicht durchgesetzt hatte.

1925 kam die Kompaktbildkamera Leica I auf den Markt und machte eine neue, dynamische Art des Fotografierens möglich. Nun war es nicht mehr nötig, schwere Ausrüstung aufzubauen und die Modelle posieren zu lassen. Stattdessen konnten mit einem leichten, portablen Apparat Bilder gemacht werden. »Schnappschüsse« fingen erstmals Bewegungen und flüchtige Momente ein. Reisende, Sportreporter und Kriegsberichterstatter nutzten die kleinen Kameras.

Neben den vielen Pressebildern, die von Ruth existieren, enthalten auch ihre Bücher Fotos. Wer diese gemacht hat, ist nicht bekannt. Zumindest die Fotos, auf denen Ruth selbst zu sehen ist, können nicht von ihr geschossen worden sein.

Der Fotograf Richard Barker ist eine fiktive Figur, inspiriert von zeitgenössischen Persönlichkeiten wie Robert Capa.

Pandas

Elizabeth Tangier-Smith, die Frau von Ruths Widersacher Floyd »Ajax« Tangier-Smith, brachte 1938 tatsächlich sechs Pandas auf dem Landweg nach Hongkong. Smith selbst war für die Reise schon zu schwach. Eines der Tiere starb, bevor es auf ein Schiff Richtung London geladen werden konnte. Die anderen verbrachten die Passage in offenen Käfigen an Deck und erreichten die englische Hauptstadt zu Weihnachten. Die älteste Bärin erlag bald einer Lungenentzündung, ein weiteres Tier wurde von einem Händler gekauft und auf eine Tour durch Deutschland geschickt, und die verbleibenden drei Bären zogen in den Londoner Zoo ein. Dort begeisterten sie sowohl die Bevölkerung als auch die künftige Königin Elizabeth. Als 1939 der Zweite Weltkrieg ausbrach, wurden die Bären zeitweise evakuiert, jedoch immer wieder in die Hauptstadt gebracht, um die Moral der Bevölkerung zu stärken. Diesen Stress verkrafteten die Tiere schlecht. Eines starb noch im selben Jahr, eines im darauffolgenden Frühling, und das letzte wurde stetig kränker und starb 1944, nachdem es sich selbst verletzt hatte.

Der zweite Panda, den Ruth in die USA gebracht hatte, Diana aka Mei-Mei, lebte bis 1942, ab 1939 in Gesellschaft von Mei-Lan. Dieses Männchen wurde vom Zoo als Partner für Diana angeschafft. Es lebte bis 1953. Die beiden bekamen keinen Nachwuchs, was daran lag, das Diana ebenfalls männlich war. (Heutzutage ist das Geschlecht von Pandas durch Gentests sicher bestimmbar.)

China verhängte 1957 einen vollständigen Exportstopp für Pandas und begann, einzelne Tiere als Zeichen der Freundschaft an Staaten zu verschenken, eine Praxis, die den Namen »Panda-Diplomatie« bekam.

Heute werden Pandas in einer Forschungsstation in Chengdu gezüchtet und von China gegen Gebühr verliehen. Aktuell leben dort über 200 Tiere. Das Ziel ist, viele Bären auszuwildern, damit sich der Bestand erholt. Außerdem sollen mit Nationalparks die natürlichen Lebensräume der Tiere geschützt werden. Laut der chinesischen Umweltbehörde zeigen die Bemühungen Erfolge. Während es in den 1970er-Jahren nur noch rund 1000 wilde Pandas gab, wurde ihre Zahl im Jahr 2021 auf 1800 geschätzt. Die Weltnaturschutzunion IUCN hat die Art vom Gefährdungsstatus

»endagered« (sehr hohes Risiko des Aussterbens) auf »vulnerable« (hohes Risiko des Aussterbens) herabgestuft.

Ruth

Ruth Harkness blieb ruhelos. Sie reiste nach ihren Panda-Expeditionen viel, unter anderem durch Indien und Peru, wo sie hoffte, im Hochland ebenfalls Pandas zu finden. Malaria setzte ihr zu, ebenso hatten viele Jahre exzessiven Alkoholkonsums ihre Gesundheit zerstört. Die letzten Monate ihres Lebens verbrachte sie in wechselnden Hotels. Im Juli 1947 wurde sie leblos in der Badewanne ihres Zimmers aufgefunden.

Quentin

Quentin Young arbeitete in einer Bank und als chinesischer Spion in Hongkong. Von Ruths Tod erfuhr er erst 1962.

Mit seiner zweiten Frau, die er nach Dianas Tod in den 1960ern heiratete, zog er in die USA. Der Journalist und Autor Michael Kiefer besuchte ihn dort 1990 und schrieb eine Biografie über ihn. Quentin wollte seine Version der Geschichte erzählen. Einmal sagte er, er möge Pandas eigentlich gar nicht. »Sie sehen lustig aus […] wie ein Clown, darum fütterst du sie und schützt sie. Aber die Augen, für mich sehen die böse aus statt niedlich.«

Ein anderes Mal bedauerte er, dass seine Expeditionen nicht von China finanziert worden seien und es (zu der Zeit) keine Pandas in einem chinesischen Zoo gebe. »Aber ich habe herausgefunden, dass [die Pandas] so vielen Leuten so viel Freude bereitet haben, Kinder glücklich gemacht haben, und darüber bin ich froh. Ich glaube, ich habe etwas geleistet.«

Gerry

Walter M. »Gerry« Russell beteiligte sich in den 1950er-Jahren an zwei Expeditionen, die den Yeti aufspüren wollten – bekanntermaßen erfolglos. Der Kryptozoologe starb 1979 in New York.

Quellen

Baker, Charles H. Jr.: *The Gentleman's Companion Volume II: Being an Exotic Drinking Book.* New York: The Derrydale Press 1939. Digitalisiert von der EUVS Vintage Cocktail Books Library: https://euvs-vintage-cocktail-books.cld.bz/1939-The-Gentleman-s-Companion-volume-II-Beeing-an-Exotic-Drinking-Book

Croke, Vicki: *The Lady and the Panda: The True Adventures of the First American Explorer to Bring Back China's Most Exotic Animal.* New York: Random House 2009.

Dong, Stella: *Shanghai: The Rise and Fall of a Decadent City.* New York: HarperCollins 2001.

Eschner, Kat (16. Dezember 2016): *The Long, Adorable History of Pandas in America.* Smithsonian Magazine. https://www.smithsonianmag.com/smart-news/history-pandas-america-180961492

Harkness, Ruth: *The Baby Giant Panda.* New York: Carrick & Evans 1938. https://archive.org/details/babypanda

Hemingway, Ernest: *Notes on the Next War.* Esquire Magazine 1935–09. https://archive.org/details/Esquire-Magazine-1935-09

Kiefer, Michael (29. November 1990): *Quentin Young, Ruth Harkness, and the Pandas in China.* San Diego Reader. https://www.sandiegoreader.com/news/1990/nov/29/cover-i-need-time-to-recuperate

Leland, Charles Godfrey: *Pidgin-English Sing-Song; or, Songs and Stories in the China-English Dialect.* London: Trübner and Co 1876. Digitalisiert von der California Digital Library. https://archive.org/details/pidginenglishsin00lelaiala

Nafzger, Barbara; Kümin Beatrice: *In den Strassen von Shanghai: Chinesisches und westliches Leben in Fotografien.* Zürich: Völkerkundemuseum der Universität Zürich 2002.

Nicholls, Henry (13. Juni 2013): *Meet Ming, the Panda who Left China to Boost Britain's Wartime Morale.* The Guardian. https://www.theguardian.com/science/2013/jun/13/ming-panda-pioneer-britain

North, Sterling; Kroch, Carl: *So Red the Nose or Breath in the Afternoon.* New York: Farrar & Rinehart 1935. Digitalisiert von der EUVS Vintage Cocktail Books Library: https://euvs-vintage-cocktail-books.cld.bz/1935-So-Red-the-Nose-or-Breath-in-the-Afternoon

Pasi, Alessandro: *Die Leica: Zeugin eines Jahrhunderts.* Königswinter: Heel 2004.

Zitate und Übersetzungen

Für den Auszug aus dem Gedicht »Lied auf dem Flusse« von Li Bai habe ich die Übersetzung von Hans Bethge verwendet.

Die indirekten Zitate aus Hemingways »Anmerkungen zum nächsten Krieg« sind von mir übersetzt.

Meine Referenz für das chinesische Pidgin war hauptsächlich das Werk von Charles Godfrey Leland (s. Quellen), das eine Vokabelliste enthält. Manche Wörter habe ich aber dazuerfunden, so wie es die Sprechenden früher vermutlich auch getan haben.

Danke

Ich möchte noch Danke sagen! An meine (ehemalige) Agentin Elisabeth Botros von der Literarischen Agentur Gaeb & Eggers, an meine Lektorin Katharina Hierling von C. Bertelsmann für Anregungen und hilfreiche Vorschläge, an Susann Harring für Hilfe beim Feinschliff, an das Kollektiv Literatur Mannheim für seelisch-moralische Unterstützung, Spaß und Kräutertee und an Lasse Tjarks für Beratung zu fotografischen Fragen.

Im Berliner Zoo habe ich während der Recherche die Pandas Meng Meng, Jiao Qing und ihre damals drei Jahre alten Zwillinge Pit und Paule besucht und dabei zu gleichen Teilen die Pandas und die Reaktionen der Menschen auf sie beobachtet. Ich wünschte, Pandas würden noch immer zu den Fabelwesen zählen und unentdeckt in großen Bambuswäldern leben. Da ihre Art aber durch die Jagd beinahe ausgerottet wurde und ihr Lebensraum heute durch Zersiedelung und Klimawandel schrumpft, ist es den Bemühungen von Zoos, Aufzuchtstationen und Umweltinitiativen zu verdanken, dass es diese Tiere auch heute noch gibt.